Refranero
Temático

José Luis González

EDIMAT

Dedicado a todos los lectores:
Esperando sea del agrado de
cada uno de ellos, y si no es de
esta manera, sepan disculpar mi
atrevimiento, por no haber
logrado un libro más interesante.

EDIMAT LIBROS

Ediciones y Distribuciones Mateos

Calle Primavera, 35
Polígono Industrial El Malvar
28500 Arganda del Rey
MADRID - ESPAÑA

ISBN: 84-8403-317-1
Depósito legal: M- 40809-1998

Autor: José Luis González Díaz
Diseño de cubierta: Equipo editorial
Impreso en: BROSMAC

EDMCLRT
Refranero temático

IMPRESO EN ESPAÑA- PRINTED IN SPAIN

INTRODUCCIÓN

Desde muy pequeño, he tenido gran afición por los refranes, dichos, coplas, etc., coleccionando y anotándolos en una pequeña libreta, de cuadrículas, y un pequeño "lápiz de tinta", que guardaba en la espiral para que no se perdiese, escribía todo aquello que oía a las personas de mi alrededor, sobre los temas anteriormente citados.

Guardo un recuerdo imborrable de mi abuela materna Lucía, que en el día de hoy tiene más de 108 años, con la mente muy lúcida, eso sí hecha una "pasilla" por el desgaste natural del tiempo; sigue tan encantadora y cariñosa como siempre ha sido, con su santa paciencia aguantaba mis preguntas, estrujándose el cerebro para decirme un refrán más, motivado todo ello por mi insistencia para que me dijese alguno nuevo, que no tuviese en mi pequeña colección.

Mi tío materno Agustín (D.E.P.), con algunos años más que yo, fue el continuador de mi abuela, me siguió motivando con ellos, ampliando mi afición a los dichos y dicharachos, contándome los de "color marrón", e iniciándome en los "verdecillos", eso sí apto para menores, recuerdo que cuando los narraba, al terminar se reía a mandíbula batiente, haciendo rabiar a mi madre y a mi tía Juli, recibiendo por ello las oportunas regañinas, que él no hacía ni caso; todo esto a mí me gustaba y agradaba en extremo.

Otra persona que me influyó, fue D. José María Iribarren Rodríguez (D.E.P.), hombre de vasta cultura, gran escritor y mejor persona, escuchándole siempre entusiasmado, y tomando gran nota de lo que hablaba relacionado con estos temas, llegando a tenerle una gran admiración; se dirigía muchas veces a mí con dichos y chascarrillos, que creo sabía que me agradaban, llegando por todo ello a aumentar la curiosidad y afición.

Mi esposa también me ha ayudado, ya que en las conversaciones de amigos, me dice siempre, di ese refrán que trata, o se refiere a…

Motivo del presente libro, ha sido recopilar por temas paremias menos conocidas por el saber popular en algunos casos, dar a conocer otros, refranes, dichos, etc., relacionados con el tema a tratar, intentar divulgar (si es posible), todo lo relacionado con la vida y costumbres de nuestro pueblo, dando a conocer un poco, nuestra cultura, nuestra "historia", hecha y trasmitida por el pueblo liso y llano al que pertenezco.

La recopilaciòn ha sido efectuada en toda su integridad, respetada de los libros de donde se ha recogido, con el fin de dar a conocer lo que existe sobre los temas tratados en el presente libro. Por todo ello rindo homenaje, así como expreso mi admiración, respeto y cariño, a la tradición e historial del PUEBLO.

El Autor

ABOGACÍA

Con necios y porfiados, se enriquecen los letrados.

Un burro y un abogado saben más que un abogado solo.

Dios de la nada hizo el mundo, y el abogado de la nada un pleito.

Abogado novato, ¡Dios te asista!, entre parientes, pobres, putas y petardistas.

Abogado joven, pleito perdido.

Cuando el juez es necio, y el letrado flojo, y el procurador también, ¡guay de quien pleito tién!.

Cuando el procurador es tardo, el abogado necio, el escribano falso y el alcalde avaro, con mal anda el juzgado.

Cuando toma cuerpo el diablo, se disfraza de fraile o de abogado.

De necios y porfiados se hicieron éstos sobrados.
Dicen algunos abogados.

De necios y porfiados se mantienen estos estrados.

En pleito bueno o malo, ten de la mano al escribano.

En pleito de rico, ancho el margen y letra grande.

Estará mi hacienda entre letrados, como sardina entre gatos.

Juez que mal se informa, mal sentencia.

Justicia sin benignidad, no es justicia, es crueldad.

Juzga bien juez honrado: Cata que has de ser juzgado.

Júzgate a ti antes de juzgarme a mí.

La justicia guardada, es injusticia manifiesta.

Las leyes callan mientras hablan las armas.

Los pleitos se han de defender como propios, se han de sentenciar como ajenos y se han de cobrar como enemigo.
Máxima de algunos abogados.

Malo es gastarlo en putas, pero peor en disputas.

Mucho papel y tinta y poca justicia.
Dicen los detractores de la justicia.

Nadie es buen juez en causa propia.

Ningún discreto entra en pleito dos veces.

Pleito claro no ha menester letrado, y en pleito oscuro no sirve ninguno.

Pleitos buenos, los ajenos, y más si se come de ellos.

Pleitos y enfermedades pueblan los hospitales.

Pleito y orinal, en casa de quien me quiere mal.

Procurador cojo, pleito perdido.

Si no eres avisado, ¿a qué estudias para letrado?.

Un testigo que vio, vale por dos, y si vio y oyó, vale por ciento dos.

Más vale dedo de juez que palma de abogado.

Más vale mala avenencia que buena sentencia.

Ten presente que para tu pleito hacen falta tres sacos: uno de papel, otro de dinero, y otro de paciencia.

Con la Justicia y la Inquisición, chitón.

Ira no obra justicia.

Abogado ladino gusta más de andarse por trochas que por caminos.

Abogado sin ciencia y sin conciencia merece sentencia y penitencia.

Abogados en el lugar, donde hay bien meten mal.

Un abogado listo te hará creer que viste lo que nunca has visto.

Tiene más pareceres que un abogado.

Abogacía, que uno boga y otro cía.

> *Si pleito se ha de tratar*
> *cierto está que un abogado*
> *por su parte ha de abogar*
> *contrario al otro letrado.*
> *Así que por esta vía*
> *hacen como marineros,*
> *uno boga y otro cía*
> *y todos cogen dineros.* (Sebastián Horozco, l599.)

En pleitos diligencia, la bolsa abierta y paciencia.

> *Con justicia y rectitud*
> *por que la cosa se haga*
> *ha de haber solicitud*
> *y para hacer virtud*
> *andar contino la paga.*
> *No cabe haber negligencia*
> *que en los pleitos es dañosa,*
> *mas poniendo diligencia*
> *la bolsa abierta y paciencia*
> *se hace muy bien la cosa.* (S. Horozco, 1599.)

Coplas populares:

> *Todos los abogados*
> *van al infierno*
> *y el camino que llevan*
> *es el Derecho.*
> *Sobre un pedazo de huerta*
> *le puse pleito a mi hermano:*
> *hoy nos odiamos a muerte*
> *y el huerto es del escribano.*
> *Un escribano y un gato*
> *se cayeron en un pozo,*
> *como los dos eran gatos*
> *se arañaban uno al otro.*

En el cielo hay un racimo
que es para los escribanos,
como no sube ninguno
no le falta ningún grano.

Abogado era San Fidel de Sigmaringo y dijo un coplero:

Santo es el que fue abogado
¡grande es el poder divino!,
le costó ser capuchino,
y morir martirizado.
Un pavo real con cien plumas
poco tiene que comer
y un escribano con una
mantiene casa y mujer.

Un ladrón conoce a otro y un escribano a los dos.

La llave del pleito es el escribano, y la del médico, el boticario,

Muerte y venta desbaratan renta, pero en habiendo un escribano es un tonto el que lo intente.

¿Quieres hacer de tu pleito cojo un pleito sano?. Contenta al escribano.

Dios te libre de alcalde nuevo y escribano viejo.

Más discurre un hambriento que cien letrados.

Quien letrado no es, es asno de dos pies.

Canonista sin leyes, arador sin bueyes.

Canonista y no legista, no vale una arista.

Pleito de abogado, pleito enredado.

Buen abogado, mal cristiano.

Si no fuésemos malos, no serían menester letrados.

Los abogados hacen a dos manos: a moros y a cristianos.

Dios te guarde de párrafo de legista, de infra de canonista, de etcétera de escribano y de récipe de médico.

Con capa de letrado anda mucho asno disfrazado.

Las ropas de los letrados son aforradas de los temas de litigantes porfiados.

Caudales de pluma y de guisopo lucen mucho y duran poco.

Témele a un abogado más que a un dolor de costado.

Lo que desenredan diez hombres buenos, lo vuelve a enredar un picapleitos.

El oficio de picapleitos: embarullarlo todo y hacer lo blanco, negro.

Abogado que por el pleito se desvela, estudia calles, callejones y callejuelas.

Abogado madrigado (experto), hombre de cuidado.

Ni del caballero buen consejo, ni del letrado buen encuentro.

Abogado, a tus pleitos, y no te metas en los ajenos.

Cómicos y abogados, lo mismo hacen de moros que de cristianos.

Ni con cada mal al físico, ni con cada pleito al letrado, ni con cada sed al jarro.

Renegad del sano que habla como enfermo.

Ni ruin hidalgo, ni ruin galgo, ni ruin letrado.

Médicos y abogados, Dios nos libre del más afamado.

Récipes de médicos, opiniones de abogados, sandeces de mujeres y etcéteras de escribanos, son cuatro cosas que doy al diablo.

Tu médico sea cristiano, y tu abogado pagano.

Tres cosas hay conformes en el mundo: el clérigo, el abogado y el muerto, o la muerte.

El yerro del médico la tierra le tapa; el del letrado, el dinero le sana; el del teólogo, el fuego le apaga.

ABUNDANCIA

Lo que abunda no daña.

En año bueno el grano es heno; en año malo la paja es grano.

No mata la carga, sino la sobrecarga.

Si no quieres caldo, tres tazas, y la última rebosando.

Quien nada en la abundancia, lo mismo vive aquí que en Francia.

A quien todo lo tiene, algo le ha de faltar: Quien le diga la verdad.

Echando mucho aceite en la sartén, cualquiera fríe bien.

Hay más burros que pesebres.

Lo poco agrada y lo mucho enfada.

> *Si al almorzar me dan sangre*
> *y al comer sangre me dan*
> *y a la noche me dan sangre,*
> *me voy a mandar sangrar.*

A gran cabeza, gran talento.

A grandes males, grandes remedios y siempre prestos.

A gran río, gran puente.

En gran río, grandes peces nadan; en un charco, sólo ranas.

La mucha gente sólo es buena para la guerra y los entierros.

Buena es la cocina en que hay carne.

Cuando estén las habas en grano, cagajón para mi amo.

Plaza bien abastada a Dios alaba.

No pierde la casa por luenga y ancha.

Lo que mucho abunda, poco daña, en no siendo palos o sarna.

Por mucho trigo, nunca mal año.

La abundancia temporal hace los apetitos desatinar.

La abundancia da arrogancia.

En casa llena, presto se guisa la cena, y en la vacía, más aína.

De la abundancia viene la vagancia.

ABUSOS

Abusar no es usar, sino mal usar.

De usar a abusar hay el canto de un real.

Mi abuelo cien años vivió, y el uso sin el abuso nunca lo vio.

Bueno es que coma la mona, pero no que todo se lo coma.

Bueno está lo bueno.

Cuál más, cuál menos, a abusar todos propendemos.

De piel ajena, larga correa.

Caballo ajeno ni come ni se cansa.

De pan ajeno, migar mucho.

El asno sufre la carga, más no la sobrecarga.

A la borrica arrodillada, doblarle la carga.

La carga cansa, la sobrecarga mata.

Acogí al ratón en mi agujero y tornóse mi heredero.

Dar la mano y tomar el pie.

Dame donde me asiente, que yo haré donde me acueste.

Ayer entró rogando y hoy entra mandando.

Meterse como piojo en costura.

A mi casa vendrá quien de mi casa me echará.

En entrando la cabeza, cabrá el cuerpo.

No des ni un dedo al villano, que se tomará la mano.

No se ha de ser más papista que el Papa.

No tanto estirar que se quiebre la cuerda.

Tiene razón la buena mujer: comióse los huevos y diola con la sartén.

Tú que no puedes, llévame a cuestas.

Si tu amigo es de miel, no te lo comas entero.

Del amigo, usar; pero no abusar.

Extenderse como ruin en casa de suegro rico.

ACOMODACIÓN

Al son que me tocan bailo.

Si al son que me tocan bailo, ni peco por corto, ni peco por largo.

Dondequiera que fueres haz lo que vieres, y si gastan albarda, procura que la tuya sea la más larga.

En cada tierra su uso, y en cada rueca su huso.

Según veas, así harás, y siempre acertarás.

Cuando pases por la tierra de los tuertos, cierra un ojo.

En la tierra donde todos son locos, locura es de ser hombre cuerdo.

Ni a reír donde lloran, ni a llorar donde ríen.

Ir contra la corriente no es de hombre prudente.

Pues el tiempo a mí no se ajusta, ajustarme yo al tiempo es cosa justa.

Toma al tiempo como viene y a los hombres como son, y nunca tendrás desazón.

Cuando fueres yunque, sufre; cuando fueres mazo, da porrazo o tunde.

A chica cama échate en medio.

A más no poder, acuéstome con mi mujer.

Cuando no hay jamón y lomo, de todo como.

Pan no había, la madre rezaba y decía: "El pan nuestro de cada día..." La hija suspiraba y sonreía.

El que tenga pito que pite, y el que no, que grite.

Desnudo nací, desnudo me hallo: ni pierdo ni gano.

Tan malo es no querer pasar lo que no se puede excusar, como desear lo que no se puede alcanzar.

Vivimos como podemos y no como queremos.

Ni me tengo en nada, ni me falta nada, y vivo vida descansada.

Más vale ser arriero que borrico.

Viniste al mundo desnudo y te vas amortajado: algo has ganado.

Gran riqueza, no desear riqueza.

ADMINISTRADORES

Administrador que administra y enfermo que se enjuaga algo traga.

A quien anda con cera, algo se le pega.

Quien el aceite mesura, las manos se unta.

Administradorcillos, comer en plata y morir en grillos.

Armas y dineros buenas manos quieren.

Quien administra hacienda ajena, no se acuesta sin cena.

Tú, mi señor, y yo, tu administrador, ¿a cuál de los dos irá mejor?

Administrador fuiste; si perdiste, es porque quisiste.

El agua por donde pasa moja.

A quien anda con carbón, conócele en la color.

Miguel, Miguel, ¿no tienes panal y vendes miel?.

Al lado de la fuente nadie se muere de sed.

Abejas y ovejas poco rinden en manos ajenas.

Los presentes se comen a los ausentes.

Si quieres que tu enemigo vaya al infierno, procura que le den a administrar bienes ajenos.

Administrar y no comer de lo administrado, caso es que nunca se ha dado.

A quien mejor administre, los bolsillos no le registres.

Quien te administra, a tu costa se suministra.

Quien administra tus bienes, por suyos los tiene.

En ninguna parte está mejor el dinero que en poder de su dueño.

En la casa donde hay dinero no debe haber más que un cajero.

Armas y dineros quieren buen manejo.

Hacienda de menores, hacienda de ladrones.

El administrador es más dueño que el señor.

ADULACIÓN

El clérigo y el fraile al que han menester llaman compadre.

Habla de lisonjero siempre es vana y sin provecho.

Can que mucho lame, saca sangre
Tiene dos sentidos: uno para alcanzar lo que alguien se propone, el otro, diciendo que los adula-dores tienen intención engañosa.

Ahora que tengo borrego y borrega, todos me dicen: "Estéis Pedro de enhorabuena". Y cuando no los tení, a nadie me lo decía.

Adulándote, necio y malo te hará tu amigo; censurándote, sabio y bueno te hará tu enemigo.

A lisonjeros dichos no prestes oídos.

Delante hago acato y por detrás al rey mato.

Uno envidiando y otro adulando, fuéronse al infierno ambos.

Moscón de oreja, antes gusta que molesta.

Quien más adula, hace más fortuna.

Menea la cola el can, no por ti, sino por el pan.

Cuando al soldado le dan de beber, o le han molido a palos o le van a moler.

Quien mucho se abaja, el culo enseña.

> *Que cuando estáis en presencia*
> *de quien engañar queréis*
> *todos los miembros metéis*
> *en negocio y en prudencia.*
> *La cabeza se menea*
> *inclinando las sus manos,*
> *los ojos hacen caricias*
> *y la boca lisonjea;*
> *ocupadas,*
> *van en risa las quijadas,*
> *las manos en el bonete,*
> *los pies es el repiquete*
> *de reverencias sobradas.* (Castillejo.)

A quien has menester, llámale merced, y si has menester de él otro día, llámale señoría.

Cuando un empleo pretendas, en lugar de usía, di excelencia.

Amigo lisonjero o ronda a tu mujer o a tu dinero.

Medra el lisonjero, y no el hombre sincero.

Lamiendo culos y besando manos, se empingorota el villano.

El que hoy te compra con su adulación, mañana te venderá con su traición.

Las adulaciones de los reyes se parecen a la conducta de los carniceros, los cuales hinchan a sus becerros para desollarlos mejor.

A quien debes contentar, no procures enfadar.

A veces logra una flor lo que un diamante no.

Jarabe de pico a muchos hizo ricos.

La lisonja causa amigos, y la verdad enemigos.

La mucha miel empalaga.

Por la madre se besa al infante.

Si no hubiera aduladores, no habría malos señores.

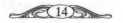

Quien te adula su bien y tu mal busca.

Lisonja en lengua, malicia en el seno.

Hay lenguas almibaradas que debían estar cortadas.

Quien te hace fiesta que no te suele hacer, o te quiere engañar o te ha menester.

Lisonjas y bizcochos de monjas, de tu bolsillo son esponjas.

Si a lisonjeros prestas oídos, ya estás perdido.

Del amigo adulador líbrenos Nuestro Señor.

Todos se vuelven hacia el Sol naciente, y ninguno hacia el poniente.

Venga a nos el tu reino, y tu voluntad haremos.

Si hubieres menester a alguno, bésale en el culo; si él te hubiere menester, bésete él.

Lamiendo culos subió Miguel, y ahora le lamen el culo a él.

Lame y no muerdas, si quieres levantar cabeza.

El que ha de besar al perro en el culo, no ha menester limpiarse mucho.

ADULTERIO

Por ello es uno cornudo, porque pueden más dos que uno.

Por eso es un hombre cornudo, porque quiere su mujer.

Casado que lejos se ausenta, cornamenta.

Viejo que con moza se casa, de cornudo no escapa.

El cornudo es el postrero que lo sabe, y la mujer la primera que lo hace.

Más vale ser cornudo que no lo sepa ninguno, que sin serlo, pensarlo todo el mundo.

Quien tiene fuente en su casa, ¿a qué va a la ajena por agua?.

Mientras otros tengan mujeres, ¿a qué casarte quieres?.

Con viuda o soltera, lo que quieras; con casada, poco o nada.

Con mujer que tiene dueño, ni por sueño.

Tras cornudo apaleado, y ambos satisfechos.

Sobre cuernos penitencia, y mandábanle bailar, y luego palos encima.

Quien es cornudo y lo consiente, cornudo sea para siempre.

Cuando la mujer amenaza al marido con cuernos, ya se los ha puesto.

Ni manjar de otro ni coz de potro.

Amor con casada, vida arriesgada.

Ni guiso "recalentao", ni amigo "reconciliao", ni mujer de otro "reinao".

No es hombre bueno el que sube a lecho ajeno.

Ni camino sin atajo, ni mal casada sin majo.

Viejo que con moza casó, o vive cabrito o muere cabrón.

Quien se casa viejo, o pierde la honra o pierde el pellejo.

Veinte con sesenta, o sepultura o cornamenta.

Si te derrueca tu potra, monta en otra.

Aunque sois sordo, marido, bien veis. Sí mujer; aunque no oigo que soy cornudo, bien veo que sois puta.

ADVERTENCIAS

Quien no cree en buena madre, creerá en mala madrastra.

No son hombres todos los que mean en pared, que los perros también.

Quien coma la carne, que roa el hueso.

Tanto si da el cántaro en la piedra, como la piedra en el cántaro, al final mal para el cántaro.

Quien adelante no mira, atrás se queda.

Ratón de un solo agujero (horado), pronto lo pilla el gato.

Cuando nació el ahorcado, hijo parió su madre.

Más tira coño que soga.

A cuchillo que no corta, no ponerle el dedo.

A todo el que come se le caen migajas.

Aunque todo es barro, no es lo mismo tinaja que jarro.

Barro son hombre y jarro, pero no del mismo barro.

Con gente de poca crianza, veras y no chanzas.

Con quien no tiene más Dios que su plato, poco trato.

Debes atar, pensando que has de desatar.

El mundo siempre se está arreglando, y nunca se acaba de arreglar.

En cuentas de casados, riñas de enamorados, carta de monja y amistad de baile, no fíe nadie.

En tiempo de fiesta, la guitarra no se presta.

Ladrar a las sopas calientes no es de perros valientes.

La memoria como la mujer suele ser infiel.

Mucha fachada, poco fondo.

No te metas en juzgar, si no quieres errar.

No te metas donde salir no puedas.

Quien alquila la vaca, agota la ubre.

Quien alquila su culo, no puede cagar cuando quiere.

Ante una negativa, no tomes postura negativa.

No busques gato en la pecera, ni pez en la gatera.

Un ojo a la sartén y otro a la gata.

No compres mula coja pensando que ha de sanar, pues si las sanas cojean, las cojas ¿qué es lo que harán?.

No compres mula coja pensando que ha de sanar, ni te cases con puta, pensando que se ha de enmendar.

Más atan papeles que cordeles.

El que de servilleta llega a mantel, ni el domonio puede con él.

Paso corto, vista larga, paciencia y mala intención, que ¡ya te llegará la ocasión!

El que nace barrigón, tontería que lo fajen.

A cada puerta su llave.

A quien no te agradezca lo que has hecho, no sacrifiques nunca tu provecho.

Abierto el saco, todos meten la mano.

Dale de comer rosas a un burro y te pagará con un rebuzno.

Donde yeguas hay, potros nacen.

No busques cinco pies al gato, ya que tiene cuatro y rabo.

Quien despierta a un dormido, pierde paz y busca ruido.

Al postrero muerde el perro.

El que de ajeno se viste, en la calle lo desnudan.

Satisfacción no pedida, malicia arguye.

Dar una en el clavo y ciento en la herradura es mala acertadura.

Meter el pan en horno frío es gran desvarío.

Quien tiene pies, de cuando en cuando, da traspiés.

Al mejor ollero se le tuerce en el horno un puchero.

No dejes lo bueno por lo hermoso, ni lo cierto por lo dudoso.

Quien de tu mal no te advierte, mal te quiere.

No es mal amigo el que avisa.

De la salida fue la caída.

AFEMINADOS

Dios nos libre de hombre tiple y mujer bajón.

Entre un hombre amujerado y una mujer ahombrada, menos ésta me desagrada.

Hombre cocinilla, medio mariquilla.

Triple capón, ni la voz le ha quedado de varón.

Hombre de voz atiplada y mujer de voz abaritonada no me agradan.

Hombre de voz afeminada, si no te engaña hoy, te engañará mañana.

Al hombre mujeriego mil perdones, y al machiego mil baldones.

Gallo que no canta, gallina se vuelve.

Hombres poco hombres, ni me los nombres.

Hombre palabrimujer, guárdeme Dios de él.

Reniego del caballo que no relincha al ver la yegua.

Chulo "afandagao", ni carne ni "pescao".

Mujeres-hombres, una de cincuenta; hombres-mujeres, se pierde la cuenta.

Hombre cazolero, otra lo tome, que yo no lo quiero.

Si el culo al andar menea, ¿qué podrá ser que no sea?

Del hombre de pelo en pecho espera el buen hecho; del periquito entre mujeres, nada esperes.

Con hombres que no lo son, poca o ninguna conversación.

Hay quien mea a la pared, y más que hombre, es mujer.

Hombre mariquilla, afilada la tijerilla.

Hombres hay tan para enaguas, que se ahogan en un dedal de agua.

Hombres de muchos pareceres, más que hombres son mujeres.

Los hombres más "culinos" algo tienen de femeninos.

AFLICCIÓN

Cada uno lleva su cruz con buen o mal aire, pero sin cruz no vive nadie.

Grande o pequeño, cada uno carga con su leño.

Saca tu cruz a la calle y verás otras más grandes.

A dos días buenos, cientos de duelos.

De donde ha de venir el consuelo viene el duelo.

Corazón que no tiene placer, "cagaos" en él.

Tristeza y melancolía, fuera de la casa mía.

En tristezas y en amor, loquear es lo mejor.

La tristeza que más duele es la que tras placer viene.

Boca amarga no escupe miel.

El dolor de corazón quita el concierto de la lengua a la razón.

Las penas son peores de pensar que de pasar.

Penas solas no matan; pero ayudan a morir.

Las penas, no matan, pero rematan.

Las penas o acaban o se acaban.

El corazón dolorido no cree en cosa de alivio.

Cuando más el hombre padece, la mano de Dios le favorece.

Los grandes sufrimientos no tienen lágrimas ni lamentos.

Nada se seca tan pronto como una lágrima.

Quien de mucho mal es ducho, poco bien se le hace mucho.

Quien quisiere vencer, aprenda a padecer.

Remedia tu mal como propio y siéntelo como ajeno.

Lo dulce nunca amargó; lo amargo nunca agradó.

Los duelos con pan son buenos (o menos).

Pena nueva, alivio es de la vieja.

Duelos y celos, de sabios hacen necios.

Cada cual tiene por grande su mal.

AGUA

Al cabo de los años mil, volvieron las aguas por donde solían ir.

Agua fría y pan caliente nunca hicieron buen vientre.

Nadie diga de este agua no beberé, por muy sucia que esté.

Lo que es del agua, el agua se lo lleva.

Agua buena, ni enferma, ni embriaga, ni endeuda.

Agua de nube a unos baja y a otros sube.

Agua que no falte, que el sol sobrará.

Cada uno quiere llevar el agua a su molino y dejar seco el del vecino.

Dentro del agua, no se le conocen al cántaro las rajas.

El agua es blanda y la piedra es dura, pero gota a gota hace cavadura.

No temas manchas que salen con agua.

Agua corriente mierda no consiente (no mata a la gente).

Fuerte era la tronada, y no cayó una gota.

Continua gotera, horada piedra.

Agua fresca la del jarro, no de plata, sino de barro.

Bebe de río por turbio que vaya, come carnero por caro que valga, casa con doncella por años que haya.

Sin olor, color, ni sabor, es el agua mejor.

El agua y la mujer a nada deben oler.

No arde el agua, pero hierve y abrasa.

El agua, aunque tan blanda, todo lo ablanda.

No bebas lo que no veas.

Borrachera de agua con poco dinero se paga.

El agua cría ranas y pudre la madera: con el cuerpo ¿qué no hiciera?

No hay agua más peligrosa que la que duerme.

Agua que no has de beber déjala correr.

Agua tibia, media vida.

AHORRO

Conservar con prudencia lo que se alcanza con diligencia.

Cada día un grano pon, y harás un montón.

Quien guarda, halla; si la guarda no es mala.

De los arroyos chicos se hacen los grandes ríos.

El ganar es ventura, y el conservar, cordura.

Un gentil guardar sirve para un gentil gastar.

A quien sabe guardar una peseta, nunca le falta un duro.

Con un mucho y dos poquitos se hacen los hombres ricos.

Más valen muchos pocos que pocos muchos.

Una a una se cogen las aceitunas.

Un dedo no hace mano, pero sí con sus hermanos.

Nada sacar y mucho meter, segura receta para enriquecer.

Más fácil es ganar que conservar.

Quien no sabe sumar, menos sabrá multiplicar.

A padre guardador, hijo despendedor.

Ahorra, ahorrador, que ya vendrá el derrochador.

Quien mal vive para que viva bien su heredero es un solemne majadero.

Es bestia quien va al infierno por dejar rico a su yerno.

Gasta de manera que en tu entierro no falte cera.

La mejor lotería es una buena economía.

Pase estrechura quien quiera ganar anchura.

Primero pan y después pan.

Cada uno extienda la pierna sino hasta donde la sábana llega.

El remedio para no empobrecer, comprar lo forzoso, y no lo que no es menester.

Saberlo ganar y saberlo gastar, eso es disfrutar.

Tres cosas te harán enriquecer: ganar y no gastar; prometer y no cumplir, y recibir y no devolver.

Mucho ahorro, poca vergüenza y poca conciencia.

AJOS

Muchos ajos en un mortero, mal los maja el majadero.

Tú eres ajo y yo piedra que te majo.

Que por arriba, que por abajo, siempre tienen un pero las sopas de ajo.

Si quieres trabajo, cría ajos.

Ajo hervido, ajo perdido.

Ajo, sal y pimiento, y lo demás es cuento.

Ajo crudo y vino puro pasan el puerto seguro.

Todos queremos ser cabezas, como ristras de ajos.

Ni ajo dulce, ni leño sin humo.

Comer ajo y beber vino no es desatino.

Salta el ajo del mortero y coge mierda para su dueño.

Al que trabaja y anda desnudo, ajo y vino puro.

¿Quieres criar buenos ajos? Siémbralos renegando.

En el mes de enero siembra el ajo el ajero; a fines que no a primeros.

Quien come ajos, rábanos o morcilla, en la boca los tiene todo el día.

Tiene dientes y no come; tiene cabeza y no es hombre.
Adivinanza: el ajo.

Donde ajos ha vino habrá.

Pimienta y ajos vino piden a destajo.

Dijo la cebolla al ajo: "Acompáñame siempre, majo."

Ni adobo sin ajo, ni campana sin badajo, ni viudita sin majo.

Ajos y desdichas no vienen solos, sino por ristras.

Pan y vino y ajo crudo, y verás quién es cada uno.

A buen ajo, buen tallo.

Vino puro y ajo crudo hacen al hombre agudo.

El ajo ayuda al campesino en su trabajo.

Hombre que no come ajos, no vale un ajo.

ALABANZAS

Cada ollero alaba su puchero.
Equivalente a cada buhonero alaba su aguja.

Dime de qué te alabas (presumes), y te diré lo que te falta (careces).

Albricias, madre, que pregonan a mi padre.

Quien a sí mismo no se alaba, de asco se muere.

Cada ollero su olla alaba, y más si está quebrada.

Por el alabado dejé al conocido, y vine arrepentido.

Ninguno se alaba de lo que no sabe.

A alabanza en presencia no des licencia.

Alábate Juan, que si no te alabas, no te alabarán.

Lamiendo culos, a la cumbre subieron muchos.

Bendita sea la madre que te parió.

Lamiendo culos y besando manos, se empigorota el villano.

Cuerpo arto a Dios alaba.

Oído alabado, virgo quitado.

Si no tienes dinero en bolsa, ten miel en la boca.

Quien alaba al tonto su tontería, le hace más tonto todavía.

Elogio de enemigo es oro fino.

Mejor es ser corregido de los sabios que alabado de los necios.

Alaba con tiento y vitupera con miedo.

Contradice al vecino y al criado, en presencia te han loado.

¿Quieres ser ridículo? Habla de ti mismo.

Ni alabes al presente, ni desalabes al ausente.

Poner en los cuernos de la Luna.

Una cosa es decirlo y otra es verlo.

Honra al bueno por que te honre y al malo por que no te deshonre.

No es hombre bueno el que no alaba lo bueno.

¿De qué alardeas? De lo que escaseas.

No te ensalces más que debes, y mira siempre lo que eres.

Hablen obras, y no palabras alabanciosas.

Quien no tiene abuela que le alabe, él se lo hace.

Cuanto más uno se ensalza, tanto más Dios le abaja.

A muchos vi alabarse de lo que debieran avergonzarse.

La alabanza propia envilece.

Quien se sube hasta el cielo, hasta la tierra se baja.

Quien a sí mismo se alaba, en su mérito se caga.

Quien se ensalza será humillado, y quien se humilla será ensalzado.

Vano es quien se alaba; loco, quien se maldice.

Donde me conocen y saben, honra me hacen.

Hombres que recíprocamente se alaban, burros que se rascan.

Quien te alabó, ése te aduló.

El hombre de vista larga, por temor de la cruz, perdona las palmas.

El hombre discreto alaba en público y amonesta en secreto.

Quien a su mujer celebra, mete codicia de ella.

Ningún elogio has de hacer de tu vino, tu caballo ni tu mujer.

Más alabado que nieto de abuela.

Tu puerta cerrarás; a tu vecino loarás; cuanto puedes no harás; cuanto sabes no dirás; cuanto ves no juzgarás; cuanto oyes no creerás, si quieres vivir en paz.

Quien calla alaba.

Quien compra y vende, cuando compra, menosprecia, y cuando vende, enaltece.

Lo que pienses comprar no lo has de alabar.

Ni tomes consejo de loco, ni domes ni subas en potro, ni tu mujer alabes a otro.

A aquel alabar debemos de cuyo pan comemos.

ALEGRÍA

Alegría belleza cría.

Ruido no es alegría, pero es cosa parecida.

Estreno de alcalde, novillos y baile.

No todo han de ser sopitas y buen vino.

Hoy domingo y mañana fiesta, ¡buena vida ésta!.

Ayer boda, hoy romería y mañana bautizo, ¡bendito Dios que nos hizo!

Riamos un poco, riamos, que no ha de faltar una hora en que nos muramos.

Qué poco dura la alegría en casa de los pobres.

Bendita sea la limpieza, y volvióse la camisa lo de dentro afuera.

Contento vengo de tus aliños; con el agua que friegas, lavas al niño.

Cuando la puerca se lava, todo el mundo le da el parabién.

Va más contenta que urraca sin cola.

La alegría es una gran medicina, pero no se vende en la botica.

¿Riquezas y honores? Tontería. No hay mayor bien que la alegría.

Que gozos que no aseguran
no se deben pretender,
y hay cosas que al parecer
deleitan, pero no duran.
Luz de relámpago breve,
sol y flores por febrero,
amistad de pasajero,
bebida en julio de nieve
y presuncion de belleza
que al espejo se ha mirado,
son como amor de soldado
que se acaba cuando empieza.   (Tirso de Molina.)

Alegrías y pesares te vendrán sin que los buscares.

Hay alegrías sosas y tristezas sabrosas.

La alegría y la leche agriarse suelen.

La alegría es flor de un día.

La cara más fea, la alegría la hermosea.

ALIMENTOS

No se crían nalgas con agua de malvas, sino con torreznos y hogazas.

El comer cría buena piel.

Buenas tajadas y buenos molletes engordan los mofletes.

Para vivir, comer, beber y dormir.

Al que bien come y mejor bebe la muerte no se le atreve.

La fuerza está en las tripas.

Al buey que trilla nunca le pongas bozal.
Dejarle comer libremente.

De la panza sale la danza.

Quien no es para comer, no es para trabajar.

Quien no come después de harto, no trabaja después de cansado.

En el comer y en el beber es donde se conoce a los hombres que en el trabajo, es un apaño.

Ni guiso recalentado, ni amigo reconciliado, ni mujer de otro reinado.

"De lo que se come se cría". Y criadillas comía.

El buen alimento cría entendimiento.

El buen bocado hace al potro amaestrado.

El horno y el estómago por la boca se calientan.

Quien no engorda comiendo, no engorda lamiendo.

No hay amor que no canse ni manjar que no empalague.

El pan de la vecina, para mi niño es medicina.

Un día perdiz y otro gazpacho, para que las perdices no den empacho.

Cuarenta sabores tiene el puerco, y todos buenos.

De la cabeza hasta el rabo todo es rico en el marrano.

Pan ajeno caro cuesta.

A más caldo, más sopas.

A mucha carne, olla grande.

AMANCEBAMIENTO

A muerto marido, amigo venido.

En pleito de faldas, a su hora, volver las espaldas.

La amiga y la espada, antes dadas que prestadas.

Más vale buen amigo que mal marido.

Más vale bien amigada que mal casada.

Más vale amiga de bueno que mujer de ruin.

Que no quiero ser casada, sino libre y enamorada.

Por ruin que sea el marido, es mejor que un buen amigo.

Mujer de un pobre, y no querida de un rico.

Más vale un mal marido que un buen querido.

Más vale mujer propia fea que hermosa manceba.

Más vale hija mal casada que bien abarraganada.

Antes mujer de un pobre que manceba de un conde.

Antes mujer de quien nada es que manceba de algún marqués.

Antes mujer de Juan Terrón que querida de un señorón.

No es hombre bueno el que sube en lecho ajeno.

Tanto te quiero cuanto me cuestas; o como me cuestas.

¡Qué par de amantes fieles, el rufián Rajabroqueles y su dama Trotaburdeles!

Quien tiene rocín y barragana, tiene ruin noche y peor mañana.

Por el gusto de hacer las paces, riñen muchas mujeres con sus amantes.

Entre mancebas y amancebados, los cumplimientos son excusados.

Fraile, manceba y criado son enemigos pagados.

La amante ama un día; la madre, toda la vida.

Baja un escalón para casarte y súbelo para amancebarte.

La mujer propia es bella, pero no tanto como la manceba.

La viuda que se arrebola, por mi fe que no duerme sola.

AMBICIÓN

Tres cosas demando, si Dios me las diere: la tela, el telar y la que teje.

La avaricia rompe el saco.

Quien todo lo quiere, todo lo pierde.

Cuanto mayor es la ventura, tanto es menos segura.

Dios, dame dos, y si me das tres, no te pido otra vez.

La pretensión de don Facundo: no podía gobernar a su mujer y quería gobernar el mundo.

Ahora que tengo potro, pongo la vista en otro.

Cuanto va más creciendo más esta riqueza mundana, más crece su gana.

La codicia no tiene desgaste, ni hay cosa que le baste.

Caballo que alcanza, pasar quería.

Cuanto mayor es la subida, mayor es la descendida.

Mucho en el suelo y nada en el cielo.

Fray Modesto nunca fue prior.

No se ha de exprimir tanto la naranja que amargue el zumo.

Bien puedo ser Papa, aunque tengo mala capa.

Hombre ambicioso, hombre temeroso.

O todo, o nada.

Para poca salud, más vale morirse.

A quien todo lo quiere, nada se le da, y pagado va.

Cuanto más poseo, más deseo.

A nadie le parece poco lo que da, y mucho lo que tiene.

No hay hombre tan contento que, teniendo noventa y nueve, no quiera llegar a ciento.

Desnuditos nacemos y después todo lo apetecemos.

Nadie está contento con su suerte.

No es pobre el que poco tiene, sino el que mucho quiere.

Por más rico que sea, pobre es quien algo desea.

Para el ambicioso loco, todo es poco.

Son como el sapo, que piensan que les ha de tragar la tierra.

Cada cardenal aspira al papado.

Tengo sombrero, y penacho quiero.

Pajarillos y pardales, todos quieren ser iguales.

Por medios poco nobles buscan el mando los hombres.

Por mejorar, hasta rabiar.

Si los deseos saliesen verdaderos, los pastores serían caballeros.

Andaos a reinos y moriréis virgen.

¿Para qué quieres mirar lo que no conviene desear?

Los ojos se abalanzan; los pies cansan; las manos no alcanzan.

Si ayer eras don Nadie y hoy don Alguien eres, ¿qué más quieres?

Quiso pegar el salto y cayó en el charco.

Dejé lo mediano buscando lo mejor, y di en lo peor.

Buscando lo mejor, suele desaprovecharse lo bueno.

Deja la fuente por el arroyo; pensarás traer agua y traerás lodo.

Quien busca el mejorarse suele equivocarse.

Quien bien tiene y mal escoge, por mal que le venga, no se enoje.

Por alcanzar lo mucho, dejé lo poco, y me quedé sin lo uno y sin lo otro.

Goza de tu poco, mientras busca más el loco.

Disfruta bien de lo que tienes y no ansíes muchos bienes.

No hay quien más rico sea que el serlo no desea.

Poco tienes y dichoso eres; si quieres más, no lo serás.

Tan malo es no querer pasar lo que no se puede excusar, como desear lo que no se puede alcanzar.

Lo mío sepa a almendras; lo demás huélame a mierda.

AMENAZAS

Arrieritos somos y en el camino nos encontraremos.

El que amenaza pierde la ocasión de la venganza.

Tu tiempo se irá y el mío vendrá: el que ahora ríe, llorará, y el que ahora llora, reirá.

Dicho y hecho es de hombres de pelo en pecho; dicho y por hacer, de hombres de poco valer.

En arroyo sonante no peligra el caminante.

Amenazar y no dar es apuntar y no tirar.

Quien amenaza y no da, por cobarde quedará.

Los amenazados pan comen, y los que amenazan, cagajones.

La mano juiciosa no hace todo lo que dice la boca.

No es lo mismo decir "moros vienen" que "cátalos ahí".

Vea el que viere, y haga el que hiciere, y "ay del que dijere".

Cuando amenazas, poco aprietan tus mordazas.

Can que ladra no muerde.

Yo a buenas, vos a malas; no puede ser más negro el cuervo que las alas.

Quien calla y piedras apaña, sin hablar amenaza.

Más son los amenazados que los acuchillados.

Quien amenaza de su ira gasta.

Quien amaga y no da, por cobarde quedará.

Para amenazar, basta tener boca con que hablar.

Palo amagado no hace daño.

No llueve como truena.

Una cosa es decir, y otra es hacer.

Lengüilargo, manicorto.

De pico mata el arriero al borrico.

Decir suele ser señal de no hacer, como ladrar lo es de no morder.

No muestre dientes quien morder no puede.

Perro ladrador, poco mordedor.

Perro que ladra, ahuyenta; perro que muerde, escarmienta.

Can que muerde no ladra en vano.

Perro que mucho ladra poco muerde, pero bien guarda.

Perro que mucho ladra bien guarda la casa.

No es tan bravo el león como lo pintan.

Detrás del trueno viene la tempestad.

Cuando mi padre de usted me llama, o me va a zurrar, o cerca le anda.

Cuando mi madre de usted me llama, o es que me quiere mucho, o no me quiere nada.

Quien mucho amenaza el miedo tiene en casa.

Quien a su enemigo amenaza, miedo le tiene.

Quien amenaza a su enemigo no las tiene todas consigo.

Algún día será la mía.

El que amenaza al caballo, en dos maneras le hace malo.

Más vale amenaza de necio que abrazo de traidor.

Al malo, muéstrale la puerta, y en la mano el palo.

Juramentos de puta y fieros de rufián, plumas son que volando se van.

Ve delante cuando huyeres.

A quien te mea, cágalo.

Quien amaga, sin herir espanta.

Quien me trasquiló a mí, tijeras tiene para ti.

El que amenaza una tiene y otra aguarda.

Atrás viene quien las endereza.

AMISTAD

Reniego del amigo, que cubre con las alas y muerde con el pico.

Procura huir de aquel que en secreto te perjudica y en presencia te adula.

Quien te alaba más de cuanto en ti hubiere, sábete de guardar, que engañar te quiere.
Escrito del Conde Lucanor.

El tocino y el vino, añejos, y el amigo, viejo.

En el peligro y en la adversidad se conoce la amistad.

El amigo imprudente es más dañado que el enemigo declarado.

En tiempo de higos, no hay amigos.

Más vale amigos en plaza, que dineros en arca.

No hay amigo ni hermano, si no hay dinero en la mano.

Al amigo que en apuro está, no mañana, sino ya.

Amigo que no da y cuchillo que no corta, aunque se pierdan no importan.

Amigo reconciliado, enemigo doblado.

Reniego del amigo que come de lo mío conmigo y lo suyo consigo.

Amistad de yerno (suegro), sol de invierno.

Al amigo que no es cierto, con un ojo cerrado y el otro abierto.

Amigo de muchos, amigo de ninguno.

Amigo de Santo Tomás, siempre tomas y nunca das.

El amigo y el diente, aunque duelan, sufrirlos hasta la muerte.

Ten a todos por amigos, y a uno por compañero.

Quien tiene higueras, tiene amigos; amigos de los higos.

Amistades que son ciertas, siempre las puertas abiertas.

Amigo de pleitos, poco dinero; amigo de médicos, poca salud, y amigo de frailes, poca honra.

Amigo en duda, que te aconseja y pudiendo no te ayuda.

Amiguillo, sí, pero el borrico a la linde.

Amistad, la que se quiera; pero la cebada, a veinte la fanega.

Aunque Cristo para amigos los escogió, uno de los doce le vendió, otro le negó, y otro no le creyó.

Con el amigo hasta la puerta del infierno, pero no hasta dentro.

Del amigo que no te preste, huye como de la peste.

Del mayor amigo suele venir la mayor lanzada.

Entre amigos estamos, pero mi capa no aparece.

La amistad del lobo con el perro la paga el cordero.

Amigo que no te es fiel, cágate en él.

Amigos y relojes de sol, sin nubes, sí; con nubes, no.

Amigos que se pelean por un pedazo de pan de centeno, o el hambre es grande, o el amor es pequeño.

El que no tiene amigos teme a los enemigos.

La falta del amigo tiene que conocer, no aborrecer.

La verdad a todo el mundo, y al amigo sin disimulo.

Entre amigos no hay manteles.

Nunca de vinagre se hizo amigo, ni el que se torció volvió a ser amigo.

Más daño hacen amigos necios, que enemigos descubiertos.

Entre dos amigos, un notario y dos testigos.

Ni todas las cosas se han de apurar, ni todos los amigos probar, ni todo a los amigos descubrir y declarar.

La vecindad es fuente de amistad y enemistad.

Por males vecindades se pierden heredades.

El mal vecino ve lo que entra, y no lo que sale.

Con la ayuda de un vecino, mató mi padre un cochino.

> *Los amigos de importancia*
> *que se precian de leales,*
> *en los bienes y en los males*
> *van a pérdida y ganancia.*   (Tirso de Molina.)

Amigos, enemigos; parientes, serpientes; cuñados, mal bocado; y aun de los mismos hermanos, líbrete Dios de sus manos.

Entre amigos y soldados, cumplimientos son excusados.

Trato con todos; amistad con pocos; confianza con uno; intimidad con ninguno.

Con el amigo reconciliado ten cuidado.

Guiso recalentado y amigo reconciliado, dales de lado.

Amistad reconciliada, taza rota y mal pegada.

Amigos, hasta que ellas quieran.

Del mejor vino se hace mejor vinagre.

Amigos que se desavienen por un pan, cágome en su amistad.

Para conservar amistad, pared en medio.

Si amistades quieres conservar, intereses no han de mediar.

Cuentas claras, amigos viejos.

Donde hay prudencia se conserva amistad con buena correspondencia.

Amigo y caudal, más facil de ganar que de conservar.

La vida se puede aventurar por un amigo, y la hacienda se ha de dar por no cobrar un enemigo.

La bolsa y la puerta, para los amigos abierta.

Cuando el amigo pide no hay mañana.

Del amigo, usar, pero no abusar.

Quien de amigos carece, es porque no los merece.

¿Tienes algún amigo bueno?-Uno: mi perro.-¿Le has puesto nombre especial?.- Sí: "Leal".

Amigos buenos, uno entre ciento, y si mejor lo he de decir, uno entre mil.

Amigo de todos, enemigo de nadie, y no fiar de ninguno.

Sé amado de tus amigos y temido de tus enemigos.

Hay amigos pesados y enemigos ligeros; quédate con los últimos y reniega de los primeros.

Más daño un amigo imprudente que un enemigo declarado.

Guárdate tú de tu enemigo y guárdete Dios de tu amigo.

Atiende bien a lo que te digo: más ojo has de tener con tu amigo que con tu enemigo.

No busques por amigo al rico ni al noble, sino al bueno, aunque sea pobre.

Entre amigos desiguales no hay franca correspondencia, sino mando y dependencia.

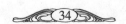

Mejor te servirá el conocido que el amigo; el amigo quiere que lo seas suyo; el conocido quiere ser amigo tuyo.

Amigo, mientras te lo digo; que una hora después, otra cosa es.

Amistades y tejas, las mejores las más viejas.

Amigo nuevo y casa vieja, para otro los deja.

Guárdate del amigo que alterna con tus enemigos.

Quien no me visitó en enfermedad, béseme el culo en sanidad.

En los males se conocen a los amigos leales; que en los bienes, muchos amigos tienes.

En el grande aprieto se conoce al amigo neto.

Si amigos tienes, no los pruebes, que los pierdes.

No es amistad, sino gorronería, la que quiere llevar a su casa lo de la mía.

Amigo de taza de vino: el vino acabado, ausente el amigo.

Amigos que no sirven y trastos viejos, al desván con ellos.

Amigos, hasta morir; pero de prestarte mi burra, no hay nada que decir.

Amistad, la que se quiera; pero la cebada, a veinte la fanega.

Amigo, hasta la pared de enfrente; pero en cuanto al dinero, ¡tente!

Melones y amigos, muchos salen pepinos.

Hostia partida, amistad de por vida.
Antiguamente los amigos se prometían amistad comulgando con una sola forma.

No es mal ajeno el mal de tu amigo.

Hay amigos tan amigos como de la oveja lo es el cuchillo.

AMO

Ni de broma ni de veras con tu amo partas peras.

Hacienda, que tu amo te atienda, y si no que te venda.

Ni mozo pariente, ni mozo rogado; no lo tomes por criado.

Ama sois, ama, mientras el niño mama; después de que no mama ni ama ni nada.

Quien no contenta a su ama, no dormirá en buena cama.

De mi amo soy: ni me presto, ni me vendo, ni me doy.

Dios conserve a mi señor, por miedo a otro peor.

Quien quiera tener mozo fiel, que a sí mismo se sirva él.

Mal regaña el amo a la moza, si a veces con ella retoza.

Con constancia al cabo de un año, tiene el mozo las mañas del amo.

No ha de faltar ni rey que nos mande, ni Papa que nos excomulgue.

Bueno es ser amo, criado lo soy cuando quiero.

A ama gruñona, criada rezongona, y las dos bien se entonan.

El mozo y el gallo, de un año; porque al año, el gallo se pone duro y el mozo se pone chulo.

Al criado fiel pagarle bien, y si además es buen trabajador, pagarle mejor.

No hay suerte más dura que servir a un necio puesto en altura.

Como moza de posada: mal comida, mal bebida y deshonrada.

Gracias a Dios y a nuestros amos que nos lo dan, porque nos lo ganamos. Así se vean ellos como nosotros estamos, metidos en un zarzal, donde ni ellos pueden salir ni nosotros entrar.

La que no tiene moza, barra su casa, ponga su olla, amase su pan y lave su ropa.

Señora gruñona, criada respondona y escudero descortés, llévese el diablo a los tres.

El ruego del señor al criado tiene la fuerza del mandado.

AMOR

A quien feo ama, hermosa le parece.

Quien bien ama tarde olvida.

Quien bien ama todo lo perdona.

La sangre sin fuego hierve.

¡Oh falso amor! Pocas veces da placer y muchas dolor.

Amando las cosas, de ajenas, se hacen propias.

Amor de madre, que lo demás es aire.

Amor de ramera, halago de perro, amistad de fraile, convite de mesonero, no puede ser que no cueste dinero.

El amor y la guadaña quieren fuerza y quieren maña.

En caza y en amores, entras cuando quieres y sales cuando puedes.

Guerra, caza y amores, por un placer, mil dolores.

Vanse los amores y quedan los dolores.

Hijo fuiste, padre serás; cual hiciste, tal habrás.

El que quiere la col quiere las hojas de alrededor.

Los amores primeros son unas flores que nunca pierden sus olores.

A quien más resiste, con más fuerza el amor embiste.

Más fuerte era Sansón y le venció el amor.

El amor es fuego, pero con él no se cuece el puchero.

Amor sin sacrificio, más que virtud tira a fornicio.

El amor, la tos y el fuego no pueden estar encubiertos.

Árboles y amores, mientras tengan raíces, tendrán hojas y flores.

Amor con amor se paga, y lo demás con dinero.

Amor con casada, vida arriesgada.

Del mirar nace el amor, y del no ver, el olvidar.

Para el mal de amor hay buen remedio: poner tierra por medio.

Cuando la vieja se quiere alegrar, se acuerda de su ajuar.

No hay amor que no canse, ni manjar que no empalague.

El deseo hace hermoso lo feo.

Ama a quien no te ama y responde a quien no te llama.

Amores en mujer fea, ningún cristiano los vea.

Caridad y amor no quieren tambor, en silencio viven mejor.

Desdicha y amor son una cosa y parecen dos.

El amor es rey, y reina sin ley.

El amor y las sopas van por una vía: las primeras cucharadas calientes, y las demás, frías.

Juramentos de amante, ni le creas, ni te espantes.

Los yerros por amor, dignos son de perdón.

Mozos, viejos, reyes y pastores están sujetos al dios de los amores.

Quien ama cumple con Dios y su dama.

Las cosquillas y el amor empiezan con risas y acaban con dolor.

Junio, julio y agosto, señora, no soy vostro.

Rosales y amores, mientras tienen raíces, dan flores.

Amor comprado, dale por vendido.

El amor de la mujer es como el de una gallina, que, en faltándole su gallo, a cualquier pollo se arrima.

Huerta sin agua y mujer sin amor no sé qué será peor.

Lunar de novio, verruga de casados.

Ama hermano a hermana, marido a mujer sana y braciarremangada, y mujer a marido que gana.

Amar es bueno; ser amado, mejor: lo uno es servir, lo otro, ser señor.

Amar y saber, todo junto no puede ser.

Bien sabe la rosa en qué mano posa: en el hombre discreto y en la mujer hermosa; pues partámosla los dos, pues entrambos toca: a mí por amor de vos, y a ti por la más hermosa.

La mujer busca dinero, el hombre busca ilusión; únicamente los tontos van en busca del amor.

Rosa que muchos huelen su fragancia pierde.

Puro que se apaga no lo vuelvas a encender, mujer que hayas querido no la vuelvas a querer.

El amor que se alimenta de regalos tiene siempre hambre.

El frotamiento pule al diamante y a la mujer.

Por más que mi madre diga, quien bien quiere tarde olvida.

Amores de una señora se olvidan con otro amor.

> *Cosa cierta es y sabida*
> *y cada rato se prueba*
> *en cualquiera de esta vida*
> *que toda pena se olvida*
> *con otra pena más nueva.*
> *Y lo que tiñe la mora*
> *ya madura y con color*
> *la verde lo descolora*
> *y amores de una señora*
> *se olvidan con otro amor.*   (Sebastián Horozco, 1599.)

Amor, viento y ventura, poco duran.

> *Es muy cierto y muy notorio*
> *averiguado y patente*
> *que en este mundo ilusorio*
> *todo es vano y transitorio,*
> *que pasa muy brevemente.*
> *Todo va por tal mesura*
> *que se pasa y queda atrás,*
> *y amor, viento y ventura*
> *es cosa que poco dura*
> *como todo lo demás.*   (Sebastián Horozco 1599.)

La tez más negra es de rosa, para una vista amorosa.

> *El amor lo pintan ciego*
> *con los ojitos vendados,*
> *por eso viven a oscuras*
> *todos lo enamorados.*   (Copla)

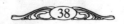

No es hermoso lo hermoso, es hermoso lo que agrada.

No hay burlas con el amor.

> *Para reírme a mis anchas*
> *hice el amor a una fea,*
> *pero se casó conmigo*
> *y la que se ríe es ella.*   (Copla)

El amor y la fe, en las obras se ve.

> *Amor que pierde el honor*
> *el respeto es vil deseo,*
> *y siendo apetito feo*
> *no puede llamarse amor.*
> *Amor se funda en querer,*
> *lo que quiere quien desea;*
> *que amor que casto no sea*
> *ni es amor ni puede ser*   (Lope de Vega. El mejor alcalde,
> el rey.)

Ni estopa entre tizones, ni la mujer entre varones.

Ni ausente sin culpa, ni presente sin disculpa.

Buen corazón quebranta mala ventura.

Donde el corazón se inclina, el pie camina.

La tierra y la hembra, quien no la ara no la siembra.

Donde está el corazón, allí los ojos son.

> *Calle el alma lo que siente*
> *porque sienta lo que calla,*
> *que amor que palabras halla*
> *tan falso es como elocuente.*

> *Según creen los amantes*
> *las flores valen más que los diamantes,*
> *más ven que al extinguirse los amores,*
> *valen más los diamantes que las flores.*   (Campoamor.)

Definición de amor atribuida a Quevedo.

> *¿Rogarla? ¿Desdeñarme? ¿Amarla? ¿Huirme?*
> *¿Seguirla? ¿Defenderse? ¿Asirla? ¿Airarse?*
> *¿Querer y no querer? ¿Dejar tocarse*
> *y a persuasiones mil mostrarse firme?*
> *¿Tenerla bien? ¿Probar a desasirse?*
> *¿Luchar entre sus brazos y enojarse?*
> *¿Besarla a su pesar y ella agraviarse?*
> *¿Probar y no poder a despedirme?*
> *¿Decirme agravios? ¿Reprenderme el gusto?*
> *Y en fin, ¿a beaterías de mi prisa*
> *dejar el ceño? ¿No mostrar disgusto?*
> *¿Consentir que la aparte la camisa?*
> *¿Hallarlo limpio y encajarlo justo?*
> *Esto es amor y lo demás es risa.*

Tanto te quiero, que tus flaquezas no veo.

> *No tan sólo en vosotras*
> *se ama lo bello,*
> *los ciegos también aman,*
> *¡ay, y son ciegos!.*

Se ama otra,
y es la esencia de un ángel
que hay en vosotras. (Narciso Serra (1830-1877). Don Tomás.)

Amor trompero, cuantas veo, cuantas quiero.

Me pasa con las mujeres
lo que no m'ha pasao nunca;
pa novias me gustan todas
y pa casame denguna. (Casañal. Cantares baturros, siglo XIII)

Amor de asno, coz y bocado.

Al desdén con el desdén.

Terribles sois las mujeres,
pues a la sombra imitáis
y como ella, cuando amáis
leve del que sigue huís;
al que os desprecia seguís
y al que os adora engañáis.   (Tirso de Molina. Palabras
y plumas.)

El mismo amor ellas tienen
que la muerte, a quien las ama:
vienen si no se las llama,
si se las llama no vienen   (Campoamor.)

Contigo, pan y cebolla.

El amor hace Pascual
a la riquísima Inés;
más no por el interés
sino por el capital.   (Copla.)

Entre dos que bien se quieren, con uno que coma, basta.

Entre dos que bien se quieren
con uno que coma basta,
y esa ha de ser la mujer
por ser la parte más flaca.   (Copla muy irónica.)

Dos que bien se quieren no cuentan lo que tienen.

Rojas, en su comedia Entre bobos anda el juego, pone en boca
de D. Lucas del Cigarradón los siguientes versos, queriéndose
vengar de un galán casándole:

Ella muy pobre, vos pobre,
no tendréis hora de paz.
El amor se acaba luego,
nunca la necesidad.
Hoy con el pan de la boda
no buscaréis otro pan.

- - - - - - - - - - - -

Y mañana a más tardar,
cuando almuercen un requiebro
y en la mesa en vez de pan
pongan una fe al comer
y una constancia al cenar,
echarán de ver los dos
cuál se ha vengado de cuál.

Amores reñidos son los más queridos.

> *Asómate a esa ventana*
> *que vengo a reñir con tú,*
> *pues dimpués de la tronada*
> *es el cielo más azul.*   (Jota.)

> *El trato engendra cariño.*
> *Porque el trato, la cordura,*
> *la condición, la blandura,*
> *el donaire y el hablar*
> *suele a un hombre enamorar*
> *más que la misma hermosura.*   (Montalván.)

La mancha de la mora con otra verde se quita.

> *Me dicen que no me quieres;*
> *no me da pena maldita,*
> *que la mancha de la mora*
> *con otra verde se quita.*   (Copla)

Aunque más me digan, quien bien quiere tarde olvida.

> *Experiencia larga he hecho*
> *que de un amor arraigado*
> *reliquias conserva el pecho.*
> *Nunca sale de raíz*
> *una pasión encendida*
> *que en el hombre más feliz,*
> *aunque se sane la herida*
> *se queda la cicatriz.*   (Tirso de Molina. El celoso pru-
> dente.)

Si una vez llega a querer, es más firme la mujer.

> *Sí, puede; porque es mujer,*
> *y dellas tengo entendido,*
> *aunque las desmienta el nombre,*
> *que en llegando a querer*
> *quiere cualquier mujer*
> *muchísimo más que un hombre.*
> *Porque, en fin, el más amante*
> *ronda, visita, pasea,*
> *juega, mira y aun desea*
> *divertido e inconstante.*
> *Más una pobre señora*
> *que no sale por la villa*
> *y asida de una almohadilla*
> *cose lo mismo que llora,*
> *claro está que querrá más*
> *y que guardará más ley*   (Montalván. La toquera vizcaína.)

Juras del que ama mujer, no se han de creer.

> *No jures, que no te creo,*
> *aquella mujer malhaya*
> *que de vuestros juramentos*
> *redes para el gusto labra;*
> *que son traidores los hombres*
> *como sus promesas falsas.*
> *Muerto el fuego desaparecen*
> *como escritas en el agua.*
> *Del prometer al cumplir,*
> *¡qué jornadas hay tan largas!*   (Romance morisco. Abenamar.)

> *No te fíes de los hombres,*
> *de mí el primero;*
> *mira que te lo digo*
> *porque te quiero.*   (Copla popular.)

Amor y fortuna no tienen defensa alguna.

Donde hubo fuego, cenizas quedan.

> *Bien conozco cuánto agravio*
> *hace a mi bella consorte*
> *el cielo, y que en esta corte*
> *esposo más mozo y sabio*
> *correspondiera a su edad;*
> *que amor que en las almas mide,*
> *como en las costumbres, pide*
> *en años conformidad.*   (Tirso de Molina. El celoso prudente.)

Al buen músico le quedan la afición y el compás.

Se podría continuar con los versos de Tirso de Molina en la contestación al verso anterior:

> *En la juventud ha hecho*
> *el amor prueba infalible*
> *de que es más apetecible,*
> *más no de tanto provecho*
> *como la virilidad,*
> *medio, entre extremos viciosos.*

Quien ama a la moza, ande los pies y diga de la boca.

Todo el mundo conoce que los tenorios son muy habladores y poco cumplidores, a excepción de los castellanos (tierra seca y ruda); pone en boca de uno de ellos Gabriel y Galán la siguiente quintilla, aprovechando la ocasión para dedicársela a mi esposa, Mary-Sol, al igual que el resto de los versos que se citan a continuación:

> *¿Crees que mi amor es menor*
> *porque tan hondo se encierra?*
> *Y es que ignoras que el amor*
> *de los hijos de esta tierra*
> *no sabe ser hablador.*

Algunos creen igualmente con Gabriel y Galán que el amor que no se exterioriza es más verdadero.

> *El amor más perfecto*
> *cuando es hijo del respeto*
> *es menos ciego que mudo.*   (Vélez de Guevara. El caballero del Sol.)

> *Sepultado en sus cenizas*
> *está más seguro el fuego*
> *del aire que lo disipe,*
> *así el amor con silencio.*
> *El callar ha sido en mí*
> *mérito de sufrimiento,*
> *no tibieza en el ardor*
> *que se acrisola cubierto.*   (López de Zárate. El Parnaso español.)

Quien bien ama nunca olvida, aunque le cueste la vida.

A marido ausente, amigo presente.

Entre amores, los desprecios son favores.

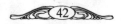

Hasta la sepultura el amor fuerte dura.

Dos que se aman con el corazón se hablan.

Desmayarse, atreverse, estar furioso,
áspero, tierno, liberal, esquivo,
alentado, mortal difunto, vivo,
leal, traidor, cobarde, animoso.

No hallar, fuera del bien, centro y reposo,
mostrarse alegre, triste, humilde, altivo,
enojado, valiente, fugitivo,
satisfecho, ofendido, receloso.
Huir el rostro al claro desengaño,
beber veneno por licor suave,
olvidar el provecho, amar el daño,
creer que un cielo en un infierno cabe;
dar la vida y el alma a un desengaño;
esto es amor. Quien lo probó lo sabe. (Lope de Vega.)

Al que ingrato me deja, busco amante;
al que amante me sigue, dejo ingrata;
constante adoro a quien mi amor maltrata;
maltrato a quien mi amor busca constante.
Al que trato de amor hallo diamante,
y soy diamante al que de amor me trata;
triunfante quiero ver al que me mata,
y mato al que me quiere ver triunfante. (Sor Juana Inés
de la Cruz.)

Amor, amor, tu rigor
reinos vence y quita leyes.
Más puede Amor que los reyes.
Sólo es monarca el amor. (Calderón de la Barca.)

Es hielo abrasador, es fuego helado;
es herida que duele y no se siente;
es un soñado bien, un mal presente,
y es un breve descanso muy cansado.
Es un descuido que nos da cuidado,
un cobarde con nombre de valiente,
un andar solitario entre la gente,
un amar solamente ser amado.
Es una libertad encarcelada,
que dura hasta el postrero paroxismo,
enfermedad que crece si es curada.
Éste es el niño Amor, éste su abismo.
¡Mirad cuál amistad tendrá con nada
el que todo es contrario de sí mismo! (Quevedo.)

El estado de amor...
es placer que hay dolores,
dolor en que hay alegría,
un pesar en que hay dulzores,
un esfuerzo en que hay temores,
temor en que hay osadía,
un placer en que hay enojos,
una gloria en que hay pasión... (Jorge Manrique.)

ANIMALES

A asno lerdo, arriero loco.

Asna con pollino, no va derecha al molino.

¿Adónde irá el buey que no are?

Habló el buey y dijo mu.

El buey sin cencerro piérdese presto.

Quien bueyes ha perdido, cencerros se le antojan.

A la bestia mala el pelo le reluce.

Caga más un buey, que cien golondrinos.

A caballo comedor, piedras en la cebada.

Caballo ajeno ni come ni se cansa.

Quien no monta a caballo, del caballo nunca se cae.

Choto bien mamado bien duerme.

A gato viejo, rata tierna.

Yo mando a mi gato, y mi gato manda a su rabo.

Ahí te entrego a esa mujer, trátala como mula de alquiler.

Caballo de regalo suele parar en rocín de molinero.

Cuando el gato está ausente, los ratones se divierten.

Cuando la zorra predica, no están los pollos seguros.

Cuando se muere la oveja, paga el pastor con la pelleja.

Cuando un perro se traga un hueso, confianza tiene en su pescuezo.

De lo mal guardado come el gato.

Tajada que se lleva el gato, nunca más vuelve al plato.

El oso y el hombre, que asombren.

El perro lanudo y el hombre barbudo; el hambre que pasan no lo sabe ninguno.

El perro del herrero no acude a las martilladas y acude a las dentelladas.

Hay burros muy buenos y caballos pésimos.

Hay muchos asnos que se tienen por caballos de regalo.

El que teniendo una burra se le muere, ya montarla no puede.

La culebra que teme ser pisada, que no salga.

La gatita de Mari Ramos, que hacía asco a los ratones y se engullía los gusanos.

La gatita de Mari Ramos, que halaga con la cola y araña con las manos.

Para cerdos buenas son las bellotas.

Para destetar al potro, mamar la yegua.

Pollo que no sirve para gallo, capallo.

¿Qué entiende el rey de capar cochinos?

Si el escorpión viera y la víbora oyera, no habría hombre que al campo saliera.

Asno, mujer y nuez, a golpes dan frutos.

Oveja coja no tiene siesta.

Con mano ajena se saca la culebra del agujero.

Buen pie y buena oreja, señal de buena bestia.

Oveja cernuda y vaca barriguda, no la trueques por ninguna.

La oveja del pastor siempre pare dos.

Más vale asno que me lleve, que caballo que me derrueque.

Buen caballo es aquel que al ver una yegua relincha.

La jaca mendiga con uno no puede, y con dos respinga.

Si un caballo al ver una yegua "salía" no la pisa, es que le falta cebada, o le aprieta la cincha.

Ave que vuela, a la cazuela.

Ave de mal agüero, a mi vera no la quiero.

Oveja de muchos, lobos la comen.

Ovejita de Dios, el diablo te trasquila.

Burro lavado, jabón perdido.

De yegua poderosa, nunca buena cría.

La oveja oro mea, por el lomo echa el hilo, por las tetas el virgo y por el culo el trigo.

La mejor forma de tomar la sardina es en la llama, y la moza en la cama.

La vaca, nobleza; la oveja, riqueza; el puerco, tesoro, y la cabra, socorro.

Ha de tener el buen caballo: el cuello y el paso del gallo; el pelo y el lomo, de lobo; las orejas y la cola, de zorra; las patas y el hocico, de borrico, y tres cosas de mujer: ancho de pecho, hermoso de caderas y que sepa remangarse las delanteras. Otros dicen: y que deje montar al amo, cuando él quiera.

El caballo, la pluma y la mujer no se pueden prestar, porque te las pueden joder.

Cabrito de un mes, cordero de tres y lechón de días diez.

De las carnes, el carnero; de los pescados, el mero.

Puercos con frío y hombres con vino hacen gran ruido.

Desde la cabeza hasta el rabo, todo es rico en el marrano.

La gallina bien galleada y la moza bien requebrada.

Gallina ponedora y mujer silenciosa valen cualquier cosa.

Gallinas y mujeres, dejar el trigo por el estiércol suelen.

El buen gallo siempre está flaco.

Los gallos, unos machean y otros hembrean.

Lana de cabra, ni es lana, ni es pelo, ni es nada.

El lobo pierde los dientes, más no las mientes.

La mula y la mujer, por halago hacen el mandado.

En su casa, un perro es un león; en la ajena, un ratón.

Ni al perro que mear, ni a la mujer que llorar, nunca les suele faltar.

Del perro que no ladra y del hombre que no ladra, de esos te guarda.

Perro que su oficio sabe, no ladra en balde.

Perro ladrador poco mordedor.

AÑOS

Más vale año tardío que vacío.

No digáis mal del año hasta que sea pasado.

A buen año y malo, no dejes la harina en el salvado.

Año de pitones, año de montones: de montones de pitones en casa de quien los ponen.

Conforme aumentan los años, aumentan los desengaños.

Quien a los veinte no puede, a los treinta no sabe, a los cuarenta no tiene y a los cincuenta no reposa; no sirvió para maldita la cosa.

La vejez empieza cuando los recuerdos pesan más que las esperanzas.

Llegar a viejo queremos verlo, pero sin serlo.

El que a lo largo de la vida llega, mucho mal vio y más espera.

Juntando los bienes con los males, resultan los años iguales.

Quien por semanas va contando, trece meses le encuentra al año.

El mal año entra festejado, y paga en desengaños.

No hay pocos años feos ni muchos hermosos.

Más comen trescientos sesenta y cinco días que mil docenas de bueyes.

Malos años y mujeres malas nunca faltan.

Un buen año da para siete malos.

Un buen año y dos malos para que nos entendamos.

Buen año por extremo, uno entre ciento.

Por mucho trigo, nunca mal año.

Largo y estrecho, como año malo.

Años y trabajos ponen el pelo blanco.

Mucho produce el campo; pero mucho come el año.

Año de malas nuevas temprano empiezan.

Los años del pobre pesan doble.

Año tardío, medio vacío.

APARIENCIAS

Como te presentes, así te mirará la gente.

No es oro todo lo que reluce, ni harina todo lo que blanquea.

No son todos ruiseñores los que cantan entre las flores.

No es todo aire lo que echa la trompeta.

No son ases todos los naipes.

No todo el que lleva zamarra es pastor.

Cada cosa que ves tiene su haz y envés.

No hay medalla que no tenga su reverso.

A veces una cosa ves y otra es.

Cada cosa que ves son dos cosas o tres.

Casi siempre la caga quien de apariencias se paga.

Las apariencias son engañosas: con cara de una cosa son otra cosa.

Mala y engañosa ciencia es juzgar por las apariencias.

Por la buena portada se vende la casa.

Más vale ser puta sin parecerlo que aparentar y no serlo.

Quien más parece lego es el que dice las misas.

La carita, de buen año, y el culito, de mucho daño.

Muchos que parecen corderos son lobos carniceros.

Mucha fachada, pero poco fondo.

Falso laurel, cágate en él, y en el que lo luce también.

Al hombre quiero yo ver, que los vestidos son de lana.

Aunque me visto de lana, no soy borrego.

Riqueza aparente y sabiduría fingida, pronto se saben que son mentira.

De dineros, honor y santidad, la mitad de la mitad.

No todos los que llevan espuela tienen caballo.

Mucho don y poca renta, fantasía y vana apariencia.

Hay tontos que al pronto no dan la cara de tontos.

APARTAMENTO

Tu puerta cerrarás; a tu vecino loarás; cuanto puedes no lo harás; cuanto sabes no dirás; cuanto ves no juzgarás; cuanto oyes no creerás, si quieres vivir en paz.

Cada uno en su casa y Dios en la de todos.

Cada gallo en su gallinero y cada ratón en su agujero.

Cada mochuelo a su olivo y cada puta a su rincón.

A cada puerta su dueña.

Si quieres que te estimen, no te prodigues.

A quien no es de tu agrado, con disimulo dale de lado.

Pared medianera, amistad conserva.

Buenas noches y buenos días, y tú en tu casa, y yo en la mía.

Entre cónyuges y hermanos, nadie meta sus manos.

Retirarse a tiempo es de discretos.

El que no quiera polvo, que no vaya a la era.

Quien está en su tienda, no le achacan que se halló en la contienda.

Nunca he ido donde nada se me ha perdido.

Donde no me llaman, para nada me querrán.

Lo que no es de mi cuenta, ni me enfría ni me calienta.

Viva cada uno como quisiere, y yo como pudiere.

Vista larga y lengua corta, y huir de lo que no te importa.

Ten limpia tu acera, y téngala tu vecina como quiera.

Pasar de largo te conviene en lo que no te va ni te viene.

Nadie se meta en lo que no sabe.

En lo que no te toca, paso largo y punto en boca.

Agua que no has de beber, déjala correr.

Llora tus penas y deja las ajenas.

Esté cada pie en su zapato, y ni el zapato estará vacío ni el pie descalzo.

Limpia tu moco, y no harás poco.

APETITO

A buen hambre, no hay pan duro.

A carne de perro, diente de lobo.

A gana de comer no hay mal pan, ni agua mala a gran sed.

A buenas ganas, huelgan las salsas.

Buena gana de comer, rica salsa es.

No hay mejor salsilla que la hambrecilla.

A la buena gana, pocos cominos le bastan.

Quien no merienda, a la cena lo enmienda.

Más vale gana de comer que tener y no poder.

Tener ganas, bien las tengo; pero con ganas solas no me mantengo.

A comer llaman.-¡Santa palabra!

La mejor hora para comer es cuando hay hambre, habiendo qué.

No hay mejor reloj y campana que comer cuando hay gana.

El comer no admite espera; el pagar, la que se quiera.

Mozo creciente, lobo en el vientre.

Bien come y bien bebe quien bien trabaja.

La sopa servida, cuestiones concluidas.

Poquito a poquito viene el apetito.

Comer y rascar, todo es hasta empezar.

Comiendo comiendo, el apetito va viniendo.

La salud es la que come, que no boca grande.

La carne atrae a los cuervos, como a los ratones el queso.

Eso quisiera el gato: lamer el plato.

Dijo el gato al unto: "Bien te lo abarrunto."

El polvo de la oveja, alcohol es para el lobo.

La abundancia temporal hace los apetitos desatinar.

Si quieres engordar, come con hambre y bebe a vagar.

Una uvita a ratitos abre el apetito.

APRENDER

El aprender es amargura, el fruto es dulzura.

Salomón, que tanto sabía, de los niños aprendía.

El viejo que cien años tenía, aprendía algo nuevo cada día.

A más vivir, más saber.

A la cama no te irás sin saber una cosa más.

Todos los días son días de aprender, y de enseñar también.

Pasan días y días, y se sabe lo que no se sabía.

No hay día sin lección.

Lo que en la mocedad no se aprende, en la vejez mal se entiende.

Para aprender y tomar consejo, nunca se es viejo.

Más vale aprender de viejo que morir necio.

Más aprende un pobre en un mes, que un rico en años diez.

Ignorar para preguntar y preguntar para saber, eso es aprender.

Hasta el ver tiene su aprender.

Poco sabemos, pero enseñando aprenderemos.

Enseñar es volver a aprender.

Quien bien aprende, aprende para siempre.

No muchas cosas mal aprendidas, sino pocas y bien sabidas.

Lo bien aprendido para siempre es sabido.

Aprende bien lo aprendido; si no, trabajo perdido.

El que aprende lo que no entiende, ya me entiende.

Para aprender, lo principal es querer.

¡Ya es mozo diestro el que aprende arte sin maestro!

El potro cayendo y el mozo perdiendo, aprenden.

Aprende llorando; reirás ganando.

Quien mucho duerme poco aprende.

No hay mejor gozo que aprender de todo.

ARREPENTIMIENTO

Si del mal te pesa, en él cesa; si no pésete porque no te pesa.

No es bien corregido el que no es arrepentido.

Ni miento ni me arrepiento.

Una vez salí y diez me arrepentí.

El pecador arrepentido casi es lo mismo que si no lo hubiera sido.

Corazones arrepentidos quiere Dios.

Dios perdona a quien su culpa llora.

Un buen arrepentir abre la puerta a un buen morir.

A la mocedad, ramera; a la vejez, candelera.

Veinte años puta y uno casada, y sois muy honrada.

Veinte años puta y uno santera, tan buena soy como cualquiera.

Mi comadre la garrida, santa en la muerte y puta en la vida.

Puta temprana, beata tardana.

Si puta fue, a Dios cuenta le di; Él me perdonó y otra soy yo.

La mujer deshonesta, cuando envejeció, ya que dio al diablo la carne, da los huesos a Dios.

Haced una raya en el agua; que da por Dios nuestra ama.

El lobo harto de carne se mete a fraile.

El lobo sin dientes, a ermitaño se mete.

Hoy es santero el que ayer era bandolero.

Robar cuarenta años día por día y querer salvarse con cuatro avemarías, es mucha gollería.

Mal se arrepiente quien lo hurtado no devuelve.

Antes te devoro y después te lloro.

Cuando el diablo reza, cerca viene el fin.

Del atrevimiento viene el arrepentimiento.

De lo que no dije no me arrepentí; de lo que dije, sí.

ASTUCIA

Con arte y engaño, se vive medio año; con engaño y arte, se vive la otra parte.

Haya astucia y mala intención, que no faltará la ocasión.

"Mete aguja por sacar reja", decía a su hijo la taimada vieja.

Quien por el mundo quiera andar salvo, ha menester ojos de halcón, orejas de asno, cara de jimio, boca de puerco, espaldas de camello y piernas de ciervo.

Astucia y mala intención, y no perder la ocasión.

El consejo del viejo frailuco: "Hay que ser cuco."

Espuela propia y caballo ajeno.

No es mal ardid entrar riñiendo donde os han de reñir.

Paso de buey, diente de lobo, y hacerse el bobo.

Quien no sabe mañas, no come castañas.

Sacar con ajena mano la culebra del horado.

Ruin habilidad: meter mentira por sacar verdad.

"Palpo, pues no veo", decía a la moza el ciego.

Burla burlando, vase el lobo al asno.

Donde no llega la piel del león, hay que añadir un poco de la de la zorra.

Buenas y malas artes hay en todas partes.

Juega el gato con el ratón, y cómesele al cabo de un rato.

Con su maña caza a la mosca la araña.

El lobo busca la carne fuera de la majada.

Donde hayas de vivir, no hagas daño.

En el nombre de ciudad está la astucia y la falsedad.

Malas artes y buenas, en todas partes por docenas.

La astuta raposa borra sus pisadas con la cola.

La zorra suele predicarle a las gallinas: "Hermanas queridas".

Ver venir, estarse quieto y dejarse ir, para bien vivir.

ATREVIMIENTO

Al hombre osado la fortuna le da la mano.

El mundo es para los osados; no para los tímidos y callados.

Fortuna y ocasión favorecen al osado corazón.

Quien no se osa aventurar, no pasa la mar.

No tientes al peligro cierto por el remedio dudoso.

Hombre atrevido, vaso de vidrio.

Quien muchas veces la olla destapa, alguna vez le da el vaho en la cara.

Quien juega con fuego se quema los dedos.

Quien a Dios escupe, en la cara le cae.

Quien mucho se arremanga, vésele el culo y la nalga.

Por la puente de madero pasa el loco caballero.

No da paso seguro quien corre por el muro.

Quien en la pared pone mote, viento tiene en el cogote.

Tanto se acerca la mariposa a la luz de la vela, que al fin se quema.

Al cabo la raposa cae en la trampa de la fosa.

Cantarillo que muchas veces va a la fuente, o deja el asa o la frente.

A gran salto, gran quebranto.

Del atrevimiento viene el arrepentimiento.

Quien lo que no sabe quiere hacer, todos se ríen de él.

No hay nada tan atrevido como la ignorancia.

El necio es atrevido, y el sabio, comedido.

Bien se sabe atrever quien nada tiene que perder.

Sé osado y serás afortunado.

Ir por lana y volver trasquilado.

Al endeble todos se le atreven.

A mucho se atreve el que se atreve a casar.

Cuando el león muere, se le mean encima las liebres.

AUSENCIA

Quien fue a Sevilla perdió su silla; quien fue y volvió, la recobró.

Quien fue a Portugal perdió su lugar.

Por eso el muerto no se quiere levantar, porque no le tomen el lugar.

Levantéme a mear y perdí mi lugar.

Primero son los presentes que los ausentes.

Quien está ausente, siempre quiere que le cuenten.

Ida y venida, como pan de pastores.

No hay ausencia que mate ni dolor que consuma.

Ojos que no ven, corazón que no siente.

Al santo que no está presente, vela no se le enciende.

A quien en su casa era un diablo, cuando se ausenta tiénenlo por un santo.

Ausencia prolongada, amistad enfriada.

Al ausente, por muerto le da la gente.

Quien hijo tiene en tierra ajena, muerto está y vivo lo espera.

Cartas de ausentes, cédulas son de vida.

Quien de lejanos lugares viene, cuenta lo que quiere, y es más fácil creerlo que ir a verlo.

Larga ausencia causa olvido.

El venido es el preferido; que el ausentado presto es olvidado.

Cuando te veo, te rezo, y cuando no, no me acuerdo.

Quien se va de nuestro asiento, se va de nuestro pensamiento.

El ausente dos veces muere en la memoria de la gente: cuando se ausentó y cuando la vida perdió.

A espaldas vueltas, memorias muertas.

De quien se ausenta no se echa cuenta.

El amigo que está presente vale por diez ausentes.

AVARICIA

El dinero dijo a la muerte: detente, y la muerte dijo al dinero: no quiero.

No es rico el que mucho tiene, sino el que nada quiere.

Los ricos y los avaros de su hacienda son esclavos.

Quien todo lo quiere, todo lo pierde.

Piensa el avariento que gasta por uno y gasta por ciento.

El avariento, ni pobre ni rico está contento.

El avaro, por no dar, tal vez no quiere tomar.

El arca del avariento, llega el diablo y se mete dentro.

El avariento, todo lo da junto, como el puerco, después de muertos.

> *Dáse al diablo por no dar*
> *el avaro al alto y bajo*
> *y hasta los días de trabajo*
> *hace días de guardar.*
> *Pobre para sí en dinero*
> *rico para su heredero...* (Quevedo.)

El avaro, si fuera sol, a nadie daría calor.

Guarda el avaro su dinero, para que pompee su heredero.

Avaricia de tío, hucha de sobrino.

La pobreza carece de muchas cosas, la avaricia de todas.

A quien tiene leña y trigo, y pasa hambre y frío, no le tengas por amigo.

Un día es un día, dijo el avaro, y añadió a la olla un garbanzo.

Arca abierta a un santo tienta.

Arca cerrada con llave, lo que encierra nadie sabe.

Bestia es y no persona, quien de lo ganado no goza.

El cofre del avaro, tiene horror al vacío.

El hombre es dueño de su fortuna, el avaro es esclavo de la suya.

Lo mío, mío, y lo tuyo de entrambos.

> *El que parte y bien reparte*
> *y en el partir tiene tino,*
> *siempre guarda el muy ladino*
> *para sí la mejor parte.*   (Copla.)

> *Si quieres que yo te quiera*
> *ha de ser con condición*
> *que lo tuyo ha de ser mío*
> *y lo mío tuyo no.*   (Copla.)

Dar consejo, prestar paciencia, conceder audiencia.

> *"Solamente un dar me agrada*
> *que es el dar... en no dar nada".* (Quevedo.)

Hombre avaricioso, sólo en la muerte es generoso.

Avaros y puercos vivos, dos cochinos; avaros y puercos muertos, dos tesoros ciertos.

Si adivinaras cómo se ha de tirar tu dinero, no lo guardarías con tanto esmero.

La avaricia es mar sin fondo y sin orillas.

Cansa quien da, y no cansa quien toma, ni cansará.

No hay bicho tan raro como el hombre avaro: para más guardar y tener, se muere por no comer.

La carne en el techo; hambre en el pecho.

Seso tiene de borrico quien vive pobre por morir rico.

El avaro sólo una vez despilfarró: cuando se casó; pero después mató de hambre a su mujer.

El avariento, para sí es malo y para nadie es bueno.

La pobreza carece de muchas cosas; la avaricia, de todas.

Hay quien padece por necesidad; pero el rico avaro, por voluntad.

La avaricia rompe el saco.

Al avaro no le desees más mal que la vida.

Si el dinero se pudriera, de los avaros, ¿qué fuera?

Por las cuentas de rosario echa sus cuentas el avaro, para que piensen que está rezando.

Tocadle en la honra, y nada hará; tocadle en el dinero, y respingará.

Tiene el dinero una mala cosa; que mientras no se gasta, no se goza; salvo el del avaro, que lo goza encerrado.

Si el dinero a Dios prefieres, pobre serás y pobre eres.

AYUDA

Con ayuda de un vecino, mató mi padre un cochino.

Para rascarse, andan los burros a buscarse.

Al socorro, pronto.

Dijo un pajarito en el soto: "El que acabe antes, que ayude a los otros".

Poca ayuda nunca estorba.

Cuesta abajo, ayudan todos los santos; cuesta arriba, ni Dios ni Santa María.

Cuestas arriba quiero mi mulo; que cuestas abajo, yo me las subo.

Mano puesta, si no es ayuda, lo deja en duda.

De fuera venga quien la tea nos tenga.

Eso quieren los de a pie: que salgan los de a caballo.

Para quedar mal, no necesitas ayuda.

A lo que hecho está, llega el necio a ayudar.

Quien ayuda al fuerte contra el flaco, es un bellaco.

Entre ciento que te saludan, ¿habrá uno que te prestase ayuda?

Más hay que ensucian la casa que no que la barran.

A la corta o a la larga, los mayores necesitan de los menores.

Quien piensa que no ha menester a otro, es bobo o loco.

No hay ni puede haber quien a otro no haya menester.

Sin segundo, no hay primero.

Sin tiempo, ningún barco navega.

Cuando el padre da al hijo, ríen el padre y el hijo; cuando el hijo da al padre, lloran el padre y el hijo.

Para salir del lodazal te quiero, hermano Pascual.

Todo hombre que necesita de otro, es pobre.

Cuando el malo ayuda, más bien desayuda.

Ven acá, ayudarte he a levantar.

BEBER

A torrezno de tocino, buen trozo de pan y buen golpe de vino.

La mujer de buen recaudo, de beber tiene cuidado.

O bebe, o vete.

No firmes carta que no leas, ni bebas agua que no veas.

Después de beber, cada uno dice su parecer.

Ni beber de bruces, ni mujer de muchas cruces.

Bien convida quien presto bebe.

Es de mil cosas provechoso el uso; pero, en todas, dañoso el abuso.

Después de buen comer y buen beber, cuerpo mío, ¿qué quieres hacer? Trabajar, pues a la cama a descansar, que todos los caprichos no se te pueden dar.

A beber me atrevo, porque a nadie debo y de lo mío bebo.

En el comer y en el beber es donde se nota a los hombres que en el trabajo es un apaño.

Quien se entrega a la bebida, en poco estima su vida.

Seca garganta, ni gruñe, ni canta.

La que se enseña a beber de tierna, enviará el hilado a la taberna.

Donde entra el beber, sale el saber.

De las aves que alzan el rabo, la peor es el jarro.

¡Ea, ea! Que quien bien lo bebe, bien lo mea.

Miras lo que bebo y no la sed que tengo.

Andar derecho y mucho beber no puede ser.

Bebiendo, comiendo y durmiendo se quita la sed, el hambre y el sueño.

A la leche, nada eches; pero le dijo la leche al aguardiente: "Déjate caer, valiente."

Amistades que del vino se hacen, al dormir la mona se deshacen.

Lo bebido es lo seguro que lo que en el jarro está quizás se derramará.

A chica jarra, beber primero.

Bebe en bota, no pierdas una gota.

Refrán judeo-español.

Media vida es la candela, pan y vino vida entera.

Beber y comer buen pasatiempo es.

Mala es el hambre, peor es la sed; si una mata, otra también.

Caldo, mas no del puchero, sino del bodeguero.

A buen vino, no hay mal bebedor.

A mala cama, colchón de vino.

Yo te perdono el mal que me haces por lo bien que me sabes.

Dijo el bebedor al vino.

Copas son triunfos.

En habiendo vino, baraja y brasero, ¡venga aguacero!

Las uvas, para las cubas; comidas en grano, mosto desperdiciado.

Más vale dar un buen beso a la bota que diez a las mozas.

Vasito va, vasito viene, y el que quiera penar, que pene.

Por un vaso de vino, nadie pierde el tino; por dos, no castiga Dios; pero más de tres, vicio es.

Para que el vino sepa a vino, se ha de beber con un amigo.

Vino mezclado, vino endiablado.

El remiendo, bueno o malo, ha de ser del mismo paño.

A chico jarro, beber primero, por si acaso.

Si el vino perjudica tus negocios, deja los negocios.

Quien no lo sabe mear, no lo debe ni probar.

Dijo a doña Quejumbres doña Dolores: "¿Cómo con tantos males tan buenos colores?"- Y respondió doña Quejumbres: "Pues no son del vino, serán de la lumbre."

El día que no lo pruebo, comadre, ¡qué mal día llevo! Eso, comadre, no me ha de acontecer: antes no vivir que no beber.

Botella vacía y cuento acabado no valen un cornado.

¿Y qué fue lo que sobrevino...? Que sobre vino, vino; hasta que sobre vino.

El buen vino, para el catador fino; el vino peleón, para el borrachón, y la mujer bella, para el que sepa entenderse con ella.

Más vale vino de "¡hi de puta!" que de "¡Santa María!"

(Exclamación malsonante para elogiar el vino, antiguamente era muy usual.)

Para tomar una borrachera, bueno es un vino cualquiera.

Un tragito de vino de cuando en cuando, y vamos tirando.

Al borracho fino, por la mañana blanco y por la noche tinto.

Al borracho fino, ni le basta agua ni vino.

Bendito me sepas y nunca te acabes.

Si corres como bebes, no se te irán las liebres.

A quien le gusta el trínquilis fortis, no lo deja ni en artículo mortis.

El que baja a la bodega y no bebe, por beber se lo cuentan.

Mal por mal, más vale ir a la taberna que al hospital.

El buen vino en copa cristalina, servida por mano femenina.

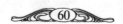

El buen vino se ha de beber en cristal fino.

Bebiendo por la bota, parecerá que bebes una gota.

El vino y la verdad, sin aguar.

El agua cría ranas, y el vino no tiene esa maña.

El agua la vida acorta; el vino la alarga y conforta.

El agua para los sustos, y el vino para los gustos.

Más vale vino caliente que agua de la fuente.

Más vale vino maldito que agua bendita.

Bueno es el vino cuando el vino es bueno; pero si el agua es de una fuente cristalina y clara, mejor es el vino que el agua.

Quien mucho vino cena, poco pan almuerza.

La vida del perdido, poco dinero y harto de vino.

Bueno es beber, pero nunca hasta caer.

Beber con medida alarga la vida.

Agua de cepas, nunca cuantas quepas.

BELLEZA

Bella sin tacha, morcilla sin atadero.

Más tiene el saber que la hermosura: que él cada día crece y ella no dura.

Hermosura sin talento, gallardía de jumento.

Joya en una fea la adorna, pero no la hermosea.

La que a todos parece hermosa, es para su marido peligrosa.

No es hermoso lo hermoso, sino lo que tal nos parece a nosotros.

> *Señores, ¿qué cosa y cosa,*
> *que en la corte y en la aldea*
> *no hay ninguna mujer fea*
> *que no piense que es hermosa?*

Vana es la hermosura, si con ella no hay virtud.

> *Poco aprovecha que sea*
> *hermoso lo corporal*
> *cuando el alma no se arrea*
> *antes es deforme y fea,*
> *espantable e infernal.*
> *Y en lo que tampoco dura*
> *hay tanta solicitud,*
> *pues sepa quien lo procura*
> *que es vana la hermosura*
> *si con ella no hay virtud.* (Sebastián Horozco 1599)

La pluma del ave hermosea y el vestido hace hermosas a las feas.

De noche y a la vela, la burra parece doncella.

¿Para qué va al baño la negra, si negra se queda?

La belleza no ha de tener rostro de horno, piernas de río y tetas de frío.

Vana es la beldad, si con ella no hay bondad.

Belleza y riqueza requieren guardián.

La belleza atrae, el talento retiene y el corazón sostiene.

Pasar amargura por ganar de hermosura.

Hasta el diablo era bonito cuando entró en quintas.

Fealdad es castidad, no para la fea, sino para los demás.

Algo bueno tiene la fea, por donde el galán la desea.

Talento y belleza, todo en una pieza, gran rareza.

Hermosura poco dura.

> *No os fiéis, damas hermosas,*
> *en beldad ni fermosura*
> *que en vos haya,*
> *porque sois como las rosas*
> *que muy presto su hermosura*
> *se desmaya.* (Jorge Manrique.)

Mujer hermosa y arma de fuego, para mí no las quiero.

> *Ni yo mercaré escopeta,*
> *ni con linda he de casar;*
> *no quiero en mi casa nada*
> *que se pueda disparar.* (Copla.)

A lo que Dios da hecho no hay más primores.

> *Yo admiro la hermosura,*
> *la soberana esplendidez grandiosa*
> *que augusta ostenta sobre sí natura.*
> *Y aunque canto postrado de rodillas*
> *delante de sus grandes maravillas,*
> *que son del mundo hechizo,*
> *yo sólo adoro en ella*
> *la mano soberana que la hizo.*
> *Y ¿quién no besará la mano aquella*
> *que ha sabido crear cosa tan bella?*

(Gabriel y Galán.)

Lo hermoso a todos da gozo.

De lo feo a lo hermoso, deme Dios lo provechoso.

La belleza y la tontería van siempre en compañía.

Ni hermosura sin pero, ni fealdad sin algo bueno.

A oscuras, nada vale la hermosura.

Bellezas hay muy estimadas, que por dentro no valen nada.

Hermosura y sal no caben en un costal.

La mujer que encante y el hombre que espante.

Más puede la hermosura que billetes y escrituras.

Más fuerte es la hermosura que la piedra más dura.

La belleza atrae, el talento retiene y el corazón sostiene.

Hermosura sin gracia, cuerpo sin alma.

Cuerpo bien hecho no ha menester capa.

Hombre cobarde no conquista mujer bonita.

El amante en lo que ama imperfecciones no halla.

La flor de la hermosura, muy vistosa y poco dura.

BESAR

Al niño besa quien besar a la madre quisiera.

Besos no rompen huesos, pero atraen camino para otros excesos.

Chico exceso es dar a una moza un beso, si se queda en eso.

El beso abre la puerta, y para lo demás ya queda abierta.

Abrazadme, que no os faltará un beso.

Bésame y abrazos te daré.

Irónico: se pide más que se da.

Hombre besador, poco empreñador.

Besar y retozar, fruta es de palacio.

No se enoja ni alboroza
ninguna en aquesta era,
sea vieja o sea moza,
porque el hombre le retoza
ni se espanta ni se altera.
Antes suelen increpar
al hombre si está lacio
y aunque alegan, es vulgar,
que el besar y retozar
dicen que es fruta de palacio.   (Sebastián Horozco 1599.)

No me hagas besar y no me harás pecar.

Más quería de vos un beso que un queso.- Pues un beso llevaréis, si un queso me traéis.

Boca besada poco o nada pierde, si no fuera por lo que detrás del beso viene.

Besar sin otro pecar, por maravilla lo has de tomar.

Galán que a conquistar doncellas vas, cuando cuentes con su boca, contarás con lo demás.

Tras el beso viene eso.

Dámela besada y te la daré catada.

Besos y abrazos no hacen muchachos, pero tocan a vísperas.

Besos y abrazos no hacen hijos, pero son preparatijos.

De la cuna al ataúd
va siendo el beso, a su vez,
amor en la juventud,
esperanza en la niñez,
en el adulto virtud
y recuerdo en la vejez.   (Campoamor)

Es el beso la expresión
de un idioma universal:
en la mejilla, es bondad;
en los ojos, ilusión;
en la frente, majestad,
y entre los labios, pasión.   (Campoamor)

Besos a menudo, mensajeros son del culo.

Besos y abrazos no hacen muchachos, pero son barbechos para el año que viene.

Por el besar se empieza el queso, y al fin, ¡ahí queda eso!

Dar un besillo es muy justo; lo malo es tomarle el gusto.

Boca con boca, pronto se desboca.

Un beso suele ser un incendio.

Dar a la bota un beso no es grave exceso; darlo a una mujer lo suele ser.

Dios hizo el besar, y el diablo lo demás.

Boca besada no pierde ventura, antes se renueva como la Luna.

Por besos y abrazos a nadie han ahorcado.

Quien boca besa, boca no desea.

Quien mucho abraza y besa, no hará mayor proeza.

Palo de ciego, coz de muleto, beso de tonto y revés de bellaco, buen revés, buen beso, buena coz y buen palo.

Besóme el colmenero y a miel me supo el beso.

Más vale un beso que un cabrito.

Entre prisa y prisa, marido, besémonos.

Boca besada, mujer entregada.

Por el besar se empieza el mal camino a andar.

Por un besito, ni dos, castiga Dios.

Jesús, Jesús, y ella no sino besos; tantos le dio que le sorbió los sesos.

Besar y retozar fruta es de palacio.

En el beso está el primer tropiezo.

BIEN

Del bien al mal no hay un canto de real.

Mucho bien hace mal.

El bien no es conocido hasta que es perdido.

Quien bien tiene y mal escoge, del mal que le venga no se enoje.

Bienes de mi padre tapan mi joroba.

Para qué tengo mis bienes, para remediar mis males.

Deseando bienes y aguantando males pasan su vida los mortales.

El bien no dura y el mal perdura.

El que de veinte no puede, y de treinta no sabe, y de cuarenta no tiene, ni podrá, ni sabrá, ni tendrá.

Échales paja al fuego, riqueza al hombre y agua al mar, y no se han de hartar.

No repara el mundo en quién es majadero, sino en quién no tiene dinero.

Hízose rico el asno de Diego y se tapó las orejas con un talego.

Según es tu hato, así te trato.

Con buen traje se cubre ruin linaje.

A balazos de plata y bombas de oro, rindió su plaza el moro.

De nada sirve un clavo, sino hay donde clavarlo.

No hay bien y mal que cien años dure.

Cuenta por bienes, los males que no tienes.

Nada más vales que el valor de tus reales.

> *Hombre pobre huele a muerto;*
> *a la joyanca con él,*
> *que el que no tiene pesetas*
> *requiescat in pace, amén.*   (Copla.)

Más se habla con la fortuna que con las personas.

> *Cuando tenía dinero*
> *me llamaban don Tomás,*
> *y ahora que no lo tengo*
> *me llaman Tomás na más.*   (Juan Manuel.- El libro de los castigos.)

El dinero todo lo puede o lo vence.

> *Pasa el mar, el monte allana,*
> *violenta la más esquiva,*
> *honestidades derriba*
> *y fuerzas rebeldes gana.*   (Valdivieso. El hijo pródigo.)

Dios es omnipotente, y el dinero, su teniente.

> *Conquista, anima e incita,*
> *leyes pone, leyes quita,*
> *hace hidalgos, reinos gana,*
> *muertes perdona y allana*
> *y hasta muertos resucita;*
> *pero éste es tiempo perdido.*
> *¿Quieres saber de su ley*
> *los quilates que ha subido?*
> *Que le fue a Dios ofrecido*
> *queriendo llamarle rey.*   (Lope de Vega.)

66

El dinero no reconoce señor.

> *Es refulgente, es hermoso,*
> *es hidalgo, es bien nacido,*
> *es pujante, es atrevido,*
> *es valiente, es poderoso.*
> *Es piadoso y es cruel*
> *y ya afable o importuno,*
> *del rey abajo, ninguno*
> *es tan bueno como él.*   (Guillén de Castro.)

Según es tu hato, así te trato.

> *Er dinero es mu bonito;*
> *a tó er que tiene parné*
> *le yaman er señorito.*
> *Er que no tiene parné*
> *jasta las endinas moscas*
> *se quieren jiñar en er.*   (Coplillas.)

Quien dinero tiene, sabio parece.

> *Cuando se emborracha un pobre,*
> *dicen todos: ¡Borrachón!.*
> *Cuando se emborracha un rico,*
> *¡Qué gracioso está el señor!*   (Copla.)

Donde no hay din no hay don.

> *Vuestro don señor Hidalgo*
> *es el don del algodón,*
> *que para tener el don*
> *necesita tener algo.*   (Copla.)

Más quiero hombre sin dineros que dineros sin hombre.

> *Me casé con un burro*
> *por la moneda.*
> *Se me acabó el dinero*
> *y el burro queda.*   (Copla.)

Los peces grandes se comen a los pequeños.

> *También en reñir me fundo,*
> *los peces, que cual los ricos,*
> *los grandes tragan los chicos,*
> *pegando esta peste al mundo.*   (Tirso de Molina.
> La Santa Juana.)

Vaso ruin pronto rebosa.

> *Aquel que nunca fue cosa*
> *y que cosa llega a ser,*
> *quiere ser cosa tan grande*
> *que no haya cosa como él.*   (Copla.)

A nadie le amarga un dulce, aunque tenga otro en la boca.

No hay bien que cien años dure, ni mal que a ellos allegue.

El bien aviva y el mal amortigua.

Los bienes, a puñaditos vienen; los males, a costales.

Revueltos andan bienes y males; no siempre tienen rosas los rosales.

Muchas veces viene el mal bien vestido.

El mal que en bien acabó era un bien que se disfrazó.

El bien y el mal a la cara salen.

Más vale bien de lejos que mal de cerca.

Ni del mal faltó inventor, ni del bien contradictor.

Si el mal no fuese sentido, el bien no sería conocido.

Tanto lastima el mal que se halla como el bien que se pierde.

Bienes bien repartidos, pueblo rico.

Ni hagas bien por el concejo, ni compres borrico viejo.

No hay mal tan leve, o grave, que no acabe, o no se acabe.

No hay mal que dure cien años, ni cuerpo que lo resista.

Males y bienes término tienen.

Ni bien que siempre dure, ni mal que siempre apure.

Quien sabe de bien, sepa de mal también.

Quien no pobró la hiel, no sabe estimar la miel.

De todo mal y de todo bien es compendio la mujer.

Donde hay orden, hay bien.

Bienes y males, en que pasan son iguales.

BOCA

El bobo, si es callado, por sesudo es reputado.

Boca cerrada, y ojo abierto, no hizo jamás un desconcierto.

En la boca del discreto, lo público es secreto.

El que tiene boca se equivoca; el que tiene pies anda al revés, y el que tiene culo sopla.

A chica boca, chica sopa.

Boca que dice no alguna vez dirá, sí.

Boca sin dientes hace muertos a los vivientes.

Cuchara llena, boca vacía.

Del plato a la boca, nadie se equivoca.

La lengua de la mujer dice todo lo que quier.

La lengua de la mujer siempre dice todo lo que le place.

Boca que se abre, o quiere dormir, o está muerta de hambre.

Quien boca tiene, comer quiere.

> *La mujer incontinente,*
> *si decís que es deshonesta*
> *como vive torpemente,*
> *aqueste refrán presente*
> *os da luego por respuesta.*
> *A cualquier que le refrene*
> *o su mal reprendiere*
> *le dirá que no le pene*
> *porque, en fin, quien boca tiene*
> *claro está que comer quiere.*   (Sebastián Horozco, 1599.)

Lo boca enfría soplando y calienta vahando.

Boca ancha, corazón estrecho.

Por la gran portada cabe la gran carretada.

La buena portada honra la casa.

Por la boca muere el pez.

Una misma boca apaga el fuego cuando escupe y lo aviva cuando sopla.

El mal entra por la boca y por la boca sale.

¡Qué buena boca para cerezas y guindas garrafales!

Boca pajosa, cría cara hermosa.

BONDAD

El cordero manso mama a su madre y a cualquiera, el bravo ni a la suya ni a la ajena.

A quien un bien hace, otro le nace.

Haz bien y échalo al mar; si los peces lo ignoran, Dios lo sabrá.

El bien suena y el mal vuela.

De dinero, bondad y santidad, la mitad de la mitad.

Más vale el ruego del amigo que el hierro del enemigo.

La bondad, quien la tiene la da.

Buenos y tontos se confunden pronto.

Lo bueno aborrece y lo malo apetece.

De cintura para arriba, todos somos buenos; de cintura para abajo, los menos.

Haz bien y no cates a quien; haz mal y guárdate.

Enemiga es la virtud de la extrema fealdad.

> *Por muy cierto tengo y creo*
> *y afirmar por tal lo oso,*
> *y aunque por experiencia veo*
> *que el hombre mal hecho y feo*
> *raramente es virtuoso.*
> *Con muy gran dificultad*
> *este tal hace bondad,*
> *pues se lo dice el laúd*
> *que enemiga es la virtud*
> *de la extrema fealdad.*   (Sebastián Horozco 1599.)

Cortesía de boca mucho vale y poco cuesta.

No hay tierra tan brava, que resista el arado, ni hombre tan manso; que quiera ser mandado.

El papel es blando y dulce: todo lo sufre.

El papel aguanta lo que se quiera escribir en él.

A quien da y perdona, nácele una corona.

Hacer bien al bueno y corregir al malo, esas son mis misas y mis rosarios.

Cuál más, cuál menos, de la cintura para arriba todos somos buenos.

Haz bien y tendrás envidiosos; haz todavía más y los confundirás.

Quien obra el bien, premio tién; si no en el mundo, en la celestial Jerusalén.

No todo lo grande es bueno, pero todo lo bueno es grande.

El bien que hagas nunca será perdido, aunque haya seres que desconozcan lo que es ser agradecidos.

Quien al pobre cierra la puerta, la del cielo no hallará abierta.

Quien para otro pide, para sí alcanza.

Quien tiene caridad y no tiene que dar, da, al menos, la voluntad.

Si quieres hacer bien, no mires a quién.

Caridad, ¿sabes cuáles? Perdona si mal quieres y paga lo que debes.

Si tuvieras más dinero que te sobre, si no tienes caridad, bien puedes llamarte pobre.

Caridad con trompeta no vale una castañeta.

Caridad y amor, sin tambor.

Cuéntese el milagro y cállese el santo.

Lo que tiras es para el diablo; lo que das Dios te lo tiene guardado.

Lo que gasto es para Dios,
nunca en los libros lo asiento
que para lo que Él me ha dado
es poco lo que le vuelvo,
porque por más que le pago,
siempre le sigo debiendo.   (Lope de Vega. Los Tellos de
                                                    Meneses.)

Con paciencia se gana el cielo.

Sois muchos los impacientes,
que si vuestro hermano os topa
en un hilo de la ropa,
braveáis como serpientes
y queréis hundir el suelo
con palabras de imprudencia,
no obstante que, sin paciencia,
imposible es ir al cielo.   (Damián de Vegas.)

El buen trigo hace el pan bueno.

Bondad y hermosura poco duran.

¡Qué buenos "semos" mientras comemos!

Con bondad se adquiere autoridad.

Para el hombre bueno no hay oficio malo.

Siempre el bien fue desdichado: u olvidado o mal pagado.

Venció el bien al mal con bien.

Hombre demasiado bueno, gran criador de cuervos.

Hacer bien a cuantos puede, y a ninguno ser dañoso, es de hombre generoso.

No hagas bien de que mal te venga.

Quien bien hace a su enemigo, a Dios tendrá por amigo.

Viejo soy, mozo fui, nunca al bueno desamparado ni hambriento vi.

Quien bien hace en la prosperidad, halla ayuda en la adversidad.

A quien otros ayuda, de veinte años le pare la burra.

Bueno, aunque sea pobre, vale más que rico y noble.

Haceros de miel y os comerán las moscas.

Bondad merma autoridad.

Buenos y tontos se confunden al pronto.

Haz todo el bien que debas, más no todo el que puedas.

No seas como el agua, que se ensucia por limpiar a otro.

Alegría es del bueno ver a otro riendo, y del malo, ver a otro llorando.

Más vale ser el peor de los buenos que el mejor de los malos.

El bueno pasa malo y bueno; el malo, ni bueno ni malo.

Lo mejor es enemigo de lo bueno.

Lo bueno perece y lo malo permanece.

De lo bendito, poquito.

Hombre sin pecado, en balde buscado.

Una cosa sólo puede ser buena de una manera; mala, de quinientas.

Tan bueno es Juanazo, que de puro bueno es malo.

BORRACHERA

Beber aquí, beber allí, a la noche borrachín.

Aguardiente y vino, borracho fino.

De mal vino, buena borrachera.

Borrachera pintona, todavía no es mona; pero ya lo va siendo la de "escucha y perdona".

Boda sin borracho, téngolo a milagro.

El milagro del borracho: que lo bebe tinto y lo mea blanco.

Vinillo traicionero, ¿cómo es que te subes a la cabeza, cuando bajas por el garguero?

Mal que sana durmiendo, ya lo entiendo: que se hizo bebiendo.

Mucho beber y no tambalearse sería caso para admirarse.

Beber hasta caer es desatino beber; beber hasta alegrarse, puede aprobarse.

De las uvas sale el vino, y del vino, los desatinos.

Dijo el borracho: "Maestro, déjeme usté la barba." Y era su perro que le lamía la cara.

Más predica un azumbre de vino que diez padres capuchinos.

Cuando se emborracha un pobre: ¡Borrachón!. Cuando se emborracha un rico: ¡Qué alegrito viene el señor!

Nadie diga mal de la mona, que es un mal que a todos toca, o toma.

Por un amigo no es pecado emborracharse un hombre honrado.

Quien al año no coge una zorra del buen vino, no debiera haber nacido.

Ninguno que beba vino llame borracho a su vecino.

Mal que durmiendo sana, del vino, vino, que no del agua.

La beodez mal está en la mocedad, pero peor está en la vejez.

Dijo San Pablo que el vino lo hizo Dios, y la borrachera, el diablo.

Andar derecho y mucho beber no puede ser.

De cuidado el vino es: se sube a la cabeza y se baja a los pies.

El mucho vino saca al hombre de tino.

Quien se envina, no atina.

Quien disputa con un borracho, disputa con un ausente.

El vino y la mujer el juicio hacen perder.

El mucho vino agua las fiestas.

El vino y la enemistad descubren la verdad.

El borracho, aunque hable turbio, habla claro.

El secreto y el vino son mortales enemigos: cuando el vino entra, el secreto sale afuera.

El vino demasiado ni guarda secreto ni cumple trato.

En cada botella de vino hay un Castelar escondido.

Con borrachos no quiero trato; pero del que nunca bebe vino menos me fío.

La vida del perdido, poco dinero y harto de vino.

Capa caída, borrachera subida.

Amistades que del vino nacen, al dormir la mona se deshacen.

El vino, en el jarro es tuyo; pero bebido, es tuyo y hace lo suyo.

Lo que se piensa cuerdo, se ejecuta borracho.

El vino no tiene vergüenza.

Borracha estáis Mari García.-Es el pan nuestro de cada día.

El borracho empedernido siempre será lo que ha sido.

Ser puta es menos tacha que ser la mujer borracha.

Después de mucho beber, pedir consejo para no caer.

El vino no pruebe quien mal vino tiene.

Vino puro dirá quién es cada uno.

BURLAS

Del mal vestido burlan muchos, pero en comprarle un traje no piensa ninguno.

No hay peor burla que la verdadera.

A quien mezcla burlas con veras, nadie le respeta.

Bromeando, bromeando, amargas verdades se van soltando.

No son burlas las que duelen.

Quien quiera divertirse que compre un trompo y una guita.

Son burlas pesadas las que enojan y dañan.

Burlillas y cosquillas, poquillas.

Chanzas, cuantas quieras; pero no llegar a las alforjas, que se desmigaja el pan.

Malas bromas los ánimos enconan.

Burlillas que pueden volverse veras, no las quieras.

En bromas pesadas, las cañas se vuelven lanzas.

Por un dicho que muerde, un buen amigo se pierde.

Sólo el necio burla del que es maestro.

Chanzas y bromas, cortas.

A la burla, dejarla cuando más agrada.

Quien se burla del prudente algún día lo siente, o algún día se arrepiente.

Más vale que se pierda un chiste que no un amigo.

Por guasón ahorcaron a Revenga, y después de ahorcado sacaba la lengua.

Burla con daño no cumple el año; burla con boca, con mano no toca.

Malas bromas los ánimos enconan.

De burlas pesadas, veras lamentadas.

Las burlas más chanceras a lo mejor se vuelven veras.

Ni chanzas, ni fianzas.

CAGAR

Al comer y al cagar prisa no te has de dar.

Cuando no hago lo que veo, toda me meo; cuando lo que veo no hago, toda me cago.

Caga más un buey que cien golondrinos.

Mear claro, cagar duro, peer fuerte y darle tres higas a la muerte.

Ningún cagado se huele.

¡Qué placer de marido!, fue a cagar y vino de frío aterido.

La suerte del enano, que fue a cagar y se cagó la mano.

Lo que no come el mulo, no lo caga el culo.

Quien mal tiene el trasero, no puede estar quedo.

Quien su culo alquila, no caga cuando quiere.
Otros dicen.

Quien su culo alquila, no va al corral cuando querrá.
Y otros también dicen.

Quien su rabo alquila, no se sienta cuando quiere.

Quien de una vez no caga, dos se arremanga.

Al comer y al cagar el hombre se debe espaciar.

Cagajones con azúcar y miel saben bien.

Cagar de ventana y el culo a la calle.

Como come el mulo, caga el culo.

Comer bien y cagar fuerte, y no tendrás miedo a la muerte.

Cuando vayas a cagar, llévate con qué limpiar.

Pee fuerte, mea claro y caga duro, y manda al médico a tomar por el …"futuro".

Quien ha de cagarse en los calzones, aunque los lleve al hombro.

Entre el arroz que atapa y las uvas que sueltan, está la cosa resuelta.

En el culo las tienes, nunca las riegues.
Equivale a decir: Sé valiente.

Antes de entrar en lugar, mear y cagar.

CALLAR

En boca cerrada no entra mosca.

Boca cerrada y ojo abierto no hizo jamás un desconcierto.

Al buen callar llaman Sancho; al bueno bueno, Sancho Martínez.

Un buen callar no tiene precio, y un mal hablar lo da de balde cualquier necio.

Dos buenos callos me han nacido: uno en la boca, el otro en el oído.

Callar como puta tuerta.

Callar como en misa.

Ni oste ni moste.

Más vale callar que con necios altercar.

Mientras uno calla, aprende de los que hablan.

La mejor palabra es la que se queda por decir.

Oír, ver y callar.

Oír, callar y ver hacen buen hombre y buena mujer.

Oyendo, viendo y callando, con todos en paz me ando.

Hombre callado y carta cerrada, por de pronto no dicen nada.

Quien no dice nada, ni peca ni miente.

Quien calla otorga.

Necio que calla no difiere del sabio en nada.

Pensar y no decir es concebir y no parir.

Quien se muerde la lengua, algo malo piensa.

Con el hombre siempre callado, ¡mucho cuidado!

Mastín que no muerde ni ladra, no le tengas en tu casa.

En la boca del discreto lo público es secreto.

Si yo os lo digo, tanto sabes como yo, amigo.

Con tus ojitos abiertos, tus oídos abiertos y tu boquita cerrada, sabrás mucho de todos y de ti no sabrán nada.

No descubras tu corazón a tu amigo, y no serás su cautivo.

De lo que no digas serás el amo, y de lo que digas, esclavo.

La que calla es mamadera.

Quien no calla lo suyo, ¿cómo callará lo tuyo?

No hay cosa encubierta que tarde o temprano no sea descubierta.

Lo que se calla se puede decir, lo que se dice no se puede callar.

Cuando estuvieras con él (ella) vientre con vientre, no le digas cuanto se te viniere a la mente.

Ante el que no debe oír, mucho callar y poco decir.

El rostro, a todos; el corazón, a pocos.

Ni tu propio camisón debe saber tu intención.

Lo que no puedas publicar, no lo digas; lo que puedas firmar, no lo escribas.

Piensa mal, mas no lo digas, nadie a decirlo te obliga.

El loco en la frente trae el cuerno, y el cuerdo, en el seno.

La caca, limpiarla y callarla.

La ropa sucia se lava en casa.

A la mierda dejarla estar queda, para que menos huela.

Llorar a boca cerrada y no dar cuenta a quien no se le da nada.

Cantar en la plaza y llorar en casa.

Sufre callando lo que no puedes remediar hablando.

En cada casa hay un cuarto de trastos viejos.

Haga cada uno lo que quisiere, y calle lo que viere.

Aunque digas y no hagas, haz y no digas.

Más hace el lobo callando que el perro ladrando.

Calla y harás lo que querrás.

Ventura callada, de nadie envidiada; pero mal disfrutada.

¿Quieres en tus negocios ser afortunado?-Sé reservado.

En arca cerrada puede haber mucho y puede no haber nada.

CALUMNIA

Dios te libre de una mala lengua y de un testigo falso.

No vi fuego más ardiente que la lengua de un mal dicente.

Juntáronse los delantales y no quedó vecina sin mortales.

Estando el diablo ocioso, se metió chismoso.

El más roto y descosido le saca faltas al bien vestido.

Calumnia, que algo queda.

Las heridas de la calumnia, si mal cierran, peor curan.

Más vale caer en torrente que en boca de la gente.

Lo malo que de otro oímos siempre lo creemos; lo bueno, rara vez lo creemos.

Quien fama ensucia, lávase tarde o nunca.

Hay quien hiere el corazón sin romper el jubón.

Si no hace mella en la dama, hace mella en la fama.

La honra del bueno está en manos del ruin.

Andar en lenguas, andar en menguas.

> *Lenguas llenas de veneno,*
> *maldicientes roedoras,*
> *de lo malo alabadoras,*
> *tachadoras de lo bueno;*
> *vanas, necias, mentirosas*
> *y falsas testimonieras,*
> *deshonestas, lisonjeras,*
> *crueles y escandalosas.*   (Damián de Vegas.)

No hay como un pringoso para ver manchas en otro.

> *Oficiales de tijera*
> *hay mil en cada lugar;*
> *son los sastres del honor,*
> *y al revés de los demás*
> *ponen en paño de su casa*
> *aguja, seda y dedal.*
> *En pocas varas de paño*
> *muchos vestidos habrá,*
> *porque tiene grande marca*
> *la tela del murmurar.*   (Alonso de Ledesma. Juegos de
> Nochebuena.)

A quien hiere con la boca curar con ella le toca.

> *Las del honor quebradizo*
> *son heridas de alacrán,*
> *que curarse no podrán*
> *sino el mismo que las hizo.*   (Copla.)

CAMBIOS

Al cabo de los años mil, vuelven las aguas por donde solían ir.

No hay cosa firme y estable en este mundo miserable.

No hay día sereno.

Ni como anochece amanece, ni como amanece anochece.

Lo que hoy parece, mañana perece.

Tiempo vendrá que tu espejo no te conocerá.

Quien no muda mujer, no sabe placer.

Quien no muda marido, buen día no ha tenido.

Siempre perdices cansa; guísame unas habas.

Un día perdiz y otro gazpacho, para que las perdices no den empacho.

Esto va por tandas: unos días irás en andas y otros llevando a alguno en andas.
Refrán que se puede aplicar a la política actual.

Pasar de carcelero a encarcelado, más de una vez se ha presenciado.
Que se lo pregunten a alguno de los políticos actuales.

Nadie diga: "bien estoy", que mañana no será hoy.

Nadie diga: "bien estoy", sin añadir: "lo que es por hoy".

El llorar y el reír, tabiquillo por medio suelen vivir.

Cuando la alegría a la sala llega, el pesar va subiendo por la escalera.

No hay carnaval sin cuaresma.

No hay mal que cien años dure, ni cuerpo que lo resista.

No hay cosa firme ni estable en esta vida y mundo miserable.

El mundo da muchas vueltas.

Flujo y reflujo, en el mar y en todo el mundo.

Mucho va de ayer a hoy.

En la variación consiste el gusto.

Renovarse o morir.

No toda mudanza es mejoría.

El pan de la vecina, para mi niño es medicina.

Torres más altas han caído.

Bienes de fortuna, mudables como la Luna.

Tiempo vendrá que el desnudo se vestirá.

También hay horca para el verdugo.

Tiempo, viento, mujer y fortuna, presto se mudan.

Un tiempo ido, otro venido.

Tras la tempestad viene la calma.

Día de mucho, víspera de nada.

Fortuna, ven y tente, que te mudas fácilmente.

Con las que repican doblan.

Por bien que te vaya, no vendas tu saya.

Lo que el día trae, el día se lo lleva.

Mudar y mejorar no siempre son a la par.

En mi casa mora quien ríe y llora.

La risa va por barrios.

Pena y alegría, a veces en un mismo día.

Apenas se habrá comido el pan de la boda.

Tristeza sobre alegría, doblada fatiga.

Aunque hoy goces las dichas, teme mañana las desdichas.

Males y bienes término tienen.

No hay bien que dure, ni mal que no se acabe.

Así anda el hombre, según el viento que corre.

No hay día sin noche, ni noche sin día.

A gran llena, gran vacía.

No siempre es primavera.

Día de risa, víspera de llanto.

No hay dos dedillos de la risa al cuchillo.

CANDIDEZ

No sabéis cuántas son cinco.

¿Virgo la llegas y con leche? Plegue a Dios que te aproveche.

El cuerno al ojo, y la barba en remojo.

Dejar las uvas por las agraces, tonto es el que lo hace.

Quien tiene un burro y lo vende, lo que no montó en él eso se pierde.

Quien va a la bodega y no bebe él se lo pierde.

A los inocentes se aparece Nuestra Señora.

Siempre se aparece la Madre de Dios a los pastores, a los niños, o a los tontos.

Encomendar la oveja al lobo es de hombre bobo.

Levantar la liebre para que otro la mate es disparate.

Yo sacudiré los ramos; tú tomarás los pájaros.

No calientes horno para que cueza otro.

El que anda sin malicia y sin rencor, anda sin temor.

Al hombre sencillo cualquiera se lo mete en el bolsillo.

El hombre bueno es fácilmente engañadero.

Infeliz es el can que de la cola se deja agarrar.

Pagar el pato.

Comer uva y pagar racimo.

A la mesa me senté y, aunque no comí, escoté.

Mi hijo Benito pierde una vaca y gana un cabrito.

Quien más puso más perdió.

Tonto serás si tabaco y papel das; pero, si también das lumbre, maricón eres de costumbre.

Dad, por Dios, a quien tiene más que vos.

Como la cabra que parió para el lobo.

Si trabajé para otros y no para mí, trabajador necio fui.

Matarse por quien no se mata es patarata.

Buenos pagan el vino.

CARGOS

Alcalde de aldea, el que lo desee, ése que lo sea.

Oficio de concejo, honra sin provecho.
Era cuando en los ayuntamientos, no se cobraba.

Cargos llevan cargas.

Como me crecieron los favores, me crecieron los dolores.

Nadie le dio la vara, él se hizo alcalde y manda.

A falta de hombres buenos, a mi padre lo hicieron alcalde.
Diputado, senador, etc.

Padrino de boda y alcalde de aldea, el demonio que lo sea.

De alcalde a verdugo, ved cómo subo.

Si quieres saber quién es "Periquillo", dale un carguillo.

¿So alcalde o no so alcalde, o esta varita la traigo de balde?

Alcalde de aldea, prende y no suelta.

Alcalde de aldea, si sale cruel, Dios nos libre de él.

Alcalde, ni de balde.

Alcaldes y zapatos nuevos, los primeros días aprietan y después vienen anchos.

Ciertos cargos piden canas.
Hoy parece que es al revés.

Cuando los que gobiernan hacen lo que deben, los gobernados no hacen lo que quieren.
Parece que no se han fijado en nuestros días para hacer este refrán.

Dentro del concejo, la lengua del viejo.

Estrenos de alcalde, novillos y baile.

Estreno de vara, cárcel colmada.

No sabe gobernar el que a todos quiere contentar.

Rey no letrado, asno coronado.

Si quieres saber quién es Gil, dale la vara del alguacil.

A pueblo muerto, alcalde tuerto.

Conciencia de teólogo, mesa de médico, y pleito de abogado, todo anda errado.

Nuestro alcalde nunca da paso de balde.

Vete a lugar ruin, hacerte han alcalde o alguacil.

Cuando no hay otro, mi padre alcalde.

Aún no es alcalde y ya quiere comer de balde.

Haz alcalde al villano y se volverá campechano.

Alcalde de vara en cinta y mujer de poco importa, no hay que fiar de ellos cosa.

Curándose los ojos, nuestro alcalde ensordeció: ve lo que le dais y no oye lo que le habláis.

Cuarenta años de alguacil, y todavía no sabe dónde está el ayuntamiento.

Es mejor ser bruto que alcalde, porque el alcalde se acaba y el bruto queda.

Alguacil descuidado, ladrones cada mercado.

Beneficios a corporaciones, sufragios por condenados.

De todo tiene el pueblo: regidores y hombres buenos.

El pueblo somos yo y los míos, los demás son mis vecinos.

Gómez Manrique escribió unos versos para que se inscribieran en la escalera de la casa consistorial, que dicen:

Nobles, discretos valores
que gobernáis a Toledo;
en aquestos escalones
desecha las aficiones
codicias, valor y miedo.
Por los comunes provechos
dejad los particulares;
pues hizo Dios pilares
de tan magníficos techos,
estad firmes y derechos.

El mismo Gómez Manrique, diciéndole cómo iban las cosas en tiempos de D. Juan II, escribió:

¡Mirad que gobernación;
ser gobernados los buenos
por lo que tales no son!

Y una copla que dice (sin comentarios):

Muchos hombres que a sí mismos
no se saben gobernar,
por sarcasmo de los votos
gobiernan a los demás.

El padre alcalde y compadre el escribano.

Rebuznaros el balde el uno y el otro alcalde.

Alcalde tonto, sentencia pronto.

Si el alcalde no es ejemplar, ¿quién le ha de respetar?

Cargos son cargas las menos, dulces; las más, amargas.

Mi pueblo de todo tien: regidores y hombres de bien.
Antiguamente los regidores son los concejales actuales.

Regidor y mierda de culo, todo es uno.

Los puestos eminentes son como las cimas de los peñascos, sólo pueden llegar a ellos los águilas y los reptiles.

Buena demanda o mala demanda, el escribano de mi banda.

Un apóstol en el cielo y un escribano en el suelo.

Pluma de escribano, de negro hace blanco, y a la vuelta de un pelo, de blanco hace negro.

Perdió el escribano su pluma y le dio el diablo su ganzúa.

Con abadesa de poca edad, mal andará la comunidad.

Para elegir un diputado, tanto vale el voto de un imbécil como el de un sabio.

Al poner su firma al pie
de una escritura otorgada,
dijo un notario: ¿Por qué
obligan a que dé fe
al que no la tiene en nada?.
(Doctrinal de Juan del Pueblo. Tomo I. Fermín Sacristán.)

La trinidad de la aldehuela: el cura, el alcalde y el maestro de escuela.

No son todos buenos para alcaldes.

Cuando el villano se ve hecho alcalde, no hay quien le aguante.

Haz alcalde al villano, y le verás tieso como un ajo.

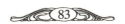

¿De qué me serviría ser alcalde, si no metiera gente en la cárcel?

Honra sin honra, alcalde de aldea y padrino de boda.

Mal viene el don con la carga de paja.

Escribano que mucho raspa, o mal escribe o hace trampas.

Borrón de escribano, dinero cuesta.

Tintero en escribanía, cañón de artillería.

Pluma de escribano y vara de alcalde, dos calamidades.

CARIDAD

Quien al pobre cierra la puerta, la del cielo no la hallará abierta.

Quien para otro pide, para sí alcanza.

Favorece al afligido y serás favorecido.

Quien tiene caridad y no tiene que dar, da, a lo menos, la voluntad.

Obras caritativas, ésas son mis misas.

Al prójimo, como a ti mismo.

Ayudar al pobre es caridad; ayudar al rico, adulación o vanidad.

Si tuvieres más dinero que te sobre, y no tienes caridad, bien te puedes llamar pobre.

Marta la pidadosa que mascaba la miel a los dolientes.

Caridad ruidosa, vanagloria y no piadosa.

Caridad y amor, sin tambor.

Trompetera caridad, vanidad y no piedad.

Al que están ahorcando no le tires de los pies.

En casa del bueno, el ruin cabe al fuego.

Si quieres hacer bien, no mires a quién.

Donde no hubo dolor, ni caridad ni amor.

Cuanto la caridad toca en oro lo torna.

Donde hay caridad, hay paz.

Caridad con trompeta no me peta.

Este niño libre va; quien bien le hiciere, Dios se lo pagará.

La caridad bien entendida empieza por uno mismo.

La caridad bien ordenada, de sí ha de ser comenzada.

Caridad buena, la que empieza por mi casa, y no por la ajena.

Quien por su enemigo ruega, al cielo llega.

Cuéntese el milagro y cállese el santo.

CARNE

Carne cocida me da la vida; carne vuelta a cocer, no la puedo ver.

Carne sin vino no vale un comino; vino sin carne algo vale.

A carne de perro, diente de lobo.

Carne encerrada, carne capada.

Carne cría carne; vino, sangre; pan, panza, y todo lo demás es chanza.

Tajada que se lleva el gato, nunca más vuelve al plato.

Cuando no hay lomo, tocino como.

De los codos no salen lonchas de tocino.

La carne pone carne, el pan pone panza y el vino guía la danza.

La carne hace buena carne, y el vino, buena sangre; carne y sangre hacen buen alma, y las buenas almas van al cielo; luego buena carne y buen vino quiero.

Come buena carne y bebe vieno añejo, y te relucirá el pellejo.

De las carnes, el carnero; de las aves, la perdiz; de las mujeres, la Beatriz.

Huevos, frutas y legumbres no dan más que pesadumbres; carne, carne cría y da alegría.

Carne de pluma quita del rostro la arruga.

Carne de junto al hueso, denme de eso.

No hay cosa más tierna que la carne de la pierna.

Toda carne es sospechosa; más la muerta es venenosa.

La carne engorda; el vino esfuerza; el pan sustenta.

Con carne nueva, vino viejo y pan candeal no se vive mal.

Carne carne cría, y peces, agua fría.

Achaques al viernes por comer carne.

Al hijo del azor no le falta carne.

CASA

Casa mía, casa mía,
por muy pequeña que seas
pareces una alquería.

A quien hace casa o se casa, la bolsa le queda rasa.

En casa del bueno, el ruin cabe al fuego.

En casa del ruin, la mujer es alguacil.

En casa de mujer rica, ella manda y ella grita.

Casa cerrada, casa arruinada.

Casa mal guardada, pronto robada.

No salgas de tu casa y vayas a casa ajena, llevando la vejiga llena.

Cuando vayas a casa ajena, llama de afuera.

En casa del herrero, badil de madero o cuchillo de palo.

En casa hasta el culo descansa.

A casa del rico ve obligado, y a la del pobre, sin ser llamado.

A casa de muchos amos nunca le faltan goteras.

De casa que amaga ruina, se van los ratones y las golondrinas.

Más vale en aldea ser cabeza de boquerón, que en gran ciudad cola de pez mayor.

De mi casa al mercado, todo es barrio.

Casa en cuanto quepas, viñas cuantas bebas, ovejas cuantas guardes y tierras en todas partes.

Casa sin moradores, nido de ratones.

Quien nace en pajar, en pajar quiere acabar.

Si en tu casa quieres paz, deja de mandar y haz refrán para los hombres.

Piedra rodadora no es buena para cimiento, ni mujer que mucho ama, lo es para casamiento.

Tres mudanzas equivalen a un incendio.

Más quiero en mi casa pan, que en la ajena faisán.

¡Con qué señorío y majestad canta el gallo en su muladar!

En casa de mi mujer, él es ella y ella es él.

Más vale el árbol que sus flores, y más tus bienes en tierras que en tiras y cordones.

Casa humosa, gotera enojosa y mujer contenciosa, no hay peor cosa.

Casa con corral, paraíso terrenal.

Casa sin sol, no hay cosa peor.

Huye de casa sin luz, como el diablo de la cruz.

Ni huerta en sombrío, ni casa junto al río.

Casa en plaza, los quicios tiene de plata.

Casas y hombres, sin esquinas y sin rincones.

No compres casa en esquina, ni cases con mujer que no entre en la cocina.

Casa de tierra, caballo de hierba y amigo de palabra no valen nada.

Casa de piedra, firme y duradera; casa de tierra, casa de mierda.

En chica casa, grande hombre cabe.

Casa propia es un tesoro que no es pagado con oro.

Amistad vieja y casa nueva.

Oro viejo, vino viejo, amigo viejo; casa nueva, navío nuevo, vestido nuevo.

Casa la del padre quiero; viña, la que plantó el abuelo.

Bendita la casa aquella que huele a antiguo toda ella.

Guárdete Dios de perro de liebres, de casa de torre, de piedra de honda y de mujer sabihonda.

Quien quiera saber si su casa es buena, viva un mes en la ajena.

Casa hecha y mujer por hacer.

Con mujer hermosa, casa ruinosa o yerno loco, no hay hombre ocioso.

Quien no tiene dinero, anda a mal con el casero.

A quien no tiene casa ni hogar ¿qué cosa peor le puede pasar?.

CASADOS-CASAMIENTO

Aquella es bien casada, que ni tiene suegra ni cuñada.

Casarás y amansarás.

Quien lejos va a casar, o va engañado o va a engañar.

El que se casa por todo pasa.

Quien tuviese hija fea, cómprela un majuelo, que así hizo mi padre y casóme luego.

Ni bebas en botija, ni des a forastero tu hija.

Casamiento, cansamiento, y el arrepentimiento en su seguimiento.

Casamiento hecho, novio arrepentido.

Casamiento santo: él sin capa y ella sin manto.

Casamiento sin cordura, perpetua amargura.

Casar y arrepentir, que eso pasa a todos y pasó por mí.

Casaste y cegastes, y cuando los ojos abriste, cien males viste.

Cásate por interés y me lo dirás después.

De ningún casado he sabido que al mes no estuviese arrepentido.

La que se casa con un viudo, rival tiene en el otro mundo.

Baje la novia la cabeza y cabrá por la puerta de la iglesia.

Quien a la vejez se casa, él dirá cómo lo pasa.

Quien casa con mujer rica y fea, tiene ruin cama y buena mesa.

Si la mar se casara, no sería tan brava.

Si mi padre no me casa, yo seré fuego, yo seré brasa, yo seré el escándalo de mi casa.

Si quieres bien casar, con tu igual y en tu lugar.

Esperando marido caballero, lléganme hoy las tetas al braguero.

Más vale soltero andar, que mal casar.

Matrimonio y señorío no quieren furia ni brío.

Hija que se casa, la casa paterna arrasa.

El que casa con vieja, fea y sin dote, tonto es de capirote.

La casta Susana, que enterró a tres maridos y aún le quedó gana.

Más vale una mala boda que un buen entierro.

Madre, casarme quiero, que dormir sola me da miedo.

Casarás, casarás, y viuda morirás.

Cásate, así gozarás los tres meses primeros, y después desearás la vida de los solteros.

Casóse con gata, por amor a la plata; gastóse la plata y quedóse en casa la gata.

El que ara en camino y casa con una vieja, pierde el tiempo y gasta la reja.

La que ha de ser bien casada, a su costa lo ha de ser.

No hay mujer bien casada que no lo sea a su costa.

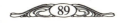

A quien tiene buena mujer, ningún mal puede venir.

> *Venturoso es el que ha*
> *tal mujer cual convenía*
> *y aquella quien Dios le da*
> *mientras que casado está*
> *una buena compañía.*
> *Qué mal puede suceder*
> *que no se pueda sufrir,*
> *porque está claro de ver*
> *que el que tiene buena mujer*
> *nigún mal puede venir.*   (Sebastián Horozco 1599.)

El casado descontento siempre vive con tormento.

> *Ciertamente los casados,*
> *si entre ellos hay paz y amor,*
> *son muy bien venturados*
> *y es uno de los estados*
> *de que se sirve el Señor.*
> *Mas si descontentamiento,*
> *hay entre ellos y es notorio*
> *al casado descontento*
> *vive siempre con tormento*
> *y en continuo purgatorio.*   (Sebastián Horozco, 1599.)

La mujer de buen marido siempre parece soltera.

Si te casas, no te descases; si te descasas, no te cases.

Casarse una vez no es cordura; casarse dos es locura.

Berza vuelta a calentar y mujer vuelta a casar, al diablo se le pueden dar.

Los casamientos todos son acertamientos.

> *Bien es hombre buscar*
> *tal mujer hasta que acierte,*
> *pero en esto de casar*
> *gran ventura es acertar*
> *más de como cae la suerte.*
> *Algunos quedan contentos*
> *y otros muchos al revés,*
> *así que los casamientos*
> *todos son acertamientos*
> *al derecho o al revés.*   (Sebastián Horozco, 1599.)

Quien casa por amores, vive vida con dolores.

> *La que sin consentimiento*
> *de sus padres quiso dar*
> *palabra de casamiento*
> *por amores que son viento*
> *ella le viene a pagar.*
> *Los amores en rencores*
> *se vienen a convertir*
> *y casando por amores*
> *vive vida de dolores*
> *que quería más morir.*   (Sebastián Horozco 1599.)

Quien se casó una vez, por necio perdonado es; pero si dos, por bestia no le perdona Dios.

Casada a la fuerza, no es mucho que se tuerza.

Quien tiene hijos puede emparentar con el demonio.

Doncella muy recluida, no se casará en la vida: aire necesitan, aire, y que las vean los galanes.

Doncellas y yeguas requieren feria.

A nuestra hija la soltera no hay quien la quiera; en cambio, la casada de muchos es requebrada.

Bien hace quien se casa, y mejor quien no se casa.

Casarse es bueno, pero es mejor quedarse soltero.

Casada te veo; otro mal no te deseo.

Quien era soltero y ya es casado, de libre se ha hecho esclavo.

Mujer casada es viña vendimiada.

El día que me casé, buena cadena me eché.

Si el que se va a casar tuviera cordura, antes acudiría al verdugo que al cura.

Quien se quisiera casar, mucho lo ha de pensar.

Hombre casado, pájaro enjaulado.

CASTIDAD

Al hombre, braga de hierro; a la mujer, de carne.

Ser casta para buena no basta.

El hombre bueno no sube en lecho ajeno.

Para sanar: dieta y mangueta y siete nudos en la bragueta.

Hombre mujeriego acaba consigo y con su dinero.

Si quieres llegar a viejo guarda el "aceite" en el pellejo.

No hay bestia fiera que no se huelgue con su compañera.

Ya que no eres casto, sé cauto.

Doncella, por su palabra has de creella.

Doncella sin amor, rosa sin olor.

Doncellas, sábelo Dios y ellas.

¿Doncellas?, yo no juraré por ellas.

A los treinta doncellez, rara vez.

Fealdaz no es castidad.

Gran bien es castidad, pero ¿dónde está?

> *Si en el sexto no hay perdón*
> *y en el séptimo rebaja,*
> *ya puede Nuestro Señor*
> *llenar el cielo de paja.*   (Copla.)

Buena es Dorotea si no hay quien la pasea.

> *Quiero y resisto abrazos mi cuidado*
> *hago que la razón amor enfrene*
> *y no me aparto del sujeto amado*
> *dudoso a serme la vicoria viene*
> *que amar y resistir es el estado*
> *más riguroso que la vida tiene.*   (Lope de Vega.)

Andaos a reinos y moriréis virgen.

Es poca cosa morir de hambre; perder la castidad es lo más grave.

Honestidad es hermana de vergüenza; castidad, madre de continencia.
El Corbacho. Arcipreste de Talavera 1438.

En villa cerrada no hay ninguna forzada.

Casto y mozo, haz una cruz en el pozo.

No hay pureza que dure a una vuelta de cabeza.

CASTIGAR

Al paño con el palo, y a la seda con la mano.

Sin espuela y sin freno, ¿qué caballo hay bueno?

El aprender es amargura; el fruto es dulzura.

El loco por la pena es cuerdo.

Quien no castiga culito no castiga culazo.

Reniego del árbol que a palos ha de dar el fruto.

Con viento limpian el trigo, y los vicios con castigo.

El que no tiene mujer bien la castiga, y el que no tiene hijos bien los cría.

Bofetón en cara ajena, dinero cuesta.

¿Qué culpa tiene el culo de que el niño la lección no supo?

La cuerda hace al loco cuerdo.

No hay malo tan malo que no le mejore el palo.

Si de nada sirve el palo, malo, malo.

Zurrar la badana, no hay cosa más sana: daña hoy y aprovecha mañana.

Los guardas del reino son el amor y el miedo.

Cuando el malo es remalo, de poco o nada sirve el palo.

A mala madera, buena azuela y buena sierra.

Al malo, palo, y al enfermo, regalo: el uno es malo y el otro está malo.

En ocasiones más vale un buen palo que veinte oraciones.

Obra mala, nunca sin pena, ni sin galardón la buena.

Casa en que una lágrima abre gotera se pudre toda entera.

Ir por lana y volver trasquilado.

Quien mal hiciere, bien no espere.

Hay árboles y hombres malos que sólo dan el fruto a palos.

Donde fuerza no hay, derecho se pierde.

Más vale bueno por fuerza, que malo de grado.

Quien no entiende por razones, entienda por cojones.

CAZA

A la liebre "movía" no la busques hasta el otro día.

A liebre preñada, galga salida.

A los galgos del rey no se les escapa liebre alguna.

Carne perdida: liebre asada y perdiz cocida.

Después del conejo ido, palos a la madriguera.

Después del conejo ido, palos a la cama.

El lobo viejo caza a la espera.

El mejor cazador miente más que caza.

El peor cazador, el mejor mentidor.

La mejor escopeta ni la mitad acierta.

Mañana de zorras, mal día de caza.

Más caza el sordo que el distraído.

Perro cazador, hasta morir rastreador.

Si compras perro lebrero, pruébalo en enero, y si la pieza no la trae a la mano, que lo mantenga su amo.

Si quieres ser cornudo, ándate a caza a menudo.

Se caza más hablando que disparando.

Galgo que va detrás de dos liebres, sin ninguna vuelve.

Mientras el galgo mea, la liebre está a media legua.

No todos los que tienen libro son lectores, ni todos los que tienen escopeta, cazadores.

Cantó al alba la perdiz, más la valiera dormir.

Cara es la plaza, pero más cara es la caza.

Can de raza el can caza.

Cazador y mentiroso, se tolera si es gracioso.

Perro ladrador poco mordedor y mal cazador.

Pescador de caña y cazador de zurrón, no riñen los hijos por la partición.

La liebre búscala en el cantón, y la puta, en el mesón.

Liebre diestra, presto sale a la vereda.

Liebre parida y galga salida corren más.

Liebre que has de matar, cuesta abajo la has de echar.

Liebre que se te ha de ir, cuesta arriba la has de ver ir.

Quien va a caza de liebres, tres trae consigo: una de hambre, otra de cansancio y otra de frío.

A cazador de tenazón, de vejez se le mueren las liebres.

Sed de cazador y hambre de pescador.

A liebre corredora, escopeta prevenida.

Reunión de cazadores, reunión de embusteros.

Si quieres conejo muerto, apunta con ojo tuerto.

Quien levanta la liebre, para que otro la mate, es tonto de remate.

Para cazar conejos, el amo, cojo, y el perro, viejo.

La liebre a la carrera y la mujer a la espera.

Quien diga que un cazador no miente, miente.

De la caza el ejercicio, bueno para diversión y malo para oficio.

Cazador con levita, ¡quita, quita!

Misa de cazadores, los rezos al trote.

Si cazares, no te alabes; si no cazares, no te enfades.

Cazador que no mata caza, por lo menos, la espanta.

Para cazar, callar.

Para cazar, andar.

El que mata cuelga.

Cazador que no cuente mil mentiras, no lo conocí en mi vida.

Más conejos se cazan charlando en la taberna que en el monte con la escopeta.

De mala mata, nunca buena caza.

La cacería más quiere hora que día.

Quien no espanta no mata.

CELOS

Marido celoso nunca tiene reposo.

No hay amor sin celos, ni cordura sin recelos.

Celosillo es mi marido, y yo me río, porque cuando él va yo ya he "venío".

Quien tiene mujer hermosa, muchos ojos ha menester, y quien no la tiene también.

Dios nos libre de un tonto, y más si es celoso.

Duelos y celos, de sabios hacen necios.

El dinero, el amor, los celos y el cuidado no pueden estar disimulados.

Hombre celoso, de suyo es cornudo.

> *En la mesa del amor*
> *los celos son el salero*
> *que para ser verdadero*
> *ellos han de dar favor;*
> *pero advertir que es error*
> *echar mucha al que es sencillo;*
> *con la punta del cuchillo*
> *toma sal el cortesano,*
> *porque con toda la mano,*
> *no es templallo, es desabrillo.*   (Tirso de Molina.)

Quien con mujer celosa casó, en vida el purgatorio pasó.

De celosa a puta, dos pulgadas juntas.

Celos y envidia quitan al hombre la vida.

Pican más los celos que las pulgas.

> *Es envidia conocida*
> *que no sabe contentarse*
> *una paz interrumpida,*
> *hierba en el alma nacida*
> *muy difícil de arrancarse.*
> *Dice un devoto señor,*
> *a quien esta plaga alcanza,*
> *que "celos nacen de amor",*
> *y respóndele un doctor:*
> *"No hay amor sin confianza".*   (Hurtado de Mendoza.)

Amor y celos hacen discretos.

Celos y envida quitan al hombre la vida.

Mujer celosa, leona furiosa.

CHISMOSOS

Va la moza al río, no cuenta lo suyo y cuenta lo de su vecino.

Júntanse las comadres y arde en chismes la calle.

Va la palabra de boca en boca, como el pajarillo de hoja en hoja.

Lo que haces bueno, lo ocultan; lo que haces malo, lo abultan.

Si no hubiera quien trajese cuentos, habría más paz en el convento.

De un cuento nacen ciento.

No todo lo que se cuenta es dinero.

Pera que no suena, para mí es buena; pera que rechina, para mi vecina.

Dos higas para el que me vio y cuatro para el que lo murmuró.

A quien traiga un cuento, desprécialo al momento.

El chisme agrada, pero el chismoso enfada.

A los habladores los queremos, porque nos dicen lo que no sabemos; pero por chismosos los tenemos.

Con quien mucho murmura, no hay honra segura.

Bien me quieren mis vecinas porque les digo las mentiras.

No lo diré, no lo diré; mas con ello en el cuerpo no me quedaré.

El chismoso chismorrón no gusta de la noticia, sino del notición.

Lo que no se ve no se cuenta.

Quien dice lo suyo, mal callará lo ajeno.

Escrita la carta, mensajero nunca falta.

Uno sólo que te vea, y lo sabrá toda la aldea.

Llevar y traer, de todo ha de haber.

Estando el diablo ocioso, se metió a chismoso.

Por una vez que me puse a bailar, lo supo todo el lugar.

Cantó el gallo, no supo cómo ni cuándo.

CIEGOS-COJOS

Al ciego no le hace falta pintura, color, espejo y figura.

Cuando guían los ciegos, guay de los que van tras ellos.

El ciego y el sabio yerran a cada paso.

Cuando un ciego guía a otro ciego, en el abismo dan luego.

Lo que mal veo bien lo siento, dijo de los abrojos el ciego.

Palo de ciego cuando se ensaña, levanta el polvo debajo del agua.

Palo de ciego, palo de diablo.

"Palpo, pues no veo", decía a la moza el ciego.

Si quieres que el ciego cante, vaya la paga por delante.

Soñaba el ciego que veía, y eran las ganas que tenía, y soñaba lo que quería.

Tan ciego me vi, que dije sí; si no dijera, libre fuera.

"Veremos", dijo el ciego, y nunca vio.

Si el ciego de amores muere, ¿qué hará quien vista hubiere?

Oración de ciego, toda a un tono.

Al ciego, de ojos le sirven los dedos.

Por muchos favores que hagas a un ciego, nunca te ha de poder ver.

Muchos ciegos querrían ver eso que te parece feo.

A los ciegos, mudarles el hito.

El ciego mal juzga de los colores.

Bien ve el ciego que se mira por dentro.

A ningún cojo se le olvidan las muletas.

Bien va la oveja coja, como el lobo no la coja.

Malo es cojear delante de un cojo.

No hay piara sin cabra coja.

Cojo con miedo corre ligero.

A la puerta estaba el cojo y a la tuerta le bizca el ojo.

Nunca compres burra coja, pensando que ha de sanar, pues si las sanas cojean, las cojas ¿qué es lo que harán?

Detrás de un cojo, un conocido, y si no otro cojo seguido.

El que no sabe, es como el que no ve.

Más vale perder las ventanas que la casa.

Dios nos libre de palo de ciego y bofetada de zurdo.

Cojo, y no de espina; calvo, y no de tiña; ciego, y no de nube, todo mal encubre.

Cuando la rana críe pelo serán los cojos buenos.

Dios nos libre de un cojo, hombre de pelo rojo y de uno que le falte un ojo.

Dos cojos nunca se miran con buenos ojos, y dos bizcos, con más motivo.

¡Ojo con el que de natura es cojo!

Buena moza, si no fuera coja.

Por allí va el cojo, y la tuerta le bizca el ojo.

Quien no conoce coja, de Venus no goza.

Cojo con miedo corre ligero.

No por cojear deja el cojo de andar.

"Detrás viene el que las endereza." Y era un cojo con dos muletas.

Tanto anda el cojo como el sano, después del camino andado.

Algún ciego me quisiera ver, aunque no fuera sino por tener fiesta.

Con mal va la compañía, si lleva a un ciego como guía.

"¿Qué es lo que veo?", dijo tentando el ciego.

Mejor es necedad que ceguedad.

Antes ciego que adivino.

CLASES SOCIALES

Todos somos hijos de Adán y Eva, mas diferéncianos la seda.

No todos pueden vivir en la plaza.

Unos maderos se doran y otros maderos se queman, y todo es leña.

Querer igualar a los humanos es querer igualar a los dedos de las manos.

Hasta en los mocos hay linajes: unos son sorbidos y otros guardados entre encajes.

Desde los tiempos de Adán, unos calientan el horno y otros se comen el pan.

Los peces grandes comen a los chicos, y así los pobres a los ricos.

Para eso nacieron los de este par: el yunque para recibir y el macho para machar.

Nadie es lacayo de su caballo.

Tal para cual, cada botón para cada ojal.

Bien se diferencian dos huevos, si el uno es grande y el otro pequeño.

Parecerse como un huevo a una castaña.

Cúanto va de oriente a poniente.

Es como comer y ver comer.

Hijos de Adán y de Eva somos todos, y de una sola tierra sale el carbón y el oro.

Mucho va de Pedro a Pedro, porque el uno es malo y el otro es bueno.

Hay hijos de muchas madres.

Unos nacen con estrella y otros estrellados.

Cinco son los dedos de la mano, y no hay dos del mismo largo.

Mundo loco, mundo loco, ¡unos tanto y otros tan poco...!

Siempre ha habido ricos y pobres.

Unos hacen los oficios y otros cogen los beneficios.

COBARDIA

Cerrad las puertas y muramos como hombres.

Buen ánimo, que yo temblando estoy.

¿Dos caguetas en desafío? No llegará la sangre el río.

A quien no le basta espada y corazón, no le bastarán corazas y lanzarón.

Cargado de hierro, cargado de miedo.

El cobardón lleva largo el espadón.

Espada hay para matar; mas no hay corazón para desenvainar.

Hombre muy armado, de miedo va cagado.

El cobarde de su sombra le da miedo.

Del hombre de pelo en pecho, espera buen hecho; del Periquito entre mujeres, nada esperes.

De ningún cobarde se ha escrito nada.

Corazón cobarde no conquista damas ni ciudades.

La culebra que tema ser pisada, que no salga.

Ladrar a las sopas calientes no es de perros valientes.

Llamar al toro desde la barrera, eso lo hace cualquiera.

Valientes soldados, más sueltos de pies que de manos.

Quien no tiene corazón, huye como un lebrón.

Tan valiente es un cristiano por los pies como por las manos.

Quien se deja amenazar, se dejará abofetear.

Para el cobarde, o no hay buena suerte, o le llega tarde.

Mayor vergüenza es ser cobarde que vencido.

Señal es de cobarde acometer al que menos vale.

Los cobardes y ruines miran demasiado los fines.

Al estandarte, tarde va el cobarde.

Hombre grandón, casi siempre cobardón.

Quien amaga y no da, por cobarde quedará.

Hombre cobarde no conquista mujer bonita.

COBRAR-PAGAR

Más vale rezar a Santo Tomé que a San Donato.

El que paga descansa y al que cobra dormido le coge el alba.

Quien debe ciento, y tiene ciento uno, no ha temor ninguno.

Quien tiene ciento uno, y debe ciento dos, encomiéndese a Dios.

Quien paga deudas, hace caudal.

Quien no debe, duerme.

Quien tiene cuatro y gasta cinco, no ha menester bolsillo.

Paga lo que debes, sabrás lo que tienes.

Un buen balance libra de un mal percance.

Hasta que se muera el arriero, no se sabe de quién es la recua.

El agua de la fuente no sube más alta que su manadero.

Quien fía no cobra, y quien cobra no fía.

Corta es la cuaresma, para quien tiene que pagar en la Pascua.

Quien debe y paga no debe nada.

El deber y no pagar es tan antiguo como el mear.

Si porque debo, triste he de estar, más triste ha de estar el que ha de cobrar.

Copla pagada tiene mal son.

Quien dinero adelantado entrega, de su sensatez reniega.

Oliva comida, el hueso fuera.

Le pedí lo que me debía, y se hizo el sordo; levanté algo la voz, y se hizo el bobo: un hombre todo lo ha de intentar, menos pagar.

Yo soy Diego, que ni pago, ni niego. Y yo soy Santiago, que ni niego, ni pago.

A mal pagador, buen cobrador.

El mal pagador ni cuenta lo que recibe, ni regatea lo que le fían.

Obra hecha, dinero espera.

Al matar de los puercos, placeres y juegos; al comer de las morcillas, placeres y risas; al pagar de los dineros, pesares y duelos.

Cada uno cobre según lo que obre.

Para trabajar de balde, todos los días tengo amo.

Carnero fuera, dinero en la montera.

Quien se paga por su mano, si no roba mucho, roba algo.

Primero, sonarlos, y luego, tomarlos.

Por mucho que el mundo ande, no faltará quien cobre y mande.

Cobra y no pagues, que somos mortales.

Al mal pagador, plazo corto.

Quien por su mano se paga, no queda corto en la paga.

A escote, no hay pegote.

Gana de pagar tiene el que paga la mitad de lo que debe, y más no puede.

Tarde, mal y nunca son tres malas pagas.

No hay peor pagador que el que no niega la deuda.

Cuando uno paga, dos descansan: el que pagó y el que fiado vendió.

Quien paga descansa, y cobra confianza.

El que paga lo que debe, lo que le resta, eso tiene.

Quien paga débito, gana crédito.

Al comer de los tocinos, cantan padres e hijos; al pagar, todos a llorar.

Al comer, comamos; y al pagar, a ti suspiramos.

Quien paga no tiene que agradecer nada.

Quien debe a Pedro y paga a Andrés, que pague otra vez.

Pues a medias no sale cara cosa ninguna, trae tú el pan, los pollos y el vino, y yo traeré los palillos, el limón y las aceitunas.

Para dar dinero, el que se apresura es un necio.

COCINA

No comas crudo ni andes con pie desnudo.

Bien guisa la moza, pero mejor la bolsa.

Lo que has de comer no lo veas hacer.

Por falta o sobra de un grano de sal, el mejor guisado sabe mal.

Ni adobo sin ajo, ni campana sin badajo, ni viudita sin majo.

Fuego hace cocina, que no moza ardida.

Lo que me has de dar cocido, dámelo asado, que yo le perdono el caldo.

Duro de cocer, duro de comer.

Para que lo frito sepa bien la mesa junto a la sartén.

Lo frito, saladito; lo cocido y lo asado, sólo sazonado.

La mejor cocinera es la aceitera.

No hay mala cocinera con tomates a la vera.

Carne, ¿por qué no te cociste? Porque no me removiste.

El cabrito y el lechón, del cuchillo al asador.

El conejo y la perdiz tienen un mesmo perejil.

Uno levanta la caza y otro la mata; pero al que la guisa, lazos de plata.

Crece el huevo bien batido, como la mujer con el buen marido.

El huevo sin sal ni sabe bien ni sabe mal.

Huevos y mujeres, mientras más cuecen, más se endurecen.

Suprime los huevos y los tomates, y darás con la cocinera al traste.

A vuelta y media, torrezno fuera.

Con sólo huevos, manjares cientos.

El torrezno del pastor, una vuelta en el asador.

Merluza que no está buena, ¡salsa en ella...!

La longaniza, al olor de la ceniza.

CODICIA

El codicioso anhelante tiene sobrado y no tiene bastante.

Todo junto: la manteca y el unto.

El pie en la huesa, y la codicia no cesa.

Tomar lo que le dan, y suspirar por lo que queda.

Buen dinero es el mío, pero me gusta más el del vecino.

Lo que poseo no lo deseo; mas lo que no poseo, todo cuanto veo.

Llena o vacía, sea la cesta mía.

El oro es lo que lloro, que la plata mi marido la gana.

Poca mi pretensión es: de esos dos que tenéis dadme tres.

Lo mío, mío, y lo tuyo de entrambos.

No es pobre el que tiene poco, sino el que codicia mucho.

El rico es codicioso, y el pobre, deseoso.

Si por el queso no fuera, no cayera el ratón en la ratonera.

A la que es pobre y sólo piensa en la riqueza, no la caces, que es mala pieza.

Codicia mala a Dios no engaña.

¿Para qué quieres más bienes, si no te aprovechas de los que tienes?

La codicia rompe el saco.

Codicia desordenada trae pérdida doblada.

Andando tras lo dudoso, pierde lo cierto el codicioso.

Quien mucho quiere lo mucho y lo poco pierde.

La codicia es raíz de todos los males.

Quien en un año quiere ser rico, al medio lo ahorcan.

El codicioso siempre es menesteroso.

Lo que la caridad juntó la codicia se lo comió.

Corazón codicioso no tiene reposo.

A tuerto o a derecho, nuestra casa hasta el techo.

De trigo o de avena, mi casa llena.

COMERCIO

Hoy vendiendo y mañana comprando, vamos tirando.

Ser buen mercader más está en saber comprar que en saber vender.

Vende público y compra secreto, no te sabrán el primer precio.

Comprar a desesperados y vender a desposados.

Comprando al por mayor y vendiendo al por menor, el pobre se hace señor.

Cuando vendan, compra, y cuando compren, vende.

Compra al fiado y vende al contado, y sin caudal tuyo serás un potentado.

No hay compra mala ni venta buena.

Ganancia sin pecado, comprar caro y vender barato.

Más sordo que orejas de mercader.

Ni vendas a tu amigo ni compres a tu enemigo.

De mostrador adentro, ni amistad ni parentesco; de mostrador afuera, lo que quieras.

Detrás del mostrador, no conozco al amigo, sino al comprador.

Se arruinó un mercader por no tener que vender.

Suelo mojado, cajón seco.

Comprar y vender, buen camino para enriquecer.

Quien pesa y mide es el que vive.

Es bueno el dinero que al año se le dan dos vuelcos, y si se le dan tres, mejor es.

Si quieres engañar al mercante, ponle mucha ganancia por delante.

Dios me favorezca con mal género y buena venta.

Dos medidas tengo: con la grande compro y con la chica vendo.

Quien bien pesa no gana.

Quien pide peso y medida pide justicia.

Cada uno venda como pregonare.

COMIDAS

Barriga caliente, pie durmiente.

De la panza sale la danza.

A quien has de dar la cena, no le quites la merienda.

Quien mal come y mal bebe, no trabaja como debe.

Más vale una hartada que dos hambres.

A cena de vino, desayuno de agua.

Berzas que no has de comer, déjalas cocer.

Cuando yo quito el mantel, todo el mundo ha comido bien.

Chorizo, jamón y lomo, de todo como.

Donde comen dos comen tres, si echan qué.

El huevo sin sal, no hay peor manjar.

Jeríngate y no cenes, y verás la barriga que tienes.

Lo comido es lo seguro, que lo que colgado está, quizá el gato se lo llevará.

Lo comido es lo seguro, que lo que comido no está, sabe Dios quién lo comerá.

Mal que se cura comiendo, yo bien lo entiendo.

No se crían nalgas con agua de malvas, sino con torreznos y hogazas.

Qué buenos "semos", mientras comemos.

Que coma quien tiene, y quien no, que bostece.

Quien come boñigas y cagajón mejor comería turrón.

Quien come hiel no puede escupir miel.

Siete virtudes tiene la sopa: alimenta, sed da poca, hace dormir, hace digerir, sabe bien, nunca enfada y pone la cara colorada.

Todo quiere maña, si no es el comer, que quiere gana.

Comer verdura y echar mala ventura.
(Refrán del siglo XVI.)

Ensalada y agua bendita, poquita.

No se hacen tortillas sin romper huevos.

No hay mejor reloj y campana que cuando hay gana.

No comas judías cuando hayas de andar entre gente de cortesía.

Al comer, gaudeamus, y al pagar, ad te suspiramus.

De "cojones" cenamos y eran patatas.

De sopas, lo mismo da muchas que pocas.

Comer sopas e ir detrás de uno que las ha comido es lo mismo.

Las sopas de pan al culo se van.

Las sopas no alimentan, pero calientan.

Las sopas, lo mismo da echarlas al bolsillo que comerlas.

Si quieres comer mierda sin pensar, come queso sin raspar.

Cada día olla, amarga el caldo.

> *De acostumbrarse las gentes*
> *a una cosa cada día*
> *suele haber, si pasas mientes,*
> *algunos inconvenientes*

que por ventura no habría.
Y de aquesto procedía
aquel adagio vulgar
que de olla cada día
aun el caldo amargaría
por ser continuo manjar. (Sebastián Horozco, 1599)

A buen hambre no hay pan duro, ni falta salsa a ninguno.

Hambre y sed, lo mejor para comer.

A mesa puesta, con las manos lavadas y poca vergüenza.

Mucho comer no es barraganía ni pasar hambre hidalguía.

Quien no es para comer, no es para trabajar.

Al buey que trilla nunca le pongas bozal.

Ayer convidé a Torcuato,
comió sopas y puchero,
media pierna de un carnero,
dos gazapillos y un pato,
le di vino y respondió:
Tomadlo por vuestra vida
que hasta mitad de comida
no acostumbro a beber yo. (Harzenbusch.)

Donde comen dos, medio ayunan tres.

Donde comen dos comen tres, si hay comida para cuatro.

Al hombre bien "comío" y bien "bebío´ no le gusta el "ruío".

Lo primero y principal es oír misa y almorzar; pero si la cosa corre prisa, primero almorzar y después oír misa.

Casi todo lo ganado por la boca entra y se va por el escusado.

"De todo quiere Dios un poquito", y se comía medio cordero en cochifrito.

En la boca de un gañán, en dos paletas se pierde un pan, y si le dan un jarro de vino, pronto se va por el mismo camino.

Valientes por el diente, conozco yo más de veinte.

Siempre perdices cansa: de cuando en cuando le gusta al rey el rancho del cuartel.

De lo que come el grillo, poquillo.

De un cólico de espinacas, no se murió ningún Papa.

Agua y pan sopas serán.

Sopas sopitas, para las niñas chiquitas; para los fuertes varones, sopas sopones, que llenan el pancho y alegran los corazones.

El pez ha de nadar tres veces: en agua, en vino y en aceite.

Escoge para el pez de tres años, el vino de dos, la carne de uno, el pan de ayer, el huevo de hoy y el caldo con cien ojos.

Ni ensalada cruda, ni mujer desnuda.

Verdura y mujer desnuda llevan al hombre a la sepultura.

Para hacer una buena ensalada, cuatro personas hacen falta: para la sal, un sabio; para el aceite, un pródigo; para el vinagre, un avariento, y para revolverla, un loco; llega luego un hambriento y se come en un dos por tres lo que hicieron el sabio, el pródigo, el loco y el avariento.

Yo no bebo, ni como, ni ayuno, cuando mi potaje engullo.

Pasteles y manjar blanco, comida de amancebados.

Ni fruta sin desperdicio, ni hombre sin vicio, ni romería sin fornicio.

La frutilla de sartén, ¿a quién no le sabe bien?

En el comer y en el beber es donde se conoce a los hombres, que en el trabajo es un apaño.

COMODIDAD

A lo que quieras ve; a lo que no quieras manda.

Quien tragar polvo no quiera estése en su casa y no vaya a la era.

Que si no fuera por mojar las botas, yo me fuera con vos a regar la huerta.

A los hombres, como a los gatos, nos gusta comer peces, pero no mojarnos.

Lo que quiere la mona: piñones mondados.

Casa, y con corral, querer las cosas con comodidad.

Mozos de mi abuelo, sácanme a cagar, que los míos no tienen lugar.

Ni en agosto caminar, ni en diciembre navegar.

A menos carga, vida más larga.

Ándate por lo llano y estarás más sano.

Mientras mi vecina sea boba, me excuso de gastar mi escoba.

Perdonar el bollo por el coscorrón es discreción.

Más vale con ruin asno contender, que la leña a cuestas traer.

Llévame, caballería, siquiera a la hoguera.

Más vale ir mal cabalgando que bien andando.

Más vale dar que la carga llevar.

El fuego, la cama y el amor no dirán: vete a tu labor.

De querer ganar mucho trabajando poco vienen los males todos.

La comodidad hace al hombre ladrón.

Quien teme al sol y al frío no cuida de sus hijos.

Marido, lleva la artesa y yo el cedazo, que pesa como el diablo.

Macha los ajos, Pedro, mientras yo rallo el queso.

Breva que para mí ha de ser, en la boca me ha de caer.

Tú que no puedes llévame a cuestas.

De la abundancia nace la comodidad y la vagancia.

COMPAÑERISMO

No hay bestia fiera que no se huelgue con su compañera.

Cada cosa pía por su compañía.

Nunca vi un majadero sin su compañero.

Todas las aves, con sus pares.

Cada oveja, con su pareja.

Cada cual con su igual trate y case.

Cada cual con su cada cual, y no irá el mundo tan mal.

Un viento conoce a otro.

Juntóse el hambre con la gana de comer.

En el fondo se juntan los posos.

Dios los cría y ellos se juntan.

Dos buenos tunantes se entienden al instante.

Yo no duermo si tú velas, que los dos aprendimos en la misma escuela.

De gitano a gitano, no cabe engaño.

Entre gitanos no se dice la buenaventura.

Dos culos conocidos nunca son enemigos.

Cuando un lobo come a otro, no hay que comer en el soto.

El lobo es arisco, pero a otro lobo no le da mordiscos.

Lobos de la misma "camá" ni se muerden ni se morderán.

Nunca el perro muerde a la perra.

Entre bueyes no hay cornadas.

Cuña de la misma madera poco aprieta.

Unos a otros, en el prado se rascan los potros.

Entre compañeros nada se hace por dineros.

De herrero a herrero no pasan chispas.

Patada de yegua no mata al caballo.

Un hierro con otro se aguza.

De corsario a corsario no se pierden los barriles.

COMPAÑÍAS

Compañía de uno, compañia de ninguno; compañía de dos, compañía de Dios; compañía de tres, compañía es; compañía de cuatro, compañía del diablo.

Compañía de dos, mi sombra o mi perro y yo.

Compañía de dos fué la del Edén, y no salió bien.

Nunca falta un roto para un descosido.

Más vale solo que mal acompañado.

Nunca falta un perdido para un mal hallado.

El mayor mal de los males es andar con animales.

Quien tiene compañero, tiene amigo y consejero.

Antes con buenos a hurtar, que con malos a orar.

No juntes fruta mala con fruta sana.

Con el malo, ni a lo bueno; con el bueno, hasta lo malo.

Mejor es llorar con los sabios que reír con los necios.

Compañía con tu mayor, piensas ser su amigo y eres su servidor.

Tal para cual, cada botón para cada ojal.

El león y la oveja no corren a lanzas parejas.

Manzana podrida, apártala en seguida.

Poca mala levadura corrompe toda la masa.

Quien anda con sabios, sabio será, y quien con burros, rebuznará.

Quien con perros se acuesta, con pulgas se despierta.

Quien con cojo anda, aunque cojo no sea, al mes renquea.

A un hombre que mucho sabía, de andar con tontos se le pegó la tontería.

Dios amó la compañía.

Cada cual con su parigual.

Dime con quién andas y te diré quién eres.

Mujer: guárdate del mozo cuando le apunta el bozo (bigote).

Con el mentiroso, hasta la puerta.

COMPASIÓN

Bueno es el rigor, pero la misericordia es mejor.

Sancho, recuerda que resplandece más el don de la misericordia que el de la justicia. (*Del Quijote.*)

Cuando tengas a uno debajo de la lanza, usa templanza.

A más prudencia, más clemencia.

Lo menos que el rico por el pobre puede hacer es no comer delante de él.

Odia el delito, pero compadece al delincuente.

Envidia me hayas, y no piedad.

Ante el menesteroso no te muestres dichoso.

Quien tiene misericordia, segura tiene la gloria.

Por ser humano con el que poco puede, antes se gana que se pierde.

A gran pecado, gran misericordia.

No tomes consejo de tu riqueza con el hombre que está en pobreza.

Nunca faltan rogadores para los malhechores.

El que tal ha padecido se compadece del doliente y del herido.

No es malo tener quien se duela al pie del palo.

Los que no tienen compasión excusas ponen al dolor.

Envidia me hayas, y no piedad.

Más vale causar envidia que lástima.

Donde no han de calentarme, no me enfríen.

Al afligido, su trabajo basta sin que otro le añadan.

Paz y concordia, y justicia con misericordia.

Los huesos que acabo de roer no me los des a comer.

El bien acuchillado se compadece del herido.

No has de tener duelo por el ayunar del que se piensa hartar.

Al afligido no darle más aflicción.

COMPENSACIONES

Quien está a las maduras, está a las duras.

Quien comió la carne, que roya el hueso.

Donde las dan las toman y callar es bueno.

No hay cuesta sin valle, ni valle sin cuesta junto a él puesta.

No hay dulzura sin amargura.

Lo que la mora negra tiñe la verde lo destiñe.

No hay atajo sin trabajo.

Vaya mocha por cornuda.

Váyase lo comido por lo servido.

No hay peso sin contrapeso, ni gran subida sin descendida.

A recluta loco, cabo cuerdo.

A chico becerro, gran cencerro.

A poco conducho, migas mucho.

A carne mala, buena salsa.

A poca carne, mucha berza.

Lo que no va en lágrimas, va en suspiros.

Donde no entra condidura, entra pan sin mesura.

A noche oscura, linterna clara.

Si éste no me quiere, este otro me ruega.

Ni bien sin mal, ni daño sin provecho.

No te acostumbres a la miel, que pronto te darán la hiel.

No hay dulzura sin amargura.

Váyase lo perdido por lo ganado.

A chico santo, gran vigilia.

Quien sabe dar sabe tomar.

Quien sepa de bien, sepa de mal también.

Coma el buen bocado quien antes comió el malo.

COMPORTAMIENTO

Quien abrojos siembra, espinas coge.
(San Mateo.)

Quien siembra vientos, recoge tempestades.

De la abundancia del corazón habla la boca.

Quien cuando puede no quiere, cuando quiere no puede.

Cada cuba huele al vino que tiene.

El bien y el mal a la cara salen.

Según San Andrés, el que tiene cara de bruto lo es.

Al que de miedo se muere, de cagajones le hacen la sepultura.

A carne de perro, diente de lobo.

En la costumbre está la culpa, que la edad no tiene la culpa.

Si el niño llorara, acállelo su madre, y si no quiere callar déjelo llorar.

Como es el paño, así se compran los botones.

Cuanto más alta la subida, más grande la descendida.

Cuanto más brutos, más triunfos.

Cuanto más busco el reposo, hallo más enojos.

Cuanto más crece la obra, más mengua la bolsa.

Cuanto más hermosa, más sospechosa.

Cuanto más pobres, menos limosnas.

Cuanto más poseo, más deseo.

Cuanto más tarde nacido, más querido.

Cuanto se es más viejo, más gusta el licor del pellejo.

Cuanto uno es más honrado, tanto es mayor su pecado.

Día vendrá que el que hoy llora, cantará.

Día vendrá que el que hoy no vale, valdrá.

Hay errores que son aciertos.
Como el de Cristóbal Colón.

De buena fuente, buena corriente.

Todas las comparaciones son odiosas, aunque a veces son beneficiosas.

Si cada cual se preocupase de sus cosas, todo iría mejor; se desterraría para siempre la envidia y el rencor.

Los señoritos son tan rumbosos que, por guardar, guardan hasta los mocos.

Manden unos o manden otros, los tontos siempre somos nosotros.

Murmura la vecina de la casa ajena, y no murmura de la suya que se quema.

Manda y haz; buen ejemplo darás.

Nadie se mira su moco, pero sí el que le cuelga a otro.

No seas de miel ni de hiel; de un suave agridulce has de ser.

Más afana que el que cava el que tiene la mujer brava.

> Hombre que puede sufrir
> mujer brava sin domalla
> bien se le puede decir
> que es bastante a resistir
> una muy cruda batalla.

Y pues ésta siempre traba
por cualquier cosa pendencia
más afana que el que cava
quien tiene la mujer brava,
que es peor que pestilencia.   (Sebastián Horozco, 1599.)

Dos llaves en una alacena: cuando la una sale la otra entra, pero la última nada encuentra.

¿Querellas? Huye de ellas.

De mala marrana, buenos lechones, por los cojones.

A palabras locas, razones pocas.

A quien se envuelve en basura, puercos le hozan.

El cardo que ha de picar, con púas ha de nacer.

Donde fuego hay humo sale.

Haz ciento y yerra una, y has errado ciento una.

Por una vez que me puse a bailar, lo supo todo el lugar.

Por una vez que maté un perro, mataperros me llamaron, y mataperros me quedé.

Achaques al jueves, para no ayunar en viernes.

Achaques al viernes para no ayunarlo.

Cacarear y no poner huevo.

A indiscreto preguntador, grosero respondedor.

"No la hagas y no la temas". Y nunca hizo la cama.

Condición es de mujeres despreciar lo que las dieres y morir por lo que las niegues.

Condición es de mujeres: la mayor, quejarse de pequeña ofensa y ensoberbecerse de pequeño favor.

Poca diferencia hay entre no hacer una cosa y hacerla que no se sepa.

Quien quiera vivir en paz, que esté preparado para pelear.

Don Enrique, don Enrique, simplifique y no complique.

Arredráos porque os oya, que a palabras gordas tengo las narices sordas.

Acúsome padre, que por un oído me entra y por otro me sale.

Un hombre como yo, que siempre ha sido
soldado del amor, y hoy herido,
la fuerza de la edad le dio de baja
en materia de placeres.
Puedo jurar por Venus y Baco
que, excepto el vino, el juego y el tabaco,
no tuve más pasión que las mujeres.   (Campoamor.)

"Con la intención basta". Y puso la mesa sin viandas.

Casa con dos puertas, mala es de guardar; puerta de dos hojas, mala es de cerrar.

A lo que no puede ser la espalda has de volver.

Perdona el bollo por el coscorrón, y la miel de abejas por el aguijón.

Quien la deje tuerta que carge con ella.

A palabras recias, abajar las orejas.

Reprensión dura más hiere que cura.

Siempre habla el que debiera ser mudo.

Bien cantar, pero mal entonar.

Leño tuerto nunca se endereza.

Si pensáis, pensamos, y a lo menos empatamos.

COMPRAR-VENDER

Quien compra lo que no puede, vende lo que le duele.

Cuando la mujer anda de compras, el marido anda de ventas.

Cuando más a menudo cambian las modas, más a menudo cambio los billetes.

Más gusto da el gastarlo que el ganarlo.

Quien guarda halla, si la guarda no es mala.

Gota a gota, se llena la bota.

Muchas gotas de cera hacen un cirio pascual.

Lo que tiene uno guardado no necesita pedirlo prestado.

Hoy un zurcido y mañana un remiendo, y vamos viviendo.

El que andes a pata y comas poco, ni te luce a ti ni a mí tampoco.

La moza de venganzones, que tiraba claras y yemas, y guardaba los cascarones.

Dios me dé buena compra y mejor tercero.

Si el necio no fuera al mercado, no se vendería lo malo.

No hay cosa más barata que la que se compra.

No compres de quien compró, que sabe lo que costó; compra de quien heredó, que no sabe lo que costó.

No compres del que compró, ni vendas al que vendió.

Compra en tu casa y vende en tu casa, y harás casa.

Hasta ajustar, regatear, y después de ajustar, pagar.

De ¿quieres? a ¿vendes? un tercio pierdes.

Quien compra un paraguas cuando llueve, en vez de costarle seis le cuesta nueve.

Ser mercader más va en el cobrar que en el vender.

Ser mercader más está en saber comprar que en saber vender.

Poco vino vende vino; mucho vino guarda vino.

Quien compra y miente, su bolsa lo siente.

Vendo barato, porque vendo mucho.

Mercar bien es gran riqueza, y comprar mal no es franqueza.

Callos en las orejas ha de tener quien quiera ser mercader.

Lo heredado es reglado, y lo comprado, sudado.

Si lo bueno fuera barato, ¿quién compraría lo malo?

Queréis comprar mulo sin boca ni culo.

Quien toma la lana por un tanto, esquila la oveja al rape.

Ni compres a quien compró, ni mandes a quien mandó.

Quien compra al amigo o al pariente, compra caro y queda doliente.

Bueno y barato, buen trato.

Comprar, al pobre; vender, al rico.

Quien yegua desalaba, para sí la querría.

Quien afecta despreciar es porque quiere comprar.

A pagar de mi dinero, no quiero cositas con pero.

Quien compra lo que no puede vende lo que le duele.

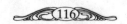

Ni compres mula coja pensando que ha de sanar, ni te cases con puta pensando que se ha de enmendar.

Cuando el diablo su rabo vende, él se entiende.

Quien vende, remata; quien compra, de ser rico trata.

Cada uno venda como pregonare.

Con buen vendedor, se vende bien hasta lo peor.

En vender va la ganancia.

Chico con grande, cuando vendas por pares.

"Lo que tengo vendo; si alguno sale malo, yo no estaba dentro", dice el melonero.

En ninguna cosa ha de ser el hombre más liberal que en el vender y comprar.

Pesa justo y vende bueno y caro, y tendrás buen mercado.

Diferencia partida, venta hecha.

Carta me mandas y carta te mando; cuando me mandes el dinero, te mandaré el paño.

Vender y arrepentir por un camino suelen ir.

CONCIENCIA

La buena conciencia es madre de las obras buenas.

La propia concienca acusa.

Del propio corazón sólo es juez la propia razón.

Entra en cuentas contigo, y ni una vez te hallarás limpio.

No hay carga más pesada que tener la conciencia cargada.

A la conciencia nadie la engaña.

La conciencia es a la vez testigo, fiscal y juez.

La conciencia temerosa, de los castigos es memoriosa.

Busca los mejores bienes; que dentro de ti los tienes.

Si el rico tuviera conciencia y el pobre paciencia, no hacía falta mayor ciencia.

Plata es la ciencia, y oro la conciencia.

Conciencia pura, hambre segura.

Conciencia y bolsa están en la balanza: cuando una sube, otra baja.

La mucha conciencia es locura, si el buen seso no la cura.

No engendra conciencia quien no tiene vergüenza.

Dos pocos y dos muchos hacen a los hombres ricos: poca conciencia y poca vergüenza; mucha codicia y mucha diligencia.

Conciencia ancha, la bolsa ensancha.

Mala conciencia, bolsa llena.

La conciencia del ventero: piérdase el alma y gánese el dinero.

Sueño sosegado no teme nublado.

La mejor almohada es la conciencia sana.

Bien la muerte aguarda quien vive como Dios manda.

Cuida más de tu conciencia que de tu inteligencia.

En materia de dinero, conciencia la de un ventero.

No hay cosa más perversa que la mala conciencia.

Obediencia y penitencia son paz de la conciencia.

CONDUCTA

Con Dios voy; mis obras dirán quién soy.

No hagas todo lo que puedas, ni gastes todo lo que tengas, ni creas todo lo que oigas, ni digas todo lo que sepas, ni juzgues todo lo que veas.

Ése es cabal tino, estar a bien con Dios y con tu vecino.

Trabaja como si siempre hubieses de vivir, y vive como si luego hubieses de morir.

Vive de tal suerte que ni te encante la vida, ni te espante la muerte.

Quien siembra piedras, ¿qué cogerá sino piedras?

No es mucho que pierdas tu derecho no sabiendo hacer tu hecho.

Necio es quien vive persuadido, que su enemigo está dormido.

Quien mal canta, bien le suena; porque si mal le sonara, no cantara.

Trata a todos con bondad, pero no con familiaridad.

A la zorra se conoce por la cola, al hombre por sus obras, al pájaro por su canto y por sus milagros al santo.

Más vale una onza de buen tiento que una arroba de talento.

Donde mores, no enamores.

Al peligro con tiento, y al remedio con tiempo.

No creas al que de la feria viene, sino al que a ella vuelve.

Resolución bien tomada, la que se consulta con la almohada.

Reverso y anverso, así en lo próspero como en lo adverso.

Pensar no es saber.

De tal cabeza, tal sentencia.

En cabeza loca, ni se tiene, ni dura, ni pasa cosa.

Cuando la cabeza anda al revés, ¿cómo andarán los pies?

Tantas cabezas, tantos pareceres.

Las obras de cada uno dicen quién es.

Bien ora quien bien obra.

Tirso de Molina compuso unos versos en "El amor médico", en contra de las personas que escribían cartas o notas anónimas:

> *"Carta sin firmar es libelo,*
> *que contra sí mismo hace*
> *quien no osa poner su nombre*
> *por confesar que es infame."*

La cuenta se debe a Dios, y el reconocer a nos; quien al cielo ha de subir, por estos pasos ha de ir.

Haz aquello que quisieras haber hecho cuando mueras.

Procura ser lo que quieres parecer.

Ama y serás amado; teme a Dios y serás honrado; trabaja y no pedirás necesitado.

Obras buenas, hazlas a manos llenas; malas, ni una hagas.

Mis hechos, mis pregoneros.

Cada hijo de vecino tiene sus hechos por padrino.

De zarza en zarza va dejando el carnero la lana.

Como haces tu cama, así la encuentras.

Quien malos pasos anda malos polvos levanta.

Quien mal anda, con mal acaba.

Quien siembra viento recoge tempestades.

Con esos polvos se hicieron estos lodos.

Quien a hierro mata, a hierro muere.

Tras el placer largo viene lo amargo.

Mozo jaranero, cuando viejo pordiosero.

Cuanto más se desvía el borrego, mayor topetazo pega.

En el pecado lleva la penitencia.

Quien mala cuchara escoge, con mala cuchara come.

Quien sopas calientes come, si se quema, sople.

Al que mal vive el miedo le sigue.

Donde fuego se hace, humo sale.

Cual es el hombre, tal su fortuna y su nombre.

A quien ara derecho nadie le echa el arado atrás.

CONFIANZA

Creer con ligereza, gran torpeza.

Quede como majadero quien se fía de ligero.

En la mucha confianza hay el peligro que en la tardanza.

Más mueren de los confiados que de los recatados.

Si Sevilla se fía, Sevilla es mía.

Fía en las castañas asadas, y saltaros han a la cara.

Confianza sin tasa empobrecerá tu casa.

Por la confianza nos entra el engaño.

Fiarse es cobre, y no fiarse es oro.

¡Fíate de la Virgen y no corras!

Maldito el hombre que fía en hombre.

A quien de otro se fía, valgánle Dios y Santa María.

Fiar en Dios, y en otro no.

Quien se fía de amigo no fiel, buen testigo tiene contra él.

Necio es quien vive persuadido de que su enemigo está dormido.

Por fiarse del perro duerme el lobo en el pajar.

Quien fía su mujer de un amigo, a la frente le saldrá el castigo.

Quien se fía de un lobo, entre sus dientes muere.

Sólo has de fiar del que comió contigo una fanega de sal.

A quien mal canta, bien le suena; porque si mal le sonara, no cantara.

Cuando un perro se traga un hueso, confianza tiene en su pescuezo.

El más avisado se ahoga en el vado.

Por la puerta de la confianza se cuela la mala crianza.

Trata a todos con bondad, pero no con familiaridad.

Zumba con el desigual en casa, y zumbará contigo en la plaza.

Quien mucho en sí confía, perdido cualquier día.

CONOCIMIENTO

Dos adivinos hay en Gotarrendura (nombre supuesto), el uno experiencia y el otro cordura.

El que no duda no sabe cosa alguna.

Quien a todos cree, yerra; quien a ninguno, no acierta.

Empréñate del aire, compañero, y parirás viento.

Quien no sabe qué es la guerra, que vaya a ella.

Quien te conoce favor te hace.

A confesión de parte, relegación de prueba.

Te conozco bacalao, aunque vienes "disfrazao".

Es más tonto que Macario, que puso índice a un diccionario.

Ninguno oye su ronquido, pero sí el de su vecino.

Buena mano, de rocín hace caballo, y la ruin, de caballo hace rocín.

Del agua mansa me libre Dios, que de la recia me libraré yo.

Del buey manso me libre Dios, que del bravo me libraré yo.

La culpa del asno no se ha de echar a la albarda.

Ni mandes el niño al bollo, ni el viejo al moño.

No cantan bien dos gallos en un gallinero, ni pueden cantar en muladar, sin competir y pelear, como ni dos reyes en un reino, reinar.

Ni sopas de añadido, ni mujer de otro marido; ni ellas saben bien, ni marido de otra mujer.

Todo el árbol es madera, pero el pino no es caoba.

Modesto en la prosperidad, cuerdo en la adversidad.

No hay cosa tan bien repartida como el talento: cada cual con el suyo está contento.

Quien te pregunta a calarte apunta.

Quien no te conoce, ése te compre o te alabe.

Ni alabes ni vituperes sino al que mucho tiempo conocieres.

En pueblos pequeños, todos nos conocemos.

Harto difícil es conocerse uno a sí mismo, porque cada persona es un abismo.

Casa sabida, señas excusadas.

Más vale malo conocido que bueno por conocer.

Conócete a ti mismo.

Vemos la alforja delantera de las faltas ajenas y no vemos la trasera de las nuestras.

Vemos la paja en el ojo ajeno y no vemos la viga en el nuestro.

Quien no ve sus propias tachas, dice a las otras borrachas.

Tu joroba bien la oteo; la mía es la que no veo.

Mira tus culpas y penas, y no mires las ajenas.

Quien a otro quiere juzgar, por sí debe comenzar.

Limpia tu moco, y no harás poco.

Hermano, medíos con vuestro palmo.

Cada uno se mida con su palmo, y así, ni el gigante es gigante ni el enano enano.

Mírese al espejo quien se tiene por joven siendo viejo.

Mete la mano en tu seno, verás tu mal y no el ajeno.

Te tienes por bueno y eres sólo cieno.

Cada uno sabe dónde le aprieta el zapato.

Entre la del amigo que te alaba y la del enemigo que te vitupera, está tu calificación verdadera.

Si quieres ver tu cuerpo, mata un puerco.

Más pronto se conoce al enemigo que al amigo.

Sin conocer, amor no puede haber.

El que es tonto da la cara pronto; conocer al pillo no es tan sencillo.

El melón y la mujer malos son de conocer.

Pasión nubla conocimiento.

Bien ve el ciego cuando se mira por dentro.

No conocen el trigo todas las aves.

Nadie conoce la olla como el cucharón.

Bien sé de qué pie cojea.

CONSECUENCIAS

Quien tras otro cabalga, no ensilla cuando quiere.

Donde estás solo, haces nones.

Donde fuego se encendió, ceniza quedó.

Donde fuerza no hay, derecho se pierde.

Donde hay bueno, hay mejor; donde hay malo, hay peor.

Donde haya camino real, no te vayas por el matorral.

Donde hay fuerza de hecho, se pierde cualquier derecho.

Donde hay saca y nunca pon, presto se llega al hondón.

Donde media razón, no vale autoridad.

Donde no hago falta, estorbo.

Donde no hay que acusar, no hay que excusar.

Donde no se gana nada, algo se va perdiendo; por lo menos, el tiempo.

En todas partes cuecen habas, y en mi casa a calderadas.

En pasando la procesión, se descuelgan las calles.

Lo que se piensa cuerdo, se ejecuta borracho.

Lleva en todo un ten con ten, y todo te saldrá bien.

¡Echa guindas a la tarasca y verás cómo las masca!

Desprecia a tu enemigo y serás vencido.

Quien fía o promete, en deuda se mete.

Quien mucho promete, poco da.

Cabeza calva, peinada desde el alba.

A gran cabeza, gran sombrero.

Lo que no guarda cordura no lo guarda cerradura.

Cuan el seso, tal el consejo.

Quien ignora lo que no debe, paga lo que no quiere.

Y fulano, ¿a qué ha venido? A cagar en lo barrido.

Quien no sea cofrade, que no tome vela.

Es como la mala ventura, que dondequiera se halla.

CONSEJOS

Al hombre afligido no le des más ruido.

El golpe de la sartén, aunque no duela, tizna.

Del viejo el consejo, y del rico, el remedio.

No es lo mismo predicar, que dar trigo.

El consejo el del viejo y el que da el consejo da el tostón.

Ni dinero pido, ni consejo quiero.

Honra al bueno para que te honre, y al malo para que no te deshonre.

Consejos ciertos, los que a los vivos dan los muertos.

Ni de malva buen vencejo, ni de estiércol buen olor, ni de mozo buen consejo, ni de puta buen amor.

Quien come la vaca del rey, a los cien años paga los huesos.

Consejo es de sabios perdonar las injurias y olvidar los agravios.

Consejos vendo, y para mí no tengo.

A falta de colcha, no es mala una manta.

Cortesía de lengua vale mucho y poco cuesta.

Cuando buenos estamos, a los enfermos consejos damos; más si malos estamos, no los tomamos.

Deja a quien está muriendo y ayuda a la que está pariendo.

Después de ido el conejo, vino el consejo.

Los consejos son más fáciles de dar que de tomar.

No pidas consejos a quien no te los puede dar; aparte de no obtenerlos, te sabrá la voluntad.

De lo que veas la mitad creas, y de lo que oigas, en bien o en mal, la mitad de la mitad.

De dinero, honor y santidad, la mitad de la mitad.

Después de comer, ni un sobre escrito leer.

Después de comer, ni libro, ni mujer.

La balanza no distingue el oro del plomo.

Dieta, mangueta y vida quieta, y mandar los disgustos a hacer puñetas.

Duerme en alto por calor que haga; casa con doncella, por poco que haya; vive en tierra de rey, por mal que te vaya; come carnero, por caro que valga, y bebe vino, por turbio que salga.

Sin quieres que la mujer no te riña, mete la vara en el cuarto, que el miedo guarda la viña.

Sé presto para oír, y lento para responder.

Cuando veas una desgracia, ponte en lugar de quien la sufre.

No dejes camino real por trocha.

A caso repentino, consejo de mujeres.

> *No es la mujer comúnmente*
> *capaz para dar consejo,*
> *mas a veces de repente*
> *la mujer aunque imprudente*
> *tiene mejor aparejo.*
> *El género femenino*
> *es de muy poco saber,*
> *mas oigo decir contino*
> *al caso que es repentino*
> *el consejo de mujer.*   (Sebastián Horozco, 1599.)

Quien a todos da consejo, que lo tome para sí.

> *Buen consejo poco presta*

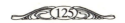

> *si la vida es diferente,*
> *haciendo vida deshonesta*
> *quien a otros amonesta*
> *que vivan honestamente.*
> *Y si como en el espejo*
> *miran para obrar así,*
> *pues lo ve todo el concejo*
> *quien a otros da consejo*
> *que lo tome para sí.*   (Sebastián Horozco 1599)

Oye misa y no cuides si el otro tiene camisa.

Consejo femenil, o muy bueno o muy vil.

Aconsejar a viejas y predicar a gitanos, trabajo vano.

Con un consejo y mil duros, sale un hombre de un apuro.

Los cuatro consejos del fraile:

> *Guárdate de desear todo lo que veas,*
> *de creer todo lo que oigas,*
> *de decir todo lo que sepas*
> *y de hacer todo lo que puedas.*   (Franciscano.)

Camino de Roma, ni mula coja ni bolsa floja.

Echar vino al agua es hacer de dos cosas buenas una mala.

Toda la baraja no es de ases y reyes, que también tienen ochos y nueves.

Los tres muchos y los tres pocos que destruyen al hombre:

> *Mucho hablar y poco saber.*
> *Mucho gastar y poco tener.*
> *Mucho presumir y poco valer.*

En luengo camino, paja pesa.

En camino largo, por fuerza ha de haber barrancos.

En sala llana nadie tropieza.

No hay atajo sin trabajo, ni rodeo sin pateo, ni "verea" sin tarea, ni camino sin destino.

Quien pronto adelanta atrás se queda.

Pies que son duchos en andar no pueden quietos estar.

Quien consulta aprobación busca.

Quien me aconseja lo que me agrada me baña en agua rosada.

Caso apremiante no necesita consejo.

Consejo precipitado, consejo arriesgado.

Aconsejar no es obligar.

Otro gallo le cantara, si buen consejo tomara.

No hay tales consejeros como los que no son lisonjeros.

No hay mejor consejo que el del amigo viejo.

El consejo de la mala vieja pierde a la buena doncella.

Hecho el hecho, huelga el consejo.

Más ven cuatro ojos que no dos.

Bueno, aconsejar; mejor, remediar.

El consejo sin remedio es como la receta sin medicamento.

Oye los consejos de todo el mundo, y sigue el tuyo.

Pedir consejo y no tomarlo es como pedir un velón para alumbrarse y apagarlo.

Consejo de padre, guárdelo el hijo con siete llaves.

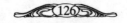

CONSTANCIA

Un solo golpe no derriba un roble; pero si muchos le dan, lo derribarán.

Un solo amén no llega al cielo bien.

No se ganó Zamora en una hora.

A la tercera va la vencida, y a la cuarta la caída.

El buen artillero muere al pie del cañón.

El perro le dijo al hueso: "Si tú estás duro, yo tengo tiempo."

La piedra es dura y el agua menuda, más cayendo cada día, hace cavadura.

Paso a paso se va lejos.

Persevera, persevera, y ganarás la bandera.

Hasta la muerte, pie fuerte.

Ahonda y sacarás agua.

Tiempo y tiento te darán el vencimiento.

Con el tiempo y una caña, serás el amo de España.

Con tiempo, lo pequeño crece y madura lo verde.

Paciencia sin diligencia, ruin virtud y vana ciencia.

Con paciencia todo se obtiene, y sin ella todo se pierde.

Con paciencia y saliva doñeó el elefante a la hormiga.

A la corta o a la larga, el que no logra poco le falta.

Quien perseveró alcanzó.

La perseverancia todo lo alcanza.

Quien la sigue la consigue.

Quien la sigue, la mata, y el que no, la desbarata.

Pluma a pluma se pela la grulla.

Piedra a piedra, toda una calle se empiedra, y añadiendo días, manos y ollas, la ciudad toda.

No hay piedra berroqueña que desde un año no ande lisa al pasamano.

Quien se atreva, atrás no se vuelva.

CONTIENDAS

Los platos en el vasar se topan unos con otros.

Los que bien se quieren en la calle se topan, y los que mal se alborotan.

Dos que se buscan, fácilmente se hallan.

Unas malas palabras tiran de otras que lo son más, y las manos van detrás.

Miren quién me llamó puta, sino otra más disoluta.

Riñe cuando debas, pero no cuando bebas.

Sábese la verdad cuando riñen las chismosas de la vecindad.

Quien cosa buena ver y oír quiera, presencia una riña de verduleras.

Riñas de sobrinas con tías, riñas de arpías; riñas de suegras con nueras, riñas de fieras.

Más vale entenderse a voces que a coces.

Por quítame allá esas pajas se hacen los hombres rajas.

La bofetada de Carrasco: que ni sobró cara ni faltó mano.

Necedad es contender con quien no puedes vencer.

Dios nos libre y nos defienda de porfiada contienda.

Quien quiera vivir en paz, que esté preparado para pelear.

A palabras locas, razones pocas.

Riñen los amantes, y quiérense más que antes.

Riñas de enamorados paran en besos y abrazos.

Por el gusto de hacer las paces, riñen muchas mujeres con sus amantes.

Cuanto truena, o llueve, o quiere llover.

Arrópate, que sudas.

Escúpote, por que no me escupas.

Retirarse a tiempo es de discretos.

Las pendencias y la mar, desde lejos las has de mirar.

La cama guarda la fama.

Busca su mal quien se mete en un berenjenal.

CONVERSACIÓN

Buena conversación, buena razón y lanza enhiesta te conservarán tu hacienda.

Para todo el mundo se ha de tener buena conversación, y lanza en puño.

Conversación y agua del pilar a cualquier burro se le da.

La buena conversación y compañía quiebra el día.

Pláticas longas las noches acortan.

La buena conversación es manjar del alma y lleva caballeros a los de a pie.

Charlando y andando, sin sentir se va caminando.

Quien tiene buena labia, a todos gusta y a nadie agravia.

Conversación sin provecho buena para la boca y mala para el pecho.

Con quien te pone mal corazón, no tengas conversación.

Las malas conversaciones, de santos hacen ladrones.

Conversa con buenos y serás uno de ellos.

Más vale repetir cosas buenas y viejas que decir cosas malas y nuevas.

Las palabras, como las cerezas, unas a otras se enredan.

La conversación con persona no leída es cosa desabrida.

La conversación con persona leída es media vida; con no leída, desabrida; con ruda, es cosa dura.

Platicar con un hombre muy instruido, es leer a la vez en muchos libros.

El gracioso compañero es carretón en el camino.

Comer y conversar, bien son a la par.

De los pasatiempos sin desazón, la buena conversación.

La buena plática, salud es del alma.

La mucha conversación acarrea menosprecio.

Más daña una viciosa razón que enmienda un largo sermón.

Las malas hablas corrompen las buenas costumbres.

Buen hablar de boca, mucho vale y poco costa.

CONVITES

Cuando te convida el tabernero, te convida con tu dinero.

Sentaos a comer con nosotros, hombres buenos: comeremos más y comeremos menos.

A comer y a cagar no se ha de convidar.

Convidar a misa y dar buen consejo, son convite y dádiva que no cuestan dinero.

Cuando tengas un convidado, añade algo a lo acostumbrado.

Convidas a tomar el sol, mal convite para un español.

Quien buen vino tiene, y tiene poco, o no convide, o convide a otro.

Necio es aquel que no toma, si le dan algo que beba y coma.

Con agua y con aire no convides a nadie.

Quien con agua convida, aguada sea su vida.

Por su daño los menesterosos son convidados de los poderosos.

Cuando vayas convidado, no comas más de lo acostumbrado.

Pierde el que viene, y más el que los manteles tiende.

Tú que tantas veces me convidas, hártame algún día.

Cuando hay convidados, regocijarlos.

"Toma torta, Teresa." Y dábale con la sartén en la cabeza.

Cuando aquí no estéis, conmigo comeréis.

¿Quieres un confite?, pues busca quien te invite.

Toma una silla y siéntate en el suelo.

Harto convida quien presto bebe.

A la iglesia se ha de ir de voluntad; a la guerra, de necesidad, y al convite, ni de necesidad ni de voluntad, porque de ordinario se saca de él qué confesar.

El convite del tacaño, una vez cada diez años.

¿Qué me daréis de merendar? Sopas con agua, si traéis pan.

Si conmigo quieres comer, trae buen porqué y contigo comeré.

Mucho te quiero mujer, mas busca de comer.

CORTESÍA

Cortesías engendran cortesías.

Hombre cortés, de todos estimado es.

La cortesía es de quien la da, y no de quien la recibe.

A mucha cortesía, mayor cuidado por si es falsía.

Quien lo que come a soplos enfría, cuide no le salga el aire por otra vía.

A lo fino, mal se pringa el pan con el tocino; echa los dedos al plato: lo harás mejor y te será más grato.

Entráis, padre, sin licencia: o os sobra favor, o os falta vergüenza.

Lo cortés no quita lo valiente.

Quien muy cortés se te viene, engañarte quiere.

Mientras más amigos, menos cumplidos.

Entre amigos no hay manteles.

Enfriar la cucharada a soplos es de hombre tosco.

Quien come y canta, algún sentido le falta.

En la mesa y en el juego se conoce al caballero.

Cuando te sientes a comer, los codos en la mesa no has de poner.

El burro por delante, para que no se espante.

Delante de otros, ni reces, ni jures, ni te vistas, ni te desnudes.

Agravio hace a una dama quien no la mira a la cara.

Colarse de rondón es menospreciar a la reunión.

Quien se entra sin licencia, o es de casa o no tiene vergüenza.

El perro y el villano no dejan las puertas como las encontraron.

La cortesía no está reñida con nada.

Buen porte y buenos modales abren puertas principales.

Palabras de cortesía suenan bien y no obligan.

Cortesía de boca gana mucho a poca costa.

COSTUMBRES

Al que de trabajo no es ducho, poco se le hace mucho.

Mudar costumbre al viejo, cuéstale el pellejo.

No siente la fruta que los pájaros pican, sino que volverán cada día.

A nuevos tiempos usos nuevos.

El uso es rey, porque hace ley.

La costumbre de la grey tiene más fuerza que la ley.

Por fuerza o de grado, hay que pasar por lo acostumbrado.

Con regla, peso y medida, pasará en paz nuestra vida.

Más vence el buen concierto que el grande ejército.

La hija de la vaca brava, cuando menos es topona.

Quien hace un cesto hace ciento, si tiene mimbres y tiempo.

Yo soy el amo de la burra, y en la burra mando yo; cuando quiero, digo arre; cuando quiero, digo so. *(Coplilla convertida en refrán.)*

Vaca de muchos, bien ordeñada y mal alimentada.

Costumbres, armas, letras y dineros, hacen hijos caballeros.

El que no está acostumbrado a bragas, las costuras le hacen llagas.

A lo bueno, pronto me hago yo; a lo malo, no.

A quien tiene un vicio malo, ni la persuasión ni el palo.

Quien un mal hábito adquiere, esclavo de él vive y muere.

Costumbres derogan leyes.

Por fuerza o por grado, hay que pasar por lo acostumbrado.

Quien usos nuevos pone, a muchas censuras se expone.

Quien nace en pajar, en pajar quiere acabar.

Pies que son duchos de andar, no pueden quedos estar.

La larga costumbre quita la pesadumbre.

Cada tiempo tiene sus costumbres.

Costumbre en la mocedad, no se deja ni en la vieja edad.

CRIANZA

Al niño llorón, boca abajo y coscorrón.

Llorando y riendo, va el niño creciendo.

Con pan y mocos, se crían los niños saludables y gordos.

Mi niño duerma y el tuyo mame.

Boba madre tuviste si al mes no te reíste.

Más vale sudor de madre que leche de ama.

La madre que a su hijo cría es entera madre, y media, la que solamente pare.

Para destetar al potro, mamar la yegua.

A quien mamando hermanece, presto le quitan la leche.

Hasta que no haya colmillos, no hay niño.

Más que del vientre, la inclinación del niño viene de la leche.

Criatura de un año saca la leche del calcaño.

Cada mametón de teta es un arrugón de jeta.

Ese niño me alaba, que come y mama.

Hijo descalostrado, medio criado.

Mujer que cría, ni harta, ni limpia, ni bien dormida.

Pájara que dos veces cría, pelada tiene la barriga.

Al mucho parir y nada criar, un hombre feo se le puede dar.

Cuando la criatura dienta, la muerte le tienta.

Niño con pies, no me lo des.

Nadie diga que tiene hijo varón hasta que pase viruela y sarampión.

El cochinito, que se críe gordito.

¿Cómo criaste tantos hijos? Queriendo más a los más chicos.

Niño braceado, al año criado.

No críes hijo ajeno, que no sabes si te saldrá bueno.

Quien no cría, siempre pía.

El cochino que mama y come, dos cueros pone.

CUENTAS

Quien mira por sus aumentos, tenga muchas cuentas y pocos cuentos.

Un buen balance libra al mercader de un percance.

Quien de llevar cuentas huye, su casa destruye.

El dinero, aunque sea robado, contado.

¿Dos de la vela y de la vela dos?, cuatro. Al que hace tal cuenta no le ayude Dios.

Dos de la luz, y de la luz dos, cuatro son, y diez de la cena y ocho de la cama, treinta y dos, dice el ventero ladrón.

Tres y dos son cinco; dos de blanco y tres de tinto, que hacen diez; y otros tres de estopa y pez; diez de la olla y doce del pollo, y dos de cebolla, y veintitrés de la polla y la olla, sesenta reales justos y cabales.

Las cuentas del pastor: las "comías", "comías"; las "perdías", "perdías", y las que están, ahí están.

Buena es la linde entre hermanos.

Amiguillos sí, pero el borrico a la linde.

Cuentas, las del rosario, que son las buenas.

Quien tiene trabajadores y no los va a ver, si no es pobre, lo quiere ser.

En turbia cuenta, lo mismo da ocho que ochenta.

Cuenta y razón buenas cosas son.

Quien mira por sus aumentos, tenga muchas cuentas y pocos cuentos.

Cuentas no son cuentos.

Cuenta castellana, corta y llana.

Las cuentas, claras, y el chocolate, espeso.

Si las cuento o no las cuento, trece morcillas tiene un puerco, y si las vuelvo a contar, catorce con el cagalar.

En picos, palas y azadones, doscientos millones.
Las cuentas del Gran Capitán.

Borrón y cuenta nueva, y más cuidado se tenga.

CULO

A quien su culo da a mirar, ¿qué le queda por guardar?

A quien mucho se agacha el culo enseña.

¡Oh, que donaire, echar el culo al aire!

Culo de mal asiento no acaba cosa ninguna y emprende ciento.

Culos conocidos, de lejos se dan silbidos.

Cuando te dolieran las tripas, hazlo saber al culo.

Culos que se saben, lugar se hacen.
Los enamorados
Culos que una vez se juntan, de lejos se saludan.

La miel pregonarla; la caca, callarla.

La mierda, mientras más se menea, más apesta.

Asiéntate en duro, romperás las bragas y dolerte ha el culo.

Para culo alquilón, no hay compasión.

Culo alquilado, pocos ratos sentado.

Se arropaba Maricuela y dejaba el culo fuera.

Quien mucho rompe, mucho estrena; pero mucho anda con el culo fuera.

Cuando por blando, cuando por duro, nunca le faltan achaques al culo.

Unos por el culo estercolan, y otros por la boca.

Cierra la boca y abre el culo, y verás a todo el mundo.

Si bien come el mulo, bien caga el culo.

Quien de una vez no caga, dos se arremanga.

¡Qué habilidad de asno, que tiene el culo redondo y caga cuadrado!

La buena nalga bien hinca la estaca.

Digo y redigo que la breva no es higo ni el cagajón membrillo.

Pues no te puedo ver, cágome a tu puerta.

Gentil cagar de ventana, el culo a la calle.

No come mi tía y caga cada día.

CURIOSIDAD

A la feria muchos van, a ver y no a comprar.

Ojos que demasiado ven, ladrillazo que les den.

A poco barruntar, mucho preguntar.

Quien todo lo quiere averiguar, por su casa ha de empezar.

Oledor de ollas ajenas, en su casa las tiene buenas.

Muchos desean oír peer, por arrimarse a oler.

Quien acecha por agujero ve su duelo.

Escuchas al agujero: oirás tu mal y el ajeno.

Si escuchar procuras, oirás censuras.

¡Ahonda, Juanillo, y sacarás fango!

El que huele lo que guisan se chamusca las narices.

El mucho querer averiguar, grandes males suele acarrear.

Por mucho querer saber, suele salir a la luz del día lo que no era menester.

Tras pared ni tras seto, digas tu secreto.

Ante quien no debe oír, mucho callar y poco decir.

¡Chitón que escucha el soplón!

Callemos, que el sordo escucha.

Quien quiera saber, vaya a Salamanca a aprender.

A los preguntones, mentiras a montones, y a los que no preguntan, la verdad pura.

¿Qué hay? Un día más que ayer, y menos de nuestra vida.

¿No sabes nada...?, que la mar es toda agua.

A mi casa no venga quien ojos tenga.

¿No sabes...? Que en tres semanas no hay mes, y en cuatro tan mala vez; y en cinco, sobra un poquito.
Del siglo XVI.

¿De dónde vienes arañada? De la casa de la suegra de mi cuñada.

A quien quiera saber, mentiras en él.

El encubierto escuchador no escapa de traidor.

DÁDIVAS

A quien dan no escoge.

Donde las dan las toman y callar es bueno.

Harto da quien da lo que tiene.

Más vale dar que tomar.

Más vale dedo de juez que palmo de abogado.

A dar no nos neguemos, pues Dios nos da para que demos.

Al oir toma, ¿quién no asoma?

A nadie le parece poco lo que da, ni mucho lo que tiene.

Cuando te den extiende la mano.

Da Dios ventura a quien la procura.

Dádiva cualquiera, agrádate de ella.

Dádiva forzada, como si nada.

Dádivas quebrantan peñas, y justicias, por más señas.

Dar, prestar y fiar, todo es dar.

De quien mucho se ha recibido, es bien mostrarse agradecido.

El dar causa un pesar, y ciento el prestar.

Quien da lo suyo a quien entiende, no da, sino que bien lo vende.

Una mala dádiva dos manos ensucia.

Manos que no dáis, ¿qué esperáis?

Da a los ricos lo suyo, y a los pobres lo tuyo.

Regalo de pobrezuelo no es regalo, sino anzuelo.

Cansa quien da, y no se cansa quien recibe o toma, ni cansará.

Nunca me dieron alfiler chico que no me costase grueso.

El polluelo del labrador y el bizcocho de monja traen costa.

Prodigalidad no es caridad.

Por oír misa y dar cebada, nunca se perdió jornada.

Dádivas y buenas razones ablandan piedras y corazones.

Quien toma a dar se obliga.

> *La mujer buena y honrada,*
> *si toma, a mucho se atreve*
> *y ha de vivir recatada*
> *porque no quede obligada*
> *a hacer lo que no debe.*
> *Y la que no se aperciba*
> *que esto de ella no se diga*
> *no hay don que no la derribe*
> *porque quien algo recibe*
> *claro está que a dar se obliga.*   (Sebastián Horozco 1599.)

El dar es honor, y el pedir, dolor.

Más vale un "toma" que dos "te daré"

No da quien quiere, sino quien tiene y quiere.

Da limosna, oye misa, y lo demás tómalo a risa.

Nunca pidas a quien tiene, sino a quien sabes que te quiere.

Pedir sobrado, para salir con lo mediado.

No pidas lo que negaste ni niegues lo que pediste.

> *Por no venir a gastar*
> *del recibo es bien me prive,*
> *que la mujer que recibe*
> *es forzado que ha de dar.*   (Tirso de Molina)

Cuando la limosna es grande, hasta el santo desconfía.

Rosquilla de monja, fanega de trigo.

Pocos hacen el bien por el bien: todo el que da espera que le den.

Tú lo sabes y yo lo sé, que nadie da ruin su porqué.

De lo ajeno, todos somos espléndidos.

Un huevo no es almuerzo para un mancebo: dale dos y un torrezno, aunque al mío con medio huevo lo avío.

Quien mantiene a perro ajeno, con el cordel sólo se queda, si es que el perro no se lo lleva.

Para dar dinero y pasar el río, de los más tardíos.

Si das, loco estás; si prestas, al cobrar será la fiesta, y si fías, al llegar el plazo vendrán las agonías.

Si doy, de lo que es mío me voy; si fío, pongo en riesgo lo que es mío; si presto, al cobrar me ponen mal gesto; de tal manera me han puesto, que ni doy, ni fío, ni presto.

Lo dado nunca es malo, como no sean palos.

Quien algo trae, del cielo nos cae; quien algo llevar quiere, del infierno nos viene.

Dádiva forzada no merece gracias.

No todos los que dan son los buenos, sino los menos.

Dar, santo y bueno; pero del pan ajeno.

Desnudar a un santo para vestir a otro, cosa de bobos.

Cerrar la boca y abrir la bolsa.

Quien da, por padre pasará; quien toma, por hijo se pregona.

Quien da lo suyo antes de su muerte, merece que le den con un mazo en la frente.

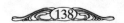

De mala mano, ni piñoncitos mondados.

Ni a todos dar, ni de todos tomar.

En tomar y dar es fácil errar.

Buena ciencia, dar con prudencia.

Hasta las campanas tiemblan cuando dan.

En dar y en creer nunca fácil debes ser.

Quien da pan a perro ajeno, pierde pan y pierde perro.

Calentar el horno para que cueza otro, es de hombre bobo.

Quien da, pide, si no es necio el que recibe.

Lo que se da, habiéndolo pedido, va vendido.

Quien da y siempre no da, tanto perdió cuando da.

El dar y el tener seso ha menester.

Mejor es saber dar que mucho dar.

Una mala dádiva dos manos ensucia.

Repartiendo de lo ajeno, ninguno es cicatero.

A la par es negar y tarde dar.

Dar por recibir no es dar, sino pedir.

Dádivas de señores suelen costar sinsabores.

DECADENCIA

Ir de mal en peor no hay cosa peor.

Quien vio los tiempos pasados y ve los que son ahora, ¿cuál es el corazón que no llora?

¡Quien te ve y te ha visto, Santo Cristo...!

Nietos de príncipes de antaño guardan cabras hogaño.

Mundo, mundillo, nacer en palacio y acabar en ventorrillo.

No trabajo en balde, que ya soy verdugo y ayer eral alcalde.

Mira como subo, de pregonero a verdugo.

Quien ayer estaba en candelero, hoy anda rodando por el suelo.

El que ayer desdeñaba a todos, hoy se come los codos.

Un trabajador, un rico, un holgazán y un pordiosero, retratos son de padre, hijo, nieto y bisnieto.

No hay calvo que no haya tenido buen pelo.

De caballo de regalo, a rocín de molinero.

Donde fuiste paje no seas escudero.

Mal corta el cuchillo gastado el acero.

Quien a pobreza viene, los amigos pierde.

Si valiste y ya no vales, ¿quién dará por ti dos reales?.

Si se perdieron los anillos, aquí quedaron los dedillos.

Bueno es caer para más valer.

No todos los caídos son vencidos.

Quien está bien sentado, no se levanta de su grado.

El mejor vino se torna vinagre.

El pobre velando y el rico vagueando, de fortuna van cambiando: el uno va subiendo y el otro va bajando.

De zarza en zarza va dejando el carnero la lana.

Bien vas Blas, de menos a más; mal vas, Pedro, de más a menos.

De pobres, a sabios; de ricos, a vagos.

DEFECTOS

El que cojea renquea.

Quien quiere bestia sin tacha, a pie se anda.

Quien con un cojo va, al cabo de un año cojeará.

Quien tuviere hijo varón, no llame a otro ladrón.

Quien tiene una hija en la cuna, no llame a otra puta.

Ése es asno de natura, que no entiende su propia escritura.

Aunque me veas tan largo, tan largo, maldita la cosa que valgo.

Hasta el oro, que tanto encanta, tiene sus faltas.

Dijo la sartén al cazo: quítate allá, que me tiznas.

Dijo la sartén a la caldera: quítate allá culinegra.

Cochina más que cochina, marrana más que la otra; que en el cuenco donde meas hace tu madre la sopa.

No andes con soberbia sobre la tierra, porque serás el primero que caigas debajo de ella.

Todos tenemos culo, por la mayor ventura del mundo.

> *Amante que fue querido*
> *y ruega menospreciando,*
> *muestras da de afeminado*
> *cuando se humilla ofendido.*   (Tirso de Molina.)

El que quiere va; el que no quiere envía.

Herradura que chacolotea, clavo le falta.

Nominativo, juego; genitivo, taberna; dativo, ramero; acusativo, pobreza; vocativo, ladrón; ablativo, cárcel.
Declinación de los viciosos.

Por cierto, Pedro, nunca venís sino cuando meo, y halláisme siempre arremangada.
Dícese de los inoportunos.

No hay casa sin albañal a la calle.

En el mundo entero no hay quien no tenga un pero.

Hombres sin pero no hubo dos: uno hubo, y era hombre y Dios

Ni mortero sin majadero, ni hermosa sin pero.

No fíes en hombres tuertos, ni menos corcovados; si los cojos fuesen buenos, escríbelo por milagro.

DEFENSA

A un clavo ardiendo se agarra el que se está hundiendo.

Hasta una hormiga muerde si la hostigas.

Contra la fuerza, fuerzas valgan, ya que razones no pueden nada.

Al que quiera abrirse camino a codazos, echadlo a puñetazos.

Mejor es ser lobo que oveja, y caballo que buey manso.

Nunca un peligro se vence sin correr peligro.

Callar y coger piedras es doble prudencia.

A fuerza de villano, hierro en mano.

Si pensáis, pensamos, y, a lo menos, la empatamos.

Mayor gloria se alcanza defendiendo que acusando.

¿Cuántos amigos tienes? Dos: mi perro y mi bastón.

Amor y fortuna no tienen defensa alguna.

Justa arte es pringar a quien quiere pringarte.

A quien quisiera matarte, madruga y mátale.

Al que te quiera comer, almuérzalo; quien te ha de cenar, meriéndalo.

Quien da presto (primero) da dos veces.

Al primero muerde el perro.

Hombre de catadura mala, con su cara defiende su casa.

Quien sin que le acusen se defiende, por su boca se pierde.

Quien al malo defiende, al bueno ofende.

La defensa es natural.

Cada uno habla en derecho de su dedo.

Por demás es ayudarte de la ley que quebrantaste.

A la guerra con la guerra.

Si buena lanza, no te metas en danza.

Ni estocada sin reparo, ni semana sin día claro.

Quien más no puede acude a los dientes.

DEMONIO

Detrás de la cruz está el diablo.

Cuando el diablo reza, engañarte quiere.

La cruz en los pechos y el diablo en los hechos.

Cuando el diablo no tiene que hacer, coge la escoba y se pone a barrer.

Cuando el diablo viejo se ve, se mete a hombre de bien.

El demonio tiene cara de conejo.

El diablo no acabará, lo que no acaben la mujeres.

El diablo sabe mucho porque es viejo.

> *El que muchos años ha*
> *por las muchas Navidades*
> *muy averiguado está*
> *que por experiencia ya*
> *ha de saber más ruindades.*
> *Da más duro consejo*
> *como ya está trasañejo*
> *y en cosas del mundo ducho*
> *y por esto sabe mucho*
> *el diablo porque es viejo.*   (Sebastián Horozco, 1599.)

El diablo no es puerco y gruñe.

Cuando Dios se hizo hombre, el diablo ya se había hecho mujer.

El diablo al caer del cielo, perdió sus galas, pero no sus alas.

Diablo y suegra, palabras negras.

El diablo, cuando se acicala, parece un ángel por las alas.

No es el diablo tan feo como pintado lo vemos.

Quien al diablo ha de engañar, muy de mañana se ha de levantar.

Dios le quitó al diablo el poder, pero no el saber.

El diablo no duerme, pero se hace el dormido cuando le conviene.

Cuando el diablo no tiene que hacer, con el rabo mata moscas.

Quien sirve al diablo, tal será el pago como el amo.

El diablo tapa el mal hecho para que te confíes; después, tira de la manta y se ríe.

DERROCHE

Para tu perdición, nada te para en el bolsón.

Enriquece a doce hombres, y al cabo de seis años, dos serán ricos y diez serán pobres.

¡Que escorrozo, no tener que comer y coger mozo!

Quien todo se lo almuerza, ni come, ni cena.

La harina del bobo vase todo en tortas y bollos.

La mucha cera quema la iglesia.

Quien por sí lo ara, y por sí lo abona, y por sí lo riega, ni se lo bebe, ni se lo juega.

El dinero del tonto se escurre pronto.

Mientras dura, "vida y dulzura"; cuando lo acabamos "a ti suspiramos".

Donde dinero no entra y dinero sale, fuerza es que se acabe.

Lo ganado poco a poco, mucho a mucho tira el loco.

Por lo que uno tira, otro suspira.

Quien nada guardó, nada encontró.

Quien hoy vive como quiere, mañana vive como puede.

Quien deja atrás un pie y no para, costalada.

Quien se come la gallina, de muchos huevos se priva.

Quien hoy se harta, ayunará mañana.

Quien gasta más de lo que puede, o roba o debe.

A quien mucho gasta, se le acaba la pasta.

Muchos van al hospital por no cuidar su caudal.

Quien de mozo se come la perdiz, de viejo caga las plumas.

Mientras moza, bien pasar; después de vieja, trotar.

La moza en galas y el viejo en vino gastan su haberío.

Si adivinaras cómo se ha de tirar tu dinero, no lo guardarías con tanto esmero.

Reniego de lo barato que se lleva cuanto tengo.
Como ejemplo se podría poner: las rebajas.

Lo barato es caro cuando no es necesario.

DESCONFIANZA

Cuando vos seáis fraile, yo seré monja.

No son todo ruiseñores los que andan entre las flores.

Ni fíes, ni desconfíes, ni hijos ajenos críes, ni plantes viña, ni domes potro, ni tu mujer alabes a otros.

Quien del mundo sabe, aparenta fiarse de todos; pero a su puerta echa la llave.

Entre amigos, un notario y dos testigos, y entre hermanos, cuatro testigos y dos notarios.

Fía sólo en dos: en ti y en Dios, y si con más respeto lo has de decir, en Dios y en ti.

Del que yo me fío me guarde Dios; que del que no me fío, me guardo yo.

No fíes de perro que cojea, ni de mujer que lloriquea.

Si va tu enemigo a ti humillado, guárdate de él como del diablo.

Del santo me espanto; del pillo, no tanto.

Bueno es el padrenuestro, pero no sirve para consagrar.

Nunca el diablo hizo empanada, que no quisiere comer la mejor parte.

Cuando la rana tenga pelo, seréis vos bueno.

Quien no te conozca, que te compre.

Mira bien de quien te fías, que en el mundo hay mucha falsía.

Ni fía, ni porfía, ni entres en cofradía.

Ni fíes, ni porfíes, ni prometas lo incierto por lo cierto.

No negocies con quien a la primera hoja tiene tope.

De tu dinero no hagas a nadie cajero.

Cumple con todos y fía de pocos.

De las cosas más seguras, dudar es la más segura.

La duda ofende.

Ni de cielo estrellado, ni de culo mal acostumbrado, no soy confiado.

Ni de las flores de marzo, ni de la mujer sin empacho.

Al que mal hicieres, nunca le creas.

Va tu enemigo a ti humillado, guárdate de él como del diablo.

La cerradura de puerta no es para el enemigo, sino para el amigo.

No te fíes del enemigo que duerme.

Amigos de muchos años dan los desengaños.

Quien una vez hurta, fiel nunca.

Ni a hombre que hablando mire al techo, ni en posada alguna usar el lecho.

No te fíes de hombre que siempre sonríe.

Si te parece inocente, coge tu capa y vente.

Quien no es bueno para sí, ¿cómo lo será para mí?.

No hay que fiar de quien no se fía.

Lo que me cuentan no creo, sino lo que veo.

Para bien creer, no hay cosa como ver.

No creas sino lo que claramente veas; que hasta en lo que se ve claro, cabe engaño.

No creas en el santo si no vieres el milagro.

145

Bueno es fulano, hasta ver lo contrario.

Hijo de mi hija, mi nieto ser; hijo de mi hijo, no saber.

Si quieres que yo te cante, la paga por delante.

Sólo creo lo que veo, y no todo, Mateo.

Si no quieres ser engañado, no seas confiado.

Desconfianza, aseguranza.

Quien quiera huir de cuidados, tenga los ojos y oídos abiertos y los labios cerrados.

El confiado sale burlado, y el prevenido queda lucido.

Ni fíes, ni confíes, ni prestes, ni des, y te saldrá la cuenta a fin de mes.

Ver para creer, y no toda vez.

DESCONOCIMIENTOS

Mal conoces al ajeno, que no está tras tu juego.

Si no te traté, cómo eres no sé.

Lo que no es conocido, mal puede ser querido.

¿Quién sabe lo que hay en arca cerrada? Quizá mucho, o quizá nada.

Hay quien no ve su joroba, pero cuenta las viruelas a una mosca.

Ningún jorobado se ve la joroba.

No vemos la viga en nuestro ojo y vemos la paja en el otro.

Quien a mí escarnece, sus hechos no ve, que si sus hechos viera, a mí no me escarneciera.

El ojo, que tanto ve, a sí mismo no se ve.

No hay ciego que se vea, ni tuerto que se conozca.

No hay como un pringoso para ver manchas en otro.

Para lo ajeno, candelita; para lo propio, cieguecita.

Siempre el vicio ajeno no parece peor que el nuestro.

Quien mal canta bien le suena.

Ningún borracho se huele.

Ningún cagado se huele.

Hombre o mujer, cada cual se juzga mejor de lo que es.

Nadie se mira el pie de que cojea.

Conocerse a sí mismo no es para necios, y aún muchos sabios no se conocieron.

Más conocemos a los otros que a nosotros.

De los amigos has de esperar poco; de los desconocidos, todo.

Muchacho, ¿quién es Dios? No contestes, que eso es pega.

Por no saber no canto misa.

No saber de la misa la media.

No saber cuántas son cinco.

Quien poco sabe, poco teme.

DESCUIDOS

Tendero en cofradía, tienda "desantendía".

Pérdida en vez de ganancia, tener obreros sin vigilancia.

El pastor descuidado, a vuelta del sol busca su ganado.

Llave mal guardada no guarda nada.

Puerta sin llave, quien quiere la cierra y quien quiere la abre.

De todos es la huerta que no tiene cerca ni puerta.

Por no guardar la nata, se la comió la gata.

Cuando mi madre está en misa, yo bailo en camisa.

Dios nos depare, puertas abiertas, mujeres descuidadas y cosas mal puestas.
Es lo que piden los gatos

Dormir y guardar la era, no hay manera.

A quien a dormir se echa, le ronca su hacienda.

Quien tiene hacienda y la abandona, burro es en figura y en persona.

Tras la poca diligencia viene la mala ventura.

Quien tiene trabajadores y no los va a ver, si no es pobre, lo quiere ser.

Dormido el mastín, y el lobo junto al redil.

Quien su caballo no cuida, bien merece ir a pie.

Casa mal guardada, pronto robada.

Quien deja abierto su arcón es cómplice del ladrón.

Oveja que bala, bocado que pierde.

Dios proveerá.

Lo mucho cuida, y lo poco descuida.

Al descuidado no le favorece la ley.

A quien lo suyo no defiende, Dios la espalda le vuelve.

Alguacil descuidado, ladrones cada mercado.

En arca sin llave ni candado no hay nada guardado.

DESEOS

De deseos nunca hubo empachos.

Un ciego lloraba un día, porque un espejo quería.

Lo que apetece, presto se cree.

Las cosas que se desean, parece que nunca llegan.

Desear lo mejor, recelar lo peor, y tomar lo que viniere.

¿Para qué quieres mirar lo que no conviene desear?

En fin, señora, me veo
sin mí, sin vos y sin Dios:
sin Dios, por lo que os deseo;
sin mí, porque estoy sin vos;
sin vos, porque no os poseo.   (Lope de Vega.)

Muchos cada noche van a Madrid, y en cuanto amanece ya no quieren ir.

Quien vengarse quiere, calle y espere.

Hacer el mal que te hagan no es pecado, sino paga.

Si me puso el cuerno, buena pedrada le di a su perro.

Pascua deseada, pronto pasada.

Quien más el bien anhela, menos lo halla y más se desvela.

Ver comer y no catar es para desesperar.

Bien es que desees lo que es lícito y haber puedes.

No vive más el querido, ni menos el aborrecido.

Los pies se mueven hacia donde el corazón quiere.

Al deseoso, lo feo le parece hermoso.

Se juntó el hambre con las ganas de comer.

Quien la ha de besar le buscará la cara.

Quien no puede, es quien más quiere.

Si lo nuestro agrada a vos y lo vuesto a nos, de su mano nos tenga Dios.

Lo que se desea, por pronto que llegue, tarde llega, y lo que se teme, por mucho que tarde, pronto parece.

Todo son flores donde tengo mis amores.

DESGRACIAS

Antes faltarán lágrimas, que causa que llorarlas.

Desde que nací lloré, y cada día nace por qué.

A quien de mucho mal es ducho, poco se le hace mucho.

La desgracia prevista anda más despacio que la imprevista.

Más vale mala suerte que muerte: la muerte no tiene remedio; la mala suerte cambia el tiempo.

Repara en casa ajena y hallarás chica tu pena.

Cada altar tiene su cruz.

Sin la unción se van algunos, sin el coscorrón ninguno.

Poco habrá carreteado quien carreta no ha volcado.

Deseando bienes y aguantando males pasan su vida los mortales.

Donde entre la maldición no hay posible bendición.

Quien nace desgraciado, en la cama se descostilla.

Va el mal a donde hay más, y el bien también.

El que ha nacido para cura, no puede llegar a obispo.

El que ha nacido para servilleta, nunca llegará a mantel.

Anda el buen majador de otero en otero, y viene a quebrar en el hombre bueno.

Tras que la novia es tuerta, que la peinen de noche.

Tras cornudo, apaleado, y mandábanle bailar y aún decían que bailaba mal.

Ajos y desdichas no vienen solos, vienen en ristras.

Ningún perdido puede llegar a menos.

Al bien buscarlo y al mal esperarlo.

Al desdichado poco le vale ser esforzado.

Da Dios bragas a quien no sabe atacallas.

Da Dios bragas a quien no tiene culo.

Da Dios pañuelo a quien no tiene narices.

Da Dios nueces a quien no tiene dientes.

Da Dios sarna a quien no sabe rascársela.

Quien bien hace en la prosperidad, halla la ayuda en la adversidad.

Las feas, en el baile sostienen las paredes.

Vaso malo no se quiebra.

Quien malas hadas tiene en cuna, las pierde tarde o nunca.

Mal es acabarse el bien.

Del bien al mal no hay un canto de real.

Mientras va y viene el palo, descansa el cuerpo.

Cuando del pie, cuando de la oreja, a mi marido nunca le falta una queja.

A nave rota, todo el viento es contrario.

Los desdichados tienen biznietos.

Poco mal espanta, y mucho amansa.

Quien no supo de su mal, no sabe de su bien.

Cuando sobre los hombros
tuve una capa,

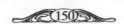

decía muchas veces
que no abrigaba.
Perdida, digo:
¡nunca tendré otra capa
de tanto abrigo! (Copla)

Para ser profeta, anuncia desventuras.

Cada uno siente del prójimo el golpe, pero el suyo le duele el doble.

Las malas nuevas siempre son ciertas.

La suerte del enano, que se fue a cagar y se cagó la mano.

Qué negra tacha, ser puta y borracha.

En la vida hay tres degracias grandes: que sin madre se quede un hijo; que un hombre pierda a su esposa, y que un viejo pierda a su hijo.

El que ayer desdeñaba a todos, hoy se come los codos.

Padres ganadores, hijos caballeros, nietos pordioseros.

Del árbol caído todos hacen leña.

A quien le falta ventura, la vida es dura.

¿Cómo os va? Bien a ratos, y mal de continuo.

De dos cofres que tenía el requebrado, el uno se dejó abierto, el otro lo han decerrejado.

El burro del arriero, todo el día acarreando aceite, y a la noche a oscuras.

La del bailarín, que se reventó bailando y no gustó.

A quien del mucho mal es ducho, poco bien se le hace mucho.

La desgracia prevista anda más despacio que la imprevista.

Quien no gozó de bienes, los males no siente.

Más vale mala suerte que muerte: la muerte no tiene remedio; la mala suerte la cambia el tiempo.

Tuve hermosura, mas no ventura.

¡Oh suerte injusta! Al rico se le muere la mujer, y al pobre la burra.

A cada puerco le llega su San Martín.

Llorando nacen todos; riendo ni uno solo.

La desgracia a la puerta vela, y en la primer ocasión se cuela.

El que para pobre está apuntado, lo mismo da que corra como que esté sentado.

Siempre acude el frío a la poca ropa.

En la tela más delicada cae la mancha.

A quien la ventura le falta, la vida le sobra.

Muérome de hambre, de frío y de sed: tres males tengo, ¿de cuál moriré?

Peor es parir a medias y no saber de quién.

Esperar y no alcanzar ni venir; estar en la cama y no reposar ni dormir; servir y no medrar ni subir, son tres males para morir.

Perro mordido, de todos es perseguido.

Sabios hace la adversidad y necios la prosperidad.

La desdicha a veces es dicha.

Estoy como pobre a puerta ajena.

DEUDORES

Mientras el deudor tiene vida, la deuda no está perdida.

Deudas tengamos, pero amigos seamos.

Deuda olvidada, ni agradecida ni pagada.

El deber es tan antiguo como el no pagar.

El deber y no pagar es tan antiguo como el mear.

¿Qué haces, bobo? Bobeo: escribo lo que me deben y borro lo que debo.

Deuda vieja bórrala de tu libro; que ya la borró del suyo el que la hizo.

Si porque debo triste he de estar, más triste ha de estar el que ha de cobrar.

Deuda real, se cobra tarde y mal.

Hoy debiendo y mañana pagando, vamos trampeando.

Hombre tramposo y mujer embustera, no en mi casa ni por mi acera.

Dondequiera que fueres, sé tú el que debieres.

Mucho deber, de grandes señores es.

Quien debe ciento, y tiene ciento uno, no tiene miedo a ninguno; quien tiene ciento uno, y debe ciento dos, encomiéndolo a Dios.

Quien quisiere que la cuaresma no le parezca larga, deba y ponga el plazo para Pascua.

No hay cosa más pesada que una deuda recordada.

Quien vive a crédito, muere a tormento.

Ni faltar al que te presta, ni subir corriendo cuesta.

Más vale que me deba un pobre que deber yo a un rico.

No hay mayor deuda que la que debe un hombre a sí mismo.

No debas a nadie nada, sino a Dios el alma.

No tengas deudas con ausentes, ni cuentas con parientes.

Quien a nadie debe, a nadie teme.

Las trampas llevan la mentira a cuestas.

Deudas tengas y que sean pequeñas.

DÍAS

Lo que de día se piensa, a la noche se sueña.

En martes ni te cases ni te embarques, ni gallina eches, ni cochino mates, ni telas urdas, ni tu casa mudes, ni tu ropa tajes, ni tu viña podes, ni hija cases, ni la lleves a confesar porque no dirá la verdad.

Lo que fue ayer, ya no será; que el tiempo no anda para atrás.

Lunes, galbana; martes, mala gana; miércoles, tormenta; jueves, mala cuenta; viernes, a cazar; sábado, a pescar, y el domingo se hizo para descansar.

En enero, el gato en celo;
febrero, merdero;
marzo, sol como mazo;
en abril, aguas mil;
en mayo, toro y caballo;
en junio, hoz en puño;
en julio; calentura y ancho;
en agosto, frío en rostro;
en septiembre, el royo y la urdimbre;
en octubre, une los bueyes y cubre;
en noviembre y diciembre, coma quien tuviere y quien no
*   tuviere, siembre.]*

Febrero en su conjunción,
primer martes carne es ida (cuaresma),
a cuarenta y seis Florida;
otros cuarenta Ascensión,
otros diez a Pascua son,
otros doce Corpus Christi;
en esto sólo consiste:
las movibles, ¿cuántas son?

Las mañanas de abril dulces son de dormir; las de mayo mejor si no despierta el amor.

Por Santa Lucía mengua la noche y crece el día un paso de gallina; por Navidad ya lo echa de ver el arriero en el andar y la vejezuela en el hilar; por los Reyes, bobo, ¿no lo vedes?, lo notan hasta los bueyes.

Treinta días trae noviembre, con abril, junio y septiembre, veintiocho trae uno, que es febrerillo loco, y los otros treinta y uno.

Lunes y martes fiestas grandes; miércoles y jueves, fiestas solemnes; sábados las mayores de todo el año, y el domingo, de pingo.

Haz la noche, noche, y el día, día, y vivirás con alegría.
Refrán a la usanza de hoy en día, y si no que se lo pregunten a nuestros jóvenes.

No hay sábado sin sol, ni doncella sin amor, ni casada sin dolor, ni viuda sin pretensión.

Quien no teme al lunes, no teme a Dios.
Dicho de algunos trabajadores; lo he oído en la imprenta de los Hijos de Porfirio Martín de Ávila.

Cada noche pare un día.

Hay más días que longaniza.

Llévase el tiempo los días que ya parieron, y va trayendo otros preñados de misterios.

Si el día se te hace corto, ahí viene otro.

No son todos los días iguales: unos traen bienes y otros traen males.

Cada día trae su porfía, y cada año, mil desengaños.

Si más largo es el día, más larga es la romería.

Cuando chilla la sartén, buen día quiere hacer.

Años, dineros y días componen villas y vidas.

"San Silvestre, deja el año y vete." Y el santo respondió: "Ahí queda la última fruta y la primera flor."

Día de ayuno, largo como ninguno.

Bendita sea la luz, y la Santa Veracruz, y el Señor de la verdad, y la Santa Trinidad; bendita sea el alba y el Señor que nos la manda; bendito sea el día y el Señor que nos lo envía.

Ni estocada sin reparo, ni semana sin día claro.

Los días en la juventud son muchos más cortos que en la senectud.

Cada día es discípulo del precedente y maestro del siguiente.

Muchas son las artes que el lunes enseña al martes.

En febrero el primer día, San Ignacio es el que guía; el segundo, Santa María; después viene San Blas, y Santa Águeda detrás, y despedirse muchachas hasta carnaval.

Por San Matías, igualan las noches con los días, cata a marzo a cinco días; y si es bisiesto cátalo al sexto.

Dias de diciembre, días de amargura: apenas amanece, ya es noche oscura.

Cada día, su porfía, y cada mes, su derecho y su revés.

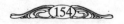

DILIGENCIA

Diciendo y haciendo, el tiempo es oro; charlando y durmiendo, el tiempo es lodo.

Contra ruin negligencia, generosa diligencia.

"Id", dice la pereza; "Voy", dice la diligencia.

Diligencia pare abundancia.

Conservar con diligencia lo que se alcanza con experiencia.

Quien no anda aprisa llega tarde a misa.

Caballo corredor no ha menester espuela.

Quien quiera bien negociar bien diligente ha de andar.

La cuenta del perdido: lo que no se hiciere hoy, ahí está el domingo.

Más vale un palmo de diligencia que dos de justicia.

Lo que puedas hacer hoy no lo dejes para mañana.

Hoy que puedo lo haré, que mañana no sé si podré.

No dejes para otra hora lo que puedas hacer ahora.

Las cosas, en caliente.

Faena hecha no estorba.

Durará o no durará; pero lo que es hacerlo, hecho está.

Hombre aprovechado, de una vía hace dos mandados.

A Dios adorando y parva limpiando.

Ayúdate tú, y Dios te ayudará.

Ayúdate y seréis dos, pues contigo estará Dios.

Lo que puedo hacer por mí no debo encargártelo a ti.

Para ir a misa o al molino, no esperes a tu vecino.

Haz lo que puedas sin ayudas ajenas.

Nunca esperes que haga tu amigo lo que tú pudieres.

Ser un hombre diligente ahuyenta su mala suerte.

Viene ventura a quien la procura.

En los cerros y en la campiña, cada cual guarde su viña.

DINERO

Tuyo o ajeno, no te acuestes sin dinero.

Cobra y no pagues que somos mortales.

Apaña, suegro, para quien te herede, manto de luto, corazón alegre.

Bien me quieres, bien te quiero; mas no te doy mi dinero.

Asno con oro alcánzalo todo.

De la mujer y el dinero no te burles compañero.

Cuando el dinero habla, todos callan.

No hay cerradura, si es de oro la ganzúa.

Dinero de culo, vase como el humo.

A quien no tiene capa en enero, no le prestes tu dinero.

A quien no lleva capa por Navidad, no le preguntes cómo le va.

Armas y dinero requieren buen manejo.

Escribe antes de dar, y recibe antes que escribas.

¿Dinero prestaste?, o dinero perdiste, o enemigo ganáste.

Dineros y amores, mal se encubren.

El dinero no crece en el talego.

El dinero tiene más de un gozar: saberlo ganar y saberlo gastar.

El dinero todo lo vence, pero con un buen juez nada puede.

El primer real a nadie hace rico, pero es principio.

Más ablanda el dinero que sermón de misionero.

Moneda que no suena al caer al suelo, para mí no la quiero.

¿Para qué es mi dinero? Para hacer lo que quiero.

Tenga, tenga, y venga de donde venga uno de los mandamientos de la ley del diablo.

Todo en esta vida se pega, menos el dinero y la hermosura.

San dinero, el santo más milagrero.

El resollar de la moza, y la vieja, es la bolsa.

Quien presta no cobra; si cobra, no todo, y si todo, no tal y si tal, enemigo mortal.

Dinero y de beber no hay que ofrecer.

> A los ricos no les pidas,
> y a los pobres no les des,
> ni a tu pueblo hagas favores,
> que te jo... robarán los tres.   (Copla.)

Más barato estaría el pan, si no lo comiera tanto holgazán.

Más de un bribón no se casa por la oveja, sino por el vellón.

Don sin din, co......razones en latín.

Dinero que una vez sale, vuelve tarde.

> El dinero en el perdido
> es muy fácil de gastar
> y después de desprendido
> muy pocas veces he vido
> cómo sale sin tornar.
> Ni conviene que se atale

ni con codicia se guarde,
mas si decir verdad vale
dinero que una vez sale
cierto está que vuelve tarde.   (Sebastián Horozco 1599.)

Salud haya y dinero, que no faltarán morteros.

A mi edad (dice La Celestina) ya no hay gentileza sin dineros.

No dé Dios tanto bien a nuestros amigos que nos desconozcan.

Más vale dejar a los enemigos que pedir a los amigos.

Ay del que dice ¡ay! y lo dice porque no hay.

El dinero requiere tres cosas: saberlo ganar, saberlo gastar y saberlo despreciar.

Aunque salga de manos asquerosas, el dinero siempre huele a rosas.

Dineros, los únicos amigos verdaderos.

No hay mejor amigo ni hermano que el dinero en la mano.

Un duro y un vaso de buen vino son los mejores amigos, y en caso de mucho apuro, si no tienes el vaso, ten el duro.

El dinero y la mujer, en la vejez son menester.

Quien nunca tuvo un apuro, no sabe lo que vale un duro.

¿Quieres saber lo que vale un duro? Pídelo en un apuro.

Cuando del cielo cayó, Lucifer cagó: así el dinero nació.

Dinero y más dinero no hace sabio al majadero.

El dinero es de quien lo agarra, y la gloria, de quien la gana.

Quien sólo fía en su dinero es un majadero.

Por el dinero baila el perro, no por el son que le toca el ciego.

Por dinero baila el perro, y hay bautizo, boda y entierro.

Onza de oro se lleva los ojos de todos.

Dineros me dé Dios, que con mi poco saber me aviaré yo.

El dinero nunca huele mal, aunque se haya sacado de un cenagal.

El oro ni pierde su color, ni se le pega el mal olor.

El dinero es buen servidor, pero como amo, no lo hay peor.

Si eres amo de tu dinero, bueno; pero si tu dinero es tu amo, malo.

Quien tiene din tiene don.

Donde no hay plata, el don es de hoja de lata.

En el mundo se respeta sólo al que tiene pesetas.

Dios en el cielo, y en la tierra, el dinero.

Dijo a la justicia el dinero: "Más que tú puedo."

Quien mucho dinero tiene, pone el mingo donde quiere.

Milagro que no haga el dinero, háganlo los santos del cielo.

El dinero mundifica, califica y santifica.

El oro hace soberbios, y la soberbia, necios.

El dinero vaya y venga, y con sus frutos nos mantenga.

Dinero guardado, dinero capado.

Siempre van las monedas a donde hay más compañeras.

El oro es la mejor ganzúa del diablo.

Suprime el dinero y suprimirás el mundo entero.

DIOS

Cuando Dios no quiere, los santos no pueden.

A quien bien quiere Dios, la perra le pare lechones.

Dios da el frío conforme a la ropa.

Dios aprieta pero no ahoga.

Dios y villa componen villa.

A Dios rogando y con el mazo dando.

Dios consiente y no para siempre.

Más vale a quien Dios ayuda, que a quien mucho madruga.

Dios te dé mujer que todos la codicien y ninguno te la alcance.

De Dios logra la gracia, el que se conforma con su desgracia.

Dios me guarde de pueblo airado, de mar atormentado, de landre y mala helada, y de mujer enojada.

Dios me libre de un bruto con poder.

Dios nos depare puertas abiertas, mujeres descuidadas y cosas mal puestas.
Dicen los gatos.

Dios nos guarde del hombre que al reír no se le mueva el ombligo.

Dios nos libre de las avutardas y quebrantahuesos, y de las aves que tienen la ubre junto al pescuezo.
Mujeres.

Dios me libre de palo de ciego y bofetada de zurdo.

Dios secará lo que ha mojado.

Dios, siendo El Todopoderoso y pudiendo elegir, se hizo hombre y no mujer.

Más vale callar por Dios que hablar por Dios.

Si el dinero a Dios prefieres, pobre serás y pobre eres.

A casa de Dios siempre se llega pronto.

Todo es nada sin Dios y nada es todo con Dios.

Dios siempre dice: "Más".

Tal mi bien anda como Dios lo manda.

Cada cual mira por sí y Dios por todos.

> *Aquel todopoderoso*
> *que es señor de los señores*
> *como padre piadoso*
> *mira por nuestro reposo*
> *aunque somos pecadores.*
> *Y nos llama y lleva a sí*
> *por muchas vías y modos,*
> *de suerte que estando aquí*
> *cada cual mira por sí*
> *pero Dios mira por todos.*   (Sebastián Horozco, 1599.)

Dios me de contienda, con quien me entienda.

> *Unos hombres suele haber*
> *tan necios y tan vacíos*
> *que ni os pueden entender*
> *si aciertan a responder*
> *sino veinte desvaríos.*
> *Con éstos vuelve la rienda*
> *y dejarlos es cordura,*
> *porque Dios nos dé contienda*
> *con persona que me entienda*
> *y lo torne por ventura.*   (Sebastián Horozco, 1599.)

Dios cuando da la llaga, luego da la medicina.

> *Nuestro Dios omnipotente*
> *si nos da tribulación*
> *es tan benigna y clemente*
> *que él mismo muy prestamente*
> *nos da la consolación.*
> *No castiga sino amaga*
> *que nuestra disciplina,*
> *pero en caso que algo haga*
> *en dando que da la llaga*
> *luego da la medicina.* (Sebastián Horozco, 1599.)

Dios lo dio, Dios lo quitó, sea su nombre bendito.

> *Pues todo cuanto tienes*
> *te lo ha dado Dios prestado,*
> *si te quitase los bienes*
> *no te fatigues ni penes*
> *pues lo suyo se ha llevado.*
> *Ni porque te lo pidió*
> *tú debes vivir aflito,*
> *más entonces diría yo*
> *Dios lo dio, Dios lo quitó,*
> *sea su nombre bendito.* (Sebastián Horozco, 1599.)

No hay más señor que Dios nuestro Creador: señorío de criaturas, vana compostura.

Lo ordenado en el cielo, forzoso se ha de cumplir en el suelo.

Todo está en la mano de Dios, en ninguna podría estar mejor.

El poder de Dios es tal que saca el bien del mal.

Dios lo dio, Dios lo quitó, sea su nombe bendito.

> *Y si estás muy bien casado,*
> *muy contento y muy querido,*
> *mira bien que aqueste estado*
> *también lo tienes prestado*
> *cuanto Dios fuere servido.*
> *Y si a Él le pareció*
> *que te durase poquito*
> *y la mujer te llevó*
> *Dios la dio, Dios la quito*
> *sea su nombre bendito.* (Sebastián Horozco, 1599.)

Nuevamente el mismo refrán de otra manera.

> *No presumas de hinchazón*
> *por tener gran patrimonio*
> *para tus hijos, que son*
> *el fruto de bendición*
> *que nace del matrimonio.*
> *Los cuales si Dios llevó*
> *del grande hasta el chiquito*
> *que ninguno te dejó*
> *Dios los dio, Dios los quito*
> *sea su nombre bendito.* (Sebastián Horozco, 1599.)

No quiere Dios la muerte del pecador, sino que se convierta y viva.

> *Aunque tengas más pecados*
> *que hay arenas en el mar*
> *con más todos sus pecados*
> *y tejas en los tejados*
> *no debes desesperar.*
> *Vuélvete a Dios con fervor,*

> *suplícale te reciba,*
> *porque no quiere el Señor*
> *la muerte del pecador*
> *más que se convierta y viva.*   (Sebastián Horozco, 1599.)

No quieras un Dios para ti, y otro para los otros.

> *Para ir por el camino*
> *de salvación se requiere*
> *que quiera el hombre contino*
> *para su hermano o vecino*
> *lo que para sí quisiere.*
> *Y lo que fuera de mí*
> *sea de todos nosotros*
> *y que Dios lo manda así*
> *no quieras un Dios para ti*
> *y otro para los otros.*   (Sebastián Horozco, 1599.)

El hombre siembra, la tierra alimenta y Dios acrecienta.

A lo que hace Dios, ni fuerza ni razón.

Mozos, viejos, reyes y pastores están sujetos al Dios de los amores.

Yo te veo por fuera y Dios te ve por dentro.

Servir a Dios es lo cierto, lo demás es desconcierto.

> *Esto poco que tenemos*
> *en el mundo que vivir*
> *para que después gocemos*
> *conviene que lo empecemos*
> *en amar y a Dios servir.*
> *Pues está el infierno abierto*
> *para quien sirve al demonio,*
> *servir a Dios es lo cierto*
> *lo demás es desconcierto*
> *y el hecho da testimonio*   (Sebastián Horozco, 1599.)

Sólo Dios acierta a reglar con regla tuerta (torcida).

Todo esfuerzo es vano, si Dios nos deja de su mano.

Quien echa cuenta sin Dios, no sabe cuántas son dos y dos.

Ésa es la desgracia mayor: no tener de cara a Dios.

Quien a Dios tiene, nada le falta.

Si con Dios cuentas, ¿a qué otras cuentas?

Dios, mi brazo y mi derecho.

Quien toma a Dios por padrino, tranquilo va su camino.

A Dios lo mejor del mundo, pues es Señor sin segundo.

A Dios, de rodillas; al rey, de pie, y al demonio, en el canapé.

Teme a Dios y a quien no teme a Dios.

Por la honra pon la vida, y pon las dos, honra y vida, por tu Dios.

Dios conmigo, yo con Él, Él primero, yo tras Él.

A toda ley, ama a tu Dios y sirve a tu rey.

Dios nos tenga de su mano, en invierno y en verano, y en todo tiempo del año.

Bien me quiera Dios; que de los santos poco me curo yo.

A quien habló Dios le oyó.

Quien buena ventura tiene, a Dios se la debe.

En ayudando Dios, lo más malo se vuelve mejor.

Dios ayuda a los que se ayudan.

Cuando Dios pone su mano, todo trabajo es liviano.

Dios aprieta, pero no ahoga.

DISCULPAS

A la culpa sigue la disculpa.

La disculpa achica la culpa.

Bueno es que haya ratones, para que no se sepa quién el queso se come.

Es bueno que haya niños, para echarles la culpa de todo lo que se rompe.

Excusa no pedida, acusación manifiesta.

Quien sin culparle se excusa, su conciencia le acusa.

Para lo que el hombre no quiere hacer, achaques ha de poner.

La excusa del lerdo: "Ahora que te veo me acuerdo."

Veníos otro día, que ahora está aquí mi tía.

Aquel que se hace mucho rogar, es que no quiere virtudes obrar.

La culpa del asno echarla a la albarda.

Por cuenta de los gitanos, roban muchos humanos.

Entre todos la mataron y ella sola se murió.

Esta burra me ha de hacer puta, que me lleva a los pastores.

Él que me lo rogó, y yo blandita de corazón…

Él que quería y yo que lo apetecía…

Fué tanta la insistencia y tan poca la resistencia…

Satisfacción no pedida, trampa conocida.

Pensé que no tenía marido, y comíme la olla y bebíme el vino.

Donde no hay que acusar, no hay que excusar.

Achaques al jueves para no ayunar el viernes.

Aquél se hace mucho de rogar que no quiere virtudes obrar.

Triste es la boca que no sabe excusa.

De día no veo y de noche me espulgo.

A nadie faltan razones.

A mal hacer, peor excusar, y lo acabas de adobar.

DISCUSIONES

Entre padre y hermanos no metas tus manos.

Entre marido y mujer nadie se ha de meter.

Dos regañados mal se besan.

Dos ruines y dos tizones nunca bien los compones.

Catorce gallinas tengo y no riñen casi nunca; si se volvieran mujeres, no podrían estar juntas.

Si mi madre me riñe, que no me riña; que se acuerde ella cuando era niña.

Entre gustos no hay disputas.

> *En el gusto no hay disputa*
> *ni en el amor leyes que obliguen,*
> *ni en las mujeres razón*
> *que sus gustos las limite.*   (Copla.)

Cuando pelean los ladrones, descúbrense los hurtos.

Oyéndonos nos entenderemos, y no acudiendo a otros extremos.

Tú que sí y yo que no, bien dicho está lo que dije yo.

Uno dice y otro contradice.

De la discusión nace la luz.

En dimes y diretes mal harás si te metes.

Dios me dé contienda con quien me entienda.

Quien no oye razón, no hace razón.

Ni en disputas, ni con putas.

No quieras ser porfiador, ni trabar lid contra razón, si quieres lograr tus canas y tus quijadas sanas.

Porfías, aun con razón, mal seguras son.

Quien adoctrina al porfiado, pierde el tiempo mal de su grado.

"Ahí queda eso", dijo atacándose las bragas Valdivieso.

Quien dispute con mujer, duro hueso ha de roer.

Mujer gritadera, no habrá un diablo que la quiera.

Si tu mujer es rencillosa, te armará cada día un pleito por cualquier cosa.

Mujer rencillosa, no hay en el mundo peor cosa.

DISIMULO

¡Buen disimulo! Se tapaba la cara y enseñaba el culo.

Mozas en sobrado, galápagos en charco y agujas en costal, malos son de disimular.

"No me ha dolido, no me ha dolido." Y reía con el labio partido.

Llorar a boca cerrada, por no dar cuenta a quien no sabe nada.

Delante, como perros y gatos; detrás, como hermanos.

Delante de gente, el avaro es liberal y el perezoso diligente.

Harto ve quién disimula.

Muérdese la lengua quien algo malo piensa.

Procura disimular el agravio que no puedes vengar.

A mal Cristo, mucha sangre.

Las palabras del discreto son máscara de su pensamiento.

Disimular, buen medio para lograr.

Disimulo y paciencia son la mejor ciencia.

Quien quiera crecer, ciego, mudo y sordo ha de ser.

Quien supo sufrir, supo fingir.

Periquito entre ellas, las pellizca y las besa, y todas dicen a voz en grito: "Qué inocente es Periquito."

"No están maduras", dijo la zorra, no pudiendo alcanzar las uvas.

¡Que no, que no, que no quiero, mancebo !mas, por si acaso…, volved luego.

Si la píldora bien supiera, no la doraran por fuera.

Quien por rodeos habla, con arte anda.

De hombre disimulado guárdate como del diablo.

Hacer como vaca y cubrir como gata.

¿A qué más disimulo quien la ha de besar en el culo?.

Yeso y cal encubren mucho mal.

Ojos que no ver saben, cien sueldos valen.

DOLOR

Dolor de cabeza quiere manjar; dolor de cuerpo quiere cagar.

Dolores sin calentura, más parecen travesura.

A quien le duela un diente que se lo atiente.

Cada uno lleva la lengua al lado de donde le duele la muela.

De penas y cenas, están las sepulturas llenas.

Desde que nací lloré, y cada día nace su porqué.

Dolor de esposo y dolor de codo: duelen mucho y duran poco.

Cuando duele la cabeza, todos los miembros duelen.

> *Los grandes y los prelados*
> *que deben ejemplo dar*
> *si están de vicio inflamados*
> *los súbditos y los criados*
> *no es mucho también estar.*
> *Y pues cada cual tropieza*
> *los mayores siempre valen*
> *porque son la mayor pieza*
> *que si duele la cabeza*
> *todo el cuerpo y miembros duelen.*   (Sebastián Horozco, 1599.)

Quien logra tolerar dolores sobre dolores, entonces se hace un hombre entre los hombres.

> *Querer sufrir es buen propósito;*
> *arremete con lo duro y lo penoso,*
> *y la pena se convertirá en gozo.*

No hay mal donde no hay dolor.

Dolores y desgracias, para quien los pasa.

Boca con duelo no dice bueno.

Dolor de muelas, dolor de rabia.

A quien le duele cuidado tiene.

A quien le duele se queja.

Nadie se queja sin que le duela.

A quien de sufir no es ducho, poco mal se le hace mucho.

Quien tiene amores, tiene dolores.

Ni moza sin amor, ni viejo sin dolor.

Una hora mala cualquiera se la pasa.

ECONOMÍA

Con regla y compás prosperarás; porque sin compás y regla honradamente nadie prospera.

Cuando está el costal lleno es cuando hay que atarlo.

Gasta de manera que en tu entierro no falte cera.

Ten con ten, y llenarás el almacén.

La mejor lotería es el trabajo y la economía.

Nadie extienda la pierna sino hasta donde la sábana llega.

Quien tiene poco paño, vista corto.

Quien no tiene viejo, no tiene nuevo.

Comida tarde y temprana cena ahorran la merienda.

Quien come y guarda en la alacena, tiene la cena.

Pues el asno come bien la paja, poca cebada.

Arregla tu tragadero a tu manadero.

No quiero ringorrango para mi dinero.

Tu bolsa no mengua si guardas la lengua.

Gobierna tu boca según tu bolsa.

El allegar no es por mucho madrugar, sino por mucho trabajar y poco gastar.

La mujer sabia salva la casa y la loca con sus manos la derroca.

La mujer buena, la casa vacía la hace llena.

A quien su mujer le ayuda, camino está de fortuna.

La mujer de su casa siempre tiene para la plaza.

Tres pocos hacen al hombre medrar: poco dormir, poco comer y poco gastar.

Quien ahorra una cerilla cuando puede, tiene un duro cuando se lo dan.

Guarda doña Estrujada para doña Despilfarrada.

Un poquito y otro poquito hacen un muchito.

La llave del tener es retener.

Quien lo poco despreció a lo mucho no llegó.

EDADES

Juventud con hambre quisiera yo, que vejez con hartura no.

El niño viene, el mozo está y el viejo se va.

Hasta los treinta en buena hora vengáis; hasta los cincuenta en buena hora estáis; hasta los setenta, norabuena vais; desde los setenta, ¿qué hacéis aquí?.

Ni moza fea, ni vieja que no lo sea.

Ni mujer que fue, ni caballo que aún no es.

El joven puede morir, pero el viejo no puede vivir.

Joven es quien está sano, aunque tenga ochenta años, y viejo es el doliente, aunque tenga veinte.

Fiar de mozo y esperar del viejo, no te lo aconsejo.

En los viejos está el saber, y en los mozos, el poder.

El mozo porque no quiere y el viejo porque no puede, no hacen lo que deben.

Quien a los veinte no fuma, ni a los treinta bebe, ni a los cuarenta se atreve, que se moje cuando llueve.

Quien de treinta no conquista y de cuarenta no tiene vista, no es persona lista.

Buscar virtud en la juventud es como buscar salud en la senectud.

El que de veinte no puede, de treinta no sabe y de cuarenta no tiene, ni podrá, ni sabrá, ni tendrá.

Si el joven supiera y el viejo pudiera, cuántas cosas se hicieran.

No hay mozo triste ni viejo alegre.

El hombre cuando es chico, es como el gallo, cantando; cuando mayor, como el borrico, trabajando; y cuando viejo, como el cochino, gruñendo.

A las mozas, Dios las guarde, y a las viejas, rabia las mate.

Carnes de moza valen cualquier cosa; carnes de vieja no valen una arveja.

Más valen dos de a treinta que una de sesenta.

El diente miente, la cana engaña; pero la arruga no ofrece duda.

Juventud que vela y vejez que duerme, signos son de muerte.

Juventud, calor y brío; vejez, tembladera y frío.

Mujer moza, o canta o llora; mujer vieja, o riñe o reza.

La edad da habilidad.

Sírvete del mancebo, y aconséjate del viejo.

Los mozos, para pelear; los viejos, para aconsejar.

La juventud es fuerza; la vejez, prudencia.

Obras de mancebos, consejos de medianos, ruegos de ancianos.

A cada edad hay que darle lo suyo.

Niños viejos y viejos niños, mal aliño.

Juventud, salud; larga edad, continua enfermedad.

En la mocedad, todo flores; en la vejedad, dolores.

Por la casa del mozo, tiempo hermoso; por la del viejo, agua y mal tiempo.

El joven, armado; el viejo, arrugado.

Quien a los veinte no sabe, a los treinta no tiene juicio y de cuarenta no es rico, borradle del libro.

Quien a los vente no puede, a los treinta no sabe, a los cuarenta no tiene y a los cincuenta no reposa, no sirvió para maldita la cosa.

Quien a los veinte no es mozo, a los treinta no se casa y los cuarenta no es rico, a los cincuenta, borrico.

Quien a los veinte no es valiente, ni a los treinta prudente, ni a los cuarenta rico, ¡arre borrico!.

De mozo, a palacio, y de viejo, a beato.

La amistad no tiene edad.

De los cuarenta para arriba, ni te cases, ni te embarques, ni te mojes la barriga.

Ejemplo cumplido, entre dos mozos un viejo podrido.

Tras los años viene el seso, y tenía setenta y azotábanla por traviesa.

Tras los años novicios viene el juicio.

No está en las barbas el seso, sino debajo del sombrero.

EDUCACIÓN

El viejo desvergonzado hace al niño osado.

Costumbres y dineros hacen hijos caballeros.

Educación y pesetas, educación completa.

Madre no viste, padre no tuviste, diablo te hiciste.

Niña, dame un beso. No está el culo para eso.

Para la virtud, educación, y para la ciencia, instrucción.

La eduación no está reñida con nadie.

No hay tal sopa como la primera.

Desde chiquito se ha de criar el árbol derechito.

Sin espuela y freno ¿qué caballo hay bueno?.

Unos se han de llevar con amor, y otros con rigor.

Quien bien te quiere te hará llorar, y quien mal, reír y cantar.

Hijos y criados sujetos, para que tengan respeto.

Hijo mimado, hijo mal educado.

Dice la madre: ¿Qué quieres hija? Que me llamen la regaladija. Dice la hija a la madre: "Que me déis con quien me regale."

Al niño, corrígele con cariño.

Lo que en la teta se mama, en la muerte se acaba.

Lo que se aprende en la juventud florida, jamás se olvida.

De las sopas de la niñez, hay regüeldos en la vejez.

A la vasija nueva, dura el resabio de lo que se echó en ella.

No hay ninguno que no lea por el libro de su aldea.

Repara y verás que todo viene de atrás: lo que ayer nació, antaño se engendró.

El mozo bien criado no habla sino cuando es preguntado.

Procura corregir al malo, y, si no se enmienda, ¡palo!.

Más vale que llore el hijo que no el padre.

Mal quiere a su hijo quien le escatima el castigo.

EGOÍSMO

Cada uno quiere llevar el agua a su molino y dejar seco el de su vecino.

Lo que me debes me pagas, que lo que te debo no es nada.

Me llaman bobo, porque apunto lo que me deben y lo que debo borro.

De cuero ajeno, largas correas.

En cada casa y en cada convento, unos barren para afuera y otros barren para adentro.

En lo mío mando yo, porque así lo manda Dios; pero en lo tuyo, sea de los dos.

Quien tenga vecina boba, no compre escoba.

Soy como Dios me ha hecho más busco mi provecho que el tuyo.

La ley del embudo: para mí lo ancho y para ti lo agudo.

Ni por buey, ni por vaca, no tomes mujer maníaca, que morirse el buey y la vaca, y quedársete la mujer maníaca.

En este mundo cada uno a su avío, y yo, como tonto, al mío.

El alcalde de mi pueblo me lo enseñó: quítate tú para que me ponga yo.

Cada santero pide para el santo de su ermita.

¡A ellos padre! Vos a las berzas y yo a la carne, y si os sentís agraviado, vos a la berzas y yo al jarro.

Tu padre y mi madre, hermanos; pero la torta es mía.

Líbreme Dios de mis penas, que yo me libraré de las ajenas.

Cada cual pasa sus penas y no siente las ajenas.

La caridad bien entendida empieza por uno mismo.

No hay pariente ni amigo: cada uno es para su ombligo.

Primero son mis dientes que mis parientes.

Ni primo, ni hermano: yo soy mi prójimo más cercano.

Nada me parece justo sino lo que es de mi gusto.

Ningún ladrón quiere ser robado.

El hueso y la carne duélense de su sangre.

Si me dan lo que quiero, soy mansito como un cordero.

En caso de duda, que la mujer sea la viuda.

Pellejo por pellejo, vaya el tuyo primero.

Ven, muerte canina; pero a casa de mi vecina.

Primero yo, después yo, y si queda algo, para mí.

Que sea lo tuyo y lo mío de los dos, eso no lo manda Dios.

Caridad buena, la que empieza por mi casa, y no por la ajena.

Cada uno arrima el ascua a su sardina.

Dar lo que se tiene a ninguno le conviene; tomar de lo de otros, a mí y a todos.

De lo ajeno, gastar sin miedo; de lo propio, poquito a poco.

Quien tiene la panza llena no cree en el hambre ajena.

Entre dos que bien se quieren, con uno que coma basta.

Mal vivió quien sólo para sí vivió.

No serás amado si de ti solo tienes cuidado.

A quien te quiere mal, cómele el pan, y al que te quiere bien, también.

A quien mis racimos se come, zurriagazo que lo deslome; pero si come los de la viña ajena, eso no vale la pena.

Quien venga detrás que arree.

Quien tiene la barriga llena, por quien la tiene vacía no siente pena.

Lo que no es mío, llévelo el río.

A buena fe y sin mal engaño, para mí quiero el provecho y para ti el daño.

Tenga yo mi pata sana y púdrasele a mi hermana.

Lo que corre otro no me cansa ni mucho ni poco.

En el hospital, cada uno llora su mal.

Desventuras y penas, a nadie le importan las ajenas.

Cada cual pasa sus penas y no siente las ajenas.

No te des un mal pasar, aunque rabien los que te han de heredar.

EJEMPLO

Consejos vendo, y para mí no tengo.

Bien predica fray Ejemplo, sin alborotar el templo.

Buen ejemplo y buenas razones avasallan corazones.

Más vale un buen ejemplo que sermones ciento.

Quien no enseña con ejemplos, pierde y hace perder el tiempo.

Haz tú lo que bien digo, hermano, y deja lo que mal hago.

Quien quiera que le sigan, vaya delante.

Cuando el puerco se lava la cara, hasta la guarra se lo repara.

Cuando la madre es brava, la hija, por lo menos, es topona.

Cuando el abad está contento, lo está todo el convento.

Ejemplo cumplido: entre dos mozos un viejo podrido.

Cuando el sargento juega a los dados, ¿qué harán los soldados?

Cuando los alcaldes andan por las tabernas, ¿han de andar los alguaciles por las iglesias?

Quien pecar ve, peca también.

Un loco hace ciento, y un tonto, a un regimiento.

Porque otro se tire por un balcón, no voy a tirarme yo.

Madre holgazana saca hija cortesana.

Dadme madre recatada, daros he hija asegurada.

Cuando entrares en la villa, muéstrame la madre, diréte quién es la hija.

Bien predica quien bien vive.

Ver, oír, oler, gustar y callar, vida ejemplar.

Si de buenos hijos quieres ser padre, sé buen padre.

Costumbres de mal maestro sacan hijo siniestro.

En casa del jabonero, el que no cae resbala.

Lo que no se hace, mal se persuade.

Ver pecar convida a pecar.

ENALTECIMIENTO

Llegar de bajos principios a altos fines, no es para hombres ruines.

Sin tragar mucha saliva, no llegarás arriba.

Mientras más somos, más valemos.

Arrastrando, arrastrando, el caracol se va encaramando.

El mundo es así: cuando fui pobre no me conociste; cuando fui rico no te conocí.

Villano a quien la suerte encumbró no conoce ni a la madre que lo parió.

Quien de servilleta pasa a mantel, Dios nos libre de él.

Seso en prosperidad, amigo en adversidad y mujer rogada, casta, raramente se halla.

Los más gordos carneros en morir son los primeros.

Por muy alto que esté el engreído, torres más altas han caído.

¡Ay, Santo Cristo! ¡Quién te ve y te ha visto!

De pobres pañales, obispos y cardenales.

El árbol más altanero, débil tallo fue primero.

Mientras más somos, más valemos.

Quien se levanta hace sombra.

Hasta que la mona se sube a lo alto del palo, no se le ve pelado el rabo.

Cuando al burro le ponen don, ya no le pega la albarda, sino albardón.

A fuerza de bajezas, el hombre a la cumbre llega.

No dé Dios tanto bien a nuestros amigos que nos desconozcan.

Cuando en alto te viste, ni te conocí ni me conociste.

Montóse el piojoso en un pollino y ya no conoció a su vecino.

Un piojo en altura, ¡la locura!

Si quieres saber quien es Periquillo, dale un carguillo.

Quien sube más arriba de lo que debía, cae más abajo de lo que creía.

ENEMISTAD

Del enemigo piensa mal, mas no hables mal.

Quien a su enemigo vence, rencor pierde.

Cuando quiera ausentarse tu enemigo, quítale estorbos en su camino.

Al enemigo, calle ancha.

Al enemigo, si huye, puente de plata.

Ni pan recalentado, ni amigo reconciliado.

Temer al enemigo es darle fuerzas.

Quien de mala parte viene, mal nos quiere.

Enemigo humillado, guárdete de él como del diablo.

Desprecia a tu enemigo y serás vencido.

Quien enemigos tiene, no se desmande ni a deshoras ande.

Quien tiene enemigo, no las trae todas consigo.

De cuerdos es temer al enemigo.

Quien a su enemigo tiene en poco, o es muy valiente, o es muy loco.

Guárdese del pobre el rico, pues no hay enemigo chico.

Quien no tiene enemigos, de nadie es conocido.

No tienes enemigos, porque no vales un higo; procura valer más, y enemigos tendrás.

Cuando nace la hierba, nace el cordero que ha de comerla.

Enemigo franco y honrado, más conviene que amigo solapado.

Quien es bueno para enemigo, mejor sería para amigo.

Por tus amigos, sólo serás loado; pero por tus enemigos, afamado.

Más vale enemigo discreto que un amigo necio.

Enemigos me dé Dios, y amigos no.

Enemigo, de ninguno; amigo, de uno.

Trata con el enemigo, como que en breve haya de ser amigo, o con el amigo, como si hubiese de ser enemigo.

Enemistad entre parientes pasa a los descendientes.

ENFERMEDAD

Mear claro y dar una higa al médico.

Quien pee fuerte y mea claro, no necesita ni médico ni cirujano.

Lo que es bueno para el hígado es malo para el bazo.

Camisa que mucho se lava y cuerpo que mucho se cura, poco duran.

Enfermedad larga, muerte al cabo.

Enfermedad de nueve meses, antes de diez desaparece.

En la pulmonía y dolor de costado, culo tapado.

Cuando estamos buenos, damos consejos a los enfermos; más si malos estamos, no los tomamos.

¿Quiénes van a las boticas? Por cada persona pobre, tres ricas.
Eso era antes de que existiese la Seguridad Social, ya que de lo que no cuesta, se llena la cesta.

Mal se sienta y mal se siente quien almorranas tiene.

La cocina es la mejor medicina.

Las mejores inyecciones son los chorizos y los jamones.

Échate a enfermar y verás quién te quiere bien o mal.

> *Nunca faltan amistades*
> *al comer de los bodigos*
> *mas en las enfermedades*
> *trabajos y adversidades*
> *se conocen los amigos.*
> *Y si lo quieres probar*
> *finge y échate a enfermar*
> *verás quién te quiere bien o mal*
> *viendo claro*
> *quien tiene placer o pesar.*   (Sebastián Horozco, 1599.)

Dolencia larga, muerte en zaga.

Corazón en llaga, no lo curan ni médicos ni boticarios.

Corazón que se halla herido, a pregonero se mete.

Mientras el gordo enflaquece, el flaco perece.

Cabeza fría, pies calientes y culo corriente dan larga vida a la gente.

La salud es lo que no se pega, que las enfermedades hasta se heredan.

Las llagas duelen menos untadas.

Por si yerra la cura, venga el cura.

Al malo, palo, y al enfermo, regalo; el uno es malo y el otro está malo.

Los enfermos se curan en los libros y se mueren en la cama.

Ni con cada mal al médico, ni con cada pleito al letrado, ni con cada sed al jarro.

Al enfermo que es de muerte, el agua le es veneno fuerte, y al que es de vida, el agua le es medicina.

Señal mortal, no querer sanar.

Revive el candil cuando se quiere morir.

La enfermedad del delicado: que nunca esté enfermo y nunca esté sano.

Dice el rico al enfermo: ¡Ay de mí, que no puede pasar esta pechuga de perdiz! Y el niño pobre come un canto de pan duro con mocos, y le sabe a poco.

Al catarro con el jarro; pero nota que el jarro no es bota.

La buena naturaleza de un enfermo vence a la mala enfermedad y al mal médico.

Ni mal bueno, ni bien malo.

Las enfermedades se van haciendo ocultamente, hasta que asoman de repente.

Quien tiene dolencia, abra la bolsa y tenga paciencia.

No nos envíe Dios tantos males como podemos sufrir.

Dedo malo y marido guapo, a cada instante mirados.

A quien habla como enfermo y come como sano, no lo tengas por enfermo, sino por falso.

Hombre robusto es el que da el susto.

Revive el candil cuando se quiere morir.

Quien su mal encubrió, de ello se murió.

Gran mal no es muy duradero, porque o se acaba, o acaba el dueño.

En el mal de muerte, no hay médico que acierte.

ENGAÑOS

No todos los que llevan espuela tienen caballo.

En los platos hay muchos engaños: unos son hondos y otros son llanos.

Una vez engañan al prudente, dos al inocente, y al necio veinte.

Si me engañas una vez la culpa es tuya; si más, la culpa es mía.

Mucho hablar y poco saber, mucho gastar y poco tener, mucho presumir y poco valer, echan muy presto al hombre a perder.

Ninguno que hoy bien goza se acuerda de su antigua choza, presumiendo que fue siempre en carroza.

Aquel que nunca fue cosa
y cosa llega a ser,
quiere ser cosa tan grande
que no haya cosa como él.

De tramposo a ladrón no hay más que un escalón.

Vivo la mitad del año con arte y engaño, y la otra parte, con engaño y arte.

Donde parece que hay chorizos, no hay clavos para colgarlos.

Mucha cortesía es especie de engaño y de falsía.

Al que es un alma de Dios, le engañan "tos".

Al hombre sencillo, cualquiera se le mete en el bolsillo.

Al que una vez me engaña, mal le haga Dios, y ayúdele si dos.

Tonto serás si papel y tabaco das; pero si también das lumbre, "ma…rinero" eres de costumbre.

Juan Marcos y Montoya, el uno miente y el otro apoya.

Tanto peca el que tiene la pata como el que ordeña la vaca.

Tanto peca el que roba la huerta como el que tiene la espuerta (o se queda en la puerta).

Con los pocos años vienen los engaños, y con los muchos años, los desengaños.

Apaños, amaños, daños, engaños y desengaños, cosechas son que traen los años.

Años, sé que tengo cincuenta; de los desengaños, perdí la cuenta.

Gran desengaño, gran lección, aunque con daño.

De desengañado a sabio no va un palmo.

Desengaños y sinsabores matan a los mejores.

El hombre desengañado todo lo recibe con desagrado.

Delante de la gente el avaro es liberal y el holgazán diligente.

Es muy fácil engañar a quien no engaña.

Quien verdad no me dice, verdad no me cree.

Ninguno se da por engañado, y todos, por desengañados.

Pregonar vino y vender vinagre.

Mejor es desengañar que engañar.

Para lo de Dios, más vale ser engañado que engañador.

Quien imita al que engaña, se venga y no agravia.

Engañar al engañador, no hay cosa mejor.

Un engaño se engaña con otro engaño.

No se llame a engaño por el mal que le venga quien vive engañando.

Quien no quiere ser engañado, huya del malvado.

Si te he de creer, no me has de engañar ni una vez.

Quien te engañó una vez, si puede, te engañará diez.

Por muy advertido me tenía yo, y un tonto me engañó.

Pegársela al bobo y al listo, mil veces se ha visto.

En el tomar no hay engaño.

El injustamente alabado entienda que es engañado.

Quien te hace fiesta que no te suele hacer, o te quiere engañar, o te ha menester.

Melositas palabras suavemente engañan.

Tú me engañas y yo te entiendo.

Si engañado no has de ser, no creas sin ver.

Si no quieres ser engañado, no seas confiado.

Dar gato por liebre, no sólo en las ventas suele verse.

ENSEÑANZA

El maestro Ciruela, que no sabía leer y puso escuela.

El maestro Quiñones, que no sabía leer y daba lecciones.

Domar potros, pero pocos.

Ceño y enseño, del mal hijo hacen bueno.

Lo que se aprende en la cuna siempre dura.

Quien malas mañas tiene en cuna, tarde las pierde o nunca.

A caballo corredor, cabestro corto.

A potro comedor, piedras en la cebada.

Al loco por la pena es cuerdo.

A los que bien se quiere, bien se castiga.

Quien bien te quiere te hará llorar, y el que no, reír y cantar.

Lo que en la leche se mama, en la mortaja se derrama.

Lo que se aprende con la leche en los labios, no se olvida con los años.

Padre no tuviste, madre no tuviste, diablo te hiciste.

De continua lección nace la ciencia.

El buen estudiante, falto de sueño, y no de hambre.

La gramática con babas, y la filosofía con barbas.

La letra con sangre entra; pero con dulzura y amor se enseña mejor.

Las letras y la virtud, en mocedad y senectud.

Al zote, le hace listo el azote.

¿Enseñar sin saber?. Cómo no sea el culo, no sé qué.

A ingenio grosero no aprovecha sutil maestro.

Para la virtud, educación, y para la ciencia, instrucción.

Un niño es cera, y se hará de él lo que se quisiera.

Sin espuela y sin freno, ¿qué caballo es bueno?

Por loco se ha de juzgar a quien sin aprender quiere enseñar.

Quien a otro adiestra, a sí mismo se amaestra.

ENTROMETIMIENTO

Así se mete, como piojo en costura.

Meterse donde no le llaman.

Ya apareció el perdido, y más valía que no hubiera aparecido.

Y fulano, ¿a qué ha venido? A cagar en lo barrido.

Es como la mala ventura, que dondequiera se halla.

¿Cómo te las compones, Tomás, que en todas partes estás demás?

A mí me llaman modorro: entrar quiero en el corro.

Como soy del campo, acá me zampo.

Como soy paleto, aquí me meto.

No hay procesión sin tarasca.

Quien mete el hocico en todo, alguna vez se llena de lodo.

Los cuidados de obispo matan al asno que está en el establo.

Nos por lo vuestro, y el diablo por lo nuestro.

Harto es necio quien descuida lo suyo por lo ajeno.

Más que hombre, es asno quien se deja cargar de cuidados ajenos.

No cacarea la gallina por el huevo de su vecina.

Arreglando casas andaba María Gobierno, y la suya era un infierno.

Nadie le dio la vara, él se hizo alcalde y manda.

Donde no te llaman ¿qué te quieren?

¿Quién ha hecho al lobo sacador de espinas?

Tienes en casa el muerto y vas a llorar el ajeno.

Abre tu puerta al que entrar quiera, pero que llame desde fuera.

Entre ser pegajoso y ser despegado, prefiere este dictado.

Quien se mete donde no le llaman, recibe lo que no esperaba.

Llorando duelos ajenos, cegó la judía de Toledo.

Ve donde no te llaman y volverás con las orejas gachas.

ENVIDIA

Donde fuiste paje, no seas escudero.

Si la envidia fuera tiña, ¡cuántos tiñosos habría!

Si no hago lo que veo, toda me meo.

Si lo que veo no hago, todita me cago.

El envidioso enflaquece de lo que otro engordece.

Lleva siempre tu camino y no mires el de tu vecino.

Del enemigo envidioso, huye como del tiñoso.

> *Si al que tienes por amigo*
> *de tu bien tiene pesar*
> *y no fíes de él un higo*
> *más como de un enemigo*
> *te conviene del guardar.*
> *De este mal que es sospechoso*
> *se dice aqueste vulgar*
> *de un amigo que es envidioso*
> *huye como del tiñoso*
> *que te puede inficionar .*   (Sebastián Horozco, 1599.)

Envidias me hagas, y no piedad y lástima.

La envidia es serpiente que al que abriga le muerde.

Al tío Quedirán nunca le sobró pan y el tío Quedigan siempre con tanta barriga.

La envidia, ni tenerla ni temerla.

¿Quieres matar de rabia a la envidia? Trabaja más y mejor cada día.

El envidiado se da el atracón y el envidioso padece la indigestión.

Sé humilde con todos, pero ante el envidioso luce y ostenta a ver si revienta.

Todos los pecados son gustosos, menos el del envidioso.

En corazón generoso no cabe ser envidioso.

Envidiar es bajeza, y ser envidiado, alteza.

Nada hay tan odioso como un envidioso.

La envidia del amigo, peor es que el odio del enemigo.

Imite y supere el envidioso al envidiado, y más que él ser elogiado.

Si envidias a un hombre, por inferior a él te reconoces.

Pésale al perezoso de que medre el hacendoso.

Quien de muchos es querido, de muchos es envidiado y aborrecido.

Si tu dicha callaras, tu vecino no te envidiara.

Lo que come mi vecina no aprovecha a mi tripa.

Al envidioso no le hace daño lo que él come, sino lo que come el otro.

No te duela el bien de los mejores, y echarás buenos colores.

Ajeno es todo lo que se desea.

No hay más infeliz estado que el que de otro no es envidiado.

A quien nada vale, no le envidia nadie.

Más vale envidiado que despreciado.

Más vale que nos tengan envidia que lástima.

El envidioso es un mártir, pero del diablo.

Mártir es de su pecado quien por la envidia está esclavizado.

La envidia no consiente reposo, porque es un mal muy doloroso.

Al envidioso lo matarás, haciendo que te envidie cada día más.

Almendro, te tiran piedras, porque tienes almendras.

El envidioso, por verte ciego, se saltaría un ojo.

Si te envidia el chico, tú eres menos chico; mas si te envidia el grande, tú eres más grande.

La envidia sigue a los vivos, y a los muertos, el olvido.

Quien te envidia, te enaltece y se achica.

La sombra, al edificio honra.

La tacha que tiene el burro es que es mío y no tuyo.

¿Quieres reventar al envidioso? Logra nuevos triunfos y méteselos por los ojos.

El vino de mi vecino, ése sí que es buen vino.

Mientras no te envidie alguien, no eres nadie.

ERROR

Quien toma buey por vaca, a la hora de ordeñar se desengaña.

Errar es de hombres, y ser herrado, de bestias.

No hay error sin autos, ni necedad sin autoridad.

Cada día hace cada uno una tontería, y dé gracias a Dios el día que no hace dos.

Ciento que hice, a todos satisfice; pero una erré, y para todos la cagué.

Una que hago y tres que las cago, apúntome cuatro.

Al que yerra, perdónale una vez; pero no después.

Enmiendo, porque yerro.

Al error, odio y horror.

Errar por amar, se ha de disculpar.

Quien el error defiende, a la virtud ofende.

De hombres es errar, y de burros rebuznar.

Humano es el errar, y divino el perdonar.

Quien tiene boca, se equivoca; quien tiene pies, anda al revés, y quien tiene culo, sopla.

A cada paso un gazapo.

Acerté ciento, y todo el mundo contento; pero erré una, y se acabó mi buena fortuna.

Haz ciento y yerra una, y has errado ciento una.

Por cada vez que el sabio yerra, yerra el necio setenta.

El error del entendido, de todos es reprendido, y rara vez corregido.

Saber y errar andan a la par.

Errando se aprende a acertar.

Un yerro puede ser un acierto.

No erralla, y os ahorraréis de enmendalla.

Quien no yerra no escarmienta.

ESCARMENTAR

A gran arroyo, pasar postrero.

De los escarmentados, nacen los avisados.

Cuando la barba de tu vecino veas pelar, echa la tuya a remojar.

Gato escaldado del agua fría huye.

Quien del alacrán está picado, la sombra lo espanta.

Quien no escarmienta de una vez, no escarmienta de diez.

Al que quiera saber, poquito y al revés.

> *En el apetito,*
> *que no es legítimo amor,*
> *suele el arrepentimiento,*
> *seguir a la posesión.*   (Tirso de Molina.)
>
> *Nunca sale de raíz*
> *una pasión escondida,*
> *que en el hombre más feliz,*
> *aunque se sane la herida*
> *le queda la cicatriz.*   (Tirso de Molina.)

A quien mucho se arremanga, vésele el culo y la nalga.

Quien mucho se abaja, el culo enseña.

Me hiciste una y te valió tu buena fortuna; pero pues ya me has hecho dos, anda que te ayude Dios; a mi lado más no estés, que estoy viendo venir el número tres.

Dichoso el varón que escarmienta en cabeza ajena y en la suya no.

El escarmentado busca la puente y deja el vado.

Camino robado, al otro día, sin gente.

De ésta me saque Dios, que en otra no entraré yo.

Viva con tiento y modo quien ya le ha visto las orejas al lobo.

El daño recibido no hace ser advertido.

De locos atrevimientos resultan escarmientos.

Abrojos abren ojos.

El necio, a su costa es cuerdo.

Bullicioso es el arroyuelo, y salpicóme; no hayáis miedo, madre, que por él torne.

ESFUERZO

Pestiños y buñuelos no caen del cielo, ni los dan a cuenta de nobles abuelos.

Qué rico y bueno es el turrón, pero hay que hacerlo.
Dicho de mi abuelo.

A tronco duro, buena hacha y buenos puños.

Ninguno tiene gran cojera que no pueda andar una legua.

Con esfuerzo y esperanza, todo se alcanza.

Quien, teniendo burro, camina a pie, más burro que el burro es.

Perfumes al catarro, bálsamo al pasmo, luz al ciego y ruiseñor al sordo aprovechan poco.

Para majar agua en mortero basta con un majadero.

Nunca mucho costó poco.

El que algo quiere, algo le cuesta.

Quien se come el queso y se bebe la leche, que le busque el pasto a las ovejas.

No hay pan sin afán.

Quien quiera peces que se moje el culo.

No se hacen tortillas sin batir huevos.

Rodar para abajo no cuesta trabajo; rodar para arriba eso sí que cuesta fatiga.

Para conquistar alturas, sufrir amarguras.

Para lucir, sufrir; para ganar, sudar.

A fuerza de ayunos, llegan las pascuas.

Si no te pinchas, no comes zarzamoras.

Machacar en hierro frío, necedad o desvarío.

Con esfuerzo y esperanza, todo se alcanza.

Mira y verás; busca y hallarás.

Afán de cazuela, guisarla y no comerla.

Trabajo sin provecho, hacer lo que está hecho.

Gastar ungüento en cuerpo muerto, gran desacierto.

ESPERANZA

Todo se andará, si la burra no se para.

A la corta o a la larga, el tiempo todo lo alcanza.

No hay cocinera que no sepa hacer un guiso de esperanzas lisonjeras.

Si la esperanza es perdida, ¿qué queda de bueno en la vida?

A las veces, lo torcido se destuerce.

De los nublados sale el sol, y de las tormentas, la bonanza.

Después de la tempestad viene la calma.

Nunca llovió que no escampase, ni ninguno corrió que no parase.

Las bodegas frías calentarse esperan.

La esperanza es más ancha que la posesión.

La esperanza no es pan, pero alimenta.

Quien de esperanzas vive, cantando muere.

Más vale paz cierta, que victoria incierta.

Más vale torre hecha, que castillo por hacer.

Más alimenta una mala pitanza, que una buena esperanza.

Pocas veces vemos juntos flor y fruto.

Quien de esperanzas se alimenta, aire almuerza, come y cena.

Quien de esperanzas vive, de hambre se muere.

Pedir lo mejor y esperar lo peor.

Lo que está en mi mano es lo neto y lo sano; que lo que no está, llegará o no llegará.

Quien por lo dudoso deja lo cierto, tiene poco seso.

Mientras no te mueras, espera.

Mientras hay vida, la esperanza no es perdida.

Mientras el hombre no muere, salud espere.

Quien vive esperando, muere, muere desesperando.

Quien espera desespera, y esperando se consuela.

Luenga esperanza aflige el alma.

ESTUDIANTES

Estudiantón que pasas de treinta, ¿cómo echaste la cuenta?

Estudiante de lumbre, cama y sol no vale un caracol.

Estudiante que no estudia, en nada bueno se ocupa.

Estudiante torreznero, poco librero.

¿Qué es un estudiante?, uno que ni estudia ahora ni estudiaba antes.

Desde San Lucas (18 de octubre) a Nadal, todos estudian por igual: poco y mal.

Desde San Lucas a Navidad, hay pocos estudiantes de verdad.

El buen estudiante, falto de sueño y muerto de hambre.

¿Te debe un estudiante algo? Échale un galgo.

Gran apuro es no tener un duro, pero aún es mayor mal no tener ni un real.

Vida de estudiantes, vida de canes.

Con estudiantes y soldados, mozuelas, mucho cuidado.

Estudiante y diablo, una misma cosa con dos vocablos.

Estudio vence fortuna.

Raíz amarga es la del estudio; pero muy dulce es su fruto.

Ninguno fue sabio sin trabajo.

No aprovecha lo comido, sino lo digerido.

Lo que la naturaleza no da, Salamanca no presta.

Las letras y la virtud, en mocedad y senectud.

El discípulo que no duda no sabrá jamás cosa alguna.

Estudiar y no saber es sembrar y no coger.

Estudiante empollón, de puro relumbrón.

Estudiante memorista, loro a simple vista.

Estudiante tontiloco, por mucho que estudie sabrá poco.

¡Siempre llueve cuando no hay escuela!

Estudiante que talento no tiene, súplanlo quemando aceite.

EXPERIENCIA

Buey viejo, surco derecho.

Aprende llorando, reirás ganando.

El potro, dómelo otro.

Bachiller en artes, burro en todas partes.

Bachiller en malas artes sabe andar en todas partes.

De diestro a diestro el más maestro, o el más presto.

Diligencia vale más que ciencia.

Dinos lo que sabes y sabremos lo que ignoras.

Candil que no tiene mecha, de poco o nada aprovecha.

> *Cuando la cosa queremos,*
> *recibimos gran despecho*
> *si después que la tenemos*
> *vayamos y conocemos*
> *que no nos es de provecho.*
> *Fácilmente se desecha,*
> *pues que, conforme al refrán,*
> *candil que no tiene mecha*
> *de poco o nada aproveha*
> *si de noche tras el van.*   (Sebastián Horozco, 1599.)

Nadie planta un pino para que le hagan el ataúd.

O me descaro, o me hacen pasar por el aro.

Las cosas nuevas placen y las viejas satisfacen.

Hasta para encender la lumbre hace falta costumbre.

Arde verde por seco, y pagan justos por pecadores.

Huerto y tuerto, mozo y potro, y mujer que mira mal quiérense saber tratar.

Ninguno oye su ronquido, pero sí el de su vecino.

Ruego a secas poco vale.

Ruego de rey, mando es.

La mejor almohada es la conciencia sana.

Más sabe un experimentado sin letras que un letrado sin experiencia.

No quieras mucho averiguar, que a veces quien escarba halla lo que no quisiera hallar.

La experiencia y la paciencia son gran ciencia.

La experiencia no se fía de la apariencia.

La experiencia es madre de la ciencia.

La experiencia enseña sin lengua.

La experiencias es un maestro caro.

Oiréis y veréis, y de nada os espantaréis.

Andar para ver y ver para saber.

Más sabe quien mucho anda que quien mucho vive.

Viviendo se aprende a vivir.

Los años me han enseñado lo que en los libros no había encontrado.

Cada día es discípulo del anterior.

Muchas son las artes que el lunes enseña al martes.

Por lo que yo quiero, adivino lo que quiere mi compañero.

Quien tiene penas sabe dolerse de las ajenas.

El peligro y la adversidad son la mejor universidad.

Tener muchas horas de vuelo.

Haz caminos nuevos por atajos viejos.

Quien da el primero, da con miedo; quien da el segundo, da con gusto.

El espantajo sólo dos días engaña a los pájaros; a los tres, se cagan en él.

Comprando y vendiendo, a comprar y vender irás aprendiendo.

A quien fue cocinero antes que fraile, en cosas de la cocina no le engaña nadie.

El que fue monaguillo y después abad, sabe lo que hacen los mozos detrás del altar.

Ninguno sabe el mal de la cazuela, sino la cuchara que la menea.

¿Quieres saber lo que mañana sucederá? Mira hacia atrás.

Quien ve su casa, ve la ajena.

Bien sabe del vado el que con peligro lo ha pasado.

FALSEDAD

Corazón de león, tripas de lobo, paso de buey y aire de bobo.
Características de los falsos.

Hombre con rinconeras, ni lo trates, ni lo veas.

Hombre por hombre, más quiero tratar al que tiene esquinas, que al que tiene rincones.

De quien a la cara no mira, todo hombre discreto desconfía.

Palabritas melosas, palabritas sospechosas.

Río que corre callado, río atraidorado y con muchos hombres comparado.

Hombre dulzarrón, casi siempre falso y bribón.

La zorra más maligna suele predicar a las gallinas.

Cada medalla tiene dos caras.

> *Ser las mujeres traidoras*
> *fue de la naturaleza*
> *invención maravillosa;*
> *porque, si no fueran falsas*
> *(algunas digo, no todas),*
> *idolatraran en ellas*
> *los hombres que las adoran.* (Calderón de la Barca.)

De hombre que no has tratado, no jures que es honrado; que al mejor tiempo te dejará burlado.

No hay moneda tan falsa que el pillo que por bueno pasa.

Si los corazones se vieran, ¡cuántas maldades se descubrieran!

El peor jugador es el que, sin jugar a las cartas, juega con dos barajas.

Todo el año es carnaval, y en estos tiempos, mucho más.

En la vida no me quisiste, en la muerte me plañiste.

"Más fácil es fingirse bueno que serlo", piensa el hipócrita marrullero.

Bueno, bueno, bueno; pero de mí lo quiero lejos, lejos, lejos.

Con hombre que tiene rincones, poco trato y pocas razones.

Dios nos guarde de hombre que cuando se ríe no se le menea el ombligo.

La más cauta es tenida por más santa.

Quien te adula cuando te visita, por la espalda el pellejo te quita.

Rascar por delante y desollar por detrás es de hijos de Satanás.

De quien a la cara no mira, todo hombre discreto desconfía.

Carita de Semana Santa y hechos de carnestolendas.

Malos hechos solapados por buenas palabras, ¿a quién no engañan?

Pregonar vino y vender vinagre.

Hombre de buenos dichos, casi siempre mal bicho.

Las palabras buenas son; pero ¿y la intención?

Miel en la boca y hiel en el corazón es de falso hipocritón.

En las palabras blandas hay más engaño que en las ásperas.

La corriente silenciosa es la más peligrosa.

Guárdate del agua mansa y de la mujer brava.

Por fuera cordero y lobo por dentro.

Los que hablan con los ojos cerrados quieren ver a los otros engañados.

Más vale guerra declarada que paz simulada.

Hecho de villano, tirar la piedra y esconder la mano.

Como la lengua es falsa y el corazón no, dice la lengua lo que siente el corazón.

Cara con dos haces es de hombres falaces.

A hombre de dos caras, hombre de buena espalda.

Si es falsa la persona, al fin traiciona.

Con hombres de falso trato, mucha vista y mucho recato.

Entre flores y primores se esconden los pensamientos traidores.

La mula falsa y el "hideputa" cada día hacen una.

Al falso no le des entrada, porque la salida será mala.

FAMA

Cobra buena fama y échate a dormir; si la coges mala, no podrás vivir.

Buena fama harto cubre.

Piérdese el hombre y no su buen nombre.

Huélgame a mi la bolsa y hiédate a ti la boca.

El hombre rico con la fama casa al hijo.

No seas bobo ,Juan, y no te lo llamarán.

El perro de buena raza hasta la muerte caza.

La buena y la mala fama no se regalan, se ganan a pulso.

Con quien te vi, te comparé.

El costal y la talega, lo que le echan eso lleva.

La fama tiene cien bocas y doscientas alas.

> *La mujer en opinión*
> *siempre pierde más que gana,*
> *que es como la campana,*
> *que se estima por el son.*
> *Y es cosa averiguada*
> *que opinión viene a perder*
> *cuando cualquier mujer*
> *suena a campana quebrada.*   (Tirso de Molina.)

La buena fama es como el ciprés, que si una vez se quiebra no reverdece después.

Procura quitar sospechas y no ponerlas.

La fama poca veces miente.

Ninguno es más honrado de lo que quiere el vecindario.

A canas honradas, no hay puertas cerradas.

El buen nombre vale más que toda la riqueza del hombre.

Más vale fama y talento que riqueza y nacimiento.

El buen paño en el arca se vende, mas el malo verse quiere.

Sin sacarlo al mercado se vende el buen caballo.

Taberna vieja no necesita bandera.

Con virtud y bondad se adquiere autoridad.

Con obras, no con palabras, la buena fama se labra.

Hasta cobrar fama, vela; ya afamado, duerme a pierna suelta.

Tanto hace por tu fama quien te envidia como quien te alaba.

La mala fama al hombre mata.

De tus malas hechas vinieron mis sospechas.

El agua todo lo lava, menos la mala fama.

Cada hombre tiene un nombre, pero hay muchos nombres sin hombre.

La fama y el miedo hacen de una pulga un caballero.

La fama todo lo agranda.

A las veces, es más el ruido que las nueces.

La buena fama suena; la mala, truena.

Cuando mucho corre alguna especie, algún fundamento tiene.

Lo que todos tienen por verdad, aunque sea mentira, por cierto pasará.

La vida perece, pero la fama permanece.

Todo lo bello se desvanece, pero la buena fama no perece.

La fama es trashumante; la verdad, estante.

Cuanto uno es más honrado, tanto mayor es su pecado.

Quien pierde la buena fama nunca logra recobrarla.

Por un perro que maté, mataperros me llamaron, y mataperros me quedé.

Quien ensucia tarde lava.

Quien una vez llegó a errar, juzgan que no volverá a acertar.

Gloria mundana, gloria vana: hoy florece y está seca mañana.

No hay dos glorias.

Buenas obras dan buen nombre y buen nombre da renombre.

La gloria es de quien la gana, y el dinero, de quien lo agarra.

¿Quieres ser muy conocido? Mete ruido.

El juglar de la aldea no hace son que bueno sea; el de otra parte siempre tañe con sutil arte.

FAMILIA

Quien de los suyos se aleja, Dios le deja.

Con mal o con bien, a los tuyos te a ten.

Familia, la Sagrada, y ésa, en la pared colgada.

Al cuñado, acuñarle, y al hermano, ayudarle.

Al tío sin hijos, hacerle mimos y regocijos.

En todas las familias y generaciones hay sinvergüenzas, putas y ladrones.

Hermano quiere a hermana, y marido a mujer sana y braciarremangada, y mujer a marido que gana.

Padre, hijo y abuelo, tres cucharas y una cazuela.

Entre deudos y deudas, las deudas prefiero.

Con los parientes, comer y beber; con los extraños, comprar y vender.

Parientes que empiezan por "su" y "cu" para "tú".

Allá vayas casada, donde no halles suegra ni cuñada.

O con verdad o con mentira, es menester mantener a la familia.

Muchos parientes hay para sólo reñir y aconsejar, más no para socorrer y remediar.

Padres e hijos son amigos; hermanos, indiferentes y enemigos, los demás parientes.

Toda olla tiene su garbanzo negro.

No hay peor astilla que la del mismo madero.

Honra merece el que a los suyos parece.

Con los de casa siempre se está cumplido.

A los tuyos, con razón o sin ella.

Donde vayas, de los tuyos halla.

De la familia gusta mal decir, pero no mal oír.

Desgraciado se vea quien a los suyos desprecia.

La sangre tira.

Familia desavenida, presto es perdida.

FAVORES

Más vale favor que justicia ni razón.

Arrieros somos y en el camino nos encontraremos.

Favor logrado, favor olvidado.

Favor recibido, pronto desagradecido.

Del favor nace el desagradecido, y del que no favoreciste, el enemigo.

Favor que se hace a muchos no lo agradece ninguno.

Favores: quien menos lo merece menos los agradece.

Favores en cara echados ya están pagados.

Favor echado en cara, ofensa es.

No ruegues a mujer en cama, ni a caballo en el agua.

¡Que no, que no, que no quiero mancebo! Más por si acaso volved luego.

Quien a burros favorece coces merece.

Lo que a la fuerza se da nadie lo agradecerá.

Favor de señorón, sombra de nubarrón, que acaba en chaparrón.

Quien favorece al digno se favorece a sí mismo.

Quien te favorece te ayuda a vivir.

Favorece a los tuyos primero, y después, a los ajenos.

Favor hecho a colectividad, piedra en pozo.

Favor retenido no debe ser agradecido.

Favorecer a quien no lo ha de estimar es echar agua en la mar.

Favores hacen ingratos y alfareros, ollas y platos.

Lo que a la fuerza se da nadie lo agradecerá.

Quien a bellacos hace favores cobrará el rédito en coces.

Quien da favor a su enemigo la muerte trae consigo.

No favorezcas a los malos, porque no sean aumentados.

FIARSE

Fiaduría, ni por Dios, ni por Santa María.

Fianza, francés y fraile, tres efes de Dios nos guarde.

Fiar, sobre buena prenda, para no tener contienda.

Fía y deberás, si no debías.

Fiarse mañana que, lo que es hoy, no tengo gana.

Ni fíes, ni desconfíes, ni hijos ajenos críes, ni plantes viña, ni domes potro, ni tu mujer alabes a otro.

Ni fíes ni porfíes, ni prometas lo incierto por lo cierto.

No te fíes de niebla, ni de promesa de suegra.

Entre dos amigos, un notario y dos testigos.

Entre hermanos y parientes
la claridad es cordura
y si son los contrayentes
por quitar inconvenientes
es bien hacer escritura.
Vienen a ser enemigos
y niegan lo pagano
así entre dos amigos
un notario y dos testigos
y escribir por sí o por no.   (Sebastián Horozco, 1599.)

Entre hermano y hermano, tres testigos y un escribano.

Para mantener verdad
según tan pocas recusas
no baste haber hermandad,
parentesco ni amistad,
porque todos los rehúsa.
Y así el remedio más sano
es hacer lo que se debe
es entre hermano y hermano
tres testigos y escribano
porque la verdad no se quiere. (Sebastián Horozco, 1599.)

Escribe antes que dar, y recibe antes que escribir.

Si no escribes cuando das
y el recaudo se te olvida
cuando pensares que has
pagado y seguro estás
no falte quien te lo pide.
Así que conviene pues
y que sobre aviso estés
y escribe ante que des
y recibe antes que escribas.   (Sebastián Horozco, 1599.)

No fíes en maquila de molinero ni en ración de despensero.

Buena es la escritura, que hace la deuda segura.

"Lo escrito, escrito está", lo dijo Pilatos, que no era ningún pelagatos.

A lo escrito has de agarrarte, que las palabras se las lleva el aire.

Los testigos se vuelven o se mueren, pero lo escrito habla siempre.

Ni dar ni recibir, sin escribir.

¡Fía, fía; que ya te darán mal día!

Fiar, en Dios, que siempre pagó.

Fiar es de hombre bobo, pues es pagar lo que come otro.

Quien fía no cobra, y quien cobra no fía.

Llama a lo fiado regalado, que es el nombre más apropiado.

Mal su bolsa defiende quien al fiado vende.

Venta al contado, dinero ganado; venta en fianza, dinero en balanza, y venta que ha sido, dinero perdido.

A quien es de buen pagar, todos le suelen fiar.

Cochino fiado, adiós embuchado.

Puerco fiado gruñe todo el año.

Paga siempre al contado, que no es honra lo fiado.

En el mercado, todo pagado; que es muy caro lo fiado.

Fiado y bien pagado, no disminuye estado.

Fiaré mañana; que, lo que es hoy, no me da la gana.

"Hoy no se fía; mañana, sí."

No hay nada más barato que lo fiado, si el comprador es hombre avisado.

De lo fiado, más de un brazado.

Lo fiado a casa llega.

¡Ay de mí, que porque fié debí!

Nunca fíes ni porfíes: es la mejor regla que vistes.

Ni fíes, ni porfíes, ni arriendes, y vivirás como quisieres.

Si no debes, fía y deberás.

Fía mucho, mas no a muchos.

FRAILES

El fraile que pide pan, carne toma si se la dan.

Fraile que su regla guarda, toma de todos y no da nada.

Fraile que pide para Dios, pide para dos.

Si el prior juega a los naipes, ¿qué no harán los frailes?.

Fraile gordo y casado delgado, ambos cumplen con su estado.

Frailes, vivir con ellos y comer con ellos, y andar con ellos, y luego vendellos; que así hacen ellos.

Lo que no puede nadie, lo puede un fraile; lo que no puede un fraile, lo pueden dos; lo que no pueden dos, no lo puede Dios.

Los frailes no son buenos para amigos y son malos para enemigos.
Refrán atribuido a Carlos V.

Hábito y capilla no hacen fraile.

Fervor de novicio, luego pasa.

Grandes males encubren faldas, de mantos y ropas largas.

Guárdate de hidalgo de día y de fraile de noche.

En el fraile y la mula, la coz es segura.

Fraile, manceba y criado son enemigos pagados.

Fraile que te agasaja, de ti quiere sacár raja.

Si te encuentras con un fraile por la mañana, vuélvete a tu casa, y si te encuentras con dos, con más razón.

El fraile entra arrastrando y sale mandando.

Al fraile, ni darle ni quitarle.

El fraile, mal parece en el baile, y si es bailador, mucho peor.

Fraile andariego es peor que demonio suelto.

El fraile, en su convento, y bien adentro.

Fraile callejero, mujer que habla latín y golondrina en febrero, mal agüero.

Fuera de su convento, no está el fraile en su elemento.

Fraile y mujer ligera, los hallarás dondequiera.

Cantar en la iglesia y llorar en la celda, ¿qué vida es ésta?.

Fraile convidado echa el paso largo.

Lego de frailes, ponlo a comer y no a que trabaje.

¡Padres, penitencia amarga: a dos perdices por barba!

Quien entra en religión, se hace regalón.

¿Quieres pasar bien esta vida miserable? Hazte fraile.

Si quieres matar al fraile, quítale la siesta y dale de comer tarde.

Frailes, ya en este mundo los premia Dios, porque no pasan hambre ni frío ni calor.

A tres cosas renuncia el fraile: frío, sed y hambre.

De fraile flaco y cetrino, guardaos, dueñas, del, que es maligno.

Boca de fraile, sólo al pedir la abre.

Fraile pidón y gato ladrón, ambos cumplen su misión.

Fray Pedir, Fray Tomar, Fray Nodar.

Fraile de buen seso, guarda lo suyo y come lo ajeno.

Fraile merendón no pierde ocasión.

Al fraile y al cochino no hay que enseñarles más que una vez el camino.

El fraile y la caballería van al pesebre sin guía.

En el convento, unos barren para afuera y otros barren para adentro.

Frailes y monjas, del dinero esponjas.

Ni hormigas donde no hay granero, ni frailes donde no hay dinero.

"Que entre la gracia de Dios". Y salía un fraile, y entraban dos.

Fraile que deja de ser fraile, se le conoce el serlo más que antes.

De clérigo hecho fraile, no se fíe ni su madre.

El cuerpo en el coro y el pensamiento en el foro.

Cuando toma cuerpo el diablo, se disfraza de fraile o de abogado.

Frailes en clausura, piojos en costura.

El fraile es buen servidor, pero mal compañero y peor señor.

Los frailes entran sin conocerse, viven sin amarse y mueren sin llorarse.

Del fraile toma el consejo, y no el ejemplo.

Sois del prior, y por eso peor.

Todo es viento, sino ser prior de convento.

Más gasta, si viene a cuento, el guardián que su convento.

Tortas como las del padre guardián no a todos los frailes se dan.

Fraile con sueño tiene mal rezo.

Rica es la orden y el monasterio es pobre.

Piensa el fraile que todos son de su aire.

Quien sirve a convento, sirve al viento.

Quien favor hace a un convento, no espere agradecimiento.

Viña de frailes, mala y grande.

Viña de frailes, mal podada y mal cavada, pero bien vendimiada.

Fraile que fue soldado, sale más acertado.

Al fraile desfrailado, dale de lado.

Lo que puede un fraile no lo sabe nadie.

Un fraile todo lo puede, menos hacer beber a un asno si él no quiere.

Negocio en que danza un fraile, no lo hurgue nadie.

Regla, de agustinos; coro, de jerónimos; hábito, de benitos; casa, de bernardos; mesa, de franciscos, y púlpito, de dominicos.

Ni a fraile descalzo, ni a hombre callado, ni a mujer barbada no les des posada.

FRUTOS

Reniego del árbol, que a palos ha de dar frutos.

Al menear las avellanas, menos suenan las llenas que las vanas.

Cuando el trigo está en los campos, es de Dios y de los santos; cuando están en los graneros, de quien tiene dineros.

Fruta de palacio, besar y retozar, y de allí viene el rabear.

La aceituna la da Dios, y el aceite, el maestro.

Fruta como la uva, ¿quien la ha visto, pues le dió su sangre a Cristo?

El árbol y la mujer, regándose fructifican.

> *Cuando la planta bañada*
> *de fruto, hoja y verdor,*
> *así la mujer regada*
> *se hace luego preñada*
> *y da fruto de valor.*
> *Con esto veréis crecer*
> *pimpollos que multiplican*
> *y así está claro de ver*
> *que el árbol y la mujer*
> *regándose fructifican.*   (Sesbastián Horozco, 1599.)

El árbol copudo, da sombra aunque no de fruto.

Árbol que no frutea, bueno es para leña.

> *Ruega, regala humillado*
> *si el desdén quieres vencer,*
> *que no es árbol la mujer*
> *que ha de dar fruto forzado.*   (Tirso de Molina.)

Amor irresoluto, mucha flor y poco fruto.

A muchas hojas, poco fruto.

Árbol que da sombra por tributo, ése es su fruto.

Nunca buen fruto dé mal árbol.

De árbol enfermizo no esperes fruto rollizo.

Nunca gran fruto ha dado el árbol tres veces trasplantado.

Más valen frutos que flores: que los unos dan sabores y las otras no más que olores.

Frutos y amores, los primeros son los mejores.

Ni fruto sin desperdicio, ni hombre sin vicio, ni romería sin fornicio.

GANANCIAS

En lo que no se pierde nada, siempre algo se gana.

El que gana el real, ése lo ha de gastar.

Poco vale ganar, sin guardar.

Cada uno extienda la pierna hasta donde llegue la manta.

Donde hay saca y nunca pon, presto se llega al hondón.

Los que cabras no tienen y cabritos venden, ¿dónde los tienen?

A quien no le sobre pan, no críe can.

Lo ajeno sabe a bueno.

Ganancia sin pecadillo, me maravillo.

En los tiempos malos, quien no pierde harto ha ganado.

El hombre debe ganar siempre; cuando nada gana, pierde.

Donde no se gana nada, algo se va perdiendo; por lo menos el tiempo.

De lo que ganes, nunca te afanes, y de lo que pierdes, ni lo recuerdes.

Lo ganado, tenlo bien guardado; lo perdido, dalo al olvido.

El primer ganar es recaudar.

Alegra lo que sin trabajo se gana y sin trabajo se aumenta.

La ganancia de cualquier cosa es bien sabrosa y olorosa.

A poco caudal, poca ganancia.

Ni para buenos ganar, ni para malos dejar.

La ganancia del carretero entra por la puerta y sale por el humero.

Lo que viene por la flauta se va por el tamboril.

Ganar es ventura, y conservar, cordura.

Saberlo ganar y saberlo gastar, eso es disfrutar.

Tres cosas te harán enriquecer: ganar y no gastar, prometer y no cumplir, y recibir y no devolver.

No hay daño de uno sin provecho de otro.

Más vale poco y bien ganado, que mucho enlodado.

Para ganar, forzoso es trabajar.

Quien honradamente quiere ganar, lo ha de sudar.

Lo bien ganado, bien guardado; lo mal ganado, llévelo el diablo.

Pan bien ganado sabe a gloria.

Un gazpacho por mí ganado me sabe a piñones mondados.

Dinero bien ganado, dinero honrado, y más cuando es bien empleado.

Un buen ganar es padre de un buen gastar.

Ajuntar oro con lodo es hacerlo lodo todo.

Lo que Dios da, para hijos y nietos durará; lo que da el diablo, lo derrocharán los extraños.

Lo que el diablo trae, el diablo se lo lleva.

Donde no hay beneficio, hay perjuicio.

Al no ganar, perder lo has de llamar.

En tiempos malos, quien no pierde harto ha ganado.

Donde no hay sustancia, no hay ganancia.

Sucia ganancia no entre por nuestra casa.

Mal adquirir para bien gastar no es de loar.

No hay ganancia sin daño.

Tanto es perder como no ganar bien.

Del ganar viene el perder.

Enriquecerse en la tierra es empobrecerse en el cielo.

El logrero, cuanto más enriquece, su alma más empobrece.

Ganancia inocente no la verás fácilmente.

Mucho ganar no es sin pecar.

Los ríos no crecen con agua limpia.

Ganar sin pecar, ganancia singular.

Ganancia sin pecado, mirlo blanco.

Ganancia sin pecadillo, me maravillo.

Lo que mal se adquiere mal se goza.

GASTOS

¡Qué gusto es bien gastar lo que se supo bien ganar!

A enfermedad, pleito y camino, bolsa abierta de contino.

El dinero y los "co......razones" son para las ocasiones.

¿Para qué quiero mis bienes?, para remediar mis males.

El jornal del pobrete, por la puerta entra y se va por el retrete.

Quien tiene tres y gasta dos, sirve a Dios; quien tiene dos y gasta tres, sirve a Lucifer.

Si no tienes para bien, para mal no faltará.

Dos andares tiene el dinero: viene despacio y se va ligero.

Quien en gastar va muy lejos, no hará casa con azulejos.

De nada sirve lo ganado, si no está bien empleado.

Quien lo tiene lo gasta, y quien no, anda a la rastra.

En casa del doliente quémase la casa y no se siente.

El bolsón, para la ocasión.

Cuánto cuesta la comida sólo lo sabe el que te convida.

Donde se quita y no se pone, el montón se descompone.

Mucho se gasta, y con poco basta.

Como el dinero es redondo, rueda y se va pronto.

Quien bien gane, bien gaste; pero no malgaste.

Mujer moza y carronza la hacienda destroza.

El dinero se va como el agua.

Dinero cambiado, dinero gastado.

Leña y matanza, según la que hay se gasta.

El gastar con el ganar han de ir por un andar.

Haz cuenta con la huéspeda, y sabrás lo que te queda.

Según es el pelo, así se hace el moño.

Gastar, como poder, y no como querer.

GOBIERNO

No sabe gobernar el que a todos quiere contentar.

Quien disimular no puede, que no gobierne.

Donde no hay gobierno, siempre es invierno.

Pueblo mal guiado, pronto arruinado.

Pastor que tiene lobos para que le guarden el ganado, quitan aína el pastorado.

Reina mal el rey y lo paga la grey.

Cada país tiene el gobierno que se merece.

Cada cual en su madriguera, sabe más que el que viene de fuera.

Cada rey manda en su reino, y en su cola cada perro.

Llámome Carrasco, y donde me pica me arrasco.

Encabezadnos o descabezadnos.

Cuando los gobiernos hacen lo que deben, los gobernados no hacen lo que quieren.

Gran nave, cuidado grande.

Cuando la cabeza anda al revés, ¿cómo andarán los pies?

Bien haremos, bien diremos, mal va la barca sin remos.

Quien con muchos tiene que hacer, mucho seso es menester.

Gobernar es transigir.

De invierno a invierno, el dinero es para el Gobierno.

Unos saben lo que hacen y otros hacen lo que saben.

Quien por sí solo se gobierna, a menudo yerra.

Cada uno puede hacer de su capa un sayo.

Cada uno es rey en su casa; pero en la ajena, un cualquiera.

Cada uno en su casa y Dios en la de todos, que es padre poderoso.

Mal negocia quien por sí no negocia.

Poco sabe el que a sí mismo no se ayuda y vale.

Yo me entiendo y bailo solo.

GORRONERIA

El convidado del diablo acude sin ser llamado.

Vengo a la boda, que soy pariente del que hizo los zuecos a la novia.

Para quien se convida, no hay mala comida.

Quien a mesa ajena yanta, come mucho y tarde se harta.

Quien a comer de gorra se mete, come por siete.

A mantel puesto tendrás amigos ciento; no de su trato, sino de su plato.

A lo bobo a lo bobo, métome en todas partes y como de todo.

Haragán y gorrón parecen dos cosas y una son.

Gran placer, no escotar y comer.

Comer de lo ajeno no es honra, pero es provecho.

Como no cuesta nada, sartenada.

Con pan ajeno, de sopas el tazón lleno.

De fruta ajena, la capacha llena.

De pan ajeno, sopear espero.

Manjar bueno y rebueno, el que sabe bien y es ajeno.

En tu casa no tienes sardina, y en la ajena pides gallina.

De petaca ajena, la mano llena.

Donde comen dos y se agrega un tercero, comen más y comen menos.

¿No digo bien? Sí. Pues si digo bien denme de comer, si no digo mal, denme de cenar.

Panzaltrote, de todos se hace pegote.

A mesa puesta y cama hecha.

Ya no era bueno que bebieses de mi vino; pero ¿también has de pringar de mi tocino?

Quien come de bonete, buenos bocados mete.

Quien tiene culo prestado no se puede sentar en ningún lado.

Bocado bueno y de balde, doblemente bien me sabe.

GRATITUD

Quien recibe un bien lo escribe en arena, quien recibe un mal lo graba en piedra.

Siembra favores y recogerás sinsabores.

¿Quieres hacer desmemoriado a un hombre? Hazle favores.

> *Si doy, de lo mío me voy*
> *si fío, pongo en riesgo lo que es mío*
> *si presto, al cobrar me ponen mal gesto*
> *de tal manera me han puesto, que ni doy, ni fío, ni presto.*
>
> *Porque es la mujer en suma*
> *como pájaro liviano,*
> *que en abriéndole la mano*
> *vuela, y si deja algo, es pluma.*   (Tirso de Molina.)

Al agradecido, más de lo pedido.

A quien te dice "ten", quiérelo bien.

Con sólo ser bien agradecido, la mitad pagan de lo debido.

Quien agradece obliga y merece.

Lo que te han dado, sea por ti alabado.

A quien uno me dio, déle mucho Dios.

A aquel alabar debemos de cuyo pan comemos.

Bendita sea la herramienta, que pesa, pero alimenta.

Calle el que dio, y hable el que tomó.

La gallina después de beber, mirando al cielo lo sabe agradecer.

Siembra gratitud y recogerás desengaños.

Haz lo que debas, suceda lo que quiera.

Mete la víbora en tu seno y te pagará en veneno.

Quien nace cochino y muere marrano, poco tiene que agradecer a Dios soberano.

Dando gracias por agravios, negocian los hombres sabios.

Al bueno por amor y al malo por temor.

Mujer, abraza a este señor, que es hermano del que nos vendió la yegua antaño.

Palabras de buen comedimiento no obligan y dan contento.

GUERRA

El que tonto va a la guerra, tonto viene de ella.

Ir a la guerra y casar no se ha de aconsejar.

Quien no sabe lo que es la guerra, vaya a ella.

Cuando se afila el acero, se seca el tintero.

En la guerra y en el amor, el que vence tiene razón.

La mucha gente sólo es buena para la guerra.

Quien a la guerra muchas veces va, o deja la piel, o la dejará.

Las balas son como las cartas, sólo llegan a quien van dirigidas.
Dicho del general Mola en la última guerra.

Más hombres mata la bragueta que la guerra.

Caballo que ha de ir a la guerra, ni le come el lobo, ni le aborta la yegua.

Cargado de hierro, cagado de miedo.

Más vale saliva de veterano que betún de quinto.

Paz y paciencia y muerte con penitencia.

Tengamos paz, y guerra quien la quisiere.

Cada uno meta la mano en su seno y deje en paz el ajeno.

Quien a sí y al otro conoce bien, de cien combates ganará cien.

Cuando los sables mandan, los libros callan.

Cuando truenan los cañones, no hay oídos para las razones.

Perico el tonto se fue a la guerra, volvió más tonto y sin una pierna.

La guerra, todo lo malo trae y todo lo bueno se lo lleva.

Guerra, peste y carestía andan siempre en compañía.

Buena es la guerra para el que no va a ella.

Quien va a la guerra, come mal y duerme en tierra.

El que no sabe de guerra, dice bien de ella.

GULA

Lo primero y principal es oír misa y almorzar; pero si la cosa corre prisa, primero es almorzar y depués oír misa.

"Comer" santa palabra es.

Más vale estarse un año sin mujer que dos días sin comer.

Sin comer y sin beber no hay placer.

Comamos, bebamos y triunfemos, que mañana moriremos.

Comer, beber y joder, todos lo saben hacer.

No hay jolgorio si no hay comistorio.

Guisado que bien huele, mejor sabrá.

Mucho comer no es barraganía, ni pasar hambre, hidalguía.

El gato goloso se quema el hocico.

Gula y vanidad crecen con la edad.

Los más cercanos parientes son los dientes.

En manos de un muchacho, pronto el racimo de uvas se vuelve escobajo.

¡Penitencia hermanos!: para cinco un marrano.

El camino de la boca nadie lo equivoca.

Comida gustosa, muchos manjares, y un poquito de cada cosa.

A quien va a sentarse a comer no quieras entretener.

Casi todo lo ganado por la boca entra y se va por el escusado.

Buenas comidas y buenas cenas quitan penas.

¿Quién dijo penas, mientras haya que comer cosas buenas?

Panza llena y corazón contento; que todo lo demás es cuento.

Quien come no disputa.

No peca de gula quien nunca tuvo hartura.

Pobre que va a una fiesta, de comer se atiesta.

El mandamiento del pobre: primero reventar que no que sobre.

El ansioso con nada se contenta: llena la panza, llena la cesta y llora por lo que queda.

De lo que deseo, hasta que me lo tiente con el "deo".

A quien come muchos manjares no faltarán enfermedades.

La mosca fue a la miel, y no para su bien.

Mesa dominguera no quiere lunes.

Gula y gala pierden muchas casas.

Al vientre, todo lo que entre.

El estómago no sabe lo que le echan.

La garganta y la lumbre, lo que les echan consumen.

Lo que no mata engorda.

Mientras no venga la muerte, comer bien y peer fuerte.

En la cabeza del tiñoso como los buñuelos el goloso.

Al buey glotón el pelo le reluce.

A falta de verduras, buena es longaniza y asadura.

A falta de pan, buenos son torreznos.

Quien todo lo comió junto, todo lo cagó en un punto.

Yo tengo una condición que ni sé si es mala ni buena: que teniendo la tripa llena, me descansa el corazón.

Valientes por el diente, conozco yo más de viente.

Muchos tienen un comer engañoso: comen mucho y parece que comen poco.

¡Gordo, gordo; que con lo menudo me ahogo!

Bocadito regular, que se pueda rodear.

En la boca de un galán, en dos paletas se pierde un pan, y si le dan un jarro de vino, pronto se va por el mismo camino.

Comamos y amemos, y no nos engañemos.

Come, duerme y engorda, y si te llamaren, hazte sorda.

"De todo quiere Dios un poquito." Y se comía medio cordero en cochifrito.

Un bocado es con otro ayudado.

Chorizos, jamón y lomo, de todo como.

El mucho comer quita el buen entender.

GUSTOS

A todos gusta lo bueno.

De lo que me agrada una tonelada; de lo que me enfada, o poco o nada.

Carga que agrada no es pesada.

Sarna con gusto no pica, pero a veces mortifica.

A mi gusto, nadie se ajusta como yo me ajusto.

Lo que me place me place, que en mi gusto no manda nadie.

A tu gusto comerás y al ajeno vestirás.

Lo que bien me suena, lo tengo por cosa buena, y lo que mal, por infernal.

Gusto que causa daño, Dios le dé mal año.

Lo que gusta, a regla no se ajusta; gusta porque gusta.

No hay gusto sin disgusto.

De gustos no hay nada escrito.

Entre las gentes, hay mil gustos diferentes.

Hay gustos que merecen palos.

Lo que a ti te agrada, a mí me enfada.

Lo que unos aborrecen, otros lo apetecen.

Por eso se come toda la vaca, porque unos quieren la pierna y otros la espalda.

Sobre gustos no riñamos; si tú lo quieres negro, yo lo quiero blanco.

Cada cual con su gusto va bien servido.

Palos con gusto saben a almendras.

Me gusta, porque me gusta; me cansa, porque me cansa, y no hay más causa.

Donde el gusto falta, nada vale el oro ni la plata.

Ojos hay que de legañas se enamoran.

De eso que me agrada, mucho me parece nada.

Lo que a mi gusto se ajusta, eso es cosa justa.

En mi gusto y mi zaranda nadie manda.

HABILIDAD

Más vale maña que fuerza, y más a quien Dios esfuerza.

Todo quiere maña, menos comer, que pide gana.

En toda piedra hay una estatua; el lance es sacarla.

Cuando no aprovecha la fuerza, sirva la maña y la cautela.

Lo que por la fuerza no se apaña, hay que apañarlo por maña.

Maña sube la campana a la torre que no fuerzas de hombre.

Vencer, más por arte que por fuerza ha de ser.

Maña y saber para todo es menester.

No por mucho paño se corta mejor un vestido.

Quien tiene arte, no se muere de hambre.

Quien tiene arte, alcanza parte; quien tiene arte y modo, lo alcanza todo.

Con modo y manera lograrás cuanto quieras.

Al cuerdo y al hábil, todo le es fácil.

Manos duchas mondan huevos que no largos dedos.

Las buenas habilidades son las más perdidas.

Hasta el saber rebuznar tiene su poquito que estudiar.

El arte, en lo difícil consiste, que no en lo fácil.

Al buen trabajador todo le vale.

El amor y la guadaña quieren fuerza y quieren maña.

La espada y la sortija, según la mano que las dirija.

Fuerza sin maña no vale una castaña; maña sin fuerza no vale una cereza.

La necesidad es madre de la habilidad.

El pescar con caña quiere paciencia y maña.

Quien bien quiere, para todo trazas tiene.

HÁBITOS

Debajo de una mala capa hay un buen bebedor.

Jabón y buenas manos sacan limpios paños.

Buena mano, de rocín hace caballo, y la ruin, de caballo hace rocín.

Una hora duerme el gallo, dos el caballo, tres el santo, cuatro el que no es tanto, cinco el caminante, seis el estudiante, siete el peregrino, ocho el capuchino, nueve el pordiosero, diez el caballero, once el muchacho y doce el borracho.

> *Dad al diablo la mujer,*
> *que gasta galas sin suma,*
> *porque ave de mucha pluma*
> *tiene poco que comer.*   (Tirso de Molina.)

> *En tu vida azarosa*
> *veras por cada joven veinte viejas,*
> *y cien feas o más por cada hermosa.*
> *Tu espíritu anhelante*
> *no encontrará en la tierra un solo amigo,*
> *ni una mujer constante.*   (Campoamor.)

Unos mean en caldera y no suena, y otros en lana y atruenan.

Caballo viejo no muda de andadura.

Quien varias capas usa, a ninguna se acostumbra.

La costumbre luenga amansa los dolores.

La que del estrado no tiene costumbre, de las almohadas se escurre.

Quien no se peina ordinariamente, péinase a regañadientes.

Quien no está acostumbrada a bragas, las costuras le hacen llagas.

Quien a veneno está hecho, sírvele de provecho.

Empicóse el burro a las coles y se va al huerto todas las noches.

Quien de arañar tomó la maña, hasta su muerte araña.

A quien tiene un vicio malo, ni la persuasión ni el palo.

Pierde el tiempo y no las costumbres.

Machacando, machacando, el herrero va afinando.

Aquella costumbre es buena que los buenos aprueban.

HABLAR

El gato maullador, nunca buen cazador.

Cuando la sartén chilla, algo hay en la villa.

La lengua no dice más que lo que siente el corazón.

Al deslenguado nunca le falta pleito mal parado.

Digo lo que siento, y ni porfío ni me entremeto.

Habla convenientemente o calla prudentemente.

Hablar de lo que no se sabe, es imprudencia grave.

Hablar pesó a muchos, y haber callado, a ninguno.

Hay quien callando habla y quien hablando calla.

La alabanza, en boca propia es cosa vana.

No toda pregunta requiere respuesta.

Por los labios redunda lo que en el corazón abunda.

Quien de otros habla mal, a otros de ti lo hará.

No es lo mismo hablar que tener razón.

Hablar y mear, clarito.

Con cada miembro, el oficio que convenga; no hables con el dedo, pues no coses con la lengua.

Donde las obras tras ellas no van, en balde palabras se dan; más cuando el hacer al decir se sigue, puede la boca decir lo que el corazón concibe.

Si te callas te llaman calleja; si hablas, hablador; si bebes vino, borracho, y si vas a misa, santurrón.

El hablar poco es oro, y el mucho hablar lodo.
Refrán del sigo XIII en El Corbacho.

Habla más que un pueblo de mil vecinos.

La mucha conversación es causa de menosprecio en el necio.

A buen entendedor, breve hablador.

A lo que no te importa, lengua corta.

Cuando no seas preguntado, estate callado.

Hablar con boca prestada sabe bien y no cuesta nada.

Hablar no es razonar.

Lo que se sabe sentir, se sabe decir.

Por hablar bien no se pierde nada, antes se gana.

El que escucha de su mal oye.

No hay cosa encubierta que tarde o temprano no sea descubierta.

Si secretos quieres saber, búscalos en el pesar o en el placer.

Secreto de dos, sábelo Dios; secreto de tres, ciento lo sabrán después.

Bien dicho, todo puede ser dicho.

Lo que te dice el espejo no te lo dicen en consejo.

La buena conversación es manjar del alma.

Hombre bien hablado, de todos querido y respetado.

Buena conversación, buena razón, y lanza enhiesta te conservará tu hacienda.

Comer y conversar, bien son a la par.

Quien tiene buena labia, a todos gusta y a nadie agravia.

Las malas hablas corrompen las buenas costumbres.

La conversación con persona leída es media vida; con no leída, desabrida; con ruda es cordura.

Pláticas con un hombre instruido, es leer a la voz de muchos libros.

Tras el pisotón va la interjección.

¿Qué es hablar? Abrir la boca y rebuznar.

Hablar, poco; obrar, mucho; aprovechar, a todos; dañar, a ninguno; hacer bien a los presentes y decir bien de los ausentes; todo esto hacen las personas prudentes.

Lo que en el corazón se fragua, por la boca se desagua.

El mucho hablar es dañoso, y el mucho callar no es provechoso.

Habla siempre que debas, y calla siempre que puedas.

A Dios hablarle en español, en francés a un amigo, en italiano a una dama, en alemán a los caballos y en inglés a los pájaros.
Carlos V.

Dos orejas y una sola boca tenemos, para que oigamos más que hablemos.

Poco hablar y mucho escuchar, es el modo de no errar.

Darle mucho a la lengua no es provecho, que es mengua.

Quien mucho habla mucho yerra, pero en algo acierta.

Hombre muy parlero no puede ser buen consejero; que el que ha de aconsejar ha de saber más que de hablar.

El parlero ni calla lo suyo ni lo ajeno.

Como las palabras no cuestan dinero, charlo cuanto quiero.

Boca que no habla, sólo la oye Dios.

Sin decir, no te entenderán; sin pedir, no te darán.

La gente se entiende hablando, y los burros, rebuznando.

La vaca bramadora llama al lobo que la coma.

El decir, con el saber y el mandar, con el hacer.

Para que en todas partes quepas, no hables de lo que no sepas.

Hablar a tiempo requiere tiento.

No todas las verdades son para dichas.

Palabras bien pesadas y medidas siempre son bien recibidas.

Quien adelanta la lengua al pensamiento, es hombre de poco talento.

En el decir, sé discreto, y en el hacer, secreto.

Habla convenientemente, o calla prudentemente.

Oveja que bala, bocado que pierde.

Decir, con los muchos; sentir, con los pocos.

Mucha lengua, poco corazón.

Vea el que viere, haga el que hiciere, y ¡ay del que dijere!

Un buen callar no tiene precio, y un mal hablar lo da de balde cualquier necio.

HAMBRE

La única cosa es el hambre, que cuanto más repartida, a más se cabe.

Peor es estar un día sin comer que un año sin mujer.

La madre rezaba y decía: "El pan nuestro de cada día..." La hija hambrienta, que tal oía, bostezaba y se sonreía.

Un costal vacío se tiene peor de pie.

Para viuda y hambriento, no hay pan duro.

Hambre y sed, la mejor salsa para comer.

Perro que anda no muere de hambre.

Más quiero pan y tocino junto a un muerto que con un vivo estar hambriento.

Quien hambre tiene con pan sueña.

Dos hambrientos, a un pan, mal trato le dan.

Estómago con hambre no quiere razones, sino panes.

Con las malas comidas y peores cenas, menguan las carnes y crecen las venas.

Jeríngate y no cenes, y verás la barriga que tienes.

De copiosas cenas están las supulturas llenas; pero de no cenar, muchas más.

Barriga vacía no tiene alegría.

El hambre echa al lobo del monte.

A carne de perro, diente de lobo.

A vianda dura, muela aguda.

Burro que gran hambre siente, a todo le mete el diente.

Hambre que espera hartura, no es hambre ninguna.

Estómago hambriento no admite argumento.

La hambre es madre de las artes.

La hambre es tan gran maestra, que hasta a los animales adiestra.

Hay hambres merecidas.

HERENCIAS

La hacienda heredada es menos estimada que la ganada.

Lo heredado no es hurtado, pero no es tan propio como lo ganado.

Lo que gano es bocado duro y amargo; lo que heredo, carne sin hueso.

Al tío sin hijos, hacedle mimos y regocijos.

En herencia de tío nada confío.

Dudoso es el heredar y seguro el trabajar.

Mal se quiere el enfermo que deja al médico por heredero.

Más se heredan las enfermedades que los caudales.

Si quieres a unos hermanos dividir, echa entre ellos algo que repartir.

Cuando hay algo que repartir entre hermanos, vuélvense perros y gatos.

Lo que del padre fue lento ahorro, el hijo lo gasta a chorros.

Hacienda de Indias y herencia de bonete e hisopo, lucen mucho y duran poco.

Onza heredada, bien corre la condenada; la ganada a puño, quieta se está de suyo.

Caudal que gané, con cuidado lo conservé; caudal heredado, se me fue de entre las manos.

Si quieres que tu postrer voluntad sea cumplida, cúmplela tú mismo en vida.

El bien que hicieres sea mientras vivieres.

Los herederos se llevan la cera y los candeleros.

Lo que en tu vida tú no hicieres, de tus herederos no lo esperes.

Comamos, bebamos y triunfemos, y con salud los enterremos.

Lo que se hereda por testamento no requiere agradecimiento.

Pasa el luto y queda el fruto.

Luto por padre rico, sólo en los vestidos; luto por padre pobre, en las almas y en los corazones.

Quien heredó poco lloró.

HIGIENE

¿Cómo llegaste a viejo? Viviendo como viejo.

Tarde llega a viejo el que de mozo vive como viejo.

En el buen año y en el malo, ten la tripa reglada y el sueño reposado.

Cabeza fría, pies calientes y culo corriente dan larga vida a la gente.

No salgas de tu casa ni entres en la ajena con la vejiga llena.

Deja entrar a tu suegra en casa, antes que en tu cuerpo la grasa.

Dieta, mangueta y vida quieta, y mandar los disgutos a la puñeta.

Quien quisiere vivir sano coma poco y cene temprano.

Comida fría y bebida caliente nunca hicieron buen vientre.

Junio, julio y agosto, ni mujeres, ni coles, ni mosto.

Los cuatro meses que erre no tienen, tratar con Venus no te conviene.

Mujeres y vino, mas no de contino.

Ofrecerse a Venus el viejo es cumplir mal y arriesgar el pellejo.

Beber sudando agua fría, o catarro o pulmonía.

Hombre bien mantenido, si quiere estar sano, haga ejercicio.

Después de comer, ni pasear ni estar de pie.

Después de comer, duerme la siesta, y después de cenar, vete de fiesta.

Caliente la comida y fría la bebida alargan la vida.

Duerme en alto, por calor que haga; casa con doncella, por poco que haya; vive en tierra del rey, por mal que te vaya; come carnero, por caro que valga, y bebe del río por turbio que vaya.

El caldo en caliente; la injuria en frío.

Rostro, del fuego; piernas, del río, y del pecho aparta el frío.

Come mucho y cena calducho.

HIJOS

Hijos de tus bragas y bueyes de tus vacas.

Si quieres ser padre de buenos hijos, se buen padre.

El hijo del asno dos veces rebuzna al día.

El hijo de la cabra, cabrito ha de ser.

El hijo del gato, ratones mata.

Buscas buen caballo para tu yegua, y das tu hija al primero que llega.

El hijo que sale al padre saca de duda a la madre.

Los muchos hijos y el poco pan enseñan a remendar.

El que tiene hija, tiena hija y yerno y el que tiene hijo, ni nuera, ni hijo.

En dos cosas he creído siempre yo: en el amor de mi madre y en la existencia de Dios.

Hijo, sigue la iglesia y arrímate a la reja; no sigas la plaza, ni menos la caza, que la guerra, caza y amores, por un placer y pasatiempo, mil dolores.

Los hijos, los buenos son continuo temor; los malos, eterno dolor, y gusto dudoso, cuidado cierto.

Nuestro hijo Don Lope ni es miel, ni hiel, ni vinagre, ni arrope.

Al niño y al mulo, en el culo.

Al niño llorón, boca abajo y coscorrón.

Quien con niños se acuesta, por la mañana apesta.

Los niños y niñas deben hablar cuando hablen las gallinas.

De padre cojo, hijo renco.

De tal palo, tal astilla.

Hijos chicos, chicos dolorcillos; hijos mayores, grandes dolores.

Hija de mi camisa y nuera de la parte de afuera.

¿Cómo criaste tantos hijos? Queriendo más a los más chicos.

No hay pesares y regocijos en la casa donde no hay hijos.

Quien no tiene hija no tiene amiga.

Quien tiene hijos varones, tiene desazones, y quien tiene hembras, doscientas.

La buena hija trae buen hijo; pues cuando se casa, trae buen yerno a casa.

Y ¿no le quedan a "usté" más hijas? Algunillas me quedan, pero son pocas: ésta y estotra, y la que está teniendo a la otra; las tres mellicillas, las tres de las sayas pardillas, las otras tres, las otras cuatro, la pelusilla y el otro muchacho.

Un hijo o dos no es lo que quiere Dios; pero ya tres bastante es.

De padre malo, hijo bueno; pero ya vendrá el nieto que salga al abuelo.

Tus hijos criados, tus duelos doblados.

Dios nos depare quien en la barba nos cague.

Hijos y hogar son la única verdad.

Los hijos son un mal deseado.

No hay pesares ni regocijos en la casa donde no hay hijos.

En los tiempos que andan, los hijos mandan.

Mi hijo vendrá barbado, mas no parido ni preñado.

Los hijos buenos son alivio en los duelos.

Hijos buenos buenos, los menos; los más parecen hijos de Satanás.

Hijo que al nacer malo había de ser, ¡qué dicha si se muriera al nacer!.

¿Para qué tantos afanes? Para criar hijos holgazanes.

En la casa de bendición primero, hembra, y después, varón.

No te dé Dios más mal que muchos hijos y poco pan.

Uno es ninguno; dos son uno; tres, así así; cuatro o más de cuatro, dalos al diablo.

Hijos pocos, rejuvenecen; hijos muchos, envejecen.

Dichosa la rama que al tronco sale.

Hija de vaca, brava o, cuando menos, topona.

De padres gatos, hijos michines.

De huevo blanco salir pollo negro, a menudo lo vemos.

El hijo que se parece a su padre acredita de honesta a la madre.

Siete hijos de un vientre, cada uno de su miente.

Siete hijos de una madre, cada uno de su padre.

Mellizos son, uno nace para santo y el otro para ladrón.

Hijo ajeno, come mucho y llora feo; hijo propio, llora bonito y come poco.

Hijo eres y padre serás; con la vara que midas te medirán.

Un padre para cien hijos, y no cien hijos para un padre.

Quien quiere tener hijos, quiere tener dolores y litigios.

Cásate, y si hijos tienes, que los tendrás, ¡ya verás, ya verás!

Sin hijos y sin celos no hay desconsuelos.

Los hijos, siempre mamones: primero de leche y después, de doblones.

Quien hijos tiene, trabajando vive y muere.

En casa donde cuatro hijos barajan, cuando uno tira, tres desgajan.

Quien mal hijo fue, los suyos lo serán también.

Hijas, la primera es juego; la segunda, venga luego; pero tres o cuatro son fuego.

Donde hay muchos hijos y poco gobierno, presto se acaba un pan tierno.

Tan contenta va una gallina con un pollo, como otra con ocho.

Un hijo ata, y dos desatan.

Se quiere al hijo antes de ser nacido.

Donde hay hijos, ni parientes ni amigos.

Cuanto más tarde nacido tanto más querido.

HOLGAZANERIA

El perfecto holgazán cómese su capa por no trabajar.

Chimenea que no humea, debajo no tiene lumbre.

Zorra dormilona, nunca gorda.

Culo sentado no hace mandado.

Perdiendo tiempo no se gana dinero.

Ninguno ganó gran fama sentado en la solana.

De gandules y holgazanes se llenan las cárceles y hospitales.

Esperando que la hierba nazca, se muere de hambre la vaca.

A segar son idos tres con una hoz; mientras uno siega, holgaban los dos otros.

Gracias a Dios que nací para no trabajar: todo lo venden hecho y no hay nada que inventar.

Quien no trabaja de pollinejo, trabaja de burro viejo.

Quien hoy no trabaja ni mañana tampoco, gastará mucho y ahorrará poco.

Tiéndete a la bartola y deja correr la bola.

Más vale holgar que trabajar y no medrar.

Los zánganos se comen la miel de las abejas.

Pájaros y hombres todos comen; pero no todos los pájaros cantan ni todos los hombres trabajan.

Más descansado estaría el campo si no mantuviera a tantos vagos.

El holgazán tiene en vano sus cinco dedos en la mano.

Teresa, de la cama a la mesa.

El holgazán, en invierno, del brasero a la cama y de la cama al brasero, y en verano, ¿quién trabajará sudando?

Para los amigos del holgar siempre es fiesta de guardar.

Que bueno es no hacer nada y luego descansar.

Trabajar es de gente de mal vivir, porque el día se ha hecho para descansar y la noche para dormir.

Trabajar es virtud, pero trabaja tú.

HOMBRES

Más vale hombre feo con buen arreo, que mozo bonito sin un pito.

Los hombres tienen la hermosura en su calidad, y las mujeres, la calidad en su hermosura.

Hay hombres honrados, así como los hay malvados; pero de éstos son los más hallados.

Quien errare como hombre, remedie como discreto.

De hombres es errar y de bestias, en el error perseverar.

De hombre cominero y ruin, de mujer que habla latín y de caballero sin rienda, Dios nos libre y nos defienda.

Al hombre de más saber, una mujer sola lo echa a perder.

El hombre propone, Dios dispone y la mujer todo lo descompone.

El hombre quiere a la mujer sana, y la mujer, al hombre que gana.

Hombre de cojón prieto no teme aprieto.

Mozo creciente, lobo en el vientre.

Mozo de quince años, tiene papo y no tiene manos.

Ni de mozo buen consejo, ni de puta buen amor.

Al hombre parado lo tienta el pecado.

Al hombre "perdío", búscalo en la tasca o búscalo en el río.

Al hombre quiero yo ver, que los vestidos son de lana.

A los hombres querellos, pero que no lo sepan ellos.
Dicen las mujeres

Desde que la mujer no está de gana, Lázaro friega y hace la cama.

El hombre cuando es chico es como el gallo, cantando; cuando mayor, como el borrico, trabajando, y cuando viejo, como el cochino, gruñendo.

El mozo y el gallo, un año; porque al año, el gallo se pone duro y el mozo se pone chulo.

Hombre sin mujer al lado, nunca bienaventurado.

Mancebo, león; casado, cagón.

Corte, puta y puerto hacen al hombre experto.

Para encontrar un hombre bueno, hay que recorrer el mundo entero; para buscar uno malo, basta mirar al espejo.

Al hombre zurdo no le hables agudo.

Huerto sin agua, casa sin tejado, mujer sin amor, el marido es descuidado

La mujer de buen marido siempre parece soltera.

De hombre tiple y de mujer tenor, líbranos, Señor.

Los solteros acaban como las gallinas: o en manos de la criada o a manos de la zorra.

Hombre amaricado, ni carne, ni pescado.

Hombre cocinilla, medio hombre, medio mariquilla.

Hombre lisonjero, falso y embustero.

Hombres de muchos pareceres, más que hombres son mujeres.

Hombres poco hombres, ni me los nombres.

Dos Juanes y un Pedro hacen un asno entero.

Dos Pedros y un Juan hacen un asno cabal.

Hombre de hecho, hombre de pelo en pecho; más no todo el que ha pelo en pecho, será de hecho.

Hombre de seso y peso.

Hombre hablimujeriel (o palabrimujer), líbreme Dios de él.

Hombre que apetece soledad, o tiene mucho de Dios o de bestia brutal.

Más vale dos de treinta que uno de sesenta.

> En su seso está la vieja
> cuando por marido toma
> un mozo que la aconseja
> y le sobra la pelleja
> no viejo hecho carcoma.
> Ella habla por su cuenta
> que si se casa otra vez
> le valdrá más dos de a treinta
> que no uno de sesenta
> para pasar su vejez.   (Sebastián Horozco, 1599.)

Muchos sujetos debían estarlo, además de serlo.

El hombre casado no es mujer.

Si se viste por los pies, egoísta es.

Vale a millón la vara de calzón.

> Si a los dos sexos igualo,
> es porque infiero con pena
> que si el hombre es algo malo,
> es la mujer no muy buena.   (Campoamor.)

Un hombre vale por dos; y si muy esforzado es, por tres.

Como los melones son los hombres: algunos, buenos melones; muchos, melones apepinados, y los más, pepinos amelonados.

Más calienta la pata de un varón que diez arrobas de carbón.

Más vale el hombre que el nombre.

Los hombres son mal ganado: el mejor es el menos malo.

Aparte del alma, que es de Dios, el hombre no vale un caracol.

Con sus buenas y malas artes, los hombres son hombres en todas partes.

No fíes de los hombres niña, mal haya quien de ellos fía.

De santo que come y bebe, no fiéis, mujeres.

Cuando no nos tienen, sí que nos quieren; ya que nos tienen, ya no nos quieren. *Vuelven a decir las mujeres.*

De santo que mea en pared, libera nos, Dómine.

El oso y el hombre, que asombre.

El hombre y el oso, cuanto más feo, más hermoso.

El buey para arar, el ave para volar, el pez para nadar y el hombre para trabajar.

De cien hombres, uno; de mil mujeres, ninguna.

Cada hombre es un abismo, y cada mujer, lo mismo.

No es todo hombre el que mea a la pared, porque el perro mea también.

Los hombres y las gallinas poco tiempo en las cocinas.

Aquel es hombre, que corresponde al nombre.

Con hombre que llora y con mujer que no llora, ni una hora.

HONOR

Honra perdida y agua vertida, nunca recobrada y nunca cogida.

Honra y vicio no andan en un quicio.

De dinero, honor y santidad, la mitad de la mitad.

Deshonróme mi vecina una vez, y yo me deshonré tres.

Entre el honor y el dinero, lo segundo es lo primero.

Honra al bueno para que te honre, y al malo para que no te deshonre.

Ama y serás amado, teme a Dios y serás honrado; trabaja y no pedirás necesitado.

Mancha de corazón no sale con jabón.

Nada me agrada: moza con leche y bota de agua.

Quien con basura se envuelve, puercos le hozan.

Habla con todos honesto, sin tocar en lo del sexto.

Título sin mérito no es honor, sino descrédito.

Hay honras que son verdaderas deshonras.

Vanos honores no son frutos, sino flores.

Ser honrado y tener honra son dos cosas.

La honra es señora, y la hacienda, sierva; a la honra sirva la hacienda.

En cosas de honra no se ahonda.

Lo que no se puede comprar por dinero, no se ha de vender por dinero.

Donde no hay honra, no hay deshonra.

La honra y la mujer son como el vidrio, que al primer golpe se quiebran.

Honra que se manosea, entre las manos se "quea".

Honra con tinta lavada, más manchada.

Honra que anda en lenguas, sufre mengua.

No basta ser honrada, sino parecerlo en trato y cara.

Mancha en honra, llaga honda.

HONRADEZ

El mejor camino, el recto.

Para honrada vida, peso y medida, cuenta y razón, y la verdad encima.

Da tus cuentas justas, porque la última asusta.

Ama lo tuyo y respeta lo ajeno; que aquello es miel y esto es veneno.

De lo ajeno, lo que quisiere su dueño.

Robar mucho es pillería; robar poco, tontería, y honradez es trabajar y ni mucho ni poco robar.

Dar cuatro por cinco lo prohíbe Jesucristo; pero dar cinco por cuatro no es pecado, si no fueren palos.

Los mejores bienes, en ti mismo los tienes.

Haz bien a los presentes y habla bien de los ausentes.

Antes muerte en pobreza que vida con vileza.

Antes honrado y raído que ladrón y bien vestido.

Pobre, pero honrado.

Más vale vergüenza en cara que mancilla en corazón.

Más vale poco y bien venido que mucho y mal adquirido.

Más vale ser un buen pobre que un mal rico.

¡Qué gusto, no hacer un hombre sino lo que es justo!

No sólo serlo, sino parecerlo.

Hombre honrado, en lo civil demanda y en lo criminal es demandado.

No es el camino derecho el de más provecho.

Quien vive como Dios manda, alegre anda.

El título de hombre de bien, honra tanto como el de duque o de marqués.

El hombre honrado, pobre, pero no humillado.

A barbas honradas, honras colmadas.

A todos conviene temer a Dios y las leyes.

Ningún bien importa tanto como guardarnos del mal y del malo.

HORAS

A las diez, deja la calle para quien es: los rincones para los gatos y las esquinas para los guapos.

A las diez deja la calle para quien es, y si llueve, a las nueve.

A las diez en la cama estés, y mejor antes que después.

A las diez en la cama o a su pie.

A las diez en la cama estés, y aunque seas de bronce, fuera de casa no te den las once.

Hiérenos cada hora que pasa, y la postrera nos mata.

En poco de hora gran daño se mejora.

Una hora de vida es vida.

Las ocho, y los platos por lavar.

Las diez, y sin vender una escoba.

A las nueve, acuéstate y duerme.

A las diez en la cama estés, y si se puede, a las nueve; el viejo chocho, a las ocho.

Cuando los burros cantan, si no son las doce, poco le falta.

Quien tiene una buena hora, no las tiene todas.

A hora mala, perros no ladran.

> *Los conjuros en las horas menguadas,*
> *dicen las hechiceras: "Dame señal*
> *de hombre pasar,*
> *perros ladrar,*
> *burros rebuznar,*
> *y puertas abrir y cerrar."*

A buenas horas mangas verdes.

Ser muy concocido en su casa a las horas de comer.

Tiempo ni hora, no se ata con soga.

Llora, necio, llora, por tus perdidas horas.

Quien oye las doce y no va a comer, o no tiene gana o no tiene qué.

De doce a una (de la noche) corre la mala fortuna.

Cuando suena el almirez, las doce están al caer.

Todas las horas son cabales, pero no iguales.

HUMILDAD

Todos nacemos desnudos.

El cuerdo nunca se satisface de lo que hace.

Loen tus obras otros, y tú las de otros.

Dentro de la concha está la perla, aunque no puedas verla.

Cada cual en su sitial.

Modesto en la prosperidad y cuerdo en la adversidad.

Cuanto más grandeza, más llaneza.

Ni por rico te realces, ni por pobre te rebajes.

Mira adónde vas, pero no te olvides de dónde vienes.

No es menos grandeza responder al menor que satisfacer al mayor.

Negocian los hombres sabios, disimulando injurias y sufriendo agravios.

Es humilde el sabio y soberbio el que se tiene por sabio.

Vive en lo llano, habla a lo llano y mira en cada prójimo un hermano.

Los defectos de la naturaleza encúbrense con la franqueza.

Modestia exagerada, modestia falsa.

Cuanto más uno se humilla, tanto más Dios le sublima.

Agáchate y entrarás.

Fray Modesto nunca llegó a prior.

Quien se hace esquina, los perros se le mean encima.

Doblar, pero no quebrar.

Haceos de miel y os comerán las moscas.

El cordero manso mama de su madre y de la ajena.

El humilde permanece y el soberbio perece.

Siéntate en tu lugar, no te harán levantar.

A quien se hace cordero, el lobo se lo come.

Causa de mal es demandar misericordia.

A quien se baja mucho, se le ve el culo.

IGNORANCIA

Ignorante graduado, asno albardado.

Siempre es el hombre estudiante, y muere ignorante.

El ignorante a todos reprende, y habla más de lo que menos entiende.

Muchacho, ¿quién es Dios? No contestes, que eso es pega.
Irónico.

Ignorancia es todo lo afirmar, y locura, todo lo que pudo ser, negar.

La ignorancia es atrevida.

Ignorancia no quita pecado.

Tanto es el que no sabe como el que no ve.

Ninguno nace enseñado.

Nadie es tan ignorante, que no sepa algo, ni tan sabio, que lo sepa todo.

Quien poco sabe, pronto lo reza; y si lo reza mal rezado, más pronto está acabado.

En quien nada sabe, pocas dudas caben.

Quien lo sabe, bien lo hace; quien lo ignora, lo empeora.

El ignorante es poco tolerante.

No sabéis de la misa la media.

Lo que no sé, ni lo perdí ni lo gané.

Quien sabe que no sabe, algo sabe.

Mejor es no saber que mal saber.

Si no perdonas al ignorante ni sufres al loco, tú eres otro.

La ignorancia, madre de la admiración.

Quien lo que no sabe quiere hacer, todos se ríen de él.

Burro sea el que en tratar con burros se emplea.

El mayor mal de los males es tratar con animales.

A un hombre que mucho sabía, de andar con tontos se le pegó la tontería.

ILUSIONES

De planes que no cuajan y de cuentas que no salen, se llenan lo asilos y los hospitales.

Bienes soñados y males ciertos hacen a los vivos envidiar a los muertos.

Quien de ilusiones vive, de desengaños muere.

Lo que en la imaginación es un palacio, en la realidad suele ser un sombrajo.

Quien deja lo que tiene por lo que espera, o se humilla o desespera.

Aunque estén sin legañas, a veces los ojos engañan.

No ponga al fuego su olla vacía nadie con esperanza de que el vecino se la proveerá de carne.

Quien mucho sueña, muchas vanidades sueña.

Cuentas galanas, casi siempre salen vanas.

Quien cree ser corzo y es jumento, al saltar hallará el escarmiento.

Donde esperáis la suerte, viene la muerte.

Soñaba yo que tenía alegre mi corazón; mas a la fe, madre mía, que los sueños sueños son.

Lo mejor del domingo, el sábado por la tarde.

El bien imaginado es más sabroso que gozado.

Quien bueyes ha perdido los cencerros trae en el oído.

Si tuviéramos para pan, carne y cebolla, nuestra vecina nos prestara una olla.

Las campanas dicen sí o no, según el gusto del escuchador.

Hombres sin talento, de cualquier cosa hacen torres de viento.

Cada uno sueña con lo que desea.

Si no veo por los ojos, veo por los antojos.

Sueña el ciego que veía y soñaba lo que quería.

Todos los que andan descalzos sueñan con estrenar zapatos.

De los sueños, cree los menos.

Amanse su saña quien a sí mismo se engaña.

IMPERFECCIÓN

Cosa cumplida, sólo en la otra vida.

Cosa o persona sin pero no hay en el mundo entero.

Chapucea el chapucero mala obra por buen dinero.

Quien monda mal, monda dos veces.

Quien mal escupe, dos veces se limpia.

Obra de chapucero cuesta poco, pero vale menos.

No hay trabajo sin faltas.

Cuatro efes tine mi tía: fea, flaca, floja y fría.

Candil con moco luce poco y alumbra poco.

Todos tenemos culo, por la mayor ventura del mundo.

Sin tacha ninguna no hay mujer ni mula.

Hombres sin defecto alguno, ninguno.

Hombres sin pero no hubo dos: uno hubo, y era hombre y Dios.

El hombre y la mujer peros tienen que tener.

Cuál más, cuál menos, todos por callar tenemos.

Tiene más remiendos que capa de pobre.

Que por arriba que por abajo, siempre tienen un pero las sopas de ajo.

No hay piara sin cabra coja.

Hasta el oro, que tanto encanta, tiene sus faltas.

Quien quiera caballo sin tacha se ande a pata.

No hay casa tan bien cubierta, que no tenga una gotera.

No hay casa sin albañal a la calle.

No sólo los lobos comen carne cruda.

A lo justo no llega nada.

Cada hijo de vecino tiene su piedra en el rollo.

Si el grande fuese valiente, y el pequeño paciente, y el bermejo (pelirrojo) leal, todo el mundo sería igual.

¿Quién podría decir: "Justo soy y justo fuí."?

INDIFERENCIA

Así o asá, ¿qué más da?

¿Qué más me da más ocho que ochenta, si los ochos son dieces?

Para mi cuenta lo mismo me da ocho que ochenta.

Y, en fin de cuentas, ¿qué más da cuatrocientas noventa y nueve que quinientas?

¿Qué más da que sea blanca que "colorá"?

¿Qué me importa que mi vecina tenga la nariz corta?

A quien Dios se la de, San Pedro se la bendiga.

Si os agrada esto, meted la mano en el cesto, y si desto no os agradáis, no la metáis.

La mata en barbecho ajeno, a nadie estorba sino a su dueño.

Lo que no me entra bien por los ojos, que lo guarden con diez cerrojos.

Salga el sol por Antequera y póngase por donde quiera.

Que si verde era la verbena, séalo en hora buena.

Santa Pascua fue en domingo.

Pues Dios lo quiere, los demonios se lo lleven.

A mí plin, que soy de Lalín.

¿Quieres vivir vida descansada? No se te dé nada por nada.

De lo más que te salga al paso, no hagas caso.

Corra el agua por donde quisiere.

De quien por ti no se desvela, no te duelas.

Los sanos a los enfermos damos saludables consejos.

Por un oído le entra y por otro le sale.

Para el tiempo que he de estar en este convento, cágome dentro.

Tómame a cuesta y verás cuánto peso.

Malas o buenas, mira todas las cosas como ajenas.

Si sale con barbas, San Antón, y si no, la Purísima Concepción.

INDIVIDUALISMO

Cada uno se labra su fortuna.

Cada uno hace lo que puede.

Cada uno se da aire con su abanico.

Cada perro con su hueso.

Cada palo aguante su vela.

Cada cual con su figura y con su ventura.

Cada ratón tiene su nido, y cada mujer su abrigo y amigo.

Cada lobo por su senda, y cada gallo en su muladar.

Cada uno habla de la feria según le va en ella.

Cada iglesia tiene su fiesta, y cada ermita, su fiestecita.

Cada esquilón tiene su son.

Cada uno es quien es, aunque no sea conde ni marqués.

Cada uno es como Dios le ha hecho, y un poquito peor que él se ha vuelto.

Cada uno es cada uno, y nadie es mejor que nadie.

Un solo amigo te librará, del abismo: tú mismo.

Mis cuidados y los tuyos no son todos uno.

A quien le duela un diente, que se lo atiente.

Cada uno anda a su compás, ni menos ni más.

Cada uno tiene sus maneras de matar pulgas.

A cada uno le pican sus pulgas.

Cada uno como pueda se explique, y se rasque donde le pique.

La regla del tío Camuñas: que cada uno se rasque con sus uñas.

Cada uno se entiende, y Dios lo entiende.

Amigos y buenos amigos; pero lo tuyo, tuyo, y lo mío, mío.

Trata con tus amigos en la plaza, y no los lleves a tu casa.

Cada uno ve con sus anteojos, y no con los de otro.

Cada asno con su tamaño.

INEPTITUD

Hay algún hombre tan animal, que el bien le hace mal.

Yace aquí el gran cardenal,
que hizo en vida mal y bien,
el bien que hizo, lo hizo mal,
y el mal que hizo, lo hizo bien.
Creo recordar que fue el epitafio que hizo colocar en su
                    tumba el cardenal Richelieu.]

Si los burros hablaran, cuántos hombres rebuznaran.

Muchos burros van al mercado: unos a comprar y otros a ser comprados.

En lo llano tropieza el hombre bestia.

Salamanca no hace milagros; el que va jumento no vuelve sabio.

Para el mal oficial, no hay herramienta buena.

Quien asno nace, asno yace.

Maldiciones de burro nunca llegan al cielo.

Hombres hay que a cuatro pies andarán si se caen.

Asno con dos pies, cada instante lo ves.

Asnos hay a millares, que no llevan serones ni costales.

Como los melones son los hombres: algunos, buenos melones; muchos, melones apepinados, y los más, pepinos amelonados.

Hombres hay que, si les pusiesen rabo, nada les faltaría para asnos.

Si los burros de orejas cortas se contaran, veríamos que son más que los de orejas largas.

De hombre bruto, ningún fruto.

A quien es cerrado de intelecto, de poco le sirven libros abiertos.

En Salamanca estuviste, de Salamanca volviste, y tan asno te estás como fuiste.

El asno no sabía, hasta que perdió la cola que tenía.

Entre burros no valen razones, sino rebuznos.

El que aprende lo que no entiende, ya me entiende.

Tanto vale quien caza y no prende, como quien lee y no aprende.

Quien tiene poco talento y buena memoria, de lo estudiado hace pepitoria.

El asno la lira oyó: quiso cantar y rebuznó.

Aclaráselo vos, que tenéis la boca a mano.

Hombre que no tiene cabeza, no ha menester bonete ni montera.

Lo bruto no tiene cura.

No pidas al olmo la pera, pues no la lleva.

¿Adónde irá el buey que no are, pues arar sabe?

¿Adónde irá el buey que no are? A la carnicería. ¡Yo diría!

Hombre a quien le pica el gallo en el culo, o es malo, o es nulo.

A quien es cerrado de sienes, Dios suele darle otros bienes.

Aunque cargues de oro al asno, seguirá rebuznando.

Ése es tu destino: andar en cuatro pies como un pollino.

Quien asno nace, asno yace.

No está hecha la miel para la boca del asno.

El mayor mal de los males es tratar con animales.

Animal de cuatro pies, levántale el rabo y verás lo que es.

Más vale asno ser que con asno contender.

A quien en la tierra no hiciera caudal, echadle a la mar.

Antes diablo que asno.

Para desasnar un pollino no basta la paciencia de diez benedictinos.

Al asno bástale una albarda.

San Ciruelo es uno de los santos que no han ido al cielo.

Oyen las voces, y no las razones.

Al hombre rudo no le hables agudo.

INFIDELIDAD

A marido ausente, amigo presente.

Los hijos de mis hijas, mis nietos son, los de mis hijos no lo sé yo.

El padre negro, la madre negra y la hija blanca; aquí hay trampa.

Cuando lo sabe el cornudo, lo sabe todo el mundo.

Si dormiste con mi mujer, Periquillo, buena pedrada di a tu perra.

Tan cabrón es uno con un cuerno como con ciento.

Más vale ser cornudo y que no lo sepa ninguno, que sin serlo pensarlo todo el mundo.

Ni mujer bonita, ni viña en lo temprano; que todas las uvas no las coge el amo.

Por eso es un hombre cornudo, porque pueden más dos que uno.

Mal haya la pájara que en su nido caga.

La que toma, o da, o se dará.

La mujer cuanto más halaga, más engaña.

Mi mujer, viste y calza; yo como y bebo; no sé de dónde sale tanto dinero.

Éstas sí que son piernas, y no las de mi mujer, y eran las mesmas.

Para tu mujer empreñar, no debes a otro buscar.

Preñada la llevas y con leche, quiera Dios que te aproveche.

Todo lo ajeno parece bien, sino hombre ajeno sobre mujer.

A quien Dios quiere para rico, hasta la mujer le pare hijos de otro.
Refrán irónico.

El postrero que lo sabe es el cornudo, y el primero, el que los puso.

La mujer que tiene dueño, ni por sueño.

Con viuda o soltera lo que quieras; con casada, nada.

Casada que lejos se ausenta, cornamenta.

Quien fía su mujer a un amigo, a la frente le saldrá el castigo.

La que va enseñando el seno, está graduada a claustro pleno.

Lo que tengo bonito y a los hombres les gusta, que luzca.

Pues no me lo pide ni me lo quiere nadie, démelo el aire y se refresque.

Lo que se tiene se luce, y lo que no, se encanuce.
Así me dijo una chica bonita en Pamplona, cuando hice la advertencia de que se sentase bien.

¿Qué es lo que me hiciste, amigo fiel? Que cuando pude pegártela, te la pegué.

Como nos estamos a dos, ni tú me lo pides, ni yo te lo doy; si yo te lo pido y no me lo das, ¡en qué vergüenza me meterás!; si tú me lo pides y no te lo doy, no me levante de donde estoy.

La mujer que no paga lo que compra, a trueque lo toma.

Holgar, gallinas, que el gallo está en vendimias.

La honra que a tu mujer das, en tu casa se queda.

Quien a su mujer no honra, a sí mismo se deshonra.

El molinero en el molino, y la molinera con sus amigos.

Mujer de dos y bodega de dos, no nos la dé Dios.

La mujer que a dos quiere bien, Satanás se la lleve, amén.

Mujer que mucho sabe agradecer, o tropieza, o llega a caer.

Para la mujer no hay más candado que su recato.

Marido, no veas; mujer, ciega seas.

Lo que tienes en tu casa no lo busques en la plaza.

La mujer compuesta a su marido quita de puerta ajena.

La mujer y el huerto no quieren más que un dueño.

Cuando al hombre algún bien quiere hacer, le quita la gana su mujer.

A la mujer casada nunca le falta novio.

Viejo que se casa con mujer moza, o pronto el cuerno, o pronto la losa, si no son ambas cosas.

Viejo que con moza casó, o vive cabrito o muere cabrón.

Quien se casa viejo, o pierde la honra o pierde el pellejo.

INGENIO

Lo que la fuerza no puede, ingenio lo ve.

El buen ingenio es don del cielo, y no la vanidad de padres y abuelos.

El entrar quiere ingenio; el salir, dinero.

Al hombre listo y tunante, no hay quen le eche el pie delante.

Bien te sé las mañas; más no quiero que tú entiendas que yo entiendo que me engañas.

Cuando tu diablo iba a nacer, ya el mío estudiaba bachiller.

Vos haceros cuerdo, no me hagáis a mí necio.

Quien ha de tratar con cuerdos, no sea lerdo.

El buen calamar en todos los mares sabe nadar.

Más saben unos durmiendo que otros velando.

No soy Séneca ni Merlín, más entiendo ese latín.

Gente tuna no es sopera.

Ninguno de su suerte está contento, y lo están todos de su talento.

No hay cosa tan bien repartida como el talento: cada cual del suyo está contento.

A cada uno le gusta lo suyo.
Preguntando a cierto loco
qué cosa en el universo
es la mejor repartida,
contestó: el entendimiento;
porque cada uno está
con el que tiene contento. (Calderón de la Barca. ¿Cuál
es la mayor perfección?.)

Bien sabe la rosa en qué mano posa, de hombre loco o de mujer hermosa.

No soy cordero bobo, que me deje comer por el lobo.

Para haceros cuerdo, no me hagáis a mí necio.

Bueno es ser vivo, mas no vivaracho; bueno es un buen dicho, mas no un dicharacho.

Hacer con un avío dos mandados es de hombre avisado.

INGRATITUD

La ingratitud sigue a la obra, como el cuerpo a la sombra.

Como soy algo lerdo, aunque comí tu pan, si te vi, no me acuerdo.

El pan que has dado, antes olvidado que cagado.

Día de favor, víspera de ingratitud.

¿Quieres hacer desmemoriado a un hombre? Hazle un beneficio.

La memoria de los beneficios se los lleva el viento; la de las injurias, hondo cimiento.

Favores, quien menos los merece menos los agradece.

¡A la mierda abanico, que se acabó el verano!

Siembra favores y recogerás sinsabores.

No es gallina buena la que come en su casa y pone en la ajena.

Mete la víbora en el seno y te pagará con veneno.

Salud perdida, velas encendidas; salud cobrada, velas apagadas.

Favor hecho a muchos, no lo agradece ninguno.

No hagas mal, que es pecado mortal; ni bien, que es pecado también.

La cuenta de los desagradecidos es la misma de los favorecidos.

La flor de la maravilla dura un día; la flor del agradecimiento, no más de un momento.

Luego que el sediento bebe, vuelve las espaldas a la fuente.

Quien rosales plantó, en buenos olores la renta cobró; quien a hombres hizos bien, en ingratitudes y desdén.

Donde un favor se hace, un ingrato nace.

Favor hecho, agradecimiento muerto.

Sigue a la buena obra el desagradecimiento, como la sombra al cuerpo.

Hágome el lerdo, y si te vi, no me acuerdo.

Nadie se acuerda de Santa Bárbara hasta que truena.

En pasando la procesión, se descuelgan las calles.

A quien más abre su bolsillo, se le muestra más cariño, y en acabándose la plata, el amor se desbarata.

Dale a comer rosas al burro y te pagará con un rebuzno.

Ciento que hagas, y si yerras una, todas las cagas.

La memoria del mal es de por vida; la del bien presto se olvida.

Se olvida una buena acción y no un buen bofetón.

Quien hace bien a un ingrato, compra caro y vende barato.

Pide protección el soberbio, y después arroja con ira la carga del agradecimiento.

Yo te enseñé a mear y tú me quieres ahogar.

Quien da pan a perro ajeno, pierde pan y pierde perro.

Volver bien por mal, virtud celestial; volver mal por bien, obra de Lucifer.

El hombre mal agradecido no debiera haber nacido, y pues nació, ¿por qué de niño no se murió?.

Los desagradecidos hacen roñosos a los desprendidos.

A quien favores te debe y de ti no se acuerda, mándalo para siempre a la mierda.

Echar confites a un cochino es desatino.

Hombres agradecidos, de cada ciento, cinco; mucho me alargué: de cada millar, diez.

De cada diez hombres favorecidos, cinco descontentos y cuatro desagradecidos.

Favor hecho a muchos, no lo agradece ninguno.

Cuando ya no te necesita tu amigo, ni te visita.

Eras mi amigo cuando comías conmigo; pero cuando conmigo no comiste, en la calle no me conociste.

Milagro pedido, santo alumbrado y vestido; milagro hecho, santo a obscuras y en cueros.

Nos comió el pan y nos cagó en el morral.

INTENCIÓN

Si el corazón no mandara, los ojos no pecaran.

De buena gana peca el que sabe que peca.

No mira Dios el don, sino la mano y la ocasión.

En mi intención sólo penetramos dos: Dios y yo.

El mal intencionado lo bueno juzga por malo.

"Con la intención basta." Y puso la mesa sin viandas.

El paraíso está lleno de buenos hechos, y de buenas palabras el infierno.

De buenas intenciones está el infierno lleno.

Nadie diga "De aquí no pasaré" ni "De esta agua no beberé".

Muchos cada noche van a Madrid, y en cuanto amanece, ya no quieren ir.

El hombre piensa y Dios dispensa.

Si Dios de aquí me levanta, mañana compraré una manta. Sol y día bueno, ¿qué manta o qué duelo?

La primera intención es la mejor.

Por sólo pensar no se hace mal; pero el pensar es víspera del ejecutar.

Palabras preñadas dicen mucho y parece que no dicen nada.

Hay palabras torcidas que a una parte miran y a otra tiran.

De las palabras, no el sonido, sino el gemido.

Si mata, mata; si no espanta.

El no descontado lo llevo; pero, ¿ y si con el sí me encuentro?.

A quien Dios se la de, San Pedro se la bendiga.

Las obras las juzgamos; el corazón, Dios lo sabe.

Bien sabe el fuego cuya capa quema.

Bien sabe la espina dónde se hinca.

Las palabras buenas son, mas el babear me mata que es de traidor.

Una cosa es apuntar y otra matar el gorrión.

INTERÉS

Por el interés es este mundo lo que es.

Por el interés, lo más feo bello es.

Todos van al muerto y cada uno llora su duelo.

Ahora, compañero, no buscan bondad, sino dinero.

En materia de dineros no hay amigos ni compañeros.

El cariño y el pan como hermanos, y el dinero, como gitanos.

Si quieres a unos hermanos ver reñir, echa entre ellos algo que repartir.

Bien me quieres, bien te quiero, no me toques el dinero.

Burros y hombres, en tocándoles a la bolsa, dan coces.

Vivamos larga vida con salud y dineros, que no faltarán compañeros.

Manos que no dáis, ¿qué esperáis?

Quien trae llena la espuerta, halle abierta mi puerta; quien en ella no trae nada, hállela cerrada.

Dame mi parte; que el quererte y amarte eso es aparte.

Ten que dar, y el culo te vendrán a besar.

Mucho te quiero, por el bien que de ti espero; que si no esperara, aunque el diablo te llevara.

Serás querido, hasta verte perdido, y olvidado cuando te vean arruinado.

Quien tuvo dineros, tuvo compañeros; más si los dineros perdió, sin compañeros se quedó; porque los tales compañeros no lo eran del hombre, sino de sus dineros.

Los estorninos cien visitas diarias hacen a los olivos; pero acabada la aceituna, ninguna.

Por el interés, te quiero, Andrés.

Nadie le reza a un santo sino para pedirle algo.

Por el plato te hago acato; que si plato no hubiera, de pedradas te diera.

El ruin consejero no busca tu bien, sino tu dinero.

Si quieres venir conmigo, trae contigo.

Si quieres que te cante, el dinero por delante.

IRA

Donde mora la ira con el poder, rayo es.

Ira sin fuerza no vale una mierda.

En el bueno la ira pasa presto.

Can con rabia a su dueño muerde.

A quien tiene malas pulgas, no le vayas con burlas.

De airado a loco va muy poco.

De la ira de los humildes, Dios nos libre.

Al airado, dale de lado.

Si tanto fuego tenéis, sopla, no reventéis.

En echando el fuego en el agua, luego se apaga.

Si la ira te sobrevienta, cuenta para ti hasta cincuenta, y si no ha pasado el mal movimiento, sigue contando hasta ciento, y te alegrarás del experimento.

Antes de hablar, si tienes ira, reza un avemaría.

De un hombrecillo iracundo se ríe todo el mundo.

Hombre de genio avieso, nunca comerá bocado sin hueso.

Quien de la ira se deja vencer, arrepentido se ha de ver.

Si al airado contradices, ponte la mano en las narices.

Responder al airado luego, es echar leña al fuego.

Hombre enojado no repara en dieces.

El horno cuando se inflama reventaría si no respirara.

El horno que está caliente, poca leña ha menester.

Tal hora el corazón brama, aunque la lengua calla.

Dice la ira más de lo que debía.

Más parece mujer que hombre, el que se aíra por cosas menores.

Ira de mujer, trueno y rayo es.

El discreto disimula la ira con sosiego; el necio atúfase luego.

Ira no obra justicia.

JUECES-JUICIOS-JUSTICIA

Quien padre tiene alcalde, seguro va a juicio.

Buena es la justicia si no la doblara la malicia.

¿Justo? Dios en el cielo, y en la tierra, mi casero.

Jueces necios y escribanos pillos, siempre los hubo a porrillo.

Juez cohechado, debiera ser ahorcado.

Juez muy riguroso a todos se hace odioso.

Juez sin conciencia, mala sentencia.

Juicio precipitado, casi siempre errado; pero que no sea nunca retardado.

Juez que dudando condena, merece pena.

Justicia, Dios la conserve; pero de ella nos preserve.

Juez con deudas, injustas sentencias.

Juez muy pobre a la justicia se come.

Justicia es agravio, cuando no la aplica el sabio.

No sentencies alcalde, sin oír las dos partes.

La cuaresma y la justicia, en los pobres se ejecuta.

> *No se fatiguen y penen*
> *los ricos y los señores*
> *que en los pobres que no tienen*
> *se ejecutan y sostienen*
> *las leyes y sus rigores.*
> *Reina tanto la malicia*
> *y va tan esa ruta*
> *que por dolor o estulticia*
> *la cuaresma y la justicia*
> *en los pobres se ejecuta.* (Sebastián Horozco, 1599.)

Pleito y orinal nos echan al hospital.

> *El pleito y enfermedad*
> *donde mucho tiempo duran*

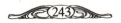

tienen esta cualidad
que sin duelo ni piedad
cuanto tenemos apura.
Así que no dijo mal
el que dijo por apuesto
que el pleito y el orinal
nos echan al hospital
porque echan todo el resto.   (Sebastián Horozco, 1599.)

Ningún discreto pleitea dos veces.

Tú que has de juzgar, oye a entrambas partes.

Si quieres juez acertar
y por sabio ser tenido,
no te debes empeñar
si no muy sin pasión dar
a cada parte un oído.
No te podrás engañar
si igualmente se reparten
y así para no errar
tú que tienes que juzgar
oye siempre a entrambas partes. (Sebastián Horozco, 1599.)

Para justicia alcanzar,
tres cosas has menester:
tenerla y hacerla entender,
y que te la quieran dar.   (Copla.)

Pleito injusto, no entables ninguno; pleito dudoso, quítele el sueño a otro; pleito claro, a poder ser, arreglarlo.

De un divieso salen siete, y de un pleito ciento.

A pleito de rico, ancho el margen y letra grande.

Mientras suena el doblón, hay apelación.

Quien tiene pierde.

El tiempo que se tarda
de Aragón volvía a Madrid
necesitado de pleitos
fáciles al comenzarlos
y el concluirlos eternos.   (Tirso de Molina.)

¿Yo pleito matrimonial
atento a que me consuma
la flaca hacienda una pluma
la paciencia un tribunal? (Hurtado de Mendoza.)

Un saco de dinero, uno de cartas y otro de paciencia, para lograr buena sentencia.

El juez derecho como la viga en el techo.

Donde hay más prudencia, debe haber más clemencia.

Quien a uno castiga a ciento avisa.

Si se ahorcase a todos los cuatreros, buen año para los cordeleros.

Cuando se afila el acero, no prospera el tintero.

La ley, como la telaraña, suelta al ratón, y a la mosca apaña.

Culpable absuelto, juez culpable.

Al juez dorarle los libros y al escribano hacerle la pluma de plata, y échese a dormir.
Libro Guzmán de Alfareche de Mateo Alemán, año 1599.

Las manitas del niño rompen la taza, y el culito que no lo rompió lo paga.

¿Qué culpa tiene la gata, si la moza es hocicona, mentecata y disparada?.

Al burro que más trabaja sólo le echan paja, y al caballo de regalo, paja y grano.

Juez piadoso hace al pueblo cruel.

A quien mal quieras, pleito le veas, y a quien más mal, pleito y orinal.

Juez muy riguroso, de todos se hace odioso.

Que con el pobre es cruel
la soberbia y la codicia,
pues nunca alcanza justicia
y que ella le alcanza a él.   (Lope de Vega. Servir a buenos.)

El más riguroso juez
no halló causa contra mí,
mirad vos si a una mujer
hermosa favor faltase
si la hubiese menester.   (Calderón. El médico de su honra.)

En la torre de Serranos
en la segunda escalera
hay un letrero que dice
"Aquí la verdad se niega."
Si acaso te preguntaran
nunca niegues la mentira,
la verdad por las espaldas
y el escribano que escriba.
Aquel que entrare en la cárcel
nunca diga la verdad,
porque a buena confesión
mala penitencia dan.   (Rodríguez Marín. Coplas carceleras.)

A buen juez, mejor testigo.

Buena y sabia es la justicia, cuando son buenos y sabios los que la administran.

Juez imparcial da lo suyo a cada cual.

Juez que de la equidad es amigo, ése quiero yo para mi litigio.

Juez de malas artes es el que no eschucha a las dos partes.

Los jueces deben tener dos orejas y ambas abiertas.

El juez de trato suave merece que se le alabe.

Juez que duda, a la benevolencia acuda.

Juez que dudando condena, merece pena.

Verdad sabida, ley cumplida.

Líbrete Dios de juez con leyes de encaje, y de enemigo escribano, y de cualquier de ellos cohechado.

De juez de poca conciencia, no esperes justa sentencia.

Justicia de mal justiciador: lo que hizo el herrero que lo pague el tejedor.

Mejor es juzgar entre dos enemigos que entre dos amigos.

Del pan y del palo, uno para el bueno y otro para el malo.

Alabar lo bueno y vituperar lo malo, justicia es que hago.

La justicia y el señor no hacen injuria ni deshonor.

Repartamos así: para ti la justicia y el favor para mí.

Justicia Dios la dé, que de los hombres nunca la esperé.

Ni gane el santo, ni pierda el santero.

La justicia no corre, pero alcanza.

Justamente condenar, y nunca indultar.

Justicia sin plata, peor que barata.

La justicia es una señora que el que ante ella canta pronto llora.

Justicia Dios la conserve, pero de ella nos preserve.

Ira, odio y prisa son mortales enemigos de la justicia.

Sálvense culpados veinte y no se condene a un inocente.

Justicia sin benignidad no es justicia, sino crueldad.

Gran justicia, gran injusticia.

Juicio contrahecho hace lo tuerto derecho.

JUEGOS

Mientras se baraja, no se pierde.

Juego de manos, juego de villanos.

A jugar y perder, pagar y callar.

Dinero al juego ganado es dinero prestado: a jugar volverás y lo pagarás.

Dinero que el naipe ha traído, hoy venido y mañana ido.

Buenas cartas a veces pierden.

Juegos y risas, ésos son mis misas; comidas y cenas, ésas son mis novenas.

Jugué con quien no sabía y me llevó cuanto tenía.

Ni mus sin jarra, ni enamorado sin guitarra.

Nadie pierde jugando lo que gana cavando.

Ni al jugador que jugar, ni al gastador que gastar, ni al avaro que guardar.

Quien juega y pierde, a jugar vuelve, y si gana, si no vuelve hoy, volverá mañana.

Naipes, mujeres, bailes y vino al más asesado quitan el tino.

Juego y paseo, sólo para recreo.

El juego ha de ser juego y no pesadumbre.

Si eres buen jugador, tanto peor.

El sesudo y el necio se descubren en el juego.

Carta en la mesa, queda presa.

A cartas vistas, no hay mal jugador.

De todo tiene la baraja: oros y copas, bastos y espadas.

Es jugador de tercera quien se dobla a la primera.

Jugar a lo cierto, vivir con concierto.

Si a tu amigo quieres concocer, hazle jugar y beber.

Siempre que se ha jugado, ha habido quien ha perdido y quien ha ganado.

Partida que se demora, se pierde.

Si siempre se ganara, no habría hombre que no jugara; pero llegado ese día, para que todos ganaran, ¿quién perdería?

Las cartas y las mujeres se van con quien quieren.

El dinero del juego tan pronto es mío como ajeno.

Jugador que gana, emplázolo para mañana.

Jugar y perder bien puede suceder.

Cuanto es uno mejor jugador, tanto peor.

Quien bien juega y perdió, mal jugó.

Perder es mucho ganar, si no has de volver a jugar.

Desgraciado en el juego, afortunado en amores.

No riño a mi hijo porque jugó, sino porque quiso desquitarse de lo que perdió.

El juego destruye más que el fuego.

Quien juega y gana, gana el infierno y pierde el alma, y quien juega y pierde, pierde el dinero y gana el infierno.

Dijo el casino al cortijo: "Si tú enriqueces al labrador, yo le arruino."

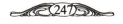

Juego y bebida, casa perdida.

Dámelo aficionado al juego, y yo te lo daré borracho y mujeriego.

Naipes, mujeres y vino, mal camino.

Ningún vicio anda solo, y el del juego se rodea de todos.

Ni santo sin estampa, ni juego sin trampa.

Los mirones se callan y dan tabaco.

El mirón, mirar; pero sin chistar.

Reniego de tahúr escaso y de puta sucia.

Si el tahur se retirara, otro gallo le cantara.

Ni al tahúr qué jugar, ni al goloso qué comer, ni al endurador qué endurar, ni al borracho qué beber.

Vista larga y rostro sereno.

Quien limpio juega, limpio vuelve a casa.

JUICIOS

Quien juzga la vida ajena, mire si la suya es buena.

Con la medida que midieres serás medido.

Juzgando la pieza por la muestra, se acierta a veces y a veces se yerra.

Más fácil es de la obra juzgar que en ella trabajar.

Mal piensa el que piensa que otro no piensa.

Juzga al hombre por sus acciones, y no por sus doblones.

Ver mal y pensar bien no puede ser.

Cada uno juzga por su corazón el ajeno.

Mal pensará de ti quien no piensa bien de sí.

Mal piensa quien no es bueno.

Para el que nunca se lava, todos son puercos.

Piensa el ladrón que todos son de su condición.

De juicios no me curo, cuando mis obras me hacen seguro.

Nadie es buen juez en causa propia.

Antes que a uno trates, ni le vituperes ni le alabes.

Ninguno sea loado hasta después de enterrado.

La alabanza en vida es comprometida; cuando la vida se acaba, entonces vitupera o alaba.

Hasta el fin de la historia, nadie cante victoria.

No hablemos de los perros hasta salir del cortijo.

No es sabio el que mucho sabe, sino el que sabe salvarse.

Quien aprisa juzgó, despacio se arrepintió.

Quien forma juicios de pronto, es hombre alocado o tonto.

Ni absuelvas ni condenes, si cabal noticia no tienes.

Al fin se canta la gloria.

No cantes gloria hasta el final de la victoria.

Mal juzga el ciego de colores.

Mal juzga del arte el que en él no tiene parte.

LABORIOSIDAD

Hilaba y devanaba y vendía vino, y daba la teta al niño.

Mientras la cigarra canta, la hormiga acarrea y guarda.

No falta jamás piedra a la buena lavandera.

Cuando pudieres trabajar, no lo dejes, aunque no te den lo que mereces.

No hay mejor andar que no parar.

Nunca es tarde para bien hacer; haz hoy lo que no hiciste ayer.

Haz buena labor y confía en la bondad de Dios.

Quien nada tiene que hacer, coja una escoba y empiece a barrer.

Obrar mucho, hablar poco y favorecer a todos.

Hasta que se ponga el sol, ni pan al perro ni agua al pastor.

Tarea concluida, otra emprendida.

Más vale plebeyo laborioso que caballerete ocioso.

Contra todo vicio, buen ejercicio.

Perro que anda, con hueso tropieza.

Dios de comer da al que gana para almorzar.

Trabajador diligente gana para comer caliente.

Haciendo y vendiendo, irás subiendo.

Hombre trabajador y mujer buena, de casa vacía hace llena.

Hoy cierno, y mañana, pan tierno.

Hacienda hecha no estorba.

La moza garrida, la casa barrida, la mesa puesta y la sal molida.

Piedra movediza, no la cubre el moho.

La mujer hacendosa honor es de su marido.

Jabón y buenas manos sacan limpios paños.

Manos que laboran enjugan ojos que lloran.

El mucho trabajo dura poco y el poco dura mucho.

LABRADOR-GANADERO

Labrador astuto no labra la tierra que no da fruto.

Labrador de capa negra poco medra.

El novillo no domado rehúsa el arado.

El pollo del aldeano, si es regalado, cuesta más que un marrano.

El pollo del aldeano, diez años después de comido está piando.

Si el labrador no esperara, no sembrara.

El caudal de la labranza, siempre rico de esperanza.

Así te quiero, labrador y ganadero.

Labrador y ganadero, labrador por entero.

Ten ovejas, aunque no tengas orejas.

Déte Dios redil y establo, y ovejas y vacas para llenarlo.

A la puerta del mal, labrador nunca buen muladar.

El agua es oro y la boñiga tesoro.

A toda ley, boñiga de buey.

Boñiga hace espiga.

Estercola y escarda, y cogerás buena parva.

El estiércol no es santo, pero donde cae hace milagros.

Labrador que vende el pajar no sabe labrar.

El que vende su trigo en era, su aceite en molino y su vino en mosto, su ganancia da a otro.

Suda el labrador para el acaparador.

Si quieres perder dinero, métete a ganadero.

El buen pastor esquila las ovejas, pero no las despelleja.

El pastor descuidado mala cuenta da del ganado.

Noventa y nueve borregos y un pastor hacen cien cabezas.

Riñen los cabreros y se descubren lo de los quesos.

La vaca cuanto más se ordeña, más larga tiene la teta.

Labrador perezoso, pobre menesteroso.

Labrador y ganadero, facilmente van al cielo; escribano y mercader, en el infierno han de arder.

A labrador torpe (tonto), patatas gordas.
Dicho de la Moraña, gran zona agrícola de mi provinicia, Ávila.

El tejero y el labrador no viven a un son: uno quiere calor y sol, y el labrador humedad.

Labrador ara y ora, y espera tranquilo tu última hora.

La gloria mayor, un buen año al labrador.

Quien tiene cortijo a renta, simiente prestada y en alquiler los bueyes, quiere lo que Dios no quiere.

El labrador siempre está llorando, por duro o por blando.

Mejor sierve a España un buen gañán arando, que un mal político discurseando.

Señorito agricultor, ni señorito, ni labrador.

El hortelano, ni llega a viejo ni vive sano.

El buen segador no le teme al sol.

¿Labrador de levita? ¡Quita, quita!

Labrador que estime su fama, no le salga el sol estando en la cama.

Al labrador descuidado, los ratones le comen lo sembrado.

Labrador y cazador, conejos en la despensa y hambre en el comedor.

Más vale ser buen labrador que mal estudiantón.

Más vale dos buenos aradores que veinte malos oradores.

Labrador y ganadero, fácilmente van al cielo; escribano y mercader, en el infierno han de arder.

El buen labrador, más ha de ser vendedor que comprador.

Al segador, calor, aguardiente y vino puro, y el aire que le dé en el culo.

No hay mala yunta cuando un buen gañán se le junta.

Si el labrador contara, no sembrara.

Si el labrador pensase en la sequía, no labraría.

El caudal de la labranza, siempre rico de esperanza.

Más vale ser rico labrador que marqués pobretón.

LACTANCIA

Mujer que cría, ni harta, ni limpia, ni bien dormida.

Hijo descalostrado, medio criado.

Ese niño me alaba, que duerme y mama.

Cada chupetón (mametón) de teta es un arrugón de jeta.

Criatura de un año saca la leche del calcaño.

Quien no cría, siempre pía.

Más que del vientre, la inclinación del niño viene de la leche.

A quien mamando hermanece, presto le quitan la leche.

Para destetar al potro, mamar la yegua.

Más quiero al niño mamoso que hermoso.

Mujer que dos veces cría, pelada tendrá la barriga.

Paridora y no criadora, no debiera ser paridora.

Madre que no amamanta, ni se muere ni atraganta.

Quien lo parió, que lo críe, y el padre, de otra no fíe.

Al mucho parir y nada criar, un nombre feo se le puede dar.

Parir y no criar, rastrillar y dar a hilar.

La puerca de mi vecina, aunque pare muchos, los menos cría.

Madre, la que lo pare, y más madre todavía, la que lo pare y lo cría.

La mujer que solamente pare no es más que media madre, y la otra media, la que da al niño la teta.

La madre que a su hijo cría es entera madre, y media la que solamente lo pare.

Más vale huelgo de madre que leche de ama.

La hija de la Rollona, que hacía cien años que mamaba.

Criar y desmedrar, todo es a la par.

La mujer que cría debe comer por dos.

La leche sale del mueso, no del hueso.

Si pare y no cría, no es madre, María.

LADRONES

Ladrón que hurta un doblón, merece ir a presidio por tonto, y no por ladrón.

Para los ladroncillos se hicieron cárceles y presidios; para los grandes ladrones siempre se encuentran perdones.

El ladrón en la horca y el santo en el altar, para bien estar.

Ladrones roban millones y son grandes señorones.

"¡A la paz de Dios!" Y lo decía un ladrón, ya lleno el zurrón.

Por puerta abierta no entran ladrones.

Si no hubiera compradores, no habría ladrones.

No hay quien se pueda guardar del ladrón del hogar.

Quien hurta al ladrón, ganada tiene la absolución.

Ladrones y encubridores, a cuál más peores.

Hombre ratero, ni me quiera ni lo quiero.

El ladrón y el asesino se encuentran en su camino.

El ladrón conoce al ladrón como el lobo al lobo.

Si se ahorcase a todos los cuatreros, ¡qué buen año para los cordeleros!.

El ladrón siempre es cobarde.

En el rico mesón, no falta ladrón.

Los peores ladrones no roban con trabucos, sino con levitones.

Entre el ladrón de levita, el marsellés, menos dañino éste es.

Ladrón que roba poco, es tonto o loco.

La abundancia hace señores; la carestía, ladrones.

Amantes y ladrones gustan de la sombra y los rincones.

La buena capa encubre al ladrón.

El hijo del ladrón no roba, porque su padre ya robó; que si su padre no robara, él a maravilla lo practicara.

Al ladrón y al que se ahoga, soga.

LEALTAD

Hay hombres tales que son traidores y parecen leales.

Más vale amenaza de necio, que abrazo de traidor.

El perro del ventero ladra a los de fuera y muerde a los de dentro.

Doce fueron los que Cristo escogió, y uno lo vendió, otro le negó y otro no le creyó, y el resto se escondió.

Por ser leal padezco mal.

Quien en ti se fía, no le engañes.

Por ser leal padezco mal.

Pocas veces son fieles los que de dádivas se sostienen.

Al hombre fiel todos le quieren bien.

Ser leal y amar sin arte no se ve en todas partes.

Del traidor harás leal, con buen hablar.

Si el grande fuese valiente, y el pequeño paciente, y el bermejo (pelirrojo) leal, todo el mundo sería igual.

En las obras y lealtad se conoce la amistad.

El corazón no miente a ninguno.

El cerebro es embustero; el corazón, verdadero.

A toda ley, mozo manso y fiel, y si fuere callado, dale al diablo.

Quien tiene criado fiel, nunca se deshaga de él.

Dinero, seso y lealtad, es menos de la mitad.

Quien da bien por bien y mal por mal es hombre leal.

Amigo leal y franco, mirlo blanco.

Amistad leal y franca, mosca blanca.

En las obras y lealtad, se conoce la amistad.

El amigo leal, más que en el bien te acompaña en el mal.

Allí hay verdadera amistad donde hay dos cuerpos y una voluntad.

El buen amigo es mitad del alma de su amigo.

Amigo leal, castillo real.

LEYES

Muchas leyes, malos reyes.

Allá van leyes, donde quieren los reyes.

Hombre de buena ley tiene palabra de rey.

Lo que es igual para todos no es ventajoso para ninguno.

Por encima del rey está la ley.

El que ley establece, guardarla debe.

Una cosa está más alta que el rey: la ley.

Líbrete Dios de juez con leyes de encaje, de enemigo escribano, y de cualquiera de ellos cohechado.

Nunca te veas en juicio, juzgado por tu enemigo.

En pleito claro no es menester letrado.

Más vale mala avenencia que buena sentencia.

Más vale mal concierto que buen pleito.

Dos cosas valen más que un rey: el pueblo y la ley.
Como ejemplo podríamos poner el juramento del pueblo de Aragón que hacía a la corona:
"Nos, que valemos tanto como vos, y todos juntos más que vos, juramos."...
Esto lo leí de pequeño en un libro y que nunca más lo he vuelto a ver escrito.

Donde hay fuerza derecho se pierde.

Hecha la ley, inventada la malicia.

Lo que quiere la grey, eso es ley.

Cuando el criminal es suelto, el juez debía ser preso.

Perdones hace ladrones.

La ley, como la telaraña, suelta el ratón y la mosca apaña.

Quien la ley establece, guardarla debe.

Cualquier ley postrera quita la fuerza a la primera.

Reglas, pocas y buenas.

Mala es la ley, pero es ley.

Quien te lo dio atado, pudo dártelo desatado.

Fuero malo y chico jarro, quebrarlo.

LIBROS-LECTURAS

Los libros de lujo, libros sin uso.

Libro cerrado no saca letrado.

Libro en el estante y guitarra en el rincón no hacen ningún son.

Leer y comer, despacio se ha de hacer.

Después de comer ni un sobre escrito leer.
Hace ya tiempo en desuso, pero que oíamos de pequeños.

Librería muy arreglada, librería poco usada.

Los libros hacen muchos sabios, pero pocos ricos.

Lo que en los libros no está, la vida te enseñará.

Al papel y a la mujer, hasta el culo la has de ver.
Lo primero si se deja, lo segundo a veces.

Pared blanca, papel de necios.
Para los que escriben en ella.

De los libros se recogen las flores y los frutos mejores.

Los libros son maestros que no riñen, y amigos que no piden.

Ni el libro cerrado da sabiduría, ni el título por sí solo da maestría.

Libro prestado, o perdido o estropeado.

Con pocos libros, y esos prestados, se hicieron doctos mitrados; con muchos libros y propios, otros no pasan de no ser bolos.

Ni todos los que tienen libros son lectores, ni todos lo que tienen escopeta, cazadores.

Más vale un libro que un amigo: el amigo podrá engañarte; el libro sabrá desengañarte.

Un libro y un amigo: el amigo para tí, y el libro para mí.

¿Quejaste de que te abandonaron tus amigos? Compra libros: ellos te consolarán, te instruirán, nada te pedirán y no se te irán.

Los libros reprenden sin empacho.

Si libros y plantas tienes, ¿qué más quieres?

Con los libros que escribieron, nos abren los ojos los que murieron.

Con sus libros, los muertos abren los ojos a los vivos.

Cuando viajes, lleva un par de libros buenos en tu equipaje.

En su estante metido, el libro está dormido; pero en buenas manos abierto, ¡qué despierto!

Mientras no es preguntado, el libro está callado.

Libro cerrado, aletargado; libro abierto, muy despierto.

Ni el libro cerrado da sabiduría, ni el título por sí solo da maestría.

Por los libros suben los hombres de porqueros a obispos.

Libros, caminos y días dan sabiduría.

Los libros te enseñarán y no te avergonzarán.

Los libros, ¡cuánto enseñan!, pero el oro, ¡cuánto alegra!

Si a tu vecino quieres conocer, averigua qué libros suele leer.

Mucho más trabajo cuesta hacer un libro que hacer diez hijos.

Los libros del marido, por la mujer son aborrecidos.

El buen libro, de las penas es alivio.

Un buen libro y un entendido lector, tal para cual son los dos.

Quien un buen libro tiene al lado, no está solo, sino bien acompañado.

Libro que pensar no hace, no me place.

Libros y sujetos, por malos que sean, tienen algo bueno.

El libro bueno de flores y frutos está lleno; el malo es manjar emponzoñado.

Es más fácil quedarse con un libro que con su contenido.

Más mío es que tuyo el libro que me prestaste: yo lo leí, tú ni lo hojeaste.

Dice el buen libro en el estante: "Este hombre que aquí me tiene, ¿cómo a buscarme no viene?"

¿Para qué tanta librería quien tiene la sesera vacía?

Tonto con libros, tonto y medio.

LIMOSNAS

Da gracias a Dios cien veces, porque te dió para que dieres.

Da a los ricos de lo suyo, y a los pobres, de lo tuyo.

Da a los pobres la mitad de lo que te sobre; a ellos los mantienes y tú no quedas pobre.

A quien tiene caridad, nunca le falta que dar.

Cuando la limosna es muy grande, hasta el santo desconfía.

Cuando tuve poco, di poco; rico luego me vi, y ya nada di; todo lo quise para mí.

El buen limosnero no es pregonero.

Dar limosna con tambor no agrada a Nuestro Señor.

Dar limosna no empobrece, y para el cielo enriquece.

Lo que tiras, lo coge el diablo; lo que das, Dios te lo tiene guardado.

A Dios presta quien da al pobre.

Limosna que dáis, a Dios la prestáis: a Dios Nuestro Señor, que es el mejor pagador.

Santo que no milagrea, a oscuras se "quea".

Da limosna, oye misa, y lo demás tómalo a risa.

A los pobres robas, si entre ellos no repartes de tus sobras.

Bienes bien repartidos, muchos son los socorridos.

Quien lo que tiene da, no está obligado a más.

No da quien puede, sino quien puede y quiere.

Para que de Dios sea bien recibida, no des limosna a campana herida.

Lo que a los pobres se da, en mejor moneda se cobrará.

Socorrer al pordiosero es prestar a Dios dinero.

Dádiva de lo mal ganado, no la recibe Dios con agrado.

Esta fiesta la hace un devoto con dinero de otro.

A tu Dios y Señor, lo mejor de lo mejor.

Robar para dar a Dios es pésima religión.

LUJURIA

La sangre sin fuego hierve.

Cuando al mozo le nace el bozo, y a la moza le llega a la cintura el pelo, ya están a punto de caramelo.

Cuando al mozo le nace el bozo, y a la moza las tetas, cascaretas.

Cuando brota la higuera, requiere a tu compañera, y si no te quiere escuchar, espera a que brote el moral.

De la cinta abajo, toda vieja tiene veinte años.

Aunque la moza sea tosca, bien va allá la mosca.

Quien no tiene mujer hermosa, bésala tiñosa.

En viendo belleza, todo hombre tropieza.

De cintura para arriba, todos somos buenos; de cintura para abajo, los menos.

De la cinta abajo, todos pecamos, ahora o antaño.

Si en el sexto no hay remisoria, ¿quién es el guapo que va a la gloria?.

Una es escaseza; dos, gentileza; tres, valentía; cuatro, bellaquería. Aunque muchos sí querrían.

Una y ninguna, todo es una; una y dos, lo manda Dios; una, dos, y tres, de valiente es; una, dos, tres y cuatro, ya no es de valiente, sino de bellaco.

A los treinta doncellez, rara vez.

¿Doncella? Sábelo Dios y ella.

Si es doncella o no es doncella, yo no juraré por ella.

Si en el sexto no hay perdón, y en el séptimo rebaja, ya puede Dios Nuestro Señor llenar el cielo de paja.

Más tira coño que soga.

> *Cuando piensa que está ausente*
> *la señora del galán*
> *ella es mucho más potente*
> *que si fuera piedra imán.*
> *Hace venir de rondón*
> *el amor de quien que froga*
> *y aún dicen con razón*
> *que donde reina afición*
> *más tira coño que soga.*   (Sebastián Horozo, 1599.)

Los enamorados son como el fuego, que guisa lo que no come.

Entre mozo y moza crecedera, una vidriera, y para más seguro, un muro.

El pajar viejo enciéndese presto.

Debajo de la ceniza yace la brasa encendida.

Mujer muy carnal, harta nunca jamás.

Más tira moza que soga.

Quien a putas se da, mucho no vivirá.

Andaos a eso y os quedaréis en los huesos.

Gordo eras, pero entre Venus y Baco te han puesto flaco.

Quien a putas lo que tiene da, en tal parará.

Caro has comprado lo que de balde es dado.

Dos volverse tres, fácil es.

Dale al diablo lo que es suyo: lujuria, envidia y orgullo.

Venus y Baco andan juntos y van borrachos.

Vicio, padre de fornicio.

Comer poco y beber menos a lujuria ponen freno.

Sin el Baco y la Ceres, no me acuerdo de las mujeres.

Sin pan y vino, la Venus pierde sus bríos.

Deja a Venus por un mes, y ella te dejará por tres.

Hombre vinoso, poco lujurioso.

Guiso de caracoles a lo carnal dispone.

Mujer vinosa, mujer lujuriosa.

Mujer vellosa, o rica o lujuriosa.

La carne ociosa siempre es lujuriosa.

Pobre orgulloso, joven perezoso y viejo lujurioso, para Dios odiosos.

En echando el fuego en el agua, luego se apaga.

El joven libidinoso se hace viejo pronto.

Fui a donde no debí, y ¡cómo salí!

Entre santa y santo, pared de cal y canto.

MADRES-MADRASTRAS

¿Cuál de tus hijos quieres? El menor mientras crece y el enfermo mientras adolece.

A quien tiene madre no hay que llorarle.

Azotes de madre, ni quiebran costillas, ni hacen cardenales.

La madre no dice al hijo ¿quieres?, sino toma.

Muerte del padre casa no se deshace, pero sí muerte de la madre.

Lo que se aprende con la leche en los labios, no se olvida con los años.

Lo que se aprende en la niñez, dura hasta la vejez.

Lo que en la leche se mama, en la mortaja se derrama.

Padre no tuviste, madre no temiste, mal hijo saliste.

A la hija muda su madre la entiende.

De madres disolutas, hijas putas.

Madre hacendosa hace hija perezosa.

Madre holgazana saca hija cortesana.

Más vale sudor de madre que leche de ama.

El parir hermosece y el criar envejece.

A nadie le huelen mal su pedos ni sus hijos le parecen feos.

¿Quién te enseñó a remendar? Los muchos hijos y el poco pan.

Un mal marido es a veces un buen padre, pero una mala esposa nunca es buena madre.

Madre boba tuviste, si al mes no te reíste.

Madre muerta, casa deshecha.

Más vale aliento de madre que leche de ama.

Hijo sin dolor, madre sin amor.

Madrastra, aun de azúcar amarga.

Madrastra, ni de cera ni de pasta; suegra, ni de pasta, ni de cera.

Madrastra, con el nombre basta.

La madre de buen aliño hilaba y devanaba, vendía el vino y daba la teta al niño.

Madre que no cría, no es madre; es tía.

La madre y el delantal tapan mucho mal.

¿Dónde tiene mi niño lo feo, que no lo veo?

La loba parida, todo lo que roba, lo lleva a su guarida.

Mujer discreta, madre perfecta.

Madre que no amamanta, ni se muere, ni atraganta.

Mala madre me diera Dios, y buena madrastra no.

La mujer que es madre, no es mujer, sino ángel.

"Cuando vos nacistéis, no dormía yo", dice la madre al hijo que parió.

Caudal inagotable, el cariño de una madre.

El padre para castigar, y la madre para tapar.

Beso que se da al niño, la madre lo recibe en el carrillo.

Azote de madre ni rompe hueso ni saca sangre.

Madre que apalea, que madre no sea.

Madre vieja y camisa rota no es deshonra.

Las madres y las tejas, mejores cuanto más viejas.

¿Quieres ganar a la madre? Cómprale al hijo un hojaldre.

La hija paridera y la madre cobertera.

La coz de la yegua no mata a la potranca.

Besando al niño, a su madre le hacen un cariño.

La amante ama un día; la madre, toda la vida.

El amor más desciende que asciende.

MAL-MALDAD

Alcahuetes y tunos, todos son unos.

Haz bien y no cates a quien; haz mal y guárdate.

Más cuesta mal hacer que bien hacer.

El mal del cornudo él no lo sabe y sábelo todo el mundo.

El malo siempre piensa ser engañado.

No hay mayor mal que el descontento de cada cual.

De mala masa, con un bollo basta.

Del monte sale quien el monte quema.

El mal crece y permanece, más el bien presto fenece.

A quien mucho mal es ducho, poco bien se le hace mucho.

Mal por mal, el más chico tomarás.

Mal por mal, más vale ir a la taberna que al hospital.

Con el malo, el remedio es que pongas tierra por medio.

Cuando el pecho está lleno de hiel, no puede la boca escupir miel.

Del mal que el lobo hace, al cuervo aplace.

El malo será bueno cuando las ranas tengan pelo.

Juntando los bienes con los males, resultan todos los años iguales.

Mal ajeno no cura mi duelo.

Mal ajeno no me causa desvelo.

Más daño hacen amigos necios que enemigos descubiertos.

Más vale ser el peor de los buenos que el mejor de los malos.

No hay cosa tan mala que para algo no sea buena.

Una de las formas de hacer mal es no hacer bien; pues por omisión se peca también.

Bendito sea el mal, que con dormir se quita.
Borrachera y cansancio.

Mal que sana durmiendo, no lo entiendo; ya lo entiendo, que se hizo bebiendo.

Mal va la corte, donde el viejo no tose.

Cosa fea, ni se haga ni se aprenda.

Al que te quiere mal, cómele el pan, y al que te quiere bien también.

No hagas lo que no debes, y no deberás lo que hagas.

¡Líbrenos Dios, cuando se junta poder y mala voluntad!

Quien mal busca, presto lo halla.

Quien a los animales hace daño, es hombre de mal redaño.

Quien mal le parece lo malo, tal vea por su casa.

Como costal de carbonero, malo por fuera, peor por dentro.

El hombre que siembre abrojos, mire dónde pone el pie.

Mal es acabarse el bien.

No hay mal bueno.

De un gran mal siempre queda la señal.

El mal sea para quien lo desea.

El mal que se recuerda duele menos que el que se espera.

Lo malo viene volando, y lo bueno, cojeando.

Quien mal busca, presto lo halla.

Mal que solo venga, por ventura se tenga.

El mal con provecho es bueno.

Mejor es que venga la Justicia que no la parroquia.

Más vale mal andar que cojo quedar.

De dos bienes, el mayor; de dos males, el menor.

Menos es meado que cagado.

Más vale con mal asno contender, que la leña a cuestas traer.

Del agua vertida, la que pueda ser recogida.

A quien todo te lo puede quitar, lo que te pida le has de dar.

Más vale mearse de gusto que mearse de susto.

Lo que sirve para bueno, sirve para malo; pero no lo contrario.

Mozo malo, más vale enfermo que sano.

Mala hierba nunca muere.

En lo malo, lo mejor es lo peor.

No sólo es malo ser malo, sino también aparentarlo.

No hagas mal ni bien sin saber cómo y a quién.

Libertad pide el malo, y el bueno, justicia.

Otro vendrá que bueno me hará.

Todos somos hijos de Adán y Eva, y tenemos lo malo de él y de ella.

Pues que no duermo, todos tengan mal sueño.

Quien desea mal a su vecino, el suyo viene de camino.

A manchas de corazón, no basta ningún jabón.

El malo, ni con el pan ni con el palo.

Cuando el bueno se hace malo, no hay nadie más malo.

Con el malo no hay remedio, sino poner tierra en medio.

Quien a muchos es odioso, de muchos es temeroso.

Haz al malo mal y no te irá mal.

Del amor perjudicial, poco bien y mucho mal.

No hay bien ni mal que cien años dure.

Males y bienes término tienen.

Más vale perder las ventanas que la casa.

Ni bien sin mal, ni daño sin provecho.

De todo mal y de todo bien es compendio la mujer.

De la mujer, mucho bueno has de esperar y mucho malo has de temer.

Bienes y males, en que pasan son iguales.

Sarna con gusto no pica, pero mortifica.

MALDICIONES

Maldiciones de burro nunca llegan al cielo.

Maldiciones de puta vieja, oraciones son de salud.

Maldito sea el caballo que no relincha en viendo a la yegua.

Mal haya la barriga que del pan comido se olvida.

Lo que yo digo, dices tú: de mi culo mames tú.

Tres higas hay en Roma: Una para el que está en la mesa y espera que le digan que coma; otra para el que tiene la moza en la cama y no la toma, y otra para quien le dan y no toma, y otra con ella para el que cabalga sin espuelas.

También dicen:

Una higa hay en Roma para el que le dan y no toma, y otra para el que está en la mesa y espera que le digan que coma; y otra para el que tiene la moza al lado y quiere ser rogado.

Cuando echan maldiciones las putas viejas, Dios se tapa las orejas.

Amores, dolores y ganas de cagar, muchas agujetas y lejos del corral.

Gordo y pobre te ven, para que tengas hambre y no te lo crean.

Lunes, con mierda te desayunes; martes, de mierda te hartes.

Las maldiciones son como las procesiones: por donde salen entran.

Mal fin tenga el que tiene; que el que no tiene mal fin tiene.

Dime una oración: la oración de presto ciegues, el lunes te descalabres y el martes te perniquiebres.

Lo que se desea, gozado nunca lo vea.

Cual sois vos, tal os ayude Dios.

Quien mal me quiera, llaga en la lengua.

A quien mal me hace, rayo que le despedace.

Tal te veas entre enemigos, como pájaro entre niños.

Válgate el diablo por no maldecirte.

MANDAR-OBEDECER

Cada gallo canta en su gallinero, y el que es bueno en el suyo y el ajeno.

A quien dieres pan, puedes mandar; a quien no, sólo rogar.

Quien manda no ruega.

Quien manda, manda, y en disputas no se anda.

Mande el que pueda y obedezca el que deba.

Dios nos libre de un bruto con poder.

Cuando los que mandan pierden la vergüenza, los que obedecen pierden el respeto.

Quien rige y manda, si no se aconseja, se desmanda.

Mal mandará a otro quien a sí no sabe mandar.

Orden, contraorden, desorden.

Si quieres verte obedecer, manda poco y bien.

Donde todos mandan, nadie obedece.

¡Qué pujos y qué arremangos, el que tiene la sartén por el mango!

No hay hombre tan manso que quiera ser mandado.

Quien sabe obedecer sabrá mandar.

Obediencia es noble ciencia.

A falta de ciencia, ten obediencia.

El mandado no es culpado.

Muchos a mandar y pocos a obedecer, ¿qué ha de suceder?.

En cada corral, un solo gallo, y en cada casa, un solo amo.

Donde hay patrón no manda marinero.

Quien manda, manda, y cartuchos al cañón.

Manda quien puede, pero no quien debe.

Donde muchos mandan, ninguno obedece y todo perece.

Regente sin saber mal regidor puede ser.

No te hagas mandador donde no seas señor.

El mando engorda.

MARIDOS

Mi marido es tamborilero, Dios me lo dio, y así me lo quedo.

Quien no tiene marido, consigo misma se acuesta.

Crece el huevo bien batido, como la mujer de buen marido.

Mujer de buen marido siempre parece soltera.

La que mal marido tiene en el tocado se le parece.

La que mal marida nunca le falta qué diga.

La que tiene marido bueno no tiene seguro el cielo.

Marido, busca otra renta, que cuesta muy cara la cornamenta.

Marido, si no queréis algo me levanto; si no queréis algo, marido, me visto. Mujer, no seáis pesada; levantaos, que no quiero nada.

Ved, marido, si queréis algo, que me quiero levantar. Mujer, no seáis tan pesada, que no quiero nada.

A la que mandar, más que su marido se empeña; ¡leña!

> *A toda mujer que quiera*
> *mandar más que su marido,*
> *Santo Cristo del Garrote,*
> *¡leña del Verbo Divino!*   (Copla)
>
> *Dotes que maridos compran*
> *les obligan como esclavos*
> *a indignidades de honor,*
> *por ser maridos comprados.*   (Tirso de Molina.)

Quien marido cobra, asno compra.

Del yerno de mi suegro su hija ignora lo más bueno.

Quien no tiene marido no tiene amigo.

El buen marido hace buena mujer.

Placer en puerta ajena, y purgatorio en casa.

Mi marido no juega a los dados, mas hace otro malos recaudos.

Mi marido tiene una potra, y ésta es otra.

Con larga cuerda no hay mujer cuerda.

Quien mal marido tiene nunca se le muere.

Aunque con tu mujer tengas barajas, no metas en tu casa pajas.

MATRIMONIO

De buenas armas es armado quien con buena mujer es casado.

Buenas bodas y buenos magistrados, del cielo son dados.

El tocino hace la olla, el hombre la plaza y la mujer la casa.

A la mal casada, déla Dios placer, que la bien casada no lo ha menester.

Dos que duermen en el mismo colchón bailan al cabo al mismo son.

Por ruin que sea el marido, es mejor que el buen amigo.

La mujer de buen marido, en la cara lo lleva entendido.

Al que yo quiera, la mujer se le muera, la mala, que no la buena.

Lo que el lobo hace a la loba le place.

Uso del matrimonio

Cuando mucho arde el sol, ni mujer, ni col, ni caracol.

Junio, julio y agosto, ni mujeres, ni coles, ni mosto.

En los meses que no tienen erre, no te arrimes a las mujeres

La mujer y el empedrado quieren ser muy usados.

A la preñada se le ha de dar hasta que para, y a la parida cada día, y a la que no pare, hasta hacerla concebir, para que vuelva a parir.

Casado delgado y fraile tripón, ambos cumplen con su obligación.

La mujer, el caballo y el melón no admiten término medio.

Sin pan y sin vino no anda Venus camino.

Todo quiere uso, y más mujer, noria y huso.

Sin Baco y sin Ceres, no me acuerdo de las mujeres.

Dieta y mangueta y siete nudos a la braraueta.

Cuando el asno puede, la burra no quiere.

Mujer, guitarra y molino necesitan uso continuo.

Conyugales desazones arreglan los colchones.

A más no poder, acuéstase Pedro con su mujer.

Administración del matrimonio

Mujer de dos hogazas y marido de dos migajas.

Cuando la mujer compra, el marido vende.

La que rastrilla y da a hilar, es como la que pare y da a criar.

Antes de casar, tener casa en que morar, tierras que labrar y viñas en que podar.

En cuentas de casados, riñas de enamorados, carta de monja y amistad de baile, no fíe nadie.

La que no tiene doncella, sírvase ella, y la que no tiene moza, barra la casa y ponga la olla.

Matrimonio por dinero

A la fea el caudal de su padre la hermosea.

Casóse la gibosa, y esperando se quedó la hermosa.

A tu mujer por lo que valga, y no por lo que traiga.

Cásate por interés y te lo diré después.

Por buey ni por vaca, no tomes mujer mañaca: morirse ha el buey y la vaca, y vivirse ha la mañaca.

Quien se casa por interés, de su mujer criado es.

Más valen berzas con amor que pollos con rencor.

Por casa y por viña, no tomes mujer parida.

Rica con rico, borrica con borrico.

No pesques con anzuelo de oro, ni cabalgues en nuevo potro, ni tu mujer alabes a otro.

Los que se hubiesen de casar, ellos han de tener que comer y ellos han de traer de cenar.

Casarse con viejo

Viejo que con moza casó, o vive cabrito, o muere cabrón.

Al tomar mujer un viejo, o tocan a muerto, o a cuerno.

Catarro, casamiento, cagalera y caída son cuatro cosas que quitan al viejo la vida.

¿Qué haces viejo recién casado? Huérfanos hago.

Para mozo, moza hermosa y que quemen a la vieja ranciosa; para moza, mozo gracioso, y que reviente el viejo enojoso.

De los cuarenta para arriba, ni te cases, ni te embarques, ni te mojes la barriga.

El que a la vejez se casa, él dirá como lo pasa.

Quien tarde casa, mal se casa.

Mandar la esposa

De mancebo, león; de casado, cagón.

A la que mandar más que el marido se empeña, ¡leña!.

En gustándole a Justa, a mí me gusta.

En casa del mezquino, más manda la mujer que el marido.

Si la mar se casara, no fuera tan brava.

En casa de mi mujer, él es ella y ella es él.

Mal anda la casa donde la rueca manda a la espada.

Escobar a la puerta y bragas al humero.

Si es la mujer la que manda
la cosa tiene bemoles,
es porque el hombre no tiene
bien puestos los... pantalones. (Copla del tío "Peloteras",
perteneciente a la partida de Luis Candelas.)

Condiciones de la buena esposa

En el marido prudencia y en la mujer paciencia.

La bien acostumbrada es bien dotada.

A la mujer casada y casta, el marido sólo le basta.

El hombre león, y la mujer camaleón.

Que te ame y respete tu mujer, difícil ha de ser; pero si lo consigues, por poco que vivas, mucho vives.

La casta matrona, obedeciendo manda.

La mujer discreta edifica su casa.

De cien puertas lo quitarás y a la tuya arrimarás.

Piedra rodadora no es buena para cimiento, ni mujer que mucho ama lo es para el casamiento.

No hay bien casada, que no lo sea a su costa.

No hay mujer tan buena como la ajena.

Matrimonios mal avenidos

El matrimonio y el vinagre se casaron, pero no se juntaron.

Echan al hombre de casa,
te lo puedo asegurar,
la mujer sucia y gruñona
y el casero... al no pagar.
Si tu marido te pega
no te debes enfadar,
te pega porque te quiere,
porque te quiere pegar.   (Coplas del tío "Peloteras", perteneciente a la partida de Luis Candelas.)

Cuando comía, todo mi mujer me lo escondía, y ahora que no puedo comer, todo me lo deja ver.

Quien mal casa, siempre llora.

La mujer de los buenos hechos comióse la carne y dejóme los huesos.

Pensé que no tenía marido, y comime la olla y bebime el vino.

Mi marido es tonto y yo vivaracha: cuando yo salto él se agacha.

La mujer que es mal casada, trato tiene con la cuñada.

Quien mal casó, tarde enviudó.

La que de comer con su marido rehúsa, no está en ayunas.

Una olla y una vara, el gobierno de una casa.

Si quieres pasar un mes bueno, mata un puerco; si buen año, toma estado; si vida envidiable, métete fraile.

Entre casados, luego rehacen las amistades acostados.

La mujer cazurra, a su marido echa la culpa de todo lo desagradable que ocurra.

Ahí te entrego a esa mujer, trátala como mula de alquiler.

Unos casados, otros solteros y nadie contentos.

La vida del matrimonio, con la salve la comparo: primero pidiendo dulzura, después gimiendo y llorando.

A quien te diga que de haberse casado no se arrepiente, dile que miente.

Detractores del matrimonio

De ningún casado he sabido que al mes no estuviera arrepentido.

Tan ciego me vi, que dije "sí"; si "no" dijera, libre me viera.

Quien tiene huerta, viña y mujer nunca le falta que hacer.

Si tocaran a descasarse, ¡cuántos se ahogarían en la bulla!, pero mujeres casi ninguna.

Casado por amores, casado con dolores.

Matrimonio por amores trae muchos sinsabores.

Casamiento sin cordura, perpetua amargura.

La mujer, si es hermosa, te la pegará; si es fea, te cansará; si pobre, te arruinará, y si es rica, te gobernará.

Quien se casa se empeña, y quien se empeña se casa.

Quien casa por amores, malos días y buenas noches.

Quien en casarse acierta, nada yerra.

El que no tiene mujer, bien la castiga, y el que no tiene hijos, bien los cría.

Si todo fuera como el primer día, todo el mundo se casaría.

No hay boda sin tornaboda.

Dichos sobre el matrimonio

A la mujer que está encinta, se le conoce por la pinta.

Casamiento no es lo mismo que caso y miento.

¿De dónde eres? Yo de la tierra de mi mujer.

Ir a la guerra y casar no se debe aconsejar.

A la mujer primeriza, antes se le conoce la preñez en el pecho que en la barriga.

Enfermedad de nueve meses, antes de diez desaparece.

Mujer de bigote no necesita dote.

No compres casa en esquina, ni cases con mujer que no entra en la cocina.

El caballo, la pluma, la escopeta y la mujer no se prestan, ya que te las pueden jo…robar.

Casamiento santo, él sin capa y ella sin manto.

La que se casa con viudo, rival tiene en el otro mundo.

Mujer de dos y bodega de dos, no nos los dé Dios.

Quien muda estado, muda costumbres.

La mujer primera es matrimonio, la segunda compañía y la tercera bellaquería.

Más vale un mal amigo que un buen querido.

Quien tiene mujer o compre guitarra, aprenda a templarlas.

Cuanto más sucia la cocinera, más gordo el amo.

A la primera gesto y palo, y a la segunda mimo y regalo.

La que tenga marido tonto, guárdele el primer pronto.

En cuestión de matrimonio
no te rompas la cabeza:
el que se empeña se casa
y el que se casa se empeña.   (Jota aragonesa.)

En casa de mujer, él es ella, y ella es él.
Se dice del marido que es un baldragas.

Dote de cara, culo y tetas, no me peta; dote de casas, viñas y olivares, eso sí que me satisface.

Dote fiado, virgo conjeturado y suegra de contado, ¡buen lance has echado, ruin casado!

El que no tiene otra cosa que hacer, se acuesta con su mujer

La esposa en la calle, grave y honesta; en la iglesia, devota y compuesta; en casa, escoba, discreta y hacendosa; en el estrado, señora; en el campo, corza; en la cama, graciosa y cariñosa y será en esto hermosa esposa.

El que no tiene mujer bien la mata; mas quien la tiene, bien la guarda.

Quien tiene mujer, tiene mucho mal y mucho bien.

Viejo que se casa con mujer moza, o pronto el cuerno, o pronto la losa, si no son ambas cosas.

"Contigo pan y cebolla", mala tramoya; es mejor tino: "Contigo, jamón y buen vino".

La que con pobre ha de casar, sepa remendar más que bordar.

Ni casamiento sin engaño, ni viudo sin apaño.

A la mujer preñada, hasta que para.

En esto es muy diferente
la bestia de la mujer,
que cuando la bestia siente
ser preñada, no consiente
del macho tomada ser.
Mas la mujer más honrada
no huye entonces la cara
y entre ellas es cosa usada,

porque a la mujer preñada
no cesa hasta que para.   (Sebastián Horozco, 1599.)

Bendigo a la buena estrella
que te convierte en casado.
Y qué bien que la has cazado
y qué bien te cazó ella.
Al darte su linda mano
te estrecha un nudo hechicero
que es, amigo, un verdadero
nudo gordiano.
Suele ser cosa muy buena
la Epístola de San Pablo   (Rubén Darío.)

Sólos deben vivir marido y mujer: él, cuidándola a ella, y ella, cuidándole a él.

Para no reñir un matrimonio, la mujer ha de ser ciega y el marido sordo.

Que tires para abajo, que tires para arriba, se hará lo que tu mujer diga.

Si bien casado quieres ser, haz cuanto te mande tu mujer.

Quien no quiera tener disputas con su mujer, cuando hable ella, calle él.

Quien se casa con mujer que ya casada fue, no vive sólo con ella, sino con el malogrado también.

La primera mujer es escoba; la segunda, señora.

Si la segunda fuera la primera, habría sido escoba, como ella.

Mujer de otro marido, olla de caldo añadido.

Al que se casa una vez, dan corona de paciencia, y al que dos, capirote de demencia.

La mujer casta, obedeciendo manda.

Si bien casado quieres ser, haz cuanto te mande tu mujer.

Mujer que no piensa, mala despensa.

Unos casados, y otros solteros, y nadie contento.

MEAR

No es nada lo meado, y calaba seis colchones y una manta.

Albricias, mujer, que meo hoy un palmo más que ayer, y la mujer respondió: Ayer se meaba los zapatos y hoy las rodillas.

No es hombre todo el que mea en pared, ya que los perros también.

Antes de salir de casa, mea y átate las calzas.

A quien te mea, cágalo.

Deja mear al macho, que meando descansa.

Donde el macho delantero mea, mea toda la recua.

Fui a mear y perdí mi lugar.

Hay quien mea a la pared, y, más que hombre, es mujer.

Voy a ver si meo, y de paso me la veo.

No salgas de tu casa ni entres en la ajena con la vejiga llena.

Quien mea contra el viento, se moja la camisa.

Eres más bobo que mear a barlovento.

Tan tieso mea, que hasta las paredes agujerea.
Dicho de burla de los orgullosos y de los que se dicen fortachones.

Tener dineros y mear bien no puede ser.

Mea claro y pee forte, y lo demás no te importe.

Quien al mear no hace espuma, no tiene fuerza en la pluma.
Síntoma de infecciones.

Si quieres estar bueno, mea a menudo, como hace el perro.

O llueve o apedrea, o nuestra moza se mea.

Quien mea y no pee, no hace lo que debe.

Quien mea y no pee, es lo mismo que el que va a la escuela y no lee.

Cuando meases de color de florín, echa al médico por ruin.

Cuando yo era moza, meaba por un punto; ahora que soy vieja, méolo todo junto.

Ser como los burros que se mean donde menos falta hace.

La mujer que al mear no hace hoyo, es señal que le falta la cresta al pollo.

El mear y el peer, los dos a la vez.

El peer y el mear, los dos a la par.

Buena orina y buen color, y tres higas al doctor.

Cuando el hombre se mea las botas, no es bueno para las mozas.

Quien retiene la orina, su salud arruina.

A quien mea cara al sol, se le quita el mal humor.

De hombre que mea sentado, y de mujer que mea de pie, libera nos Dómine.

¡La inocencia de la criatura; que se está meando y dice que suda!

¿Te meas Dorotea? No, yo me orino, que es más fino.

Nunca mea solo quien va con otros.

Mear en una alcuza una mujer no puede ser.

Quien llora mucho, poco mea.

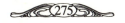

"No me disgusta la orina." Y meaba sangre.

Mear claro y cagar duro, señal de estar bueno el pulso.

Mear claro y recio, y dejar al médico para necio.

Si caga blando y mea oscuro, enfermo seguro.

Pies calientes, culo corriente y orina clara, y aunque la medicina no se inventara.

Come bien, bebe mejor, mea claro, pee fuerte y cágate en la muerte.

Picha española nunca mea sola.

Cuando el hombre orina claro y el caballo como aceite, no buscar médico ni albeite.

Mea tieso y claro, y cagajón para médicos y boticarios.

Cuando el enfermo mea de color de florín, eche al médico para ruin.

Orina de color de oro, fraile al coro.

Bien cagar, bien mear y bien peer, y mejor cosa no puede haber.

MÉDICOS

De médico mozo y barbero viejo, guárdate.

El médico mozo, y el boticario cojo.

El médico y el confesor, cuanto más viejos, mejor.

Médico ignorante y negligente mata al sano y al doliente.

Médico, mancebo y criados son enemigos pagados.

Médicos errados, papeles mal guardados y mujeres atrevidas quitan las vidas.

En comiendo mucho, peer fuerte y mear claro, manda a la porra al cirujano.

La purga de don Fernando, que estaba en la botica y estaba obrando.

Mal sin doctor y hacienda sin señor, de mal en peor.

Quien a médicos no cata o escapa, sólo Dios le mata; quien a ellos se ha entregado, un verdugo y bien pagado.

Bachiller en medicina, confunde el vino con la orina.

Médico pronostiquero, médico embustero.

Médico sin ciencia, médico sin conciencia.

Dáme el médico callado y serio, y quédate con el "explicao" y "adivinao".

Purgadle y sangradle, y si muriere enterradle.

> *El médico corporal*
> *bien visto es cosa perdida*
> *en quien la gente bestial*
> *pone todo su caudal,*
> *pensando que le da la vida.*
> *Lo que se le da es de balde,*
> *pues el que no sabe otro medio*
> *sino purgadle y sangradle*
> *y si se muriere enterradle,*
> *este es el postre remedio.*   (Sebastián Horozco, 1599.)

El buen cirujano, blando de palabra y duro de mano.

Tu médico sea cristiano, y tu abogado, pagano.

Para el que es de vida, el agua es medicina, y para el que es de muerte, no hay médico que acierte.

El médico empieza donde el físico lo deja, y comienza el clérigo donde acaba el médico.

Salud es al enfermo la alegre cara del médico.

Al médico, confesor y letrado, la verdad a lo claro.

De médico, poeta y loco, todos tenemos un poco.

Deja a quien se está muriendo y acude a la que está pariendo.

El médico y el cura, para lo ajeno, personas mudas.

Médico, manceba y criados son enemigos pagados.

En la medicina, como en todas las cosas, las novedades son peligrosas.

Dijo el médico a la muerte: ¿Conmigo quieres ponerte?

En mala muerte, no hay médico que acierte.

El médico que bien cura, finado el paciente, le deja sin calentura.

El hijo del doctor Galeno, al que no estaba malo lo ponía bueno.

Si tienes médico amigo, quítale la gorra y envíale a casa de tu enemigo.

Médicos y abogados, Dios nos libre del más afamado.

Porque los loros no tienen médicos, viven siglo y medio; que si los tuvieran, cincuenta años no vivieran.

Mejor es sentencia de juez que de médico.

Médico ignorante o negligente mata mucha gente.

El doctor que mejor cura es el doctor Blandura.

Un médico cura; dos dudan; tres, muerte segura.

Lo que el médico erró, errado quedó, y la tierra lo cubrió.

Mozo el cirujano, rico el boticario y viejo el doctor, esto es lo mejor.

Médico bien pagado no querría ver a su enfermo enterrado.

Cuando los enfermos claman, los médicos ganan.

No es buen doctor quien siempre tiene mal color.

Médico jumento cura a todos con un mismo ungüento.

La charla del que te cura te aumenta la calentura.

Médico cobarde, o no cura, o cura tarde.

MENTIRAS

Quien dice lo que no siente, miente.

Quien siempre me miente, nunca me engaña.

Fingir no es mentir.

Meter mentira por sacar verdad, ruin habilidad.

El que en mentira es cogido, cuando dice la verdad no es creído.

Mentir no es deshonra, mas es palabra de ruin persona; tal como vos; bésame en el culo y ándate con Dios.

Quien verdad no me cree, verdad no me dice.

Quien verdad no me dice, verdad no me cree.

Di mentira y sacarás verdad.

> *Aunque a la verdad mentir*
> *sea cosa reprobada*
> *más por verdad inquirir*
> *suelen a veces decir*
> *alguna cosa forzada.*
> *Porque en aquesto mira*
> *el ánimo y la voluntad,*
> *porque la verdad se inquira*
> *y así dicen de mentira*
> *y sacarás la verdad.*   (Sebastián Horozco, 1599.)

El que pierde y dice que no lo siente, es un puto, ladrón, cornudo, y miente.

Toda esta vida es verdadera mentira.

El que de lejanos lugares viene, cuenta lo que quiere, y cuesta menos creerlo que ir a verlo.

De la mentira viven muchos; de la verdad, casi ninguno.

Más vale decir mentiras que parezcan verdades, que verdades que parezcan mentiras.

Como creo lo que invento, no me parece que miento.

Bien se le puede creer, pues jura y no revienta.

Quien no miente al mentiroso, cree.

A quien miente, lo adoran; a quien la verdad dice, lo ahorcan.

La mentira tiene muchos amadores, y la verdad, muchos aborrecedores.

La mentira y la torta, gordas.

Una esquela de defunción es de mentiras un montón.

Mentira, que no dañe, y verdad, que no aproveche.

Pedir a los hombres veras es pedir al olmo peras.

A quien me diga que nunca mintió, que al decirlo miente le digo yo.

Entreverando verdades con mentiras, se pasa esta triste vida.

Trampeando y mintiendo, vamos viviendo; mintiendo y trampeando, vamos pasando.

¡Así se escribe la Historia!

Miente más que la gaceta.

La mentira general pasa por verdad.

Al mentir por ganar, alguna disculpa se le puede dar; pero mentir sólo por mentir, no se puede sufrir.

Quien no sabe mentir, no sabe vivir.

La mentira es una escalera por donde llega a rico quien pobre era.

Una mentira bien compuesta mucho vale y poco cuesta.

El mentiroso ha de ser memorioso.

El mentiroso es ladrón, de la verdad y de nuestra atención.

Al embustero ni verlo quiero.

La mentira busca el rincón; la verdad, la luz del sol.

Peor es engañar mintiendo que ser engañado creyendo.

Quien miente ofende a la buena gente, y a Dios primeramente.

Quien mintió y juró nunca me engañó.

Engañóme, porque no me mintió; que si me mintiera, engañarme no pudiera.

En la boca del mentiroso, lo cierto se hace dudoso.

Quien miente siempre no engaña nunca

Al que miente se le coge en la acera de enfrente.

MEZQUINDAD

El miserable, por no dar, no quiere tomar.

Es hombre vil el que a su mujer da contadas las cerillas, para encender la lumbre y el candil.

La comida del mezquino: poca carne y ningún vino.

Gastar poco y comer bien no puede ser.

Quien vive pobre por morir rico, hombre parece y es borrico.

Si no usas de tus bienes, ¿para qué los tienes?

A las vírgenes, salves; a los cristos, credos, y los dineros, quedos.

Si no vienes a pedirme dinero ni trigo, cuenta conmigo, que para eso somos amigos.

Alegres y prestos para tomar, tristes y tardones para dar.

Al miserable y al pobre todo les cuesta doble.

Quien quiere hacer mucho pan con poca harina, desatina.

A quien, teniendo cama, duerme en el suelo, no hay que tenerle duelo.

De sí mismo es homicida quien come por tasa y caga por medida.

Quien gana y no gasta, reniego de él y de su casta.

A quien has de dar de cenar, no te duela darle de merendar.

No seas en convidar cicatero: convida en diciembre a tomar el sol, y en julio, a tomar el fresco.

Maldita sea la sangre que no corre por las venas.

De hombre cominero y ruin, de mujer que habla latín y de caballo sin rienda, Dios nos libre y nos defienda.

¿Dar? Con el mazo de apretar.

Quererte y abrazarte, hasta estrujarte; pero el dinero es cosa aparte.

Llámame perro judío, pero no te lleves nada mío.

Antes podrido que comido.

El hombre mezquino, por ahorrar, parte un comino.

Si conmigo quieres comer, trae buen porqué y contigo comeré.

MODERACIÓN

Un buen ten con ten, para todo está bien.

Regla y mesura todo el año dura.

Tres en el año (confesiones) y tres en el mes (relaciones carnales), tres en el día (comidas) y en cada una tres (beber en cada comida).

Una es escaseza; dos, gentileza; tres, valentía; cuatro, bellaquería. ¿A qué se refería?

Una y ninguna, todo es una; una y dos, lo que manda Dios; una, dos y tres, de valiente es; una, dos, tres y cuatro, ya no es de valentía, sino de bellaco.

Todo en la vida tiene su medida.

El buen seso huye de todo exceso.

No todo lo que se puede hacer se debe hacer.

De todo un poco y de nada mucho, regla es de hombre ducho.

Mesura es cordura.

Con buena o mala pitanza, templanza, y no a lo burro, llenar la panza.

De lo que no te agrada, no comas nada, y nunca mucho de lo que te agrada.

Tres cosas has de observar: comer sin hartar, trabajo no rehusar y la simiente conservar.

Comer poco, hablar poco y madrugar a nadie dio pesar.

Mejor es gana que empacho.

Ni con cada hambre al plato, ni con cada sed al jarro.

Quien quisiere salud segura, prefiera el hambre a la hartura.

La vejez sana en la juventud se prepara.

Quien excesos no comete, lejana tiene la muerte.

Llena el vientre; mas no tanto que revientes.

Lo que no como no me hace daño.

Más vale quedar con gana que caer en cama.

Acorta tus deseos y alargarás tu salud.

MUERTE

Hasta la muerte todo es vida.

Hasta la muerte, pie fuerte.

A la vejez y a la junventud les espera el ataúd.

Tan presto muere el cordero como el carnero.

Tan pronto carnerea como borreguea.

Después de muerto, ni viña ni huerto.

Muérese el rey, el Papa y el que no tiene capa.

Pues morir no se excusa ¿mal vivir por qué se usa?

A quien se muere por su gusto, la muerte no le da disgusto.

Cuando a un enfermo dos médicos van, toca a muerte el sacristán.

De la muerte no se escapa ni el rico, ni el rey, ni el Papa.

El mejor maestro de espada muere a manos del que no sabe nada.

Largo luto y toca negra no sacan al hombre de pena.

Más vale estar a dos velas, que entre cuatro.

Muerte de rico, querella de herederos.

A los sesenta, prepara tu cuenta.

Para el último viaje no es menester equipaje.

Por comidas y cenas, y por rubias y morenas, están las sepulturas llenas.

La muerte siempre es traidora; nunca dice el día y la hora.

La muerte, sin tener llaves, todas las puertas abre.

La muerte y el juego no respetan privilegios.

Muerte por muerte, la de mi padre que es viejo; yo soy joven y fuerte.

Muerto el hombre más celebrado, a los diez días, olvidado.

Delante del difunto se llora el duelo.

Cuatro hombres vivos hacen falta para echar a un muerto de casa.

Cosa mala nunca muere.

> *Mala está la pastelera,*
> *mala está, morir se quiere,*
> *y responde el pastelero;*
> *cosa mala nunca muere.*   (Copla.)

Desdichado del que muere, si al paraíso no va.

> *Ya se ha experimentado*
> *y en do en el enterramiento*
> *y al marido aún no enterrado*
> *la mujer haber ya dado*
> *palabra de casamiento.*
> *Pues quien este caso viene*
> *con razón decir podrá*
> *pues tan poco se difiere*
> *desdichado del que muere*
> *si al paraíso no va.*   (Sesbastián Horozco, 1599.)

> *Dos días tienen de gusto*
> *las mujeres (si no yerran*
> *las que sus acciones tasan)*
> *y son en el que se casan*
> *y al que su marido entierra.*   (Tirso de Molina.)

El muerto a la huesa y el vivo a la mesa.

El muerto y el ido, presto en olvido.

Quien teme a la muerte no goza la vida.

Leyendo los epitafios, comprenderá uno cuánto se gana muriendo.

Ven muerte tan escondida,
que no te sienta venir,
porque el placer de morir
no me vuelva a dar la vida.   (Santa Teresa de Ávila.)

El que nace pobre y feo
se casa, y no es querido,
se muere y va al infierno,
menuda juerga se ha corrido.

La muerte es tan cierta como la vida incierta.

Dos cosas que no pueden ser: librarse de la muerte y guardar a una mujer.

A los diez días de enterrado, ya el inolvidable está olvidado.

Muerte dulce, testamento en blanco.
A la muerte rápida antiguamente la llamaban dulce.

Muchos se van sin óleo al otro mundo; pero sin zarandeo, ninguno.

Lo que nadie remediaba, viene la muerte y lo acaba.

Morir habemos. Ya lo sabemos.
Frases de los monjes cartujos.

Nacer es empezar a morir, y morir es empezar a vivir.

Todo lo que nace muere, sea lo que fuere.

El morir es cierto; el cuándo, el cómo y el dónde, inciertos.

Ninguno es tan viejo que no pueda vivir un año, ni tan mozo que no pueda morir hogaño.

La muerte es juez tan severo que a todos los mide por un rasero.

Quien desea la muerte, lejos la tiene.

A quien se muere por su gusto, la muerte no le da disgusto.

Muerte que me has deseado, salud me has asegurado.

Cuando estés muerto, todos te tendrán por bueno.

Dios nos libre del día de las alabanzas.

Que Dios te depare tanta paz como descanso dejas.

Muerte de quien no deja nada, por amor llorada.

Ayer quería comerse el mundo, y hoy se lo comen los gusanos en el sepulcro.

El muerto, al hoyo, y el vivo, al bollo.

Con un adiós va bien despachado el que murió.

Muertos y ausentes no tienen amigos ni parientes.

¡Ay del que muere!; que el vivo en seguida se apaña mejor de lo que puede.

A quien se muere lo entierran.

A quien pasa a la otra vida, se le olvida.

Mueren unos para que vivan otros.

En la muerte está la vida en que habrá dicha cumplida.

Los buenos mueren alegres.

Abren los ojos los muertos a los vivos más despiertos.

Una sola puerta tiene el nacimiento, y la muerte, más de ciento.

MUJERES

Mal ganado es de guardar, doncellas, y mozas locas por casar.

Hombre sin mujer al lado, nunca bienaventurado.

Por donde quiera que fueres ten de tu parte a las mujeres.

La mujer hermosa, o loca, o presuntuosa.

Hermosura y castidad pocas veces juntas van.

No es mujer bonita lo que el hombre necesita.

Mujer compuesta y siempre en la calle puesta, a todo lo malo está dispuesta.

Mujer que el culo menea, yo no sé si lo será, pero es probable que lo sea.

Mujer que mucho pide, paje que poco sirve, y pájaro que no canta, que se vayan, que se vayan.

La mujer ríe cuando puede y llora cuando quiere.

En cojera de perro y llanto de mujer, nunca has de creer.

La mujer mala o buena más quiere freno que espuela.

El arañar y morder es costumbre de mujer.

Mujer que no come, mala mesa pone.

La mujer que toma, su cuerpo dona.

La mujer que recibe, a dar se obliga.

Mujer que mucho sabe agradecer, o tropieza o llegará a caer.

La mujer puede tanto que hace pecar al más santo.

La mujer, si es hermosa, te la pegará; si es fea, te cansará; si pobre, te arruinará; y si rica, te gobernará.

A la mujer loca, más le agrada el pandero que la toca.

No se puede guardar mujer.

La mujer compuesta quita al marido de otra puerta.

La mujer rogada, y la olla reposada.

Ni mujer de otro, ni coces de potro.

Mujer que tiene como pegado siempre un hombre a su lado, buena puede ser; mas no lo puedo creer.

No hay mujer vieja de la cintura abajo.

Mujer que fuma, jura y mea de pie, no será hombre, pero no es mujer.

Casa hecha y mujer por hacer.

Rostro lleva al lecho, que no el culo bien hecho.

A los quince, codorniz; a los veinte, perdiz; a los veinticinco, vaca; a los treinta, piltraca; y a los cuarenta, caca.

En tinieblas, ni la hermosa es hermosa, ni es fea la fea.

Debajo de la manta, tanto vale la negra como la blanca.

Ni fea de espantar, ni bonita de admirar.

Amigos hasta que ellas quieren.

Si pariente has de ser, sea por parte de la mujer.

Más puede la hermosura que billetes y escrituras.

Más arrastran tetas que carretas.

Ni al perro que mear, ni a la mujer que hablar, nunca les ha de faltar.

Cuatro mujeres, cuatrocientos pareceres.

La mujer dejará de hablar cuando la gallina quiera mear.

Fealdaz no es castidad.

La media y la mujer, por un punto se suelen perder.

Médicos errados, papeles mal guardados y mujeres atrevidas quitan vidas.

Quien con damas anda, siempre llora y siempre canta.

Mujer besada, mujer entregada.

Dámela besada y te la daré catada.

La tierra y la hembra, quien no la ara, en balde la siembra.

Huerto, mujer y molino quieren uso continuo.

Ni ensalada cruda, ni mujer desnuda.

La que hizo un yerro, y pudiendo no hace más, por buena la tendrás.

La mujer sin hombre es como fuego sin leña.

Por dama que sea, no hay ninguna que no se pea.

La mujer y la gata son de quien las trata.

Retozos a menudo, presto llegan al culo.

Esperando marido caballero, lléganme las tetas al braguero.

¿Doncellas?, sábelo Dios y ellas.

La que de treinta no tiene novio, tiene un humor como un demonio.

Mal se castiga a la moza cuando el amo la retoza.

Moza que muchas veces va a la plaza, alguna vez se embaraza.

A la mujer bailar, y al asno rebuznar, el diablo se lo ha de enseñar.

La mujer de tres maridos quítame los sentidos.

La mujer y la candela, tuércela el cuello si la quieres buena.

No hay mujer gorda que no sea boba, ni flaca que no sea bellaca.

Al pescado y a la mujer, con los dedos ha de ser.

Cuando Dios se hizo hombre, ya el diablo se había hecho mujer.

De la zorra, las orejas y la cola; del borrico, los cascos y el hocico; del gallo, el pescuezo y el paso; del lobo, el ojo y el lomo; de la mujer, el pecho y la cadera, y que deje montar al amo cuando quiera.

De veinte a veinticinco, que venga, tenga y convenga; de veinticinco a treinta, que venga y tenga, aunque no convenga; de treinta a treinta y cinco, que venga, tenga o no tenga, y convenga o no convenga.

En la calle señora; en la ventana, dama, y puta en la cama.

En la mujer es más fácil la ejecución que la resolución.

Fría es y más que fría la que pare y no cría.

Hembra tras de varón quema como tizón.

La mujer ajena es siempre más bella.

La mujer es como el melón: si bueno, no hay cosa mejor; si malo, no la hay peor.

La mujer que encante y el hombre que espante.

La mujer, por más guardar, no está más guardada.

> *Madre, la de mi madre*
> *guardas me ponéis,*
> *que si yo no me guardo,*
> *mal me guardaréis.*   (Copla)

La mujer y la guitarra, para usarlas hay que templarlas.

La señorita del pan "pringao", que se comía el tocino a "bocaos".

Soneto de don Francisco de Quevedo.

> *"De quince a veinte es niña; buena moza*
> *de veinte a veinticinco, y, por la cuenta,*
> *gentil mujer de veinticino a treinta;*
> *¡Dichoso aquel que en tal edad la goza!.*
> *De treinta a treinta y cinco no alboroza,*
> *mas puédese comer con salpimienta;*
> *pero de treinta y cinco hasta cuarenta*
> *anda en vísperas ya de una coroza.*
> *A los cuarenta y cinco es bachillera,*
> *ganguea, pide y juega del vocablo;*
> *cumplidos los cincuenta, da en santera.*
> *Y a los cincuenta y cinco, hecho de retablo;*
> *niña, moza, mujer, vieja, hechicera,*
> *bruja y santera, se la lleva el diablo."*

Nada me agrada moza con leche y bota con agua.

No hay mal de amores que no se alivie, ni pena por hembra que no se olvide.

No se atreve un hombre a más que aquello que le consiente una mujer.

Quien a una mujer guarde, no queriendo ella, alcanzará con la mano una estrella.

Saber elegir buena mujer es mucho saber; pero sin mucho examen, no puede ser.

Soltera de más de treinta, tres veces al día el diablo la tienta.

Una mujer y un calendario sólo sirven para un año.

Cotilleo de mujeres a la puerta del mercado; cuando regresan a su casa, la comida se ha quemado.

Si mi marido es cornudo, sépalo Dios y todo el mundo.

La moza y la parra no se ven hasta alzarla la falda.

Moza mañanera, primero yergue el culo que la cabeza.

De la mar la sal, de la mujer mucho mal.

Si la mujer no quiere, no hay hombre que la fuerce.

> *Pérez Montalbán, escribe:*
> *Si me quiero defender,*
> *ni la fuerza ni el poder*
> *podrán hacer que me tuerza,*
> *no queriendo la mujer.*
> *Y si alguna se quejó*
> *de forzada, fue que dio*
> *disculpa a su amor injusto,*
> *porque no el hombre, su gusto*
> *fue sólo quien la forzó.*   (Sebatián Horozco, 1599.)

La mejor bestia quiere aguijón, y la mejor mujer, varón.

> *La mujer hermosa o fea*
> *naturalmente desea*
> *holgarse con el varón.*   (Copla.)

Echa torta y vino, Lucía, y hornazo, y ella dábale sartenazo.

No comas conejo de fonda, ni te cases con mujer cachonda.

Donde la mujer impera, el hombre a la fregadera.

Agua de pozo y mujer desnuda mandan al hombre a la sepultura.

El dinero es para gastar, y la mujer para tocar.

La mujer es como la uva la mejor pisada, y la peor colgada.

La mala mujer y el buen vino se encuentran en el camino.

La mujer a nada debe oler, y si huele a algo, huela a mujer.

La mujer deshonesta, en mostrarlo tiene su fiesta.

La mujer con su marido, en el campo tiene abrigo.

La mujer que lo sabe ser, tres galanes ha de tener; uno para el gusto, otro para el gasto, y otro para que lleve los cuernos al rastro.

La mujer y la ensalada, sin aderezo no es nada.

Moza catada, ni doncella, ni viuda, ni casada.

Mozas y mozos lo que quieren es retozo.

Mujer bella con exceso, mucho sexo y poco seso.

Mujer muy carnal, nunca la hartarás.

Mujer lerda, tarde llega a la posada.

Si quieres vivir en paz, deja a tu mujer mandar.

La sardina en la llama, y la mujer en la cama.

Condición es de mujeres despreciar lo que las dieres y morir por lo que las niegues.

Dice San Roque que a las mocitas no se las toque, y a mí me ha dicho San Juan que a las mocitas se las puede tocar.

La buena moza es como la pera zumosa, que comiéndola da ganas de otra.

Las mujeres antojadizas, y las cabras espantadizas (son).

Moza que se asoma a la ventana, de ser vista tiene gana, y si va de rato en rato, quiérese vender barato.

Mujer, vámonos a acostar, que aquí es decir, y allí es obrar.

Tres mañas tienen las mujeres: mentir sin cuidar, mear doquier y llorar sin porqué.

El árbol y la mujer, regándolos fructifican.

Moza hermosa con dinero, y yo forastero, y a mí me la dan, trapalán, trapalán.

La mujer cuando se irrita cambia de sexo.

Hogar y amar, bodas y modas, sueño de todas.

Mujeres y guitarras, casi siempre destempladas.

La mujer y la pera, la que calla es mamadera.

El melón y la mujer, malos son de conocer.

El melón y la mujer, a la cola han de ser.

De mujer que mucho llora no te fíes gran cosa, y de la que no llora en su vida, menos todavía.

Do hay pan hay ratones; y do hay mujeres, hay diablos retozones.

Dijo la mujer al diablo: ¿Te puedo ayudar en algo?

Mujer que silba y mea en pie hembrimacho es.

¿Qué hay más mudable que el viento? De la mujer, el pensamiento.

Al santo que está de moda, van las mujeres todas; para los cristos viejos, oscuridad y silencio.

La mujer hace siempre lo que le parece, y ni injuria perdona ni beneficio agradece.

Dios nos ha dado mujeres para amarlas y paciencia para aguantarlas.

A la buena moza, no la busques en la romería, sino en su traje de cada día.

Dile que es hermosa y pídele cualquier cosa.

Dijo la fea enojada: "De lo que tienen las bonitas a mí no me falta nada."

Para el culo de una mujer y las manos de un barbero, siempre es enero.

Cuando una mujer es famosa, casi siempre lo es por mala cosa

Dios, que es el non plus ultra del saber, se hizo hombre y no mujer.

Manda San Roque que a las mujeres no se las toque, y explica su hermano: que no se las toque con las manos.

Dios te dé mujer, que todos te la codicien y ninguno te la alcance.

A una dama regala un galán, y ella no quiere recibir, por no dar.

¿Doncella y dícelo ella? Por su palabra has de creella.

¿Doncella? De su señora lo será ella.

La que al andar las ancas menea, bien sé yo de qué pie cojea.

Mujer que al andar culea, cartel en el culo lleva.

Muchas hay catadas y pocas recatadas.

La mujer es carta cerrada, que después de abierta no vale nada.

Dios nos libre del mulo por detrás, del toro por delante y de la mujer por todas partes.

Dios te libre de estar entre dos aires, dos mujeres o dos frailes.

> *Las mujeres siempre entienden*
> *la ciencia de agradar, si son hermosas;*
> *pero, hermosas o feas, nunca apreden*
> *el arte de no hacerse fastidiosas.* (Campoamor.)

> *La casa que no hay mujer,*
> *como el limbo viene a ser,*
> *no tiene pena ni gloria.* (Lope de Vega.)

> *.... ¿Por qué os quejáis?*
> *Tomadlas cual las hacéis,*
> *o hacedlas cual las buscáis.* (Sor Juana Inés de la Cruz.)

Siete mujeres en cada rincón hay para cada varón.

> *Además de ser hermosa, brilla en ella*
> *la bondad que hermosea la hermosura,*
> *y al mismo tiempo encantadora y pura,*
> *lo sabe de dentro ser graciosa,*
> *que cuando va a la iglesia, y presurosa,*
> *uniendo lo gentil a lo sencillo,*
> *hacia el altar sus pasos se aproximan,*
> *que ven a la Virgen, y se animan,*
> *unos niños de un cuadro de Murillo.* (Campoamor.)

> *Dios formó a la mujer tomando:*
> *de la caña, la gallardía;*
> *de las hierbas, el suave estremecerse;*
> *de los pétalos de las rosas, la suavidad;*
> *de las nubes, el llanto;*
> *de los rayos del sol, la alegría,*
> *y del fuego, el calor interior.* (Leyenda india.)

La mujer y la sangría a veces matan y a veces dan la vida.

Lope de Vega escribió este magnífico soneto:

> *Es la mujer del hombre lo más bueno*
> *y es la mujer del hombre lo más malo;*

su vida suele ser y su regalo,
su muerte suele ser y su veneno.
Cielo, a los ojos cándido y sereno,
que muchas veces al infierno igualo;
por raro al mundo su valor señalo,
por falso al hombre su rigor condeno.
Ella nos da su sangre, ella nos cría;
no ha hecho el cielo cosa más ingrata;
es un ángel y, a veces, una arpía;
quiere, aborrece, trata bien, maltrata,
y es la mujer, en fin, como sangría,
que a veces da salud y a veces mata.

La mujer, con su temple de acero, su perfume de azucena, su abnegación de mártir, su belleza de aurora, su luz de mediodía, su poesía de luna y su dulzura de miel, merece todos los homenajes del pensamiento y del corazón.

Así lo escribe Luís Martínez Kleiser, con convencimiento profundo, admiración entusiasta y rendimiento incondicional.

A la buena, junta con ella, y a la mala, ponla almohada.

Más tarde el hombre en decirlo que la mujer en consentirlo.

Mujer de muchos codiciada, de alguno será alcanzada.

Buenas y mejores, por falta de seguidores.

La mujer rabicaliente, escrito lo trae en la frente.

Mujer compuesta, y siempre en la calle puesta, a todo lo malo está dispuesta.

Mujer que quebranta el sexto, ni confíe en el mozo ni espere en el viejo.

MURMURACIÓN

A quien hiere con la boca, curar con ella le toca.

Quien me escarneció, sus hechos no vió; que si sus hechos viera, a mí no me escarneciera.

Propio es de necios murmurar de ajenos hechos.

Hogar ajeno suele criticar quien el propio no sabe arreglar.

Más le valiera no hablar al que tiene por qué callar.

Si no hubiera escuchadores, no habría murmuradores.

¿Dónde perdió la niña su honor? Donde habló mal y oyó peor.

Quien por detrás te ladra, miedo te tiene.

Dar gusto a la lengua.

Cuando el arroyo suena agua lleva.

Casas en que no se murmura, de ciento, una.

Por lo que a espaldas vueltas de mí digas, toma dos higas, y otras dos más, por lo que mañana dirás.

Quien de mí murmura a mis espaldas, habla con mi culo y no con mi cara.

Quien dice de mí, mucho de sí tiene que contar, y nos pondremos a escuchar.

Nunca de nadie mal digas ni mal escribas.

De ninguno has de decir lo que de ti no quisieres oir.

No enturbies agua que hayas de beber.

Aunque la lima mucho muerde, alguna vez se la quiebra el diente.

Quien atara las lenguas de los maldicientes, sería omnipotente.

Hace más daño un hacha en la boca que en la mano.

Lengua desenfranda corta más que espada.

Cada vez que el murmurador charla, echa abajo una acera de casas.

Donde escupen muchos, lodos hacen.

A lavar al río fui; mal dije de otras y peor dijeron de mí.

NECEDAD

El necio, ni en su casa ni en la ajena sabe nada.

El necio es atrevido, y el sabio, comedido.

Hay más capullos que flores.

No sabes ni cagar en el campo.

Primero bebe el burro y luego el amo.

El bobo de Coria, que empreñó a su madre y a sus hermanas, y preguntó si era pecado.

El que está en cubierto cuando llueve es bien loco si se mueve, y si se mueve y se moja, es bien loco si se enoja.

En nombre de Dios, que te estreno, hija de mi suegra. Majadero, no sois vos el primero.

Si el cuerdo no errase, el necio reventaría.

A lo hecho está, llega el necio.

El necio hace al fin lo que el discreto al principio.

En la barba del necio aprenden todos a rapar.

También y tan bien, se puede decir una necedad en latín, como en romance.

A gran cabeza, gran talento, si no está llena de viento.

¿Quieres decir al necio lo que es? Dile bestia de dos pies.

Si ha de haber necios en el cielo, infierno quiero.

A quien por necio no sabe lo que se hace, perdonarle.

Las ofensas del necio se pagan con el desprecio.

Desprecio y caridad contra la necedad.

Al hombre discreto se le convence con razones; pero al necio con palos y mojicones.

Quien camina a pie y tiene burro, más burro es que su burro.

Más fácil es agotar el mar que la razón al necio sujetar.

Más vale el remedio del necio que el consejo del cuerdo.

Todos son necios: los que lo parecen y la mitad de los que no lo parecen.

Tan necios los hay con letras como sin ellas.

NECESIDAD

Yegua parada, prado halla.

A buen hambre no hay pan duro, ni falta salsa a ninguno.

La necesidad hace maestro.

La necesidad hace a la vieja trotar y al gotoso saltar.

La necesidad de mi casa nadie la ara.

La necesidad es enemiga de la castidad.

La obra, con lo que sobra; pero en siendo precisa, se vende hasta la camisa.

La necesidad es madre de la inventiva.

A ningún cojo se le olvidan las muletas.

Por comer, ¡cuántas cosas feas se suelen hacer!

En necesidad, hace el hombre suciedad.

Necesidad obliga.

En la necesidad, niguno guarda amistad, y el que hace lo que puede, cumple lo que debe.

La necesidad inventó el arte.

La necesidad incluso a las aves hace hablar.

La necesidad hace ser liberal.

Burro cargado busca camino.

Más enseña la necesidad que diez años de universidad.

La necesidad de mi casa nadie la pasa.

En la necesidad se prueban los amigos.

El dinero y los cojones son para las ocasiones.

Quien vive bien, a nadie ha menester.

Más vale tener que dar, que tener que mendigar.

Si no tienes dinero, vende un buey al carnicero.

Necesidad disimulada es necesidad doblada.

La necesidad obliga a lo que el hombre no piensa.

La necesidad para su apaño suele aducir al engaño.

NEGOCIO

Muchos ajos en un mortero, mal los maja el majadero.

Negocios largos, nunca bien acabados.

Al arrendar, cantar; al pagar, llorar.

Cuando vendan, compra, y cuando compren, vende.

De mostrador adentro, ni amistad, ni parentesco; de mostrador afuera, lo que se quiera.

Diferencia partida, venta hecha.

Las medias para las mujeres y se acaban rompiendo.

¿Quien vive? El que pesa y mide.

Quien bien pesa no gana.

El que regatea casi siempre compra.

Si te compraran por lo que vales y te vendieran por lo que presumes, ¡qué buen negocio!

Los negocios no quieren ocio.

Negocio acaba en ocio; pero ocio no acaba en negocio.

Cada uno venda como pregonare.

Hacienda, tu amo te atienda, y si no que te venda.

Quien con su carro quiera hacerse rico, que carretee él mismo.

Hacienda en dos aldeas, pan en dos talegas.

Ni todo el vino en la misma bodega, ni todo el trigo en la misma panera.

Taberna sin gente poco vende.

Cuando el tabernero vende su bota, o sabe a pez, o está rota

El que invita al tabernero, o quiere agradar, o no tiene dinero.

No sometas a fortuna de una hora lo que has ganado en tu vida toda.

Negocio que no deja, se deja.

Muchas cosas ha de aguantar el que quiera bien negociar.

Por la industria del socio industrial, el socio capitalista pierde su capital.

NOVIOS

Con la cuchara que escojas, con esa has de comer tus sopas.

Ni guiso recalentado, ni amigo reconciliado, ni mujer de otro reinado.

¿Por qué quieres a la fea, Andrés? Por el interés. ¿Y tú, Pascual? Yo por el capital.

En cuentas de casados, riñas de enamorados, cartas de monja y amistad de baile, no fíe nadie.

Ni el pelo ni el cantar entran en ajuar, pero ayudan a enamorar.

La novia, de contado, y la dote, de prometido.

A la que tiene más de treinta no la pretendas.

Mientras novia, reina; cuando mujer, sierva.

> *Él, novio, y ella, novia.*
> *Los que se quieren casar*
> *ciegos están que no ven*
> *porque pudiendo mirar*
> *lo que tienen de pasar*
> *ninguno se casaría.*
> *Y así la generación*
> *en breve se acabaría*
> *mas ciégalos la afición*
> *por decir con razón*
> *que el no vio, y ella no vía.*

Noviazgo que mucho dura no hace ganar al cura.

Novio y no vio; que si viera y reparara, no se casara.

La novia rogada, y la olla reposada.

Novia guapa y rica, y te la dan, tararán, tan, tan.

Lo que no cumpliere el novio, la novia lo cumplirá todo.

La era, cuando la dejan, y la moza, cuando la comienzan.

Lo que me diste, por lo que me quisiste.

Los novios son como los mocos: que cuando se van unos vienen otros.

De buenos y de mejores a mi hija vengan demandadores.

¡Buena es la novia: ciega de un ojo y con el otro ve poco!

Esta novia se lleva la flor, que las otras no.

Paso; que la moza tiene amo.

OBRAS

Obra de común, obra de ningún.

La obra alaba al maestro.

Obra hecha, dinero espera.

De un golpe no se derriba un roble.

Obra empezada, medio acabada.

Nunca subirá gran cuesta quien mirare lo que cuesta.

Ni el rey oficio, ni el Papa beneficio.
Lema del escudo de Medina del Capo, dicho con doble sentido, cuando es: Ni el rey ofició, ni el Papa benefició.

Las obras son a la vez hijas y madres del hombre: él las hace y ellas le dan renombre.

Tres "cagás", tres "meás", tres "jumás", tres "comías" y tres "bebías", y ¡adiós día!

Obras son amores y no buenas razones.

Donde hay obras, las palabras sobran.

Más obrar que hablar.

Cortijero que mal trabaja, ajustarle la cuenta y que se vaya.

Mal siegas, Pascual, y aun átaslo mal; yo me espanto como hallas jornal. Más me espanto yo de vos que me lo dais. Sí, mas yo no te conocía. Ansí hará otro día: irte conociendo. Ansí se pasará el tiempo.

¿Para que te afanas cavador?. Para el que está durmiendo al sol.

Veinte hombres en un campo, todos ciegos menos el amo.

Hacia la viña, paso de gallina; hacia la casa, paso de garza.

Echando un cigarro y otro cigarro, el gañán se fuma a su amo.

Muchachos, bajad la mano, que por allí asoma el amo.

Mira la obra y la voluntad con que se hace.

Si bien me quieres, Juan, tus obras me lo dirán.

OCIO

Buen oficio es no tener ninguno.

No hacer nada a todos nos agrada.

Para los que viven mano sobre mano, siempre es Domingo de Ramos.

Mal hace quien nada hace.

Cada cual a sus manos se atenga: quien nada hace nada tenga.

Comer sin trabajar no se debiera tolerar.

Bestia parada su pienso no gana.

Si sólo comiesen pan los que lo ganan, sería la vida muy barata.

El comer sin trabajar y trabajar sin comer son dos cosas que debieran desaparacer.

El ocio no quede impune: quien no trabaje que ayune.

Quien de más está, silbando mea.

El trabajar es virtud, y el no trabajar, salud.

La ociosidad es la madre de todos los vicios.

La ociosidad es la madre de la vida padre.

Comer y cagar, vida ejemplar.

Quien no trabaja y no tiene renta, ¿de qué se sustenta? Porque del aire no se alimenta.

Hombre ocioso, hombre peligroso.

Gente parada, malos pensamientos.

Ociosos mozos y ociosas mozas, no aumentan hacienda y causan deshonra.

La carne ociosa siempre es lujuriosa.

Con las manos en el seno no se hizo nada bueno.

Dos pérdidas tiene el que no trabaja: gasta y no gana.

Quien no trabaja de pollinejo, trabaja de burro viejo.

OFENSAS

Más duele la palabra del amigo que la cuchillada del enemigo.

Ofensa recibida, nunca se olvida.

Las cosas han de tomarse como de donde salen.

Injurias de puta y coces de mulo no implican agravio alguno.

Injuria despreciada, injuria olvidada.

Cuando a decir improperios vayas, retén en la boca una buchada de agua; reza mentalmente un avemaría y se te pasará el enojo que tenías.

Las injurias, o bien vengadas, o bien aguantadas.

Quien en la cara me caga, tarde me lava.

El ofensor escribe en la tierra; el ofendido, en la piedra.

Corazón que se halla herido, a pregonero se mete.

Poco ama el que trae a la memoria la ira pasada.

Hombre rencilloso, apártate de él como de un leproso.

A quien no se da a respetar, encima se le mearán.

Injurias y blasfemias, por donde salen entran.

Se hiere pronto y se cura tarde.

De malas palabras a peores hechos hay poco trecho.

Quien a otros ofende, siempre la venganza teme.

Quien tenga la lengua aguda, tenga las costillas duras.

Quien al prójimo ofende, su propio daño pretende.

Paciencia ofendida sale de madre en seguida.

Cosa mal dicha y fea no cae jamás en tierra.

Más hiere mala palabra que espada afilada.

Más daño hace una mala palabra que una mala patada.

Soplando brasa se saca llama, y enojos de una mala palabra.

OFICIOS

Oficio ajeno, dinero cuesta.

El yerro del médico, la tierra lo tapa; el del letrado, el dinero lo sana, y el del teólogo, el fuego lo apaga.

A buena madera, buen oficial.

Aprendiz de mucho, maestro de nada.

Costurera tras el cristal, un pinchazo en la carne y tres en el dedal.

Albañil sin regla, ni albañil ni mierda.

De molinero mudarás; pero de ladrón no saldrás.

De físico experimentador y asno bramador, líbranos, Señor.

Del juez necio, sentencia breve.

El ejercicio hace maestro al novicio.

El escribano nunca escribe en vano.

El mal calderero abre diez por tapar un agujero.

Escribano nuevo en el lugar, pobre de aquel a quien llegue a pescar.

Maestro de molino, ladrón fino.

Quien te maquila ése te esquila.

Cambiarás de carbonero (molinero), pero no de ladrón.

Mesonero a la puerta, sin gente está la venta.

Para el mal oficial no hay herramienta buena.

Saco de carbonero, malo por fuera y peor por dentro.

Boticario que equivoca el tarro, manda al enfermo a mascar barro.

En casa del herrero, badila de madero o cuchara de palo.

Un día de albañiles, un mes de escoba.

Quién fuera cura en otoño; en San Miguel vinatero; estudiante en verano, y gato en el mes de enero.

Unos hacen los oficios y otros cogen los beneficios.

No le faltaba al vidriero sino un gato juguetón o juguetero.

Acuérdate, amo, que tú recoges y no has sembrado.

¿Quién es tu enemigo? El de tu oficio.

Salí de ladrón y di en ventero.

Más vale oficio que renta: los bienes se pierden y el oficio queda.

En casa del oficial asoma el hambre, más no osa entrar.

Oficio que no mantiene a su amo trabajándolo, sólo es bueno para dejado.

Oficio ni traje no mancha linaje.

El oficial de las manos primorosas debía comer de muchas cosas.

Ni arroyo sin piedras, ni oficio sin quiebras.

Oficio quita vicio.

Quien sabe un oficio manual, lleva consigo un caudal.

Buen oficio es, y preciado, el que da de comer a su amo.

Ni en invierno viñadero, ni en otoño sembrador, ni con nieve seas vaquero, ni de ruines seas señor.

Mal obrador hace mal pagador.

No es hombre de juicio quien toma el ajeno y deja su oficio.

Muchos oficios, pocos beneficios.

Oficio que no mantiene, bobo es quien lo tiene.

Oficio en que no se come, otro lo tome.

Siete oficios, catorce desgracias.

Quien quiera sacar beneficio, acomódese con su oficio.

A la moza que es buena, y al mozo que tiene oficio, no les puedes dar mayor beneficio.

A tu hijo, buen nombre y buen oficio.

A tu hijo dale oficio; que el ocio es padre del vicio.

Al oficial ruin le embaraza hasta el mandil.

OLLAS

A olla que hierve, ninguna mosca se atreve.

Nunca buena olla, con agua sola.

Olla que mucho hierve, sabor pierde.

No hay olla tan fea que no tenga su cobertera.

Olla sin cebolla es olla sin tamboril.

La olla en el sonar, y el hombre en el hablar.

Olla llena hambriento espera.

A buena olla, mal testamento.

Nadie conoce la olla como el cucharón.

Más vale vuelco de olla que abrazo de moza.

Olla de muchos, mal mejida y bien comida.

Olla, ¿por qué no te cociste? Porque no me revolviste.

Olla sin sal, haz cuenta que no tiene manjar.

La olla y la mujer, reposadas han de ser.

Criada nueva, puchero roto.

Quien come olla sin espumar, come mierda sin pensar.

Olla que se mira, no cuece.

Olla reposada y bien mecida, con lento hervor mantenida.

Olla que hierve arrebatada, olla malograda.

Olla con jamón y gallina, canela fina.

Bien parece cuanto en la olla cuece.

Líbrenos Dios de las ollas menguadas, sino llenas y recalcadas.

Olla de familia rica, nunca chica.

Hay mucha diferencia de olla especiada a bazofia mal guisada.

Olla sazonada y cama blanda.

OLVIDO

Más vale odiado que envidiado.

Aceituna comida, hueso fuera.

Besando una boca, se olvida otra.

Olvidado y nunca sabido viene a ser lo mismo.

En lo que no cabe remedio, olvidar es el mejor medio.

Con las glorias se olvidan las memorias.

Si te vi, no me acuerdo.

El pregón más pregonado, al tercer día, olvidado.

Si tomas amigos nuevos, no te olvides de los viejos.

A quien de ti no se acuerda, mándalo a la mierda.

Pelillos a la mar, y lo pasado olvidar.

Lo olvidado, ni agradecido ni pagado.

Lo aprendido y olvidado, dos veces ignorado.

Saber olvidar es saber vivir.

Quien no olvida atormenta su vida.

En lo que no se puede enmendar, olvidar es remediar.

Quien no tenga memoria, que tenga pies.

Quien bien ama, tarde olvida.

Amor nuevo olvida el primero.

Amor que no es atrevido, nunca logra sino olvido.

Del mirar nace el amar, y del no ver, el olvidar.

Amor es demencia, y su médico, la ausencia.

De quien se ausentó, hacemos cuenta de que murió.

Mientras voy y vengo, no olvido lo que tengo.

Para el caído, sólo hay olvido.

La envidia sigue a los vivos, y a los muertos, el olvido.

OPORTUNIDAD

Tiempos hay de comprar y tiempos hay de vender.

Cuando están maduras las peras, solas se caen ellas.

El cuento, para que sea cuento, es preciso que venga a cuento.

El hierro, en caliente; porque en frío, trabajo "perdío".

Cuando pasan, comprar, por si mañana dejan de pasar.

Quien cuando puede no quiere, cuando quiere no puede.

Quien buena ocasión perdió, de necio se graduó, con cuatro borlas, que no con dos.

La ocasión abre la puerta, y el vicio la mantiene abierta.

Al galán y a la dama, el diablo los inflama, y la ocasión le hace la cama.

Para librarse de faldas, no hay cosa como volver las espaldas.

Cada cosa a su tiempo y los nabos en Adviento.

Quien espera lugar y tiempo logra su intento.

A la tercera va la vencida.

Más vale llegar a tiempo que rondar un año.

Acecha la ocasión, y al pasar, cógela por el mechón.

Ocasión venida, aprovéchala en seguida.

El buen día métulo en tu casa.

La ocasión no admite dilación.

La ocasión la pintan calva.

Las flores y la ocasión son de corta duración.

Ocasión y vergüenza tienen ida y no tienen vuelta.

Eso es saber: a su tiempo soplar y a su tiempo sorber.

Seamos como las campanas; que a sus tiempos suenan y a sus tiempos callan.

Cuando el aire es favorable, aprovecharle.

El llanto, sobre el difunto.

Quien evita las ocasiones, evita las desazones.

La ocasión de pecar se debe siempre apartar y quitar.

Quien la ocasión evita, el peligro quita.

Todo es lo mismo, ocasiones y peligros.

La ocasión nos lo dirá.

Ocasión y tentación madre e hija son.

Quien de la ocasión no sabe aprovecharse, no tiene de qué quejarse.

Ida la coyuntura, ida la ventura.

Ocasión que dejaste escapar, para ciento y un años perdida está.

Ocasión desaprovechada, necedad probada.

Aquí te pillo, aquí te mato.

Si tan largo me fías esto, también te compro el resto.

Al jamón empezado, cada cual le tira un tajo.

Abierto el saco, todos meten la mano.

A río revuelto, ganancia de pescadores.

Mientras martillo fueres, como martillo hiere; que yunque serás y el martillo aguantarás.

Coge la ocasión al paso, antes que te vuelva el rabo.

Entre, padre, si quiere bollo, que mi madre está en el horno.

Donde otro mete el pico, mete tú el hocico.

Entra, que ofrecen.

Si te cae el tarro de la meloja, moja.

Mientras el baile dura, bailemos.

Ése te hurgó, santera, que vio al santero ir por leña.

Con quien te diere la mano, no te ruegues, hermano.

ORACIONES

Oración de ciego, todo a un tono.

A las beatas, el diablo las desata.

Muchos amenes, al cielo llegan.

Oración breve, penetra en los cielos.

Oración breve, a menudo y devota.

Oye misa cada día, y con todos verdad trata, y lo demás Dios lo haga.

Santa María, casarme quería. Credo con un buen mancebo. Salve, que no tenga madre. Santilfonso, rico y hermoso. Madre de Dios, otórgamelo Vos.

Más vale a quien Dios ayuda que a quien mucho madruga.

Echa cuentas y te saldrán rosarios.

Pan no había; la madre rezaba y decía: "El pan nuestro de cada día..." Y la hija suspiraba y sonreía.

Sube al cielo la oración, y baja de allí la bendición.

La plegaria debe ser la llave de la mañana, y el cerrojo, de la noche.

Vive con los hombres como si Dios te observara, y habla con Dios como si los hombres te oyeran.

La oración es nuestra fe, que se pone a hablar.

La oración no siempre cambia una determinada situación, pero puede cambiar nuestra forma de mirar dicha situación.

A quien habló Dios le oyó.

Rezas con la boca y estás pecando con el corazón, rezos del diablo son.

Quien quiera hablar con Dios, cierre los labios y abra el corazón.

El predicador siembra y el confesor recoge.

El sermón, el melón y la mujer, extremados han de ser.

Santo que está enojado, con no rezarle está pagado.

Más vale taco bien echado que padrenuestro bien rezado.

ORGULLO

Con el aire se hincha el odre, y con la vanidad, el hombre.

Lo que el adulador te dijo una vez, el amor propio te lo dirá diez.

Decir, dice cualquiera; hacer, sólo el que sepa y quiera.

Siempre presume de vista un tuerto.

Cuando el asno es muy asno, entonces se tiene por caballo.

¡Qué primor, que el búho enseña a cantar al ruiseñor!

La pretensión de don Facundo: no podía gobernar a su mujer y quería gobernar el mundo.

A ciento de renta, mil de vanidad.

Nadie más engreído que un tonto bien vestido.

Todo el orgullo y la opulencia posan en siete pies de tierra.

Hay quien presume de tacón y pisa con el contrafuerte.

Tan tieso mea, que hasta las paredes agujerea.

La señorita del pan pringado, que metía la mano en el guisado.

Con el cascarón en el culo, y ya tiene orgullo.

Dueña que de alto mira, de alto se remira.

Cuidando adónde vas, te olvidas de dónde vienes.

A Dios llamaron de tú.

Muchos se ufanan, pero pocos se afanan.

Dos orgullosos no caben en un burro.

Quien menos vale más presume.

Presumir y valer poco, tema de loco.

Presumir y no valer es ramo de poco saber.

Sólo el necio tiene todas sus cosas en mucho aprecio.

No tiene mando y anda porfiando.

Una que hago y tres que me apunto, son cuatro en junto.

Nosotros somos los buenos; nosotros, ni más ni menos.

Quien piensa que todo lo merece, nada agradece.

Entre yo y el cura le dimos al santolio.

Sabio es quien escucha, y necio, quien se escucha.

Presumir de hidalguía con la bolsa vacía, pura tontería.

Abundancia y soberbia andan en pareja.

De renta ciento, y mil de viento.

Riqueza parió a soberbia, y soberbia parió pobreza

Un gallo en un estercolero desafía al mundo entero.

Hombre fantasmón, hombre farolón: poco aceite y mucho algodón.

Fantasía y agua bendita cada uno toma la que necesita.

¿A qué tantos manteles para unos tristes pasteles?

¡Bonito soy yo, bonito!. Y era feísimo el maldito.

Gente pobre y necia, poca ropa y mucha soberbia.

Aunque me veis que descalza vengo, tres pares de zapatos tengo: Unos tengo en el corral, otros

en el muladar y otros en casa del zapatero; tres pares de zapatos tengo.

No tener, y gravedad, es necedad.

Orgullo, riqueza y hermosura son nada en la sepultura.

Quien tiene mucho orgullo métaselo en el culo.

Hombre que ahueca la voz, hombre fantasmón.

Vended a los necios sus vanidades y tendréis para escuelas y hospitales.

Con hombre vano, ni en invierno ni en verano.

Soberbio a quien ampareste, enemigo que te echaste.

El orgullo almuerza con la abundancia, come con la pobreza y cena con la vergüenza.

¡Anchura, anchura; que viene el carro de la basura!

PACIENCIA

Desnudo nací, vestido me veo; si mañana desnudo me muero, ni gano ni pierdo.

Cuando yunque, sufre; cuando mazo, tunde.

A estilo de tropa: cada uno se fastidia con lo que le toca.

Fe con mujer, si no es propia, no se debe tener.

Más quiero ser pastor de mis diez ovejas que mayoral de mil ajenas.

Más reluce el humo de mi tierra que el fuego de la ajena.

La vida tienes que tomarla como viene, no como a ti te conviene.

La respuesta blanda amansa la saña.

> *Por más que venga enojado,*
> *el hombre si bien se mira*
> *con responderle templado*
> *se torna manso criado*
> *y se le pasa la ira.*
> *El corazón se le ablanda,*
> *se sosiega y desengaña,*
> *y en obra no se desmanda*
> *porque la respuesta blanda*
> *amansa la ira y saña.*   (Sebastián Horozco, 1599.)

Lo que no se lleva Cristo, lo lleva el fisco.

De su estado, niguno vi contento y hallado.

De tal lugar, ni espero coger, ni quiero sembrar.

Procura lo mejor, espera lo peor y toma lo que viniere.

Con tu amigo hasta la puerta del infierno, pero no dentro.

Dios nos dé paciencia y muerte con penitencia.

Si Dios me lo dio, no se lo pedí yo.

Más pasó Cristo por nos, y era Dios.

Más vale lidiar con ruin bestia, que llevarlo a cuestas.

Quien mala ventura tenga, apeche con ella, ya que no puede echarla a puerta ajena.

Quien más no puede, sólo duerme.

San Jeringarse no tiene vigilia.

En este mundo hay que comer mucha carne de burro.

La paciencia es un premio que a veces da Dios a los buenos.

En la dolencia, paciencia; en la aflicción, resignación.

Lo que no está en tus manos evitar, con paciencia lo has de soportar.

En este mundo, hay que tener más largo el hilo que la aguja.

Que Dios logra la gracia al que se conforma con su desgracia.

Quien supiere sufrir, sabrá vencer.

Contra las adversidades, y del tiempo la inclemencia, el escudo es la paciencia.

Santa Teresa de Jesús escribió:

> *Nada te turbe;*
> *Nada te espante;*
> *Todo se pasa;*
> *Dios no se muda;*
> *Con la paciencia*
> *Todo se alcanza;*
> *Quien a Dios tiene*
> *Nada le falta:*
> *Sólo Dios basta.*

Las dos virtudes del asno, paciencia y trabajo.

Mucho hay que aguantar para llegar a hacerse aguantar.

Quien se contenta con su suerte no sabe el bien que tiene.

A quien con su poco se contenta, el diablo no lo tienta.

Mal es sufrir, pero sufrirlo mal es mayor mal.

A lo hecho, pecho.

No haga Dios peores cosas.

Dios me lo dio y Dios me lo quitó: bendito sea Dios.

Más vale lidiar con ruin bestia que llevarla a cuestas.

Hacer de tripas corazón.

Quien no tiene marido, consigo mismo se acuesta.

A quien le pique, que se rasque.

Sufro y callo, por el tiempo en que me hallo; que si en otro mejor me hallara, ni sufriera ni callara.

Si mucho te pesa, llévalo en dos veces.

Si no quieres lentejas: o las comes o las dejas.

A lo que no puede ser, los hombros encoger.

A mal tiempo, buena cara.

A gran dolor, paciencia mayor.

Paciencia con experiencia, doble ciencia.

Mejor es resignarse que lamentarse.

Por ser sufrido y paciente no es uno menos valiente.

Lleva con ánimo igual lo que es bien y lo que es mal.

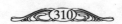

Perder y ganar, sereno lo has de llevar.

Sufra quien penas tiene, que un tiempo tras otro viene.

Mientras el mal persevera, sufre y espera.

¿Quieres bien vivir? Toma el tiempo como ha de venir.

Cuando la adversidad venga, sufre y espera, y suceda al cabo lo que Dios quiera.

Si tienes conciencia, ten también paciencia.

Da Dios la gracia al que se conforma con su desgracia.

El buen sufrir es castillo fuerte.

Con la paciencia todo se logra.

A quien esperar y sufrir puede, todo en su tiempo le viene.

Conténtate con tu estado, y vivirás descansado.

Quien come la carne, que roa el hueso.

A cama corta, encoger las piernas.

A mal dar, paciencia y barajar.

PAGOS

A quien nada le debo, con nada le pago.

Mozo pagado, el brazo le has quebrado.

Copla pagada tiene mal son.

Quien paga adelantado, aténgase al resultado.

Al matar de los puercos, placeres y juegos; al comer de las morcillas, placeres y risas; al pagar de los dineros, pesares y duelos.

Al arrendar, cantar; al pagar, llorar.

Dar un hombre su cuenta, poco esfuerzo representa; dar cuenta con pago, ése sí que es mal trago.

Quien paga, no tiene que agradecer nada.

Quien paga la deuda hace caudal, y no lo hace quien cumple mal.

Pagarás y dormirás.

Cuando uno paga, dos descansan: el que pagó y el que fiado vendió.

El buen pagador, de la bolsa ajena es señor.

Paga lo que me debes; que lo que yo te debo, cuenta es que tenemos.

Cobra lo que te debieren y no pagues a quien debes, que el tiempo es breve.

Si no pagas lo que debes, y dices que tienes mucho dinero, o eres un tramposo, o eres un embustero.

El mal pagador, ni cuenta lo que recibe ni regatea en lo que le fían.

A quien no piensa pagar la cuenta, lo mismo le da ocho que ochenta.

A mal pagador, buen cobrador.

No hay peor pagador que el que no niega la deuda.

Yo soy Diego, que ni pago ni niego. Y yo soy Santiago, que ni niego ni pago.

No niega, pero no entrega.

PALABRAS

La palabra honesta mucho vale y poco cuesta.

Más hiere palabra, que espada afilada.

Palabras sin obras se venden barato.

A palabras necias, oídos de mercader.

Si por mi palabra me pierdo, en mi palabra me cago.

Denme veinte voces, y no dos coces.

De las palabras, no el sonido, sino el sentido.

Más vale taco bien echado, que padrenuestro mal rezado.

La mujer dice y hace lo que le place.

> *Con una mujer reñir*
> *reprobado es el varón,*
> *pues se le debe sufrir*
> *cuanto quisiere decir,*
> *que privilegiadas son.*
> *Y por más que una amenace*
> *es en fin una gallina*
> *la mujer dice y hace*
> *cuanto se plaga y le place*
> *cuando se enoja la indina.*   (Sebastián Horozco, 1599.)

Las palabras hembras son, mas el hecho es de varón.

> *Muy claro está este vulgar*
> *a quien le quiera entender*
> *de mujeres es hablar*
> *y de varones obrar*
> *no decir, sino hacer.*
> *Y así por esta razón*
> *se dijo a mi parecer*
> *las palabras hembras son,*
> *mas el hacer es varón*
> *con el decir y el hacer.*   (Sebastián Horozco, 1599.)

No toda palabra requiere respuesta.

> *Suelen los hombres hablar*
> *palabras algunas veces*
> *que es más cordura callar*
> *pasar y disimular*
> *como dichos de soeces.*
> *Y palabras deshonestas*
> *cuando es quien no contesta*
> *ni callando descalabra*
> *así no toda palabra*
> *requiere luego respuesta.*   (Sebastián Horozco, 1599.)

Demasiada cola, ya no pega; demasiadas palabras desagradan.

Voces no son razones.

La palabra es como la piedra, que, una vez salida de la mano, no mira donde hiere.
El Corbacho del Arcipreste de Talavera 1438.

Hay elocuentes silencios y palabras con siete entendimientos.

Las palabras tienen alma, y hay que buscar el alma de las palabras.

Palabras vanas, ruidos de campanas.

Las palabras han de ser pesadas, y no contadas.

Palabra echada, mal puede ser retornada.

Palabras soltadas con intención no tocan la carne y llegan al corazón.

No habría palabra mal dicha si no fuese repetida.

No hay palabra mal dicha, sino malos entendedores.

Con buenas palabras y mejores hechos, conquistarás el mundo entero.

Palabras de cortesía, solapada bellaquería.

Cual es uno, tales son sus palabras.

Más bien se conoce a los hombres por las palabras que por la cara.

Palabras y plumas, el viento se las lleva.

Palabras y viento, cosas sin asiento.

Palabra y piedra suelta no tienen vuelta.

No hay nada muy duradero: las palabras se las lleva el viento y lo escrito lo borra el tiempo.

Las palabras no dan fuerzas a las piernas.

Palabras dichas con enfado, a los dos credos no tienen amo.

Si la lengua erró, el corazón no.

Palabras preñadas dicen mucho y parece que no dicen nada.

PAN

A pan de quince días, hambre de tres semanas.

El pan de los bobos se gasta primero que el de los otros.

Pan ajeno caro cuesta.

Pan que sobre, carne que baste y vino que no falte.

Cuando poco pan tenía, ¡qué bien comía! Hoy que tengo pan y lomo, ¡qué mal como!

El pan del mezquino diez veces anda el camino.

Más vale que sobre pan que no falte vino.

Pan candeal, pan celestial.

Pan por pan y vino por vino, y no engañarás a tu vecino.

Pan prestado, debe devolverse mejorado.

Pan reciente y uvas, a las mozas pone mudas, y a las viejas quita las arrugas.

Al que coma sopas con pan, aunque no sea tonto por tonto lo tendrán.

Donde no entra grasa, entra pan sin tasa.

El pan, con ojos; el queso, sin ellos, y el vino que salte a ellos.

Pan "entizonao", "pa" el cabrón que lo ha "molío", y "pa" la puta que lo ha "amasao".

Pan de días dos; vino, de años tres y Venus, cada mes.

Pan de centeno, para tu enemigo es bueno; pan de mijo, no se lo des a tu hijo; pan de cebada, comida de asno disimulada; pan de panizo, fue el diablo el que lo hizo; pan de trigo candeal o tremés, lo hizo Dios y mi pan es.

Buenas para dormir, mejores para digerir, afilan el diente, enjugan el vientre, sacan los colores a la cara: ésas son las cinco virtudes de las sopas.

Bocado de pan, rajilla de queso y a la bota un beso, hasta la cena te tendrán en peso.

Ni mesa sin pan, ni mocita sin galán.

De mala masa, un bollo basta.

Agua y pan, comida de can; pan y agua, carne y vino, comida de peregrino.

Si quieres hacer mejor pan que tu vecina, masa con agua y no con harina.

El pan de poco peso, y de mucho el queso.

Pan candeal y vino tintillo ponen al hombre gordillo.

Para que él sea bueno y ella sea buena, el pan blanco y la mujer morena.

Más alimenta el pan casero que el que vende el panadero.

Pan tierno y vino añejo dan la vida al viejo.

Pan caliente, con un hoyito de aceite, de los niños es deleite.

Quien tiene pan, de hambre no morirá.

Con pan, vino y carne de cochino, se pasa bien el camino.

Sin pan y vino no anda Venus camino.

Pan, jamón y vino añejo son los que hinchan el pellejo.

Un mollete, hambre mete; y dos, por consiguiente; tres algo es; con cuatro, no estoy harto; con cinco, me engollipo, y en llegando a la media docena, barriga llena.

De los olores, el pan; de los sabores, la sal.

Pan, y pan con ello, y pan para comello.

Pan y toros.

El pan es freno del vino.

Pan a hartura y vino a mesura.

Pan, hasta con los merengues.

Sin pan, todos los manjares saben mal.

Pan y nueces saben a amores.

Bueno es el pan, y mejor con algo que agregar.

El pan caliente y la injuria fría.

El pan caliente, mucho en la mano y poco en el vientre.

PARENTESCOS

¿Del cielo nos ha caído este pariente? ¡Adiós, mula y carga de aceite!

Parientes a la clara, el hijo de mi hermana.

Reniego de cuentas con deudos y deudas.

A cuenta del pariente rico, arre, borrico.

Con los parientes, comer y beber; con los extraños, comprar y vender.

Quitósele el suelo al cesto y perdimos el parentesco.

Pariente pudiente es para el pobre un pariente aparente.

Muchos parientes hay para sólo reñir y aconsejar, mas no para socorrer y remediar.

Más vale amistad que parentesco.

Más vale el vecino cercano que el pariente lejano.

El amigo lo escojo yo; el pariente, no.

Parientes y señor, sin ellos es mejor.

Parentescos que empiezan por "su", "cu" y "nu", para tú.

Padre, hijo y abuela, tres cucharas y una cazuela.

Padres e hijos son amigos; hermanos, indiferentes, y enemigos, los demás parientes.

Al pariente, amor; al padre, piedad; al amigo, fe; al resto, igualdad.

A los parientes, enseñarles los dientes.

Entre deudas y deudos, las deudas prefiero.

La que por mí se desvela, ésa es mi madre y abuela.

Quien bien me quiere, ése es mi pariente.

Lo parientes enojados son más encarnizados contra sí que los extraños.

¿Parientes y has reñido? ¿Por cuánto ha sido?

Enemistad entre parientes dura largamente.

PARTOS

Parto largo y parto malo, hija al cabo.

Mala noche y parir hija.

Cuando nació el ahorcado, hijo parió su madre.

Embarazo penoso, parto trabajoso.

Si en cuarto menguante, semejante, y si en cuarto creciente, diferente.
Creencia popular, cuando se va a parir para conocer el sexo del niño, según las fases de la Luna.

Peor es parir a medias y no saber de quién.

A la primeriza, antes se la conoce la preñez en los pechos que en la barriga.

A la preñada, se ha de dar hasta que para, y a la parida cada día, y a la que no pare, hasta hacerla concebir para que venga a parir.

En octubre no pongas a tu mujer la mano en la ubre, que si te ayuda a sembrar no te adyudará a segar.
Indicando no relacionarse sexualmente con la mujer en esa fecha, porque en agosto o está muy preñada, o recién parida, y no podrá ayudar a trillar y recoger el pan.

> *Pariendo juró Pelaya*
> *de no volver a parir,*
> *y luego volvió a decir:*
> *"Jura mala en piedra caya."*
> *Como era la vez primera*
> *que en este trance se "vía",*
> *dijo que aquesta sería*
> *la primera y la postrera.*
> *Mas no hubo bien alzado*
> *la saya para parir,*
> *cuando la oyeron decir:*
> *"Jura mala en piedra caya."*

Preñada me hago, que ralo lo cago; ya me lo veo, que toda me meo.

Madre, la que lo pare, y más madre todavía, la que lo pare y lo cría.

Al mucho parir y nada criar un nombre feo se le puede dar.

Quien lo parió, que lo críe, y el padre de otra no fíe.

El parir embellece y el criar envejece.

Mujer abortada, pronto preñada.

Hija después de varón, quema como un tizón, y varón después de hija, quema como una chispa.

En casa de la parida y del doliente, el aposento no se caliente.
Aconsejando abreviar las visitas a esas personas.

Seguidas tres faltas, señal hija de panza.

Desea la preñada nieve tostada.
Refrán judeo-español, refiriéndose a los antojos.

Parida sudada, parida salvada.

La mujer parida huele a podrida.

Mujer paridera, hija la primera, y la segunda y la tercera.

Más se detiene que la hija en el vientre.

Dolor de anca, hija arranca.

Buen parto y parir hija, cuéntalo por maravilla.

En el parir y el cocer siempre es nueva la mujer.

Hijo sin dolor, madre sin amor.

La gallina cantando y la mujer llorando dan hijos al mundo.

Mujer mal parida, al año parida.

Mi mujer ha malparido, trabajo perdido.

Parirá si se hiciere preñada. ¡Contingencia bien pronosticada!

A mal embarazo, buen parto.

A la yegua y a la mujer, por el parto las conoceréis.

Ni los barcos andan sin viento, ni las mujeres paren sin tiempo.

A mujer parida, y tela urdida, nunca le falta guarida.

Bien o mal, Constanza parido ha.

Dádole ha que ha de parir esta noche, con la noche que hace.

PECADOS

El bien siempre florece, que lo demás al fin perece.

Fe sin obra buena, castillo sobre arena.

Vi pecados ajenos, pero en comparación con los míos son menos.

Cuanta más vida más pecados.

> *Yo no quiero vivir mucho,*
> *que esta vida es una venta;*
> *cuanto más larga la estancia,*
> *más larga será la cuenta.*   (Copla.)

La fe en las obras se ve.

La mano del pobre es la bolsa de Dios.

El socorrer al pobre no cría soberbia, que es pagar deuda.

> *Que cuando*
> *se ha de hacer un beneficio*
> *debe el que es noble callarlo,*
> *porque al hacerlo, diciendo*
> *quién, es dejarle obligado*
> *cuando es pobre a agradecerlo,*
> *y cuando es rico, a pagarlo.*   (Ruiz de Alarcón.)

Quien cierra los ojos para no ver la llaga, no abrirá las manos para curarla.

Yo pongo y Dios presta.

> *Si quieres subir al cielo*
> *tienes que subir bajando*
> *hasta llegar al que sufre*
> *y darle al pobre la mano.*   (Copla)

El diablo, harto de carne, se metió fraile.

Escudero de cerrato: cuando mozo ladrón, cuando viejo beato.

A confesión buena, mala penitencia.

A confesión de gritos, absolución de pitos.

De donde viene la excomunión, viene la absolución.

A gran pecado, gran misericordia.

Para el caído, sólo hay olvido.

A lo pasado se le dice "adiós".

Tras el vicio viene el fornicio.

> *El holgar y haber placer*
> *a muchos vicios despierta*
> *y está muy claro de ver*
> *que tras comer y beber*
> *la lujuria está muy cierta.*
> *Holgando y sin ejercicio*
> *y estando en ociosidad*
> *tras la buena vida y vicio*
> *sigue luego el fornicio*
> *la lujuria y torpedad.*   (Sebastián Horozco, 1599.)

El camino del mal es cuesta abajo.

> *Si en sexto no hay perdón*
> *y en séptimo rebaja*

El corazón manda a las carnes.

Lás máscaras, los festejos
y las respuestas prolijas
de amores y devaneos,
las cañas y las sortijas,
las justas y los torneos;
todas las galas del suelo:
el oro, la púrpura, el raso,
el brocado, el terciopelo,
¿qué pensáis que hacen al caso
para merecer el cielo?   (Damián de Vegas.)

Mancha en honra más fácil se hace que se borra.

La mujer que tuvo amores
no es buena para casada,
pues de la vida pasada
le quedan los borradores.   (Lope de Vega.)

Y volverá el vulgo a hacer
burla de su torpe vida;
que la honra, una vez perdida,
mal la cobra una mujer.   (Tirso de Molina.)

Mancha en honra, cicatriz honda.

Si fue esposa después
también fue su amada antes,
y el futuro matrimonio
no la disculpó de fácil.   (Lope de Vega.)

La desgracia mayor es estar enemistado con Nuestro Señor.

Mejor es deuda vieja que pecado nuevo.

Quien a necias peca, a necias se va al infierno.

A la mujer casta su marido la basta.

Es un vidrio quebradizo
el honor de las mujeres,
y es la unión de la casada
con su marido tan fuerte
que jamás quiebra su honor
sin que el del marido quiebre;
y así, de la antigüedad
eran tan justas las leyes,
cuando mandaban quemar
a la que adúltera fuese,
para que soldase el fuego
la quiebra de un inocente,
viendo que un vidrio quebrado
otro remedio no tiene.   (Jerónimo Cuéllar.)

Más puede Dios que el diablo.

Ganan a Dios los casados
en Dios y por Dios viviendo,
y los solteros huyendo
de los vicios y pecados
y los viudos castos siendo;

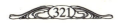

no pecando y bien haciendo,
se gana en todos los estados.   (Gegorio Silvestre.)

Quien dio la carne al diablo, da los huesos a los santos.

Más vale poco pecar que a menudo confesar.

Pasada la línea equinoccial, todo pecado se torna venial.

Pecado de mucho bulto no puede estar siempre oculto.

Pecado encubierto, medio imaginado, medio cierto.

Pecado de boca, pecadillo de gente loca.

Pecar con la intención es ver y no catar el turrón.

El ojo no pecara si el corazón no se lo mandara.

Siete veces al día peca el justo, y setenta el injusto.

Ni hombre que no peque, ni caballo que no tropiece.

Cuando el diablo tiende su capa, tapa por un lado y por otro destapa.

Ningún pecado anda solo.

Los pecados y las deudas siempre son más de lo que se piensa.

Pecado mortal sabe bien y hace mal.

PEDOS

Espantajo que no pee tanto guarda como vee.

Quien a soplos lo que come enfría, cuide no se le salga el aire por la otra vía.

Tras que la novia era tuerta, peyóse en la carrera.

La mujer que buen pedo suelta, no puede ser sino desenvuelta.

María Revuelta, a pares los suelta; mas no le va en zaga María Inés, que los suelta de tres en tres.

Cuando se pee Tomasa, retumba toda la casa.

La buena moza gentil, de un pedo apaga un candil.

La de lo verde cuescos vende, y la de lo colorado sácalos al mercado.

El valiente Cananeo, que mató a cinco de un "peo".

No hay mujer por buena que sea, que cuando mea no se pea.

Quien mea y no pee, no hace lo que debe.

Quien mea y no pee, es como quien escribe y no lee.

Quien mea y no pee, es como quien va a la escuela y no lee.

Al salir la orina por su conducto, se sale por el otro agujero el aire corrupto.

Mear sin peer, rara vez.

Ni comer sin beber, ni mear sin peer.

Peer y mear andan a la par.

Entre dos piedras feroces, salió un hombre dando voces.

Maricón, echa los pedos al rincón.

Alma triste, ¿suspiraste o te peíste?

Por donde salió el "peo", el diablo meta el "deo", el jopo la zorra, el águila el pico y el puerco el "jocico".

De los dos males, mejor es que te peas que no que te cagues.

Entre reventar o peer, ¿qué duda puede haber?

Cuando en lo más serio un pedo suena, todo se vuelve risa y fiesta.

Al sonar un pedo, sólo queda un rostro serio.

Si el pedo llevara firma, se sabría quién se lo tira; pero como no lo lleva, en el misterio se queda.

A nadie le huelen mal sus pedos ni sus hijos le parecen feos.

El toser de culo no se confunde con otro ninguno.

Cuando tose la boca, nadie al oírlo se sofoca; el pedo es la tos del culo: ¿a qué tanto disimulo?

Pee sin disimulo, que para eso tienes culo.

Cuando ya salió el pedo, tarde es para encoger el trasero.

Pedos y tambores los que más suenan son los mejores.

Pedo sonoro, vale plata y oro; pedo callado, lepra le caiga al que se lo ha tirado.

Pedo con sueño no tiene dueño.

Por dama que sea, no hay mujer que no se pea.

Por pulido, pulido que sea, no hay culito, culito que no se pea.

Al que jura que nunca se pee, nadie lo cree.

Cada uno estornuda por donde Dios le ayuda.

Hombres hay con tal desdicha, que suspiran más por abajo que por arriba.

¿Para que sirve el ojete? Para hacer sonete.

El que tiene boca se equivoca, el que tiene pies anda al revés, y el que tiene culo pee y sopla.

Mentiras de día y pedos de noche, los hay a troche y moche.

Mejor es peer que reventar.

Todos los presos quieren soltura.

Quien buen pedo tira, en su culo confía.

Quien puede, pede, y no quien no puede.

Quien puede, pede, y quien no huele.

No comas judías cuando hayas de andar entre gentes de cortesía.

Las judías siempre suelen hablar por detrás.

Andando por esas matas, enseñé a mi culo malas mañas, y cuando fui a hablar en concejo, habló mi culo primero.

Ni en parte ni en secreta hagas del culo trompeta.

Ni en parte secreta hagas del culo trompeta, porque después no te acordarás y en público trompetearás.

A buen culo, buen pedo.

De buena mano, buen dedo; de buen culo, buen pedo.

De grandes posaderas, buen pedo se espera.

De barriga grande, pedo retumbante.

Cuando el enfermo pee fuerte, lejos anda la muerte.

Mientras comas bien y peas fuerte, ríete de la muerte.

Más hiede el pedo ajeno que el nuestro.

Quien lo huele, debajo lo tiene.

Quien bien pea, que mal huela.

Dos culos conocidos de lejos se dan silbos.

A los sordos, pedos gordos.

A un fresco, un cuesco.

A quien se pee y se enoja, peyéndole más fuerte se desenoja.

Enojos y pedos pasan presto.

Amor de monja, fuego de estopa y viento del culo, todo es uno.

Suspiro de monja y pedo de fraile, todo es aire.

Palabra de cortesano y pedo de fraile, todo es aire.

Palabras locas, pedos de boca.

Palabras sin obras y viento del culo, todo es uno.

Palabras sin sentido ninguno, viento del culo.

Pedos y regüeldos, todo es viento.

Hazle caricias al jumento, que él te pagará con coces y pedos.

El burro cuando esta alegre rebuzna y pee.

¿Quién dijo miedo? Y huyó al sonar un pedo.

Un cobarde se peyó, y cuando el ruido oyeron, cuatro valientes huyeron.

Dale al villano confianza, y antes de tres días te peerá en la cara.

Es hombre de mal tiento quien se empeña en peer contra el viento.

Reniego de suspiro que hace por abajo el tiro.

El que de mí mal diga, tome una higa, y si aún obligado le quedo, le pago con otra higa y un pedo.

Palabras y pedos sueltos, a donde salen no han vuelto.

No lo crea, que estando muerto se pea.

Quien habla mal de mí a mis espaldas, con mi culo habla, y él le responderá cuando tenga gana.

Si tuviera lengua el culo, habría pedos que serían discursos.

Un buen deseo bien vale un buen "peo".

Un buen "peo" apaga la antorcha del himeneo.

Los regüeldos son pedos frustrados, que salen por arriba porque no supieron salir por abajo.

Contra el flato, bicarbonato.

Será una guarrería, pero descansa la caballería.

Después del "peo" dado, apretar las cachas.

Quien bien pee, a su culo se atiene.

No emprenda cosas de aliento el que no puede ni peer contra el viento.

Ilusiones de pobre, igual que pedos de borrica vieja.

Muchos desean oír peer, por arrimarse a oler.
Contra curiosos y entremetidos.

Te has peído, ¡qué ciscarral debes tener ahí dentro!

La voz que el culo emite no hay arrastre de sillar que la imite.

Hombres hay tan desdichados, que no suspiran por arriba, sino por debajo.

No hagas caso María, de pedos de noche y mentiras de día.

Las judías tienen un buen entrar y un mal decir, ya que siempre hablan por detrás.

Ni firmar sin leer, ni mear sin peer.

Cuando fueres por el yermo, ten el culo quedo, para que cuando fueres por lo poblado, tengas el culo bien vezado.

Tras que la novia era tuerta, peyóse la malhadada.

Brígida de Olmedo, la que encendió el monte a pedos.

Tira Mari Pérez un pedo sañudo; siete palmos alza la camisa del culo.

La que de un peo parte un napoleón, ¡ésa sí que es buen mujerón!

Mala tos tenéis, Elvira, por abajo y por arriba.

Del que tiene dineros, suenan bien hasta los pedos.

Truenos y pedos pasan presto.

A quien come habichuelas, el demonio que lo huela.

Quien se pee en el campo, se peerá en palacio.

Quien mucho pede y mucho bebe, a sí se daña y a otros hiede.

Mucho blasón y dinero ninguno, viento del culo.

Quien pedo oyó y se espantó, ¿es que nunca peyó?

PELIGROS

Bien está la puerta cerrada, y el abad en casa.

Cántaro que muchas veces va a la fuente, o deja el asa o la frente.

Quien a menudo a la guerra va, o deja la piel o la dejará.

Al peligro con tiento, y al remedio, con tiempo.

El peligro pasado, voto olvidado.

De ésta me saque Dios, que en otra no me meteré yo.

Huir del peligro es cordura, y no temerlo, locura.

Huyendo de la ocasión, se evita el peligro.

Una oveja roñosa inficiona todo el hato.

> *Mucho deben advertir*
> *los buenos y virtuosos*
> *que baste un malo cundir*
> *y otros muchos pervertir*
> *que sean como los viciosos.*
> *Mas que hierba ponzoñosa*
> *penetra su vida y trato*
> *y es averiguada cosa*
> *que una oveja roñosa*
> *inficiona todo un hato.*   (Sebastián Horozco, 1599.)

> *Mucho deben de mirar*
> *los padres de las doncellas*
> *en no dejarlas tratar*
> *con mala mujer y andar*
> *en compañía con ellas.*
> *Porque es muy mala y dañosa*
> *tal conversación y trato*
> *y una sola si es viciosa*
> *como la oveja roñosa*
> *inficiona todo un hato.*   (Sebastián Horozco, 1599.)

Quien amenaza, una tiene y otra espera.

¡Arrieritos somos y puede que en el camino nos encontremos!

> *Siempre fueron los peligros*
> *del amor y la amistad*
> *piedra toque que descubre*
> *el oro que vale más.*   (Tirso de Molina.)

Ver las orejas al lobo.

El que carretea, vuelca.

Al que anda, le sucede.

Carne de pescuezo es sabrosa, mas es peligrosa.

No hay cosa tan provechosa que no pueda ser dañosa.

Cuando el corsario promete misas y cera, con mal anda la galera.

Al buey por delante y al caballo por detrás, que los espere Barrabás.

Quien anda es quien tropieza, y no el que se está en la cama a pierna tiesa.

Carretero que dice que nunca ha volcado, o miente, o poco ha carreteado.

Peligros no pueden faltar ni en la tierra ni en el mar.

Dios te guarde de piedra y de dardo, y de hombre denodado.

Dios me guarde de lo que no me sé guardar.

Dios nos libre de quien nos acecha.

A mal camino, darse prisa.

Ni saltes por barranco, ni firmes en blanco.

Dejar lo cierto por lo dudoso es peligroso.

El peligro no se vence sin peligro.

Donde no hay riesgo, no se gana mérito.

El peligro que no se teme, más presto viene.

Cuando el diente va más seguro, topa en duro.

Las cañas se vuelven lanzas.

La nave y el mercader en una hora se suelen perder.

Una espina de besugo puede ser tu verdugo.

De la mano a la boca, se pierde la sopa.

Del pie a la mano las lía el más sano.

El fuego que la olla cuece, quema a veces.

PENAS

No te alegres de mi duelo, que cuando el mío fuere viejo, el tuyo será nuevo.

Las penas no matan, pero rematan.

Las penas o acaban, o se acaban.

Las penas son peores de pensar que de pasar.

Lo que fue amargo de pasar es dulce de recordar.

Cada uno lleva su cruz con buen o mal aire; pero sin cruz no hay nadie.

Chimenea nueva, presto se ahuma.

Tener la cosa y perderla, más duele que no tenerla.

Apaños, amaños, daños, engaños y desengaños, cosechas son, que traen los años.

El perder da más pesar que dio placer el ganar.

Más me pesa de uno que pierdo, que de tres que gano y me alegro.

¡Ay de mí, que me ha caído encima lo que merecí!

No hacerla y no temerla.

¿No basta sufrir los azotes, sino tenerlos que contar?

Por uno que no es bueno, padece un pueblo entero.

Quien justamente perece, que no se queje.

Cuando vieras cuerda, acuerda.

Quien la hizo, la espere; porque quien a hierro mata, a hierro muere.

Quien bien le parece la bellaquería, por su casa la vea otro día.

Perro que lobos mata, lobos le matan.

Si haces daño, espera daño.

Con la vara que midas serás medido.

Mal hago, mas yo las pago.

PÉRDIDAS

Piérdese lo bien ganado, y lo mal, ello y su amo.

¡Ay, perdida de mí!, que aquí lo puse y no lo hallo aquí.

En lo que no se pierde nada, algo se gana.

No perder es ganancia manifiesta.

Con algunos el perder es ganar.

Perder por ganar, ahogarse por respirar.

Nada ganar y algo perder, lo mismo viene a ser.

Agua vertida, no toda cogida.

De lo perdido, sacar algún partido.

Lo que fácilmente se pierde, con dificultad se recobra.

Bien muy querido, pronto es perdido.

El bien que se tiene es despreciado, y el bien perdido, llorado.

Aguja en un pajar, mala es de hallar.

Lo que la mano no lleva, el rincón lo echa.

Lo que no hurtan los ladrones, aparece por los rincones.

Perdiendo se aprende a ganar.

Lo perdido, darlo al olvido.

Quien lo tiene es quien lo pierde, y a quien lo pierde le duele.

Por lo que perdiste, no estés triste: haz cuenta de que nunca lo tuviste.

Mira tus cosas como ajenas, y las perderás sin pena.

Quien pierde sospecha.

Cuando se seca el pozo se sabe lo que vale el agua.

Trabajo es no tener, pero mayor es perder.

No hay pérdida sin queja.

El juicio pierde quien algo pierde.

PERDÓN

A la primera perdón, a la segunda con el bastón.

El pecado callado, medio perdonado.

El pecado es perdonado, pero no lo mal ganado.

Si quieres ser algo en la vida, ama, perdona y olvida.

Hombre maldito dona, y hombre con corona jamás perdona.

Para el caído, sólo hay olvido.

A lo que no tiene remedio, olvidar es el medio.

A lo que no tiene remedio, de vino, cuartillo y medio.

A quien perdona, pudiendo vengarse, poco le falta para salvarse.

No será bueno vengarse, pero no es malo desquitarse.

Se entiende que quien rompe, remiende; quien pecare, enmiende, y que pague quien debe.

Cuando se encontró viejo el diablo, compró un rosario.

Perdón de injuria, escalón de gloria.

> *Venganza sólo sois vos;*
> *ley del mundo, mi prudencia;*
> *ley de Dios sois vos, clemencia,*
> *y yo, el juez entre los dos.*
> *Seguir al mundo y no a Dios*
> *es necia temeridad.*
> *Rigor, filos embotad*
> *y adquirió con mi mudanza,*
> *no la honra en la venganza*
> *sino la honra en la piedad.*　　　(Tirso de Molina.)

Quien perdona pudiendo vengarse, mucho hace para salvarse.

> *A uno que perdón pedía*
> *de hinojos ante una cruz,*
> *le preguntó su conciencia:*
> *¿Y a quién has perdonado tú?*　　　(Copla.)

En las grandes afrentas, se conocen los grandes corazones.

A quien te ha ofendido, hónrale como a hermano y témele como a enemigo.

Lo pasado, pasado, y lo mal hecho por donado.

Consejo es de sabios perdonar injurias y olvidar agravios.

Por cada injuria que perdones, un galón para el cielo te pones.

Quien reza por sus enemigos, tiene a Dios por buen amigo.

Tengo pena por lo que castigué y placer por lo que perdoné.

Al pecado, perdón; al servicio, galardón.

La primera te la paso; pero a la segunda te aso.

Perdona a tu enemigo una vez; pero no dos ni tres.

El perdón sobra donde el yerro falta.

Dios le haga bien, y a mí también.

A tu enemigo fallecido, perdón y olvido.

Disimula con el yerro, y tendrás amigo duradero.

Muy bueno no puede ser el que indulgente no es.

Quien no perdonó, perdón no halló.

El mal castigado sabe bien castigar.

La esperanza del perdón facilita los delitos.

Justamente condenar y nunca indultar.

Cuando el criminal es suelto, el juez debía ser preso.

Quien al criminal perdona, afrenta al juez y a la justicia desdora.

Quien perdona al criminal es protector del mal.

El perdón alienta al homicida y al ladrón.

Largo perdón da osadía al pecador.

Quien no castiga al murmurador, causa le da para que sea peor.

Al enemigo, ni muerto ni vivo.

Perdonar al malo es decirle que lo sea.

Quien al malo da perdón, da a la ley un bofetón.

Perdonar al malo es dar al bueno un palo.

La piedad con el malo es crueldad con el bueno.

PEREZA

Pereza no lava cabeza, y si la lava no la peina.

Lunes, galbana; martes, mala gana; miércoles, tormenta; jueves, mala venta; viernes, vendaval; para un día que me queda, ¿a qué voy a trabajar?

A buenos ocios, malos negocios.

A las eras tardías, las coge el agua.

La pereza nunca dio nobleza.

Persona ociosa no puede ser virtuosa.

El comer sin trabajar y el trabajar sin comer son dos cosas que deben desaparecer.

Quien de más se está, silbando mea.

Ayer, boda; hoy, romería; mañana, bautizo: ¡bendito sea Dios que nos hizo!

Al ocioso, no hay vicio que no le acompañe.

Gente parada, malos pensamientos.

Trabajar, cuando haya gana; que lo que no se hace hoy, se hará mañana.

Un sólo "so" hace parar a la burra, y diez "arres" no la estimulan para andar.

Pereza, ¿quieres puchas? Si están hechas y no son muchas...

Lunes, galbana; martes, mala gana; miércoles, tormenta; jueves, mala venta; viernes, a cazar; sábado, a pescar, y el domingo se hizo para descansar.

Mocedad ociosa, vejez menesterosa.

> *La pobreza a la pereza*
> *sigue pertinaz la marcha;*
> *la pereza anda tan poco*
> *que la pobreza la ataja.*　　(Copla.)

Tumbada está la pereza, y ni a palos se endereza.

Que trabaje Rita.

El fuego, la cama y el amor, no dirán vete a tu labor.

Al mal trabajador no le viene bien ningún azadón.

Tras un día de fiesta, otro de pereza.

Unos por otros, y la casa por barrer.

Quien al sentarse dice ¡ay!, y al levantarse ¡upa!, ése es el yerno que mi padre no busca.

Maldito el árbol que da la fruta a fuerza de palos.

Pereza, llave de pobreza.

El perezoso siempre es menesteroso.

La pereza nunca levanta cabeza, y si la ves levantar, es para volverse a echar.

Muchas veces se pierde por pereza lo que se gana por justa sentencia.

Quien fía en su vecino se acuesta sin cenar.

No hará casa ni plantará huerto el que se le pasea el alma por el cuerpo.

Pereza, ¿quieres sopas? Si están frías o me las soplas…

Antes de comer no me puedo tener, y después de comido no puedo conmigo.

Una vez que me arremangué, toda me ensucié.

Como segamos somos muchachos, como comemos somos mancebos.

A la mesa, de los primeros; al trabajo, de los postreros.

A la mala hilandera, la rueca le hace dentera.

El día que cierno, mal día tengo.

El lunes mojo; el martes lavo; el miércoles cuelo; el jueves saco; el viernes cierno; el sábado maso; el domingo que yo hilaría, todos me dicen que no es día.

Más lo quiero creer que irlo a buscar y ver.

El asno lerdo, a la vuelta trota.

Hoy domingo y mañana fiesta, buena vida es ésta.

Hagamos esta cama, hágase, y nadie comenzaba.

Pues trabajar es virtud, y bien te quiero, trabaja tú.

No se mate, que Dios le matará.

Habla con ella, no se eche.

PETICIONES

Pedimos que Dios nos dé y no sabemos qué.

A presurosa demanda, espaciosa respuesta.

Rogar al villano, ruego vano: mientras tú más humilde, él más tirano.

Pide a persona avara, y darte ha; pero con la puerta en la cara.

Da a quien dio, pero no pidas a quien pidió.

No pidas a quien pidió, ni sirvas a quien sirvió, ni debas a quien debió.

Ni pidas lo que negaste, ni niegues lo que pediste.

Quien lo que ha menester quiera conseguir, no sea corto en el pedir.

Porfiar, para alcanzar.

Amigo pidón no es un amigo, sino un gorrón.

Pide y da para que te den; que este mundo es un ten con ten.

A la criatura si no llora, su madre no le da la teta.

No sabe lo que vale un duro quien no tuvo que pedirlo en un apuro.

Quien me pide, me despide.

De dame un queso a toma un queso van dos quesos.

No hay cosa tan costosa como la que con ruegos se compra.

Perro porfión siempre saca mendrugo.

Para el bueno, pide; para el malo, desea.

Con quien te diere la mano, no le ruegues, hermano.

A quien has de rogar, no has de agravar.

Ruego a secas poco vale.

Quien se hace sordo al ruego, no tendrá quien le oiga luego.

El pedir mucho es de loco, y de tonto el pedir poco.

El hombre que es ducho, para conseguir lo poco pide lo mucho

Para recobrar lo mío, pido lo mío y lo del vecino.

Pide la luna, aunque te hayan de dar una aceituna.

Pide cuanto quisieres, toma cuanto te dieren y rico eres.

"Para el culto de este templo". Y se ponía la mano en el pecho.

Quien pide para Dios, pide para dos.

Nunca se acuesta sin cena quien pide para una novena.

Nunca faltan rogadores, para eso y cosas peores.

Quien mucho porfía logra algún día.

Dale que le das; importuna mucho, algo sacarás.

Contra el vicio de pedir, hay la virtud de no dar.

Gran simpleza es no querer demandar lo que has menester.

Quien necesite pida, sin que vergüenza se lo impida.

Niño que no llora no mama.

Pedid, y daros han; llamad, y abriros han.

Pobre que humilde demanda, mármoles ablanda.

Por pedir nada se pierde.

Más junta uno que pide que ciento que dan.

Si el poderoso ruega, rogando manda.

Quien pide, apesta, y huele bien el que da o presta.

Quien pide no escoge.

Vale más un pimiento regalado que todo el huerto rogado.

Lo muy rogado está más que pagado.

Rogado y pagado, dos veces comprado.

Caro compró el que rogó.

Rogar es comprar sin pagar; pero llegará el pago, y será con daño.

Compra luego y déjate de ruegos.

PLACER

Casada, mucho te quiero por el bien que de ti espero.

> *Jura el otro a la doncella,*
> *a la viuda o la casada*
> *que muere de amores della,*
> *y es un amador maldito*
> *que todo su pensamiento*
> *tira sólo al cumplimiento*
> *de un bestial apetito,*
> *y no sé por qué se llama*
> *amor al de un balandrón*
> *que busca la perdición*
> *de la persona que ama.*   (Damián de Vegas.)

Si en un principio no se pisa la brasa arderá la casa.

> *Al principio fue amistad*
> *simple y honesta ignorancia,*
> *pero la perseverancia*
> *juntó las cosas distantes,*
> *y desde amigos a amantes*
> *no hay un paso de distancia.*   (Lope de Vega.)

Mariposa que busca la llama en ella se abrasa.

> *Mientras más te estoy diciendo*
> *que a los hombres no te allegues,*
> *que mires y no te ciegues,*
> *porque ciega el amor viendo,*
> *más te acercas y te allegas,*
> *y si en allegarte das,*
> *mariposilla serás,*
> *quemáraste si te ciegas.*   (Lope de Vega.)

A mayor hermosura mayor cordura.

> *Nacer para ser querida*
> *es pensión de la belleza.*   (Calderón de la Barca.)

> *Mejor es para mujer*
> *por ser más segura y cuerda,*
> *la que resiste rogada*
> *que la buena a que no ruegan.*   (Rojas.)

Por echar una cana al aire, no se perdió nadie.

Cualquier gusto vale un susto.

El placer engorda más que el comer.

Mientras dura el deleite no se envejece.

Más vale una hora de placer que ciento de pesar y que mil ducados de deuda.

Si no gozo de mi dinero, ¿para qué lo quiero?

Más vale un gozo que un buen mozo, y después del gozo, el buen mozo.

No gozar por no sufrir es regla de bien vivir.

Casado que lejos se ausenta, cornamenta.

Quien es cornudo y calla, en el corazón trae el ascua.

Con mujer que tiene dueño, ni por sueño.

Con viuda o soltera, lo que quieras; con casada, poco o nada.

Quien tiene fuente en su casa, ¿a qué va a por agua a la ajena?

Ni manjar de otro, ni coz de potro.

Tras cornudo apaleado, y ambos satisfechos.

Marido, busca otra renta, que cuesta muy cara la cornamenta.

Placer y alegría, tan pronto ida como venida.

Lo que bien nos sabe, o es pecado, o mal nos hace.

Si quieres secretos saber, búscalos en el pesar o en el placer.

Lo gozado vale menos que lo imaginado.

Placer no comunicado no es bien logrado.

Sin mujeres y sin comeres, no hay placeres.

Placer bueno no cuesta dinero; placer malo siempre es caro.

No hay placer que no enfade, y más si cuesta de balde.

Mal que se tiene porque se quiere no duele.

Sarna con gusto no pica, pero a veces mortifica.

A las cosas de placer, mira a cuál has de volver.

A placeres breves, dolores nada leves.

El fin del placer es principio del pesar.

Huye del placer presente, que te ha de dar pesar en lo siguiente.

Placer no quita comer.

PLEITOS

Amigos de pleitos, poco dinero; amigo de médicos, poca salud; amigo de frailes, poca honra.

Con tres sacos lograrás buena sentencia: uno de oro, otro de cartas, y otro de paciencia.

En pleito caro, no es menester letrado; en el oscuro no hay ninguno.

Los pleitos se han de defender como propios, se han de sentir como ajenos y se han de cobrar como enemigo.

A quien mal quieras, pleito le veas, y a quien más mal, pleito y orinal.

Pleito y suegra en casa ajena.

De necios y porfiados se mantienen los estrados.

Quien en pleitos anda metido, aunque los gane, siempre ha perdido.

Quien pleitos busca, a mal está con su fortuna.

Ni pleitos con potentados, ni amistades con criados.

Malo es gastarlo en putas, pero peor en disputas.

Pleito injusto, no entables ninguno; pleito dudoso, quítele el sueño a otro; pleito caro, perder y arreglarlo.

A quien te pidiere la capa por justicia, dale media y en paz.

Pleito de abogado, pleito enredado.

Quien pleitos tiene, el sueño pierde.

Con quien nada tiene que perder, no has de contender.

Pleitos tuve y los gané, y así y todo me arruiné.

El vencido, vencido, y el vencedor, perdido.

Pleitos y enfermedades pueblan los hospitales.

Dos en pleitos, ganancia para el tercero.

Quien demanda en aventura anda.

De un divieso nacen siete, y de un pleito, veinte.

POBREZA

Ni te abatas por pobreza, ni te ensalces por riqueza.

Pobreza no es vileza.

Bien predica quien bien vive.

Gente pobre no necesita criados.

A la gente pobre, moneda menuda.

El pobre no tiene abrigo, pariente, deudo ni amigo.

La pobreza Dios la amó; pero la porquería no.

La pobreza obliga a la casta a hacer vileza.

Lo que a los pobres se da, en mejor moneda se cobrará.

Esperanzas de pobre, pedos de burra vieja.

Cuando un pobre come jamón, o está malo el jamón, o el pobre.

¡Remiendo en un rico, ahorrador; remiendo en un pobre, pobretón!

No digas que eres pobre a quien no te pude hacer rico.

Sórbete los mocos, que Dios te dará otros.

> *Tienen los que pobres son*
> *la desgracia del cabrito:*
> *o morir cuando chiquito,*
> *o llegar a ser mayor.*   (Copla.)

Un trabajador, un rico, un holgazán y un pordiosero, retratos son de padre, hijo, nieto y bisnieto.

Padres ganadores, hijos caballeros, nietos pordioseros.

Don, din, don, din", dicen las campanas de San Martín; "din, dan, din, dan", responden las de San Julián; pero cuando muere un pobretón, no suena un mal esquilón, ni din dan, ni din don.

Mucha conciencia, vida y muerte en pobreza.

Malo es un rico avariento, pero peor es el pobre soberbio.

Lágrimas con pan no saben mal, pero sin él saben a hiel.

Al pobre y al agua de bacalo, "to" el mundo le da de "lao".

No tiene donde caerse muerto.

No tener sal ni en qué la echar es pobreza radical.

Como pobre arrimado a pared ajena.

Todos desnudos nacemos, y así volvemos.

En este mundo mezquino, cuando hay para pan no hay para vino.

Al perro flaco, todo se le vuelven pulgas.

Para ser pobre no se necesita empeño.

No hay peor tinaja que la que no tiene nada.

Quien no tiene pan, ya ha cenado.

La pobreza tiene cara de mala mujer: de puta, ladrona, alcahueta, rahez.

Hombre muy necesitado, muerto y no enterrado.

Al pobre, hasta los perros le ladran.

Si nada tienes, nada eres.

Sin dinero, el hombre es cero.

A quien vive al raso, nadie le hace caso.

El pobre no tiene autoridad, aunque diga la verdad.

Al pobre y al ausente no le quedan amigos ni parientes.

El pobre es un apestado, y todos huyen de su lado.

Bolsillo vacío, trapo le digo.

La pobreza no es bajeza; pero tampoco es alteza.

La pobreza Dios la amó, y Él pobre fue, con ser Dios.

Es gran pena comer de mano ajena.

En la casa del pobre, todos pelean sin saber por qué, y es porque no tienen que comer.

La poca harina da mohina y a los más prudentes desatina.

No hay mejores maestras que la necesidad y la pobreza.

El pobre es rumboso; el rico, roñoso.

PRECAUCIÓN

Del bueno no fiar y al malo echar.

Al amigo que no es cierto, con un ojo cerrado y el otro abierto.

El día que no escobé, vino quien no pensé.

De hombre tiple y de mujer bajón, líbrenos Dios.

Del toro por delante, del mulo por detrás, del carro por los lados y del falso amigo por los cuatro costados.

Inútiles pláticas e inútiles libros, ni las tenga tus hijas, ni los lean tus hijos.

Si no eres casto, sé cauto.

Tú cristiano que te atreves
pecando a Dios ofender
mucho recatarte debes
con mal ejemplo no cebes
a otros a mal hacer.
La publicidad y fasto
en lo tal es de indiscreto
y por lo malo lo contrasto
así que si no eres casto
sé cauto en ser muy discreto. (Sebastián Horozco 1599.)

La precaución y el caldo de gallina no han hecho daño a nadie.

Cuando fueres a la villa ten ojo a la borriquilla.

Quitando la causa, cesa el efecto.

El buey bravo en tierra ajena se hace manso.

Los valientes y el buen vino se acaban de camino.

Al villano, dadle el pie y se tomará la mano.

Cepa de madroño, chisporrotea y quema el co......razón.

No temo al frío y a la helada, sino a la lluvia porfiada.

A gran río, pasar el último.

Con todos cautela, y aún más precaución con el que parece capón.

En pasar ríos y dar dineros, ni de los últimos, ni de los primeros.

El dinero es para contarlo, y las llaves, para guardarlo.

Después de perdido el barco, todos son pilotos.

Siempre es tarde cuando se llora.

En ahogándose el niño, se ciega el pozo.

Cerrar el arca ya hecho el robo es precaución de bobo.

Las paredes oyen.

Ni tras pared ni tras seto digas tu secreto.

Callar y callemos, que todos por qué callar tenemos.

Con lo que eres defendido, no lo pongas en poder de tu enemigo.

Al gato goloso y a la moza ventanera, taparles la gatera.

Quien bien cierra su puerta, duerme a pierna suelta.

Por si vienen mal dadas, échale a tu puerta llave, cerrojo y aldaba.

Llave echada hace a tu vecina honrada, y a ti bien guardada.

Guárdate y Dios te guardará.

Si quieres hacer lo acertado, echa por la puente y no por el vado.

Quien rodea llega, y a veces antes que quien no rodea.

A mal camino echar detrás.

Antes de pasar el vado, habla con los que lo han pasado.

Pies que correr no saben, despacio anden.

Ni volver de pronto esquina, ni meterse en lo que hace la vecina.

Ni bajar corriendo la escalera, ni casarse con hija de mesonera.

Anda con tiento y trabaja con aliento.

Cuidado anda camino, que no mozo garrido.

Morenita, tente a las clines, que hay falta de bueno y sobra de ruines.

PREGUNTAS

Del hombre que mucho pregunta, mal se barrunta.

Para el camino no errar, o saberlo, o preguntar.

Quien lengua tiene, va a donde quiere.

Preguntando van a Roma.

Preguntando, preguntando, se llega al sitio que va uno buscando.

Por preguntar, nada se pierde.

Preguntar es no querer ignorar.

Quien dude, reflexione o pregunte.

El preguntar no es errar, si no es necio el preguntar.

A quien te pregunte lo que él sabe, respóndele de mal aire.

Preguntas suele haber a que no hay que responder.

A pregunta necia, disimulada respuesta.

Tales preguntas el necio puede hacer, que el sabio no le sepa responder.

Más preguntará un necio que responderán cien discretos.

No preguntes por saber, que el tiempo te lo hará ver.

No preguntes a ninguno adónde va, ni de dónde viene, ni qué ha comido, ni cuántos años tiene.

Tan necio es preguntar sabiendo como responder ignorando.

Más tino se necesita para preguntar que para contestar.

Mejor al hombre has de conocer por su preguntar que por su responder.

Cuál pregunta harás, tal respuesta habrás.

Quien pregunta lo que no debe oye lo que no quiere.

El que pregunta se queda de cuadra.

Quien te pregunta lo que sabe, quiere probarte.

Harto sabe quien pregunta, y harto a lo que sabe apunta.

PRÉSTAMOS

Quien me presta, me socorre la vida y me la sustenta; pero si me presta con interés, también se sustenta y se socorre él.

Si tuviéramos dinero para pan, carne y cebolla, nuestra vecina nos prestara la olla.

Más vale prestar al enemigo, que pedir prestado al amigo.

Ni vestirse de prestado, ni tratar con moza de soldado.

Quien prestó, perdió.

No quiero pleitear por mis dineros.

Guarda y no prestes; porfía y no apuestes.

Más vale dar dado, que dar prestado.

Quien prestó al amigo, dos cosas hizo: vendió un amigo y compró un enemigo.

El prestar hace amigos a los enemigos, y enemigos a los amigos.

Si el prestar bueno fuere, prestarían los maridos sus mujeres.

No prestes libro, caballo, pluma, guitarra y mujer, que te lo pueden jo... robar.

Lo que se monta, no se presta.
Escopeta, caballo y mujer.

Quien prestó, no cobró, y si cobró, mal enemigo se echó.

Más vale guardar sin ganar que prestar y no cobrar.

No prestes más cantidad que la que puedas condonar.

Bestia prestada, mal comida y bien andada.

Lo prestado es medio dado.

Quien lo que prestó quiere cobrar, muchas vueltas ha de dar.

Quien pidió prestado, una vez se puso descolorido y ciento colorado.

PREVISIÓN

Mejor es prevenir que curar.

Para librarse de lazos, antes buena cabeza que buenos brazos

El vivir prevenido, del hombre cuerdo ha sido.

La discreción tuvo por hija a la previsión.

Antes que emprendas, mide tus fuerzas.

Antes de compadrear bien los has de mirar, para que nunca descompadrees con el que compadres

El que adelante no mira, atrás se halla.

Quien no piensa que hay mañana, tiene la cabeza vana.

El buen ladrón, en la casa, primero mira la salida que la entrada.

No te metas donde salir no puedes.

Pues mañana hemos de ayunar, tarde y bien cenar.

Piedra vista menos hiere.

La discreción se anticipa al peligro.

Al peligro, con tiempo, y al remedio, con tiento.

Castillo apercibido no es sorprendido.

De vivir apercibido, nadie se ha arrepentido.

Hombre advertido, corazón tranquilo.

Hombre prevenido, combatido y no vencido.

En casa de vecindad, no muestres tu habilidad.

Quien corre tras quien bien corre, menester es que ahorre.

A camino largo, paso corto.

Ten en dos bancos el culo, por si te falla uno.

Mucho ojo, que la vista engaña.

Más vale un "por si acaso" que un "pensé que".

Habas contadas.

PRINCIPIO

Principio quieren las cosas, y mozos, las mozas.

Pequeñas astillas el fuego encienden, y los grandes maderos lo sostienen.

Empezar casi es acabar.

Jamón empezado, pronto mediado, y jamón mediado, pronto acabado.

Empezada la torta, todo el que llega corta.

Labor comenzada, no es para mostrada.

O no empezar, o lo empezado acabar.

De chicos principios, grandes fines.

Principio desacertado, fin desdichado.

Empezar mal y acabar bien pocos ojos lo ven.

Quien mal empieza, mal acaba.

Para que tus obras salgan con acierto, princípialas con acuerdo.

El paso que al arrancar toma la mula, todo el día le dura.

Por el comenzar se vislumbra cómo será el acabar.

Quien no resistió a empezar, no resistirá a continuar.

En el comienzo está el mayor tropiezo.

La mayor jornada es la primera.

Echar a andar es lo más difícil de caminar.

Coser y cantar, todo es empezar.

Los principios de las cosas son difíciles, e inciertos los fines.

Fácil es añadir algo a lo ya comenzado.

Por algo se empieza.

Hogaza partida, hogaza comida.

En sacando una loncha al pernil, se va por allí.

PRISA

El perro que más corre no es el que más caza.

Menos correr y más hacer.

Quien correr se propone, a tropezar se dispone.

Quien de prisa come y lee, mal lo comido y lo leído digiere.

Quien templa la guitarra de prisa, hace saltar la prima.

Quien echa agua en la garrafa de golpe, más derrama que ella coge.

Orden y prisa no son de una familia.

Quien mucho se apresura, no hace cosa segura.

Lo que aprisa se construye, aprisa se destruye.

Cosa hecha aprisa, cosa de risa.

Bien y pronto sólo lo intenta algún tonto.

Aprisa y bien no puede ser.

Aprisa y bien hecho, solamente los buñuelos.

Aprisa aprisa, ni la misa es misa.

Más vale deprisa errar que despacio acertar.

Pasar por ello, como perro por viña vendimiada.

Para decir que el toro viene no es menester tantos arrempujones.

La buena vida no quiere prisas.

No vendas la piel de oso antes te haberlo cazado.

Prisa venturosa, vagar desastrado.

Lo que de prisa se hace, despacio se llora.

En fin, más corre un galgo que un mastín, y al cabo del año, más corre un mastín que un galgo.

Al comer y al vaciar, te has de espaciar.

Vísteme despacio, que tengo prisa.

Date prisa, pero no corras.

PROMESAS

Promete siempre en duda, y si no das, no caerás en culpa.

Nunca prometas lo que no has de dar, ni compres lo que no has de pagar.

Más vale un "toma" que dos te "daré".

Quien mucho promete, dos cosas hace: promete y miente.

Prometer de ligero es de hombre fullero.

Quien todo lo promete, todo lo niega.

Donde hay mucha parola, no busques obras.

Mucho prometéis don Diego, señal de no cumplir luego.

El prometer no empobrece y cosa de ricos parece.

Buenas palabras, cantar de cigarra.

Buenas palabras no hacen buen caldo.

Decir es de charlatanes; hacer es de hombres formales.

El hombre honrado, de su palabra es esclavo.

La promesa del noble y el honrado es dinero de contado.

Quien prometió y no dio la cagó.

Prometer oro y moro, y al cabo, nada todo.

Los ofrecimientos son para los extraños, y las obras para los amigos.

El hombre prudente mira bien lo que promete.

A quien no has de proteger, no se lo hagas creer.

Del decir al hacer hay diez leguas de mal camino.

Oveja prometida y no dada no mengua la manada.

Quien promete lo que no tiene palabras despende.

De noche, chichirimoche, y de madrugada, chichirinada.

En mi pueblo y en más de veinte, nadie cumple lo que promete.

Decir y hacer se sientan a una mesa rara vez.

PROPIEDAD

Las medias, para las mujeres, y acaban rompiéndose.

A medias, ni la salvación eterna.

Hacienda de muchos, todos desgajan y no la defiende ninguno.

Vaca de muchos, bien ordeñada y mal alimentada.

Asno de dos dueños, por dos trabaja y come por medio.

No hay nariz fea para quien en su cara la lleva.

A cada uno le gusta lo suyo.

Cada capellán alaba sus reliquias.

Sobre mi dinero y mi zaranda, nadie manda.

Yo soy el amo de la burra, y en la burra mando yo; cuando quiero, digo arre; cuando quiero, digo so.

Como es mía la guitarra, toco por donde me da la gana.

El amo del suelo es amo del vuelo.

El amo de la yegua es amo del potro.

Cada uno conoce las uvas de su majuelo.

Si quieres saber de quién es la bestia, pégale un palo y verás canela.

Roto o descosido, mío y no prestado es el vestido.

Lo mío, mío; lo tuyo, tuyo.

Hacienda ajena no es heredera.

Nadie tiene en lo ajeno más de lo que quiere el dueño.

Sembrado por sembrado, más vale tenerlo propio que verlo extraño.

Más vale tuerta y nuestra, que con cuatro ojos y ajena.

Con lo mío me ayude Dios, que con lo ajeno no.

De lo que eres señor, eres mantenedor.

Ni aun la mortaja es nuestra, sino de la tierra.

Los ojos allá van, donde tienen lo que han.

PROPORCIONALIDAD

De buena harina, buena masa.

De tal establo, tal bestia.

A la peor burra, el peor aparejo.

Buena carrera, del buen caballo se espera.

De tal flor, tal olor.

De tal feria, tal ganancia.

Tal será mi pagar como sea tu cantar.

A tal leche, tal cuajo, y a tal campana, tal badajo.

A ruin barba, navaja mellada.

A tal señor, tal servidor.

Cual el autor, tal la obra.

La peana, a proporción de la santa.

A chico santo, chico rezado.

A hombro gordo, camisa larga.

Para quien es padre, bien vestida va madre.

A calzones viejos, malos remiendos.

A tal dama, tal gala.

A más caldo, más sopas.

De tal palo, tal astilla.

De mala marrana, buenos lechones, por los co... razones.

De buen árbol, buena sombra.

De mala cepa, mal racimo.

Tal para cual: para tal culo, tal pañal.

Como es el mesón, así los huéspedes son.

A chico santo, medio padrenuestro; a gran santo, echar el resto.

A poco pan, menos queso dan.

PRUDENCIA

La prudencia en el que la tiene, muchos daños y males previene.

Donde hay prudencia y buena conciencia, no hay de qué haber penitencia.

Doña Prudencia murió de vieja.

A más años, más prudencia.

Del tiempo y la experiencia es hija la prudencia.

Cuando hablares de alguien, mira de quién, adónde y qué, cómo, cuándo y a quién.

Callo por el tiempo en que me hallo; que si en otro me hallara, no me callara.

Donde mores, no enamores.

Cuando fueres a casa ajena, llama de fuera.

De hombre templado no te verás vengado.

A la larga lengua, cortas manos.

El prudente todo lo ha de mirar antes que armas tomar.

Ni hagas todo lo que puedes, ni digas todo lo que sabes, ni juzgues todo lo que ves, ni creas todo lo que oigas.

Toma el tiento a lo que puedas, y a más no te atrevas.

Reniego de quien echa aceite sobre el fuego.

Ingenio sin prudencia, loco con espada.

Sólo el prudente es sabio.

El prudente no hace porque después se arrepiente.

Hallarás la prudencia menos en las armas que en las letras.

Más se debe a la prudencia que a las fuerzas.

Mejor es el varón prudente que el fuerte.

Quien tiene qué perder, con prudencia debe proceder.

El tiento es el camino del acierto.

El fuego no enoja mientras no le tocan.

PUTAS

Puta la madre, puta la hija, puta la manta que las cobija.

A la puta y al juglar, a la vejez les viene el mal.

Cada mochuelo a su olivo, y cada puta a su rincón.

Amor de ramera y vino de frasco, a la tarde dulce y a la mañana amargo.

Puta, cuna y fortuna, presto se mudan.

Rosa que muchos huelen, su fragancia pierde.

Amor comprado, dale por vendido.

Ni de malva, buen vencejo; ni de estiércol, buen olor; ni de mozo, buen consejo; ni de puta, buen amor.

Amor de puta y convite de mesonero siempre cuesta dinero.

Para ser puta y no ganar nada, más vale ser mujer honrada.

Dios nos libre de tabernero novel y de puta de burdel.

La puta con otra se disputa.

Cuando la puta hila, el rufián devana y el escribano pregunta a cuánto estamos de mes, mal para los tres.

Poco dinero, poco meneo.

Ni compres mula coja, pensando que ha de sanar; ni cases con puta, pensando que se ha de enmendar.

Tres cosas hay que matan al hombre: putas, juegos y medias noches.

Mujer que el culo menea, yo no sé si lo será, pero es probable que lo sea.

Mujer que al andar culea, si no es puta poco le "quea".

La mujer que toma, su cuerpo dona.

Quien tiene caballo y barragana, mala noche y peor mañana.

Cabellos y virgos, muchos hay postizos.

A mujer que toma, el que la da la toma.

No hay moneda que no pase, ni puta que no se case.

Para puta y comer guiso de patatas, más quiero ser beata.

Ser puta y buena mujer, ¿cómo puede ser?

En la calle, señora; en la ventana, dama, y puta en la cama.

Quien dijese que en su linaje no hay puta, ladrón, ni pobre, fírmelo con su nombre.

¿Puta en confesonario? ¡Aviado está el vicario!

Con el rey me eché y más puta me levanté.

La mujer que se prende, su cuerpo vende.

Putas en cuaresma, mal comen, pero bien rezan.

Después de ramera maldita, hábito de Santa Rita.

Más vale ser puta, que hija de puta.

Putas y disputas, son malas frutas.

Puta sí, mas vieja no.

Ama tanto la mujer
ser moza, por ser querida,
que más quiere conceder

Guárdate de puta, que deja la bolsa enjuta.

Putas y alcahuetas todas son tretas.

La moneda falsa pasa, y la puta se casa.

A la que uno no contenta, lo mismo es dos que cincuenta; o no bastan dos ni cincuenta.

A la ramera y a la lechuga, una temporada dura.
La lozanía.

Aunque sois sordo, marido, bien veis. Sí, mujer; aunque no oigo que soy cornudo, bien veo que sois puta.

Carne puta no envejece.

De puta sí, pero de tonta "na".

Esta burra me ha de hacer puta, que me lleva a los pastores.

Veinte años de puta y uno de casada, y sois mujer honrada.

Ni de puta buena, amiga; ni de estopa buena, camisa; notad cómo la puta es criada, y la estopa cómo es hilada.

La que del rey se hace fruta, es una puta real y una real puta.

Fue puta la madre, y basta: la hija saldrá a la casta.

Este asno puta me hace, que a la cabaña me lleva. ¡Arre, arre!

Putas viejas al molino, que este pie tengo dormido; putas viejas al mercado, que ya el pie ha despertado.
Dicho que se decía a los niños cuando se dormía un pie; de aquí se deduce que la palabra puta no sonaba duramente, ya que se pronunciaba delante de ellos.

Mujer de la calle, mujer de todos y esposa de nadie.

No te duelas del afán de quien tiene puta y no tiene pan.

¿Quién te hizo puta? Buenas palabras y malas lecturas.

Si con el rey te echaste, puta del rey debes llamarte.

La que de sí al rey hace plato, será puta real, pero puta al cabo.

Puta y fea, poco putea.

Caricias de puta y convite de tabernero no puede ser que no cueste dinero.

Hija de puta y mal vinagre sabe a la madre.

La que primero fue puta que buena mujer, en lo bueno y en lo malo tiene gran saber.

Ni pueblo sin putas, ni perro sin pulgas.

La mujer que se da de balde, por vicio o por amor lo hace.

Con putas y maricones no gastes razones, sino puntapiés y mojicones.

¡Qué negra tacha, ser puta y borracha!

De puta a puta no va nada.

Las ocasiones hacen las putas y los ladrones.

Puta sí, mas fea no, si el espejo no mintió.

Otros medran por ventura, y las putas por natura.

Para que haya "toma", haya primero "daca", dijo al galán la dama bellaca.

A putas y ladrones, nunca faltan devociones.

Putos y putas por el olor se buscan.

Pues el saber estorba y los que medran son pillos, lo que en libro habíamos de gastar echémoslo en putas y en vino.

No hay clara que no sea puta, ni puta que no sea clara.

Dondequiera que hay tejas, hay putas mozas y putas viejas.

Después de dos horas de escuchar, dijo el cura: ¿Hay más putas que confesar?

Primero fui puta que tú rufián, y sé cómo las han.

Donde hay putas no faltan disputas.

Disputa con puta, necia disputa.

Amor de puta, fuego de estopas y zumo de culo, todo es uno.

Puta y fortuna, con cualquier viento se mudan.

Tan propio es de la puta llorar como del rufián el jurar.

Puta a la puerta, vigilia con abstinencia.

Cuando la puta no duerme de día, mal anda la putería.

Brío de caballo y hermosura de puta, quince años no duran.

La puta y el fanfarrón tienen poca duración.

Los barberos y las putas cuando son viejos asustan.

Su mal busca quien busca a la pelandusca.

Mujer de trato, sólo para un rato.

Con las de cuatro letras, no tengas cuentas.

Treinta años de puta y otros tantos de alcahueta, la carrera completa.

Puta vieja, ¿latín sabéis? Entrad para acá, que acá lo diréis.

QUEJAS

Poco mal y bien gemido.

Chica llaga y bien vendada.

Sólo se queja el que tiene quien le escuche.

Más se queja quien se caga en la manta que quien la lava.

Quien quiere quejarse, presto halla achaques.

Si tu mal tiene remedio, ¿para qué te quejas? Y si no lo tiene, ¿por qué te quejas?

Reniego de señora que todo lo llora.

No hagas caso de queja de mozo ni de maullido de gato.

Muchos que se dicen desdichados son castigados.

Aunque mucho rezáis, a vos os engañáis.

No lloréis la mengua antes que venga.

Ni hables como doliente, ni vivas entre vil gente.

Quien tiene pan y vino, si se queja, es un pollino.

¿Muy malo y estás en pie? Te creeré o no te creeré.

Tú con la queja y yo con la pérdida.

Yo soy el descalabrado, ¿y vos os ponéis la venda?

Caballo que no sale de la cabelleriza o establo, siempre relincha.

A quien le duele, razón es que se queje.

Quien se queja, algo le duele.

Más vale buena queja que mala paga.

Al puerco más gruñidor dan la bellota mejor.

El que no llora no mama.

Hazte llorera a menudo y nunca te faltará un duro.

Oveja perdida que bala, el pastor va a buscarla.

Dolor quejado, dolor aliviado.

Quien se queja sus males aleja.

Si fuese honesto el quejarse, ningún dolor sería grave.

QUERERES

Besos y abrazos no hacen chiquillos, pero tocan a vísperas.

Abracijos no hacen hijos, pero son preparatijos.

El hombre es fuego y la mujer estopa, ¡viene el diablo y sopla!

Entre santa y santo, pared de cal y canto.

Boca besada, mujer entregada.

Tras el beso viene eso.

La mejor bestia quiere aguijón, y la mejor mujer, varón.

> *Mujer hermosa o fea*
> *naturalmente desean*
> *holgarse con el varón.*   (Copla.)

Abrazos y besos no son siembra, pero son barbecho.

Cuantas veo, tantas quiero, y si más viera, más quisiera.

Por el besar empieza la doncella a resbalar.

Dámela besada, y te la daré catada.

De lo que la mozuela se busca, el mozuelo no tiene la culpa.

El cornudo, más vale de ciento que de uno.

Ése te hurgó, santera, que vio al santero ir por leña.

Por donde pasa el dedo, pasa el enredo.

Remedio contra la lujuria, mujer fea y barbuda.

Respinga y retoza el mozo con la moza.

Sin pan y sin vino, no anda Venus camino.

Ama con amigo, ni la tengas en tu casa, ni la des a tu vecino.

Retozos a menudo, presto llegan al culo.

Vienen las canas y empiezan a terminarse las ganas.

¡Ay de mí, que cuanto menos me caté preñada me vi!
Refrán muy antiguo y justificativo de algunas adolescentes.

Una vez al año, ni a los viejos hace daño; una vez al mes, buena cosa es; una vez a la quincena es cosa muy buena; una vez a la semana es cosa sana; dos veces por semana, ni mata ni sana, y una vez al día, es una porquería. Y el que dice, dos veces al día no es verdad, y sí chulería.

Uno es escaseza; dos, gentileza; tres, valentía; cuatro, bellaquería.

En meses que no tienen erre, no te arrimes a las mujeres.

> *De este refrán existe una copla de don Manuel del Palacio:*
> *"Presos de amor en las redes*
> *que tejen Dios o el demonio,*
> *uniéronse en matrimonio*
> *Paco y su prima Mercedes.*
> *Y del ansia conyugal*
> *olvidando el ten con ten,*
> *de tanto quererse bien*
> *dieron en sentirse mal.*
> *Interrogado un doctor*
> *muy su amigo y de gran ciencia,*
> *respondió: De esta dolencia*
> *es voluntario el dolor.*

Hallasteis la dicha grata
y, al gozarla sin medida,
olvidáis que la comida
cuando se indigesta, mata.
Tregua demanda el querer
y la ordeno en adelante:
creo haber dicho bastante
para hacerme comprender.
Que el abuso se destierre
huyendo las ocasiones
y guardad las expansiones
para los meses con erre.
Volvió el esposo a la esposa
el pálido rostro bello,
y abrazándose a su cuello,
dijo entre alegre y llorosa:
Cual tú la salud ansío,
y en tu prudencia confío.
Por mí, seguros estamos.
Pero, ¿en que mes no hallamos?
En "argosto", Paco mío".

El viejo por no poder y el mozo por no saber quédase la moza sin lo que puedes entender.

Para tu mujer empreñar, no debes a otro buscar.

Por eso es uno cornudo, porque pueden dos más que uno.

Más calienta la pata de un varón, que diez arrobas de carbón.

En las fuerzas del amor, el que huye es vencedor.

Cuando estuvieres con él vientre con vientre, no le digas cuanto te viniere a la mente.

Cuando la borrica quiere, el asno no puede.

Mucha campana, para tan poco badajo.

Que Dios os proteja de las malas y os guarde de las buenas.

Si no hay calor en el nido, lo busca fuera el marido.

A las "parías" a los tres días, y al resto siempre presto.

Cuernos que mantengan, déjalos que crezcan.

Más vale mal marido, que jóven amigo.

Todavía le es mejor
a la mujer ser casada,
aunque sea con un pastor
que con el emperador
placer y estar amigada.
Y aunque no sea escogido
es vivir en buen estado
aunque pobre y abatido
más vale, en fin, mal marido (Sebastián Horozco, 1599.)
que buen amigo en pecado.

A la mujer, preñarla y besarla, y lo demás hasta que para, y a la parida, cada día, y a la que no pare hasta hacerla concebir, para que venga a parir.

Se lleva acompañar galantemente
a una mujer muy fea y a otra hermosa,
y como es natural y muy frecuente,
la hermosa es su mujer, la otra su esposa. *(Campoamor.)*

El desear y ver es
en la honrada y la no tal
apetito natural.
Y si diferencia se halla,
es que la honrada calla,
y la otra dice su mal.
Callará, pues que presumo
cubrir mi desasosiego,
si puede encubrirse el fuego
sin manifestarse el humo.   (Tirso de Molina.)

El primer amante has sido,
que dando alcance a la presa
se levanta de la mesa
con hambre, habiendo comido;
que la costumbre de amar
agora, si tienes cuenta
es de postillón en venta,
beber un trago, y picar.   (Tirso de Molina.)

Él que me lo rogó y yo blandita de corazón…

Él que lo quería y yo que lo apetecía…

Fué tanta la insistencia y tan poca la resistencia…

Amor y vino, sin desatino.

Amor y prudencia mal congenian.

RAZONES

Di tu razón y no señales autor.

A quien no convencen razones, convéncele una docena de coscorrones.

A quien no quiere caldo, tres tazas, y la última rebosando.

A quien no quiere coles, el plato lleno.

Así el mundo va andando: unos riendo y otros llorando.

La razón no quiere fuerza, ni la fuerza quiere razón.

Todo lo bueno parece bien, sino hombre ajeno sobre mujer.

La crítica es fácil, el arte difícil.

La razón siempre acaba por tener razón.

La razón no quiere fuerza, ni maña que la tuerza.

"Porque sí" y "porque no", razones bestiales son.

Razones no aprovechan a quien tiene el alma perversa.

Por de pronto la fuerza vence; pero, al cabo, a la razón cede.

Donde media razón no vale autoridad.

La razón hace atrevido al cobarde.

La razón es derecha, pero endeble, y cualquier golpecito la tuerce.

La razón no tiene más que un camino.

Sigue la razón, agrade o no.

Mande la razón y obedezca la pasión.

Con los malos y perversos no hay razón que sea de provecho.

"Porque sí" y "porque no" son razones de cabo de escuadra.

Las tres razones de Matías: una vana y dos vacías.

Razones de carta rota, que a cada palabra le faltan otras.

En esa razón hinco yo mi bordón.

No toda razón pide satisfacción.

La razón siempre acaba por tener razón.

RECIPROCIDAD

Con la medida que compres te venderán; con la medida que midieres, te medirán.

Te honrará el honrado y te infamará el infamado.

Tú que sabes y yo que sé, cállate tú, que yo callaré.

Del mundo lo aprendí: hoy por mí y mañana por ti.

Quien da bien por bien, y mal por mal, es un hombre leal.

A música de rebuznos, contrapunto de varapalos.

Con quien suele hacer traición, astucia y mala intención.

Malicia por malicia, y pues de tuno a tuno jugamos, en paz estamos.

Al que te vaya con cuentos, cuéntale tú un ciento.

Cuando estés entre cucos y zorros, sélo tú más que todos.

A quien te mea, cágalo.

Al santo que está enojado, con no rezarle está pagado.

Quien no compra en mi tienda, nada me venda.

Favores en casa echados ya están pagados.

Hasta el aire quiere correspondencia.

A quien de ti mal diga, dale dos higas, y a quien diga bien, mantecados y fruta de sartén.

A quien te alabare tu villa, alábale su ciudad.

Te honrará el honrado y te infamará el infamado.

Quien quiera obras, que las haga.

Sembrar para coger, y coger para sembrar.

Lo que te hagan harás, y así a todos pagarás.

Hago por ti, para que hagas por mí; que de balde nunca serví.

Con buena correspondencia, la amistad se conserva.

Quien de muchos se quiere servir, con todos ha de cumplir.

Tiene necesidad de complacer el que quiere que todos le hagan placer.

A un mal, otro mal; a un bien, otro también.

Quien bien hace, bien merece.

Si haces mal, espera otro tal.

Quien siembra viento, recoge tempestades.

Quien paga a cada prójimo en su moneda, nada a deber le queda.

Ama y te amarán; odia y te odiarán.

Ama a quien ama, y responde a quien te llama.

Amor con amor se paga, y no con buenas palabras.

Dame el pie, darte he la mano.

Vaya el dar con el tomar, que hacen buen par.

Si quieres que algo te den, alarga la mano y da tú también.

No pidas de mano ajena si la tuya no va llena.

Pues para recibir eres franco, para dar no seas manco.

Con quien suele hacer traición, astucia y mala intención.

Malicia por malicia, y pues de tuno a tuno jugamos, en paz estamos.

Estocada por cornada.

Querer a quien no me quiere, mal haya quien tal hiciere.

A quien no te quiere, no le quieras; que hasta el aire pide correspondencia.

A los amigos que son ciertos, con los brazos abiertos; a los que una vez te han pegado, con el puño cerrado.

Lo que piensas te hago, y no hay mejor pago.

A diablo, diablo y diablillo.

REFLEXIÓN

Antes de hablar, un padrenuestro rezar.

Antes que hables, pensarás, y así de lo hablado no te arrepentirás.

Rumia tus palabras antes de soltarlas.

Entiende primero y habla postrero.

Piensa mucho, habla poco y escribe menos.

Más vale pensar y hablar que hablar y luego pensar.

Lo que no pensé antes de hablar, después de hablado me da que pensar.

A pregunta apresurada, respuesta bien pensada.

Al pensar, despacio; al hacer, nada reacio.

Para determinar, despacio; para ejecutar, como un rayo.

En cosa alguna, pensar muchas y hacer una.

Lo que una vez has de hacer, medítalo diez.

Mientras lo piensa el cuerdo, lo hace el necio y cátalo hecho.

Mientras más se piensa, menos se acierta.

En mucho consejo, mucha duda.

Reverso y anverso, así en lo próspero como en lo adverso.

Más meditada debe ser la salida que la entrada.

A negocio duro, consejo maduro.

Bien urde quien bien trama.

Antes de tragado, bien mascado y bien remojado.

Resolución bien tomada, la que se consulta con la almohada.

Dormiré, velaré y con la almohada consultaré.

El pensamiento postrero es más sabio que el primero.

Antes moral que almendro.
Indicando que es más prudente tardar en las decisiones.

A lo hecho, remedio, y a lo por hacer, consejo.

Quien se detiene a pensar no quiere errar.

Pensando mucho y corrigiendo más, buena tu obra sacarás.

REFRANES

Cien refranes, cien verdades.

No hay refrán que no diga una verdad, y una no, es porque dice dos.

Quien habla por refranes, es un saco de verdades.

Refranes que no sean verdaderos y febreros que no sean locos, pocos.

Los refranes viejos son profecías.

Refranes viejos son evangelios pequeños.

En la boca del vulgo andan los refranes, pero no salieron de bocas vulgares.

Hombre refranero, medido y certero.

Quien refranes no sabe, ¿qué es lo que sabe?

Saber refranes poco cuesta y mucho vale.

De refranes y cantares tiene el pueblo mil millares.

Los pobres tienen más coplas que ollas, y más refranes que panes.

Refranes, más que panes, y letanías, más que días.

La persona que es curiosa tiene un refrán para cada cosa.

Hombre refranero, poca carne en el puchero.

Gente refranera, gente embustera.

Hay refranes que no son para escritos, sino para dichos, y eso entre amigos.

Para todo tiene refranes el pueblo; el toque está en saberlos.

Si los refranes fueran ley que se cumpliera, mejor el mundo anduviera.

Los refranes te darán consejo y alivio en tus afanes.

Refranes y consejos todos son buenos.

Los refranes viejos todos son sentencias.

De refrán y afán pocos se librarán.

Coplas y refranes, del polvo nacen.

REFRANES y DICHOS CURIOSOS, JOCOSOS, RAROS, POCO CONOCIDOS

Abanico de tonta, mal manejado con una mano y peor con la otra.

Haz buen barbecho y échale basura, y cágate en los libros de agricultura.

Hasta el cuarenta de mayo, no te quites el sayo, y si el tiempo es inoportuno, hasta el cuarenta y uno. Otros dicen: hasta el cuarenta de junio.

Para ésta que yo lo diga a la maestra; que os comiste el pan de la cesta, y lo que os sobró me lo comí yo.

Quien tiene almorranas en el culo no se puede sentar seguro.

Cuando el grajo vuela bajo, hace un frío del carajo, y cuando el buey se mete entre los rincones hace un frío de c......orazones.

> *La ciencia más consumada*
> *es que el hombre bien acabe,*
> *porque al fin de la jornada,*
> *aquel que se salva, sabe,*
> *y el que no, no sabe nada.*   (Campoamor.)

Leyendo los epitafios comprenderá uno cuánto se gana muriendo.

Cásate con un militar, ya que saben hacer camas, coser y cocinar, y sobre todo están acostumbrados a obedecer.
Consejo de una madre a su hija.

De los atributos de Dios, aunque todos son iguales, más resplandece y campea, a nuestro ver, el don de la misericordia que el de la justicia.
Consejos de Don Quijote a Sancho, cuando iba a gobernar la ínsula Barataria.

> *Vida honesta y arreglada,*
> *tomar muy pocos remedios,*
> *poner todos los medios*
> *de no alterarse por nada.*
> *La comida, moderada,*
> *ejercicio y distracción,*
> *no tener mucha aprensión,*
> *salir al campo algún rato,*
> *poco miedo y mucho trato,*
> *y, como broche final*
> *de este consejo de amor,*
> *ser humilde y bonachón.*
> *¿Puede haber algo mejor?*

La mujer discreta debe mirar al hombre a la bragueta.

No metas las manos entre dos muelas molares, que te prenderán los pulgares.

Pan, pan y pan, pan y pan y medio, cuatro medios panes, y tres panes y medio. ¿Cuántos panes son? Once.

> *Aquí todo está al corriente*
> *el negociado no huelga,*
> *sólo queda pendiente*
> *lo que al funcionario le cuelga.*
> *(Dicho muy antiguo de funcionarios.)*

Carlos V aprendió: el italiano, para hablar con el Papa; el español, para hablar con su madre; el inglés, para hablar con su tía; el alemán, para hablar con los amigos, y el francés, para hablar consigo mismo.

Lo malo de una mujer con el corazón roto es que empieza a repartir los pedazos.

Es preferible comer o cenar dos veces que tener que dar explicaciones en casa.
Dicho de algunos hombres comilones.

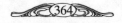

Las mujeres se parecen a los libros: si son buenos hacen mucho bien, y sin son malos, mucho mal; pero para juzgar los libros no se debe hacer por la encuadernación.

El que es galante con las señoras, hace el bobo a todas horas.

Tiene mi dama tan linda cintura que no le sirve la cincha de la burra.

Hay dos maneras de conseguir la felicidad una hacerse el tonto, otra serlo.

Un capitalista y un desheredado, son dos personas.
El soldado defiende a los dos.
el contribuyente paga por los tres,
el obrero trabaja por los cuatro,
el vago come por los cinco,
el usurero desnuda a los seis,
el leguleyo enreda a los siete,
el cantinero envenena a los ocho,
el político engaña a los nueve,
el médico mata a los diez,
el sepulturero entierra a los once,
y el diablo carga con los doce.

El que sabe, y sabe que sabe, es un sabio, consúltale.
El que sabe, y no sabe que sabe, ayúdale a no olvidar lo que
sabe.]

El que no sabe, y sabe que no sabe, instrúyele.
El que no sabe, y se cree que sabe, olvídale es un necio.

Pater noster qui es in coelis, pon la mesa sin manteles, y el pan sin cortezón, y el cuchillo sin mangón, kirieleisón, kirieleisón.

En eso estriba el donaire: en dar las vueltas aprisa, para echar el culo al aire.

La barba no hace al sabio: filósofos hay desbarbados y barbudos necios siempre los hubo a cientos.

Bendita sea la luz, y la Santa Veracruz, y el Señor de la verdad, y la Santa Trinidad; bendita sea el alba y el Señor que nos la manda; bendito sea el día y el Señor que nos lo envía.

Dios bendiga los umbrales de esta casa, y sea bendito el dintel; y bendiga las horas de reposo, y bendiga las horas de comer, y bendiga la ventana que da paso a la luz del día naciente, y bendiga la puerta que da entrada al extraño y al pariente, y bendiga este ambiente seductor; paz de hombre, paz de amor, y en todo, paz de Dios.

Mujer de ojo rabudo, carnicero tiene el culo.

Quien buñuelos come, viento caga.

En este mundo embustero hay muchos más caballos que caballeros.

De la zorra, las orejas y la cola; del borrico, los cascos y el hocico; del gallo, el pescuezo y el paso; del lobo, el ojo y el lomo; de la mujer, el pecho y la cadera, y que deje montar al amo cuando quiera.

El caldo de gallina, para mí, y no para mi vecina; pero si es de perdiz, no para mi vecina, sino para mí.

Por el dinero de su bolsón, le doblan al muerto la campana y el esquilón, y cuando el pobre este mundo deja, no le tocan ni una teja.

Cuando me dan todo lo que quiero, tengo un genio como un cordero.

La espera de la comida debe durar media hora; la comida, una hora; el café y las copas, dos; la sobremesa todo lo que se pueda.

De todo hace ascos la sucia, menos de la basura.

Quien mucho rompe, mucho estrena; pero mucho anda con el culo fuera.

Vuelve a cantar el gallo porque no se acuerda de que ya ha cantado.

Tejado hecho a destajo, el agua que cae en las tejas se filtra abajo.

A la iglesia se ha de ir por voluntad; a la guerra, por necesidad, y al convite, ni de necesidad ni de voluntad, porque de ordinario se saca de él qué confesar.

¿A que no me encuentras? ¿A que no te busco?
Preguntaba una esposa –Contestación del marido.

Cuando el puerco se lava la cara, hasta la guarra se lo repara.

¿Enseñas sin saber? Como no sea el culo, no sé qué.

Entierro sin curas, como si se hiciera a oscuras.

¿Quién vio sembrar y al mismo tiempo segar? Cuando tú me estás hablando, yo que te escucho estoy segando.

La primavera, que cante o que llore, no viene nunca sin flores, ni el verano sin calores, ni el otoño sin racimos, ni el invierno sin nieves y fríos.

Dómino meo es término muy feo; decir Dómino orino, que es término más fino.

Entre arroz, que atapa, y las uvas, que sueltan, está la cosa resuelta.

Porque muera un sargento, no se deshace un regimiento, ni por la muerte de un fraile su convento.

Si la falta que tengo en la cara la tuviera en el culo, no me la vería ningún cornudo.

Dijo el garbanzo a la judía: "Si apostáramos a gustosos, no me ganarías." Y la judía al garbanzo: "Pero a tierno, yo te gano."

De gente que por la cabeza se viste, hijo, no te fíes. Padre, me parece bien; ni de la que se viste por los pies.

Regaña la abuela y dice el mozalbete: "Que me apunten siete: tres en cada nalga, y uno en el ojete."

De los santos, no fiar demasiado, y si la santidad todavía no está declarada, ni poco ni nada.

Hecha la paella, buena o mala, hay que comella.

La moza barrendera siempre barre para afuera; menos la del platero, que siempre barre para adentro.

El hombre debe ser limpio, pero no curioso.

Un cero a la izquierda no vale una mierda; pero al otro lado puede valer un ducado.

Guarismo eres y no más; según te pongan, así valdrás.

Entre los pescados, el mero; entre los pelos, el negro; entre las carnes, el carnero; entre las aves, la perdiz, y entre las doncellas, mi Beatriz.

¿Quién hos hizo alcalde?. Mengua de hombres buenos.

Las mañanitas de abril se duerme el mozo ruín, las de mayo, el mozo y el amo, y cuando llega San Juan (24 de junio), todos los que en la casa están.

Verdaderos productores, los mineros y labradores; los demás son transformadores.

Las monjas, por hablar, rezan.

Novelas buenas, las que te hagan mejor de lo que eras; las demás, engendros son de Satanás.

Le dijo el olfato al paladar: "Más vale mi oler que tu gustar." Y el paladar al olfato: "Echa tu oler en el plato."

Los señoritos son tan rumbosos, que, por guardar, guardan hasta los mocos.

Los mandamientos del pastor son cinco: El primero, comer sopas en caldero. El segundo, comerse con su ganado todo lo que hay en el mundo. El tercero, comerse el mejor cordero. El cuarto, ayunar después de harto. Y el quinto, anda, andandillo: lo que pasa en el hato no hay que decillo.

La mujer de bien, ni debe oler mal ni debe oler bien.

Todo pica para sanar, menos los ojos, que pican para enfermar.

Para elegir un diputado, tanto vale el voto de un imbécil como el de un sabio.

Parlamento, charlamento; cuanto allí se habla se lo lleva el viento.

Vive beato y cazarás como un gato.

Sargento reenganchado, verdugo del soldado.

Comadre y vecina mía, démonos un buen día; señor vecino y compadre, con mañana y tarde.

Tres razones emplea la sinrazón: "porque sí", "porque no" y "por otras razones que me sé yo".

Nadie sabe lo que vale una sordera bien administrada.

Viendo los toros desde el andamio somos toreros sabios: ¡baja, guapo, al redondel, que ahí te quiero ver!.

Nunca es fuera de sazón hacer buen testamento y buena confesión.

Al dinero no se le pega el mal olor del usurero.

REGALOS

¿El caballo es regalado, y exiges que traiga bocado?

El buen regalar, más que dinero, requiere ingenio.

A quien bien quieres, regálale algo de lo mejor que tienes.

Quien regala a convento o ayuntamiento, siembra en el viento.

Quien regala su mira lleva.

Nadie regala nada a humo de pajas.

Quien ligas regala, piernas quiere.

Regalo de pobrezuelo no es regalo, sino anzuelo.

El pollo del aldeano cuesta más que un marrano.

Monjitas que te regalan un roscón, quieren pescar truchas con un camarón.

Bizcochos de monja y regalitos de aldea, déselos Dios a quien los desea.

Bizcocho de monja, fanega de trigo.

Al "toma", todo el mundo asoma; y al "daca", todo el mundo escapa.

Lo regalado todos lo reciben con agrado.

A caballo regalado, no le mires el diente.

Escoge los regalos de manera que siempre te recuerde con gusto el regalado.

Para regalo de boda, manda lo que en tu casa estorba.

Quien regala bien vende, si el que recibe lo entiende.

Quien regala, algo espera o algo paga.

Lo regalado es bien vendido, si quien lo recibe es agradecido.

Caro has comprado lo que tomas regalado.

Lo comprado es más barato.

Nunca me dieron cosa que no me costase otra.

Regalos, regalos, ¡a cuántos buenos hicisteis malos!

El pollo del aldeano pía cien años.

REÍR

Quien quiera vivir bien, de todo se ha de reir.

Reírse de todo y no apurarse de nada, vida larga y descansada.

Ríete de todo lo de aquí abajo, y manda al mundo al carajo.

De mula que se ríe, y de hombre que no se ríe, no te fíes.

De quien siempre sonríe y nunca se ríe, no te fíes.

No te rías tanto, que la mucha risa acaba en llanto.

Quien ríe y canta, sus males espanta.

Muchas veces se ríe de cosa que después se llora.

Risa liviana, cabeza vana.

Quien a solas se ríe, de sus picardías se acuerda.

Aunque reír me veáis, no soy de esas que pensáis.

La risa es vana, y se va y se viene cuando le da la gana.

La risa va por barrios.

Quien ríe el último, ríe mejor.

Quin ríe y a la par canta, o está loco, o poco le falta.

Quien ríe demasiado, es tonto confirmado.

La sobrada risa, de la cordura no es hija.

Risa y necedad juntas las verás.

Donde mucha risa sale, poco fundamento queda.

Mucha risa en la boca, poca lealtad en el corazón.

Más vale morirse de risa que de ictericia.

Riamos un poco, riamos, que no ha de faltar una hora en que muramos.

En este mundo siempre ha habido y habrá quien ría y quien llore.

Unas veces riendo y otras llorando, vamos pasando.

Cosquillas y amores empiezan con risa y acaban con dolores.

No estés mucho en la plaza, ni te rías de quien pasa.

En mi casa llora quien ríe y llora.

RELIGIOSOS

Suspiro de monja y pedo de fraile, todo es aire.

Monja que da un bizcocho, ha recibido ocho.

No hay peor abad que el que monje ha sido.

Abad que fue monaguillo, bien sabe quién se bebe el vinillo.

Rosquilla de monja, fanega de trigo.

A bizcocho de monja, pernil de tocino.

A cura nuevo, sacristán viejo.

Acúsome, padre, que por un oído me entra y por otro me sale.

A la lumbre y al fraile, no hay que urgarle; porque la lumbre se apaga, y el fraile se arde.

Cura nuevo, santos en danza.

Al fraile no le hagas la cama, ni le des a tu mujer por ama.

Bien se puede sentar quien monjas ha de esperar.

¡Bueno está el cura para sermones!

Cuando el prior juega a los naipes, ¿qué no harán los frailes?

De pobre obispo, pobre beneficio.

El fraile es buen servidor, pero mal compañero y peor señor.

No hay predicador tan persuasivo como fray Ejemplo.

Piensa el fraile que todos son de su aire.

Teja de iglesia siempre gotea.

Los que pertenecen a muchas asociaciones se ven en todas las reuniones.

En reuniones de comunidad, todo el mundo opina y habla, pero a la hora de la verdad, nadie quiere saber nada.

El que fue monacillo y después abad sabe lo que hacen los mozos tras el altar.

Mientras haya sayas, habrá confesonarios.

Boca de fraile, sólo al pedir la abre.

Lleva a Roma un asno y volverá mitrado.

No se acuerda el cura de cuando fue sacristán.

Mozo sermonero, o no tiene novia, o no tiene dinero.

Juegos y risas, esas son mis misas; comidas y cenas ésas son mis novenas.

Si Dios me quiere hacer bien, ya sabe dónde me tién.

Beata, beata, que rasguña como gata.

Beata quiere decir
mujer bienaventurada
y si alguna en su vivir
quiere de madre salir
no debe ser tal llamada.
Y por eso la que trata
de echar las uñas al hombre
dicen, beata, beata
que rasguña como gata
y tiene hurtado al hombre.   (Sebastián Horozco, 1599)

Beatas con devoción, largas tocas y el rabo ladrón.

Veréis unas beatorras
con el nombre de beatas
como son libres y horras
son peores que andorras
haciéndose mojigatas.
Beatas con devoción
largas tocas y rosario
y aunque se ciñan cordón
tienen el rabo ladrón
debajo el escapulario.
En éstas no son contadas
las que tienen religión
y prelados y preladas
unas las que andan repicadas
son color de religión.
Éstas ni son religiosas,
ni viudas, ni casadas
son mujeres curiosas
que por parecer hermosas
andan así disfrazadas.   (Sebastián Horozco. 1599.)

Febrero en su conjunción
primer martes, carne es ida;
cuarenta y seis, Florida;
otros cuarenta, Ascensión:
otros diez a Pascua son:
otros doce, Corpus Crhisti;
en esto sólo consiste: las movibles, ¿cuántas son?

De las cosas de Dios, cuanto más mejor.

No hay tal amor como el de Dios Nuestro Señor; ni tal compañía como la imagen de la Virgen María.

Cuando caen los altares, se alzan los muladares.

Repasa cada semana la doctrina cristiana.

REMEDIOS

El mejor remedio es procurar siempre el medio.

Remedio contra la lujuria es la mujer sosa y fea.

La caca, limpiarla en casa, y no sacarla a la plaza.

De gran alto, gran salto.

Calor de paño jamás hizo daño.

Cuando mucho arde el sol, ni mujer ni alcohol.

A ti te lo digo, hijuela, entiéndelo tú, mi nuera.

A ti te lo digo, Juan, para que lo entienda Pedro.

Matar a la cabra, para destetar al chivo, es un gran desatino.

Cuando el diablo airarte intente, cuenta para ti hasta veinte; si así el diablo no se auyenta, cuenta hasta cuarenta, y si todavía persiste en su intento, sigue contando hasta ciento.

Después de muerto Pascual, le daban el orinal.

Al asno muerto ponedle la cebada al rabo.

¡Para destetar al choto, matar la madre!

Son hombre locos los que a costa de unos males curan otros.

Enfermedades graves no se curan con paños calientes ni con jarabes.

A calzones rotos, comprar otros.

Quien comió hasta enfermar, ayune hasta sanar.

Usa de los remedios según te vaya con ellos.

Quien discretamente se cura, más dura; que se cura y curetea, su mal desea.

Para el mal que hoy acaba, no es remedio el de mañana.

A grandes males, grandes remedios.

No hay daño que no tenga apaño.

Todo tiene remedio menos la muerte.

Hacer un hoyo para tapar otro es obra de loco.

RENIEGOS

Reniego de bestia que en invierno no tiene siesta.

Reniego de bestia que no siente.

Reniego de caballo que se enfrena con el rabo.

Reniego de cuentas con deudos y deudas.

Reniego del amigo que come lo mío conmigo, y lo suyo consigo.

Reniego del amigo que cubre con las alas y muerde con el pico.

Reniego del necio que retoza con la mujer del cuerdo.

Reniego de plática que acaba en daca.
Que acaban pidiendo.

Reniego de señora que todo lo llora.

Reniego de quien en Dios no cree, y lo va a decir al concejo.

Reniego de mala herencia.

Reniego de bacín de oro en el que he de escupir sangre.

Reniego de grillos, aunque sean de oro fino.

Reniego del árbol que ha de dar frutos a palos.

Reniego de la tierra donde el ladrón lleva al juez a la cadena.

Reniego de la viña que torna a ser majuelo.
De los viejos verdes.

Reniego de quien reprende vicios ajenos, quien está lleno de ellos.

Reniego del que ve lo que te cuelga, y no lo que a él le arrastra.

Reniego del que siempre habla, debiendo ser mudo.

Reniego del que bien predica, pero mal practica.

Reniego del que reprende la vida ajena, y él no la tiene buena.

Reniego del que anda roto y descosido, y pone faltas al bien vestido.

Reniego del que la villa quiere reformar, sin por su casa empezar.

REZOS

Rogar al santo hasta pasar el tranco; una vez pasado, santo olvidado.

Cuando el diablo reza, engañarte quiere.

Cuando no lo dan los campos, no lo dan los santos.

A la puerta del rezador, no pongas tu trigo al sol, y a la del que no reza nada, ni trigo, ni cebada.

Bueno es el padrenuestro, pero no sirve para consagrar.

Cerca de la iglesia, pero lejos de Dios, está el muy rezador.

Con una misa y un marrano, hay para un año.

Lo primero y principal es oír misa y almorzar, pero, si la cosa corre prisa, primero almorzar y después oír misa.

Muchas van romeras que vuelven rameras.
Otros dicen romerías y ramerías.

Quien poco reza, poco tiene que ofrecer.

Quien quiera hablar con Dios, cierre los labios y abra el corazón.

Más vale un ¡carajo! a tiempo, que un padrenuestro a deshora.

Dios te libre del que no se santigua.

Fe sin obras, guitarra sin cuerdas.

Largo luto y toca negra no sacan alma de pena.

> *Las misas y sacrificios*
> *al que está en el purgatorio*
> *y los otros beneficios*
> *más aptos y propicios*
> *son que luto al mortuorio.*
> *Aquesta la iglesia ordena*
> *para el ánima que pena*
> *con que se alivia y alegra*
> *pero luto y toca negra*
> *no sacan alma de pena.*   (Sebastián Horozco, 1599.)

Convida a rezar: harás buena obra y no empobrecerás.

Rezar con la boca y estar pecando con el corazón, rezos para el diablo son.

La buena oración sale del entendimiento y del corazòn; la del que reza distraído es vano ruido.

Poco cristiano parece el que bien reza y mal ofrece.

RIÑAS

Riñe cuando debas, pero no cuando bebas.

Sábese la verdad cuando riñen las chismosas de la vecindad.

Quien cosa buena ver y oir quiera, presencia una riña de verduleras.

Riñas de sobrinas con tías, riñas de arpías; riñas de suegras con nueras, riñas de fieras.

Riñen los del pueblo, y los apaleados son los forasteros.

Más vale entenderse a voces que a coces.

Quien tiene pan y tocino, ¿a qué quiere pleitos con su vecino?

Cuando uno no quiere dos no barajan, y menos si los dos se apartan.

En burlas ni en veras, niña, con el hombre no quieras riña; ni en burlas ni en veras, no quieras con él bregas.

¿Querellas? Huye de ellas.

Riñas de enamorados pasan a besos y abrazos.

Regaña la abuela y dice el mozalbete: "Que me apuntes siete, tres en cada nalga y uno en el ojete."

Si quieres a unos hermanos ver reñir, echa entre ellos algo que repartir.

Más vale entenderse a coplas que acudir a las manoplas.

Pelean los toros, y mal para las ramas.

¿Riñen los amos? Mal para los criados.

Por quítame allá esas pajas se hacen los hombres rajas.

El golpe de la sartén siempre tizna y no hace bien.

El duro adversario amansa las furias al contrario.

Esos costurones no serán de haber andado en procesiones.

Dios nos libre y nos defienda de porfiada contienda.

Por el gusto de hacer las paces, riñen muchas mujeres con sus amantes.

Por falta de hombres se matan los hombres.

Tú, que razones no conoces, dame voces, mas no coces.

RIQUEZAS

Quien en un año quiere ser rico, al medio lo ahorcan.

No crece el río con agua limpia.

Los ricos y los avaros de su hacienda son esclavos.

A rico no debas y a pobre no prometas.

Ni te abatas por pobreza, ni te ensalces por riqueza.

Reinos y dineros no quieren compañeros.

Más tiene el rico cuando empobrece que el pobre cuando enriquece.

A quien es pobre y se hace rico, nadie le mira al hocico.

Cuando no tenía, tranquilo dormía; ahora que tengo, intranquilo duermo.

Uno es rico con diez y otro con ciento no lo es.

Hasta en los mocos hay linajes, unos son sorbidos y otros guardados entre encajes.

Donde el oro habla, la lengua calla.

Oro es lo que oro vale.

El oro se prueba en el toque, y en el oro al hombre.

El oro se prueba en el toque, y la mujer en el hombre.

Aunque me veis que descalzo vengo, tres pares de zapatos tengo: unos tengo en el corral, otros en el muladar, y otros en casa del zapatero.

Tengo dos trajes y el puesto: el que me pongo por la mañana y el que me quito cuando me acuesto.

A quien ayer era un pelagatos, y hoy es un potentado, ¿qué hacéis que no lo habéis ahorcado?

Nueve cosas hubo en la boda de Antón: cochino, marrano, verraco y lechón, cerdo, puerco, chancho, tocino y jamón.

Dos pocos y dos muchos hacen a los hombres ricos: poca conciencia y poca vergüenza; mucha codicia y mucha diligencia.

El mucho medrar, o viene del heredar o viene del hurtar; pero pocas veces del buen ganar.

El origen de las fortunas grandes, o chorrea cieno, o chorrea sangre.

Jarro de plata no hace más fresca el agua.

Cuando los descamisados llevan camisa y calzones, se vuelven Nerones.

Quien tiene cañas, hace flautas y quien no las tenga, a oírlas tocar se atenga.

Desde que guardo ovejas mías, todos me dan los buenos días; cuando ajenas guardaba, ni buenos días, ni buenas tardes me daban.

Cuando ganado no tenía y tierras no labraba, ninguno me saludaba; hoy que labro y crío, todos me dicen: "Querido amigo mío....."

Las necedades que habla el rico pasan por oro fino; las discreciones del pobre, ni por oro ni por cobre.

Solamente es rico el que lo sabe ser.

Los ricos no darán, pero tampoco piden.

El rico y el cochino no aprovechan vivos; pero cuando muertos están, ¡qué ratos tan buenos dan!

Dicha suma es nacer con pluma.

Riqueza, trabajosa en ganar; medrosa en poseer; llorosa en dejar.

La riqueza vase a la riqueza, y la pobreza a la pobreza.

Riqueza descompasada, unos mucho y otros nada.

En las recias ocasiones, acudí a mis amigos y a mis doblones: mis amigos me abandonaron y mis doblones me salvaron.

¿Tuviste? Venciste.

El caudal hace autoridad.

No seas pobre, morirás honrado.

Ni la cama dorada alivia al enfermo, ni la buena fortuna hace sabio al necio.

Tener dineros y mear bien no puede ser.

Bolso lleno, corazón contento.

Pocos ricos en el cielo habrá: la gloria ya la tuvieron acá.

Quien nada en la abundancia, vive en la vagancia.

El rico sólo ayuda a quien le adula.

Cuanto más poderoso, más roñoso.

Donde hay campanas, hay badajos y badajadas.

ROBOS

Poco se junta ahorrando, y mucho robando.

Uñas largas, con guantes de seda se tapan.

Padres que se deshonran, a sus hijos honran.

Comiéndose el pan de la beneficencia, muchos ladrones llegan a la opulencia.

En el cielo lo que se gana, y en la tierra lo que se apaña.

Dios no me dé; pero me ponga donde haya, que yo tomaré.

Quien roba muchos millones, muere aclamado por todas las naciones; pero quien hurta un ducado, muere ahorcado.

Si hurtas sólo para ti ¡ay de ti!; pero si hurtas para ti y para otros duermo con reposo, y a otro lance van echando el ojo.

Quien mucho roba, páguelo en la horca y quien roba poco, en la casa de los locos.

La que compra y guisa, dos veces sisa: la primera, del dinero, y la segunda, por el garguero.

Quien anda con miel se chupa los dedos.

Sacristán que vende cera y no tiene colmenar, rapaverum del altar.

A robar a Sierra Morena.

Buena conciencia y ponerse rico, mal me lo explico.

Quien lo ajeno toma, con su pan se lo coma.

Quien pudiendo hurtar mucho hurta poco, más que delincuente es loco.

Padres que se deshonran, a sus hijos honran.

Poco se junta ahorrando, y mucho robando.

De su salvación rehúye quien lo que hurtó no restituye.

Lo mal venido hace perder lo bien adquirido.

Lo que es del agua, el agua se lo lleva.

Carne que se lleva el gato, nunca más vuelve al plato.

Si para comer hurtaste, poco pecaste.

Dinero hurtado no es sudado.

RUIN

A la ruin oveja, la lana le pesa, y al ruin pastor, el cayado y el zurrón.

Al ruin y al pobre, todo le cuesta doble.

Al votar en concejo, tanto vale el ruín como el bueno.
Refrán del siglo XVI precusor del sufragio actual.

Dádiva ruin cuatro manos encona: las del que lo da y las del que lo toma.

De principio ruin, nunca buen fin.

De ruin a ruin, quien acomete, vence.

De ruin a ruin, va poca mejoría.

De ruin cepa, nunca buen sarmiento.

De ruin gesto, nunca buen hecho.

De ruin paño, nunca buen sayo.

Engreído no te empines, que es condición de ruines.

Cada ruin, zapato de lazo.

De casa ruin, nunca buen aguinaldo.

Dádiva de ruin, a su dueño parece.

Enamórose el ruin de la ruin, de las trenzas del mandil.

Ruin con ruin, que así se casan en el pueblo de al lado.

Ruin es el rico avariento, más peor es el pobre soberbio.

Ruin el pajarillo, que descubre su nido.

Ruin señor, cría ruin servidor.

Harto ruin, quien por lo suyo no vuelve.

Aunque te veas en alto, no te empines, porque es condición de ruines.

De ruin mano, ruin regalo.

El ruin, mientras más se le ruega, más se niega.

Quien es ruin para sí, ¿cómo no lo será para mí?

Es hombre vil el que a su mujer da contadas las cerillas para encender la lumbre y el candil.

El hombre ruin, más ruin cuanto más din.

SABER

Fortuna y suerte te de Dios, hijo, que el saber nada te vale.

Sufre por saber y trabaja por tener.

Dios me dé contienda con quien me entienda.

Dando gracias hombres por agravios negocian los hombres sabios.

Quien se mete en lo que no sabe, presto cae.

Bien sabe el sabio que no sabe, el necio, piensa que sabe.

Harto sabe quien no sabe, si callar sabe.

Tanto es el que no ve como el que no sabe.

Letras sin virtud son perlas en el muladar.

Ciencia sin seso, locura doble.

Lo que la fuerza no puede, el ingenio lo alcanza.

Lo que la naturaleza no da, Salamanca no lo presta.

Al peligro con tiento, y al remedio con tiempo.

Cada necio quiere dar su consejo.

Si el sabio no errare, el necio reventaría.

Nadie sabe lo que tiene, cuando tiene de comer.

El que nada sabe, de nada duda.

A quien quiera saber, poquito y al revés.

Cuando el sabio yerra, más que al necio le hacen la guerra.

Sabio en latín y tonto en castellano, estudio vano.

Haz que sepas, porque en todas partes quepas; que el que sabe, no hay lugar donde no cabe.

No soy Séneca ni Merlín, pero entiendo ese latín.

Saber dónde le muerde a uno el zapato.

Sabe más que las culebras.

Sabe más que le enseñaron.

Sabe más que un pobre.

Saber lo que basta.

Sabe traer el agua a su molino.

Sabiduría de pobre hombre, hermosura de puta, y fuerza de ganapán, nada val.

Si quieres saber quién eres, pregúntaselo a tu vecino.

Quien mucho duerme, poco aprende.

Bien sabe el asno en qué casa rebuzna.

Si el mozo supiera y el viejo pudiera, cuántas cosas se hicieran.

La letra con sangre entra, y la labor con dolor.

Después de comer ni un sobre escrito leer.

No hables latín delante de clérigos.

Cuatro cosas hay que en comunicarlas está su valer: el placer, el saber, el dinero y el coño de la mujer.

No es sabio el que para sí no sabe.

Mucho sabe un viejo, pero más sabe un torrezno.

Si el rico tuviera conciencia y el pobre paciencia, no haría falta mayor ciencia.

> *La ciencia más consumada*
> *es que el hombre bien acabe,*
> *porque al fin de la jornada*
> *aquel que se salva, sabe,*
> *y el que no, no sabe nada.*   (Campoamor.)

El que sabe, y sabe que sabe, es sabio, consúltale.
El que sabe, y no sabe que sabe, ayúdale a no olvidar lo que sabe.
El que no sabe, y sabe que no sabe, instrúyele.
El que no sabe, y se cree que sabe, olvídale, es un necio.

Si quieres secretos saber, búscalos en el pesar o en el placer.

Las letras del estudioso, las riquezas del solícito, el mandar del presuntuoso y el cielo del devoto.

Eso es lo que deseamos muchos.

Los sabios suelen ser avaros; los artistas, despilfarrados.

Más vale no saber, que mal saber.

Un burro cargado de libros es doctor.

Con ventura y sin saber, rico llegarás a ser; con saber y sin ventura, pobre hasta la sepultura.

Sabiduría de pobre, hermosura de puta, y fuerzas de ganapán mal empleadas están.

Mozo con librete y mujer con gañivete, míralos y vete.

Del hombre de un solo libro, Dios me libre si yo no me libro.

Quien poco sabe, presto lo reza.

Más vale no saber que mal saber.

Saber mucho y tener mucho saber una cosa parecen y dos vienen a ser.

A veces el sabio se hace el loco, y aun lo es un poco.

El saber no ocupa lugar.

En la cuna, sabiduría ninguna.

Uno, con libros prestados, se hace sabio, y otro, con libros propios, sigue tonto.

En las barbas no consiste el saber, sino en el mucho estudiar y en el mucho ver.

Quien quiera ser doctor, sea antes estudiador.

Dos cosas no se pueden agotar: el saber y el agua del mar.

Entre todos, lo sabemos casi todo.

Cada uno sabe un poquito, y entre todos un muchito.

A más saber, más nos queda que aprender.

Nunca te acostarás sin saber una cosa más.

La mayor parte de lo que se sabe es la menor de lo que se ignora.

Mucho saber, menos ignorar es.

Dinos lo que sabes y sabremos lo que ignoras.

Harto sabe quien sabe lo que no sabe.

Nadie hay tan sabio como el tiempo.

El sabio nos dirá lo que el rico no podrá.

A quien presume de sabio, por necio hay que dejarlo.

Con la leche en los labios, presume el mozo de ser sabio.

Presumir uno con su ciencia es género de demencia.

El maestro Quiñones, que no sabía leer y daba lecciones.

El maestro Ciruela, que no sabía leer y puso escuela.

Ni todos los que estudian son letrados, ni todos los que van a la guerra, soldados.

Piensa el bobo que él lo sabe todo.

Muchos piensan llegar a la ciudad de la sabiduría y se estancan en la venta de la pedantaría.

Ninguno de su saber se ufane, pues a todo hay quien gane.

Quien presume de mucho saber, se guarde de enseñar, y no para aprender.

No presuma de tener ciencia quien no tiene experiencia.

Quien de su saber más se paga, pronto la caga.

Poco sabe quien cree que otro no sabe.

Yo que nada sé, y tú que tanto sabes: ¿a que no aciertas como se llamaba mi padre?

Doctos queremos, que doctores harto tenemos.

Muchas cabezas de animales se cobijan con bonetes doctorales.

Saber por sólo saber, cosa vana viene a ser; saber para ser mejor, eso es digno de loor.

La ciencia hace hinchados, y la virtud, santos.

El sabio que es tonto da la cara pronto.

El sabio sonríe, el necio ríe.

El tonto nace, y el sabio se hace.

Un sabio y un tonto saben más que un sabio solo.

Tontos sabios nunca vi; pero sabios tontos, sí.

Tonto instruido, tonto perdido.

Tonto letrado, tonto consumado.

Mucha ciencia es locura, si el buen seso no la cura.

Mientras el sabio piensa, hace el necio su hacienda.

Saber mucho y decir tonterías lo vemos todos los días.

Sabios conocí, sabios para los otros y necios para sí.

Más sabe el loco en su casa, que el cuerdo en la ajena.

El sabio enfada, si entre necios habla.

El sabio es menospreciado, y el necio rico, estimado.

Quien no sabe aprovecharse de lo que sabe, poco sabe.

No es sabio el que mucho sabe, si no lo que importante sabe.

Saber de pobre y hermosura de puta no valen cosa alguna.

No siempre los que más saben son los que más valen.

Lo primero del bien es el saber.

Mucho esfuerza al sabio saber y al prudente el entender.

Aunque el sabio en cueros vaya, su saber le acompaña.

La buena suerte se pasa, y el saber se queda en casa.

De todo un poco.

El hombre que sabe, pronto sobresale.

Cuanto sabes, tanto vales.

Quien sabe, en todas partes cabe.

Más vale ciencia que renta.

"Saber vale más que tener". Pero esto al oír, el rico se echó a reír.

Sabio, comunica tu saber; que hay muchos deseosos de aprender.

Quien mucho sabe no se lo calle.

Saber que no es comunicativo, en bien poco lo estimo.

Nada sabes, si no saben que sabes.

El mucho saber no quita el mal hacer.

Sabio se ha de llamar el que sabe bien obrar.

No es sabio el que más sabe, sino el que mejor lo sabe.

No saber mucho, sino saber bien.

Mientras más de tu saber alardeas, menos sabes.

SACERDOTES

Gente de sotana logra lo que le da la gana.

Hombre de corona rasa, o en la iglesia, o en su casa.

Sacerdote retirado, de todos es respetado.

Cura nuevo, santos en danza.

Curas y médicos saben a miles los secretos.

Cuando el cura lo dice, en su libro estará.

¡Al avío padre cura, que la misa no engorda!

Ni cura flaco ni marido gordo cumplen con su deber.

¡Bueno está el cura para sermones!

De pobre obispo, pobre beneficio.

Nuestro cura todo lo cura.

Por si yerra la cura, venga el cura.

Hijo, sigue la iglesia y arrímate a la reja; no sigas la plaza, ni menos la caza, que la guerra, caza y amores, por un placer y pasatiempo, mil dolores.

Para ser dichoso, vida de clérigo, enfermedad de casado y muerte de religioso.

Gente de sotana, nunca pierde y siempre gana.

Teja de iglesia, siempre gotea.

Hija María, ¿con quién te quieres casar? Con el cura, madre, que no amasa y tiene pan.

Quien tiene pie de altar no amasa y le sobra pan.

Quien sirve al altar, de él se ha de sustentar.

El abad canta donde yanta.

Al son que llora la vieja, canta el cura en la iglesia.

El cura de mi lugar es tan pronto para recibir como tardo para dar.

En los altares están los santos, y en las casas ricas almorzando.

Kirieleisón, kirieleisón; misa pagada quita cuestión.

Cantemos o no cantemos, a la misa parte cabemos.

Los santos no comen, pero dan de comer.

Llorarán y cantaremos, darnos han y daros hemos.

Al clérigo mudo, húyele el bien que tiene seguro.

De los vivos muchos diezmos, de los muertos mucha oblada, en buen año buen renta, y en mal año, doblada.

Cuando lo médicos ayunan, lloran los curas.

Hacienda de clérigo no llega a tercer dueño.

No hay linaje honrado, donde no hay hombre rapado.

Haya cura en casa, aunque sea pintado en la pared.

Abeja y oveja, y sombra de teja.

Donde hay bonete, nunca falta mollete.

En la casa del cura siempre reina la ventura.

El cura es el yunque donde todos los parientes martillean.

Quien dice la misa despacio, quita la devoción a quien la oye; quien la dice aprisa, quítala a sí mismo.

"Amén, amén", y se acabó la misa en un santiamén.

Prima de noche y maitines de día, ni agradan a Dios ni a Santa María.

Vísperas y completas, mientras me pongo las calcetas; maitines y laudes, que los canten los frailes; prima, tercia, sexta y nona, Dios las perdona.

Más vale bien casado que mal aclerigado.

La bobería del cura: pedíame el alquiler y era mía la burra.

Hay cleriguitos y clerigones; clérigos sabios y bobaleisones.

Abad sin ciencia y sin conciencia no le salva la inocencia.

Kirieleisón, kirieleisón. Cara se ha puesto la carne. Pues, ¿qué me dices del carbón?

¡Qué seso tiene el cura para obispo, que cuando no está beodo, está chispo!

El cura de la aldehuela más sabe de pepinos que de letras.

Cuando los curas se van a peces, ¿qué harán los feligreses?

Abad avariento, por un bodigo, pierde ciento.

SALUD

Mea tieso y claro, y cagajón para médicos y boticarios.

Mear claro, cagar duro, peer fuerte y dale tres higas a la muerte.

Si caga blando y mea oscuro, enfermo seguro.

Orina de color de oro, fraile al coro.

Quien sano quiera estar, a menudo ha de mear.

Quien bien come y bien digiere, sólo de viejo se muere.

Para el que regüelda fuerte y pea claro, están de más médicos y cirujanos.

Pies calientes, culo corriente y orina clara, aunque la medicina no se inventara.

Salud, dineros y luenga vida, y el paraíso a la partida.

Quien buena salud tiene el mejor de los bienes.

Salud, amor y hogar traen el bienestar.

La salud no tiene precio, y el que la arriesga es un necio.

Tres cosas no se venden en la plaza: la salud, la buena fama y la buena crianza.

Tengamos salud, que los dineros no son los primeros.

Salud quebrantada, entonces más estimada.

Cabeza fría, pies calientes y culo corriente dan larga vida a la gente.

Mucha salud no es virtud.

Gran parte es de la salud conocer la enfermedad.

El muy sano, de la primera se va al camposanto.

La buena presencia excusa la pregunta.

Dámelo alegre y dártelo he sano.

Salud y pesetas salud completa.

Procura ante todo cinco cosas: salud, saber, templanza, paz y concordia.

Alma sana en cuerpo sano.

Salud, dineros y luenga vida, y el paraíso a la partida.

SANTOS

A cada santo su padrenuestro; pero a San Roque "na" más que medio, que para santo francés, bastante es.

Al santo que no está presente, vela no se le enciende.

De santo que come no se fíe hombre.

Los que mucho peregrinan, rara vez se santifican.

No creas en el santo si no vieres el milagro.

Santo que está enojado, con no rezarle está pagado.

De la cintura para arriba, todos santos, y de la cintura para abajo, todos diablos.

Del mismo santo, siempre oirás los mismos milagros.

Cada santo quiere su candela.

Un apóstol en el cielo, y en la tierra un escribano por abogado.
Como valedores.

Quien emula a los santos se salvará; quien sigue al vicioso perecerá.

Cantando y bailando, ninguno llegó a ser santo.

Quien anda en muchas romerías, tarde o nunca se santifica.

A santo nuevo, mucho rezo.

Para el santo nuevo, ofrendas y rezos; al santo apolillado, a oscuras y olvidado.

A Cristo viejo, ni siquiera un credo; al santo que está de moda, las oraciones todas.

Perfección, sólo en Dios, y vil barro en nos.

Cerca de la iglesia, pero lejos de Dios, vive el muy rezador.

Quien tiene el diablo en el pecho, y el rosario en la mano, es un mal cristiano.

Cuando el diablo reza, engañarte quiere.

Muy mayor es la maldad sin color de santidad.

Santa que mea, arrímala una tea.

De santo que mea a la pared, nunca me fié.

Santo que come y bebe, hacer peores cosas puede.

SASTRES

Entre sastres no se pagan hechuras.

Cada sastre alaba sus agujas.

Con buen paño y buen sastre se hace un buen traje.

Dice el remendero pobre: "Tente remiendo hasta que cobre."

Hoy un zurcido y mañana un remiendo, y vamos viviendo.

Nudo no echado, puntada perdida.

Jabón e hilo, todo es para la ropa.

No por mucho paño se corta mejor un vestido.

Por la muestra si no hay engaño, veréis que tal es el paño.

Por una hora que más se tarde, no se mata al sastre.

Ruin tijera hace boquituerto al sastre.

Sastre, a tus agujas.

Sastre y hombre de bien, no puede ser.

Sastre mal vestido y zapatero mal calzado.

Un sastre, un barbero y un zapatero, tres personas distintas y ninguno verdadero.

Aguja no enhebrada no cose nada.

De cualquier tejido, por fino que sea, se sacan hilos.

Para rematar, antes hay que hilvanar.

El buen sastre de su casa pone el hilo.

El sastre que no hurta no es rico por la aguja.

Cien sastres, cien molineros y cien tejedores son trescientos ladrones.

¡Si para cada puntada se fuera a llamar al sastre!

Los botones de sastre: ¡Tente mientras cobro!

Aguja que doble, para sastre pobre.

Sastre sin dedal hace poco y lo hace mal.

Contra ojales hay botones.

El sastre que corte y cosa, y no se meta en otra cosa.

A mal sastre, larga hebra.

Un buen zurcido no desdice el tejido.

Aguja, sastre y dedal os darán por medio real.

Agujita (oficial), ¿qué sabes hacer? Apulagar y sobrecoser; o hilvanar y sobrecoser.

El alfayate (sastre) de la encruijada, que ponía el hilo de su casa.

Alfayate de las mentiras, todo el paño hace tiras.

Alfayate que no hurta, poco medra con la aguja.

Alfayate del Campillo, que hacía la costura de balde y ponía el hilo.

Alfayate sin dedal, cose poco y eso mal; cose poco y parece mal.

Anda, agujica,que el sabado viene, no te me quedes; punto de pascua, y salto de liebre.

Cada hebra atraviesa la tela. indica que bueno o malo el hilo, sirve y se aproveche.

Con cada miembro,
el oficio que convenga;

no hables con el dedo,
pues no coses con la lengua.

Corta, cortador y compón, cosedor zapateros y sastres.

Cose que cosas, y no que rompas.

Cuando el sastre huelga, y el rufián devana, y el escribano no sabe cuántos son del mes, con mal andan todos tres.

Nadie da una puntada de balde, y menos un sastre.

Puntada larga y que asiente, que hay prisa y viene la gente.

Al pasar San Antón, sastres al sol.

¿Qué se hace? Dar en el culo a la toledana. Responden los sastres por la agujas que se hacen en Toledo.

¿Qué se hace? Meter y sacar, y todo por dinero.
Respuesta de sastres, modistas y costureras.

Coser y hacer albardas, todo es uno.

De ruin paño, nunca buen sayo.

Obrita que en sábado viene, puntadita de a palmo y salto de liebre.

Con aguja más aina se saca la espina.

De sastre a sastre, las tiras de balde.

Rómpese por diez partes el vestido, y no se descose lo bien cosido.

Echa nudada y no perderás la puntada.

Dámelo hilvanado y me lo darás casi terminado.

Sin dedal se cose mal.

Sin dedal poco se aprieta.

Labrandera buena, hebra de una tercia; labrandera mala, hebra de dos varas.

La hebra de Marimoco, que hizo un camisón y le sobró un poco.

Costurera sin dedal no cose bien, pero aprieta mal.

La mala costurera, cuando no pierde el dedal, pierde la tijera.

Costurerita que le coses al sastre, cose y no hables.

La buena costurera cose bien de cualquier manera.

Fina costurera, hace camisas con chorreras.

A paga corta, puntada larga.

El sastre engaña al parroquiano, y bien vestido el parroquiano, al género humano.

En cosas de costuras, más sabe el ama que el cura.

Mi aguja y mi dedal mil doblas val.

Gastado el hilo, buscar la aguja.

La hebra de Maricaca, que cosía siete capillos y una caca.

Con albayalde, la del alcalde.

"Adiós Toledo, que te vas despoblando." Y se iba un sastre.

Aprendiz de Portugal no sabe coser y quiere cortar.

Dándole en el culo a la toledana (aguja), pasa el sastre tarde y mañana.

Más vale medir y remedir que cortar y arrepentir.

SECRETOS

Arca cerrada con llave, lo que encierra no se sabe.

Secreto es lo que sabemos dos: Dios y yo.

Secretitos en reunión es falta de educación.

Secreto bien guardado, el que a nadie se ha confiado.

El secreto de tu amigo guardarás, y el tuyo no le dirás.

A hombre hablador e indiscreto no confíes tu secreto.

Quien su secreto guarda, mucho mal excusa.

Guarda el secreto en tu seno, no le metas en el ajeno.

Tu secreto, ni al más discreto.

Tus secretos no dirás, si quieres vivir en paz.

Quien su secreto cuenta, pondrá el tuyo en venta.

Confiado el secreto, dejó de serlo.

El vino y el secreto son inconciliables: cuando el vino entra, el secreto sale.

El secreto del serón: que por lo bien que olía, todos supieron que era melón.

No es secreto el que dos saben, ni buena guardadora la puerta con dos llaves.

Lo que saben dos, ellos y Dios; lo que saben tres, de todos es.

Secreto de tres vocinglero es.

Solamente no se sabe lo que no se hace.

No hay cosa tan secreta que tarde o temprano no sea descubierta.

Con el tiempo todo se sabe, y con el tiempo todo se olvida, y deshace.

No hay cosa escondida que al cabo del tiempo no sea bien sabida.

Quien a otro confía su secreto, es muy necio.

Secreto de oreja no vale una arveja.

Secreto de muchos, secreto de ninguno.

Secreto que de dos es, ya secreto no es.

SINCERIDAD

Pan por pan y vino por vino, y no engañarás a tu vecino.

Un sí claro y un no claro hacen al hombre afamado.

De quien te dice lo que sabe y te da lo que tiene, ¿qué más quieres?

Más vale guerra abierta, que paz fingida y cubierta.

Por decir las verdades, se pierden las amistades.

A por a, y be por be.

El sí por sí y no por no es toda la ciencia que me sé yo.

Lo que el corazón rebosa, sálese por la boca.

Los niños y los locos dicen las verdades.

Verdadera es la primera palabra, porque es involuntaria.

Pedir a los hombres veras es pedir al olmo peras.

Si mal me quiere, peor me querrá a quien dijere la verdad.

En este pícaro mundo, a quien habla claro, todo le sucede turbio.

Decir verdad no es pecado, pero cae en desagrado.

Cantaclaro no tiene amigos.

Majadero sois, amigo; no digáis que no os lo digo.

Por eso soy yo mala, porque digo las verdades y riño lo malo a la cara.

Burlando se dicen las verdades.

El buen corazón no da consentimiento al error.

Digo lo que siento y ni porfío ni me entremeto.

Cuanto más amistad, más claridad.

De quien te dice lo que sabe y te da lo que tiene, ¿qué más quieres?

Hablar claro y transparente, como el agua de la fuente.

Por decir la verdad no ahorcan a nadie.

Quien dice lo que siente, ni peca ni miente.

Quien dice lo que siente, siente lo que dice.

SINÓNIMOS

Pato, ganso y ansarón, tres cosas suenan y una son; cochino, puerco y lechón, otras tres en una son; cuero, vino y pez son otras tres; o bota, vino y pez son otras tres.

Nueve cosas hubo en la boda de Antón: cochino, marrano, verraco y lechón, cerdo, puerco, chancho, tocino y jamón.

Asno, jumento y burro, todo es uno.

Azotar y dar en el culo, todo es uno.

Rabo y cola no son una misma cosa: el rabo es pelado; la cola, pelosa.

Lumbre, fuego y candela, una cosa son y tres suenan.

Judías en Castilla, y en Andalucía habichuelas, y alubias en otras partes, son una cosa "mesma".

Todos son unos, muertos y difuntos.

Si te peta o no te peta, mangueta, y que tires "pa" bajo o que tires "pa" arriba, lavativa; que clíster, ni lo dije yo ni tú nunca lo dijiste.

¿Que más da en las espaldas que atrás?

Corchete, ministro y alguacil, tres palabras y un solo hombre vil.

De salmonete a chicharra, poco marra.

Fuego, lumbre y candela son una cosa "mesma".

Gachas, puchas y poleás: tres nombres tienen las grandísimas"arrastrás".

Oliva, y olivo y aceituno, todo es uno.

Nalgas y culo todo es uno.

¿Qué se me da más dame del pan que del pan me da?

¿Qué más da callo que ojo de gallo?

Ayuda y jeringa, clíster y lavativa, todo es una cosa misma.

Lo mismo es azotar que en culo dar.

Tanto monta una vez ciento como un veces ciento.

Espliego y alhucema son una cosa "mesma".

Entre zumo y zumarra, poco marra.

SOBORNOS

Cuando en el camino hay barro, untar el carro.

Eje bien untado jamás ha chirriado.

En bolsa abierta, se mete la buena sentencia.

Quien dineros tiene, la sentencia tuerce.

Al oro no se ahorca.

A la garganta del perro, échale un hueso si le quieres amansar presto.

Con poca hierba se tapa un cencerro.

Los dones son milagrosos: dan vista a los ciegos, y ciegan a los vistosos.

Dádivas y buenas razones ablandan piedras y corazones.

Quien bien cohecha, bien cosecha.

A balazos de plata y bombas de oro, rindió la plaza el moro.

A fuerza de duros, se ablanda lo más duro.

No hay cerradura, por fuerte que sea, que una ganzúa de oro abrir no pueda.

Gonces untados, portón callado.

Manos generosas, manos poderosas.

Malo anda el tiempo, cuando lo que se puede alcanzar por justicia se alcanza por dinero.

La rueda mal untada siempre anda querellosa.

Los dones cautivan hasta a los dioses.

Quien tiene capa, escapa, dejándose atrás la capa.

Cuando en la boca un hueso tiene, el perro ni ladra ni muerde.

A sordos y ciegos hace testigos el dinero.

No hay tiro más certero que el de bala de dinero.

Más ablanda el monetario que los ungüentos de boticario.

¿Dádivas aceptaste? Prevaricaste.

SOLTEROS

Los solteros son como las gallinas: si no mueren de un zarpazo de zorra, caen en manos de una cocinera.

El buey suelto bien se lame.

> *La libertad es la cosa*
> *más subida y estimada*
> *y la joya más preciosa*
> *más rica y más valiosa*
> *que en el mundo sea hallada.*
> *Por eso quien la tuviere*
> *es bien que muchos la amen*
> *y esto es lo que decir quiere*
> *el refrán cuando lo oyere:*
> *que el buey suelto bien se lame.*   (Sebastián Horozco, 1599)

> *El hombre que libre está*
> *y es soltero y no casado*
> *muy libremente se va*
> *por acá y por acullá*
> *como aquel que no está atado.*
> *Y el mozo desvariado*
> *que luego quiere mujer*
> *no mira al desventurado*
> *que el buey suelto y no ligado*
> *bien se lame a su placer.*   (Sebastián Horozco, 1599)

Los que no tienen mujer, cien ojos han de tener.

> *Cuando el hombre está casado*
> *con mujer que le conviene*
> *puede vivir descuidado,*
> *pues hay quien tenga cuidado*
> *de lo que en su casa tiene.*
> *Pues cuando no hay quien mire*
> *por su casa, ni la rija,*
> *no hay quien no robe ni tire*
> *cuanto el hombre trae y adquiere,*
> *aunque sea su propia hija.*   (Sebastián Horozco, 1599)

Sigamos solteros, que con las casadas nos apañaremos.

Mujer sin varón, ojal sin botón.

Mujer soltera de treinta, treinta veces al día el diablo la tienta.

Soltera que pasa de treinta, de rabia revienta.

Soltero viejo huele a puchero enfermo.

Mujer sin varón y navío sin timón nada son.

La que no tiene marido en siesta, sola se acuesta.

No es por falta de gatos por lo que está la carne en el garabato.

SUCIEDAD

Cuando menos me caté, vino a casa quien no pensé; barrida no estaba, y la basura al tobillo nos llegaba. ¡No volverá a pasar: cada diez días he de escobar!

¡Afuera, moco; que Dios me dará otro! Ya sonaré con el pañuelo de cinco picos, o sea con la mano.

Desnuda ni vestida, nunca pude ser limpia.

La nuera por la suegra, cagáronse en la puerta.

Vuélvote, camisón, del revés; que domingo es.

¿Cuál se limpia en cuál? ¿Pascual en la rodilla o la rodilla en Pascual?

Entre moco y moco, zacolotroco.
Palabra que significa fuerte aspiración con la nariz.

Cuando lava la sucia, el sol le ayuda; a la muy sucia, ni el sol, ni la luna.

Cuanto más sucia la cocinera, más gordo el amo.

La pobreza Dios la amó, pero la porquería no.

Acúsome, padre, que soy puerca; no lo digáis, hija, que bien se os parece.

Yo soy la que hiedo, que no el atún que vendo.

Limpiar lo que ve la suegra es de mujer puerca.

Suciedad grande, la que con agua caliente no sale.

El día nublado ve la puerca mejor lavado.

Mierda que no mata, engorda.

La ropa de mi nuera, cuando seca blanquea.

Limpio lo hace la merdosa, si no lo cagara.

Rodilla astrosa quita una suciedad y deja otra.

Sucia rodilla, más empuerca que limpia.

Dijo el tiñoso al peine: esto es lo que habíamos menester.

Limpio lo guisa la merdosilla.

Tan cerca tiene la teta del rabo, que todo se coge en un baño.

Sucio estáis Navarro. No es sino barro.

SUEGROS

Suegra, ni aun de azúcar es buena; nuera, ni de barro, ni de cera.

Quien no tiene suegra ni cuñada es bien casada.

Suegra y nuera, perro y gato, no comen bien en un plato.

Cuando fui nuera, quise mal a mi suegra, y ahora que soy suegra, quiero mal a mi nuera.

Amor de suegra, halagos de gata.

Tragar saliva y rabiar es con suegra conversar.

No fíes de niebla, ni de promesas de suegra.

Más sabe una suegra que las culebras.

Parentesco que tiene "u", tómalo tú.

Los enemigos del hombre son tres: suegra, cuñada y mujer.

La suegra rogada y la olla reposada.

Aunque mi suegro sea bueno, no quiero perro con cencerro.

De nuera a suegra van veinte años y veinte mil leguas.

> Coplilla: *"Por su suegra está Simón*
> *pasando la pena negra,*
> *ella le dice: Bribón,*
> *borracho, pillo, ladrón."*
> *Y él sólo le grita: ¡Suegra!*

Ni al estómago le eches grasa, ni tengas la suegra en casa.

Un día con la suegra, un día de tinieblas.

Arrímate a tu suegra cuando haya tormenta, que no hay rayo que la parta.

Los que no gozan de suegra, no gozan de cosa buena.
En contraposición al resto de los refranes, del libro Guzmán de Alfarache.

Deja entrar a tu suegra en casa, antes que en tu cuerpo la grasa.

Madrastra, ni de cera ni de pasta; suegra, ni de pasta ni de cera.

Nuera y suegra, gata y perra.

Con tu hijo puedes tener cien peloteras, pero una sola con tu nuera.

Nueras y yernos no vivan con ellos; o de otra manera te lo digo: que no vivan contigo.

Suegra viviendo con yerno, la antesala del infierno, y viviendo con su nuera, la mismísima caldera.

Si tu suegra se cae al río, búscala aguas arriba.

Tres veces Juan se casó y con tres suegras vivió; si al infierno no fue, aquí lo pasó.

Parientes que empiecen por "su" y "cu", para "tú".

Suegra y nuera, ni en una era; madre e hija, en una botija.

Antes echará uvas la higuera que buena amistad la suegra con la nuera.

Acuérdate, suegra, de que fuiste nuera.

Bien me quiere mi suegra si de mi mal no se alegra.

Suegra y sinapismo viene a ser lo mismo.

Cuando se quiere a un suegro es después de muerto.

El mejor suegro, el vestido de negro.
El viudo.

Si mi suegra muere, buscaré quien me la desuelle.

Suegra que se lleva la muerte, desgracia con suerte.

Muerte de suegra, dolor de nuera: no por dentro, sino por fuera.

El buen marido, huerfanito.

Dinero de suegro, dinero de pleito.

Entre diablo y suegra, sea el diablo el que venga.

En los ojos de mi suegra veo yo cuando se emperra.

Ni encimeras ni bajeras, quieras mantas de tu suegra.

Ésa es la más negra: no tener madre y tener suegra.

Vivir con suegra, nueras y yernos, anticipado infierno.

Amor de suegra y nuera, de los dientes afuera.

Tus suegros y tus cuñados, tenlos lejos y no al lado.

Labor comenzada no la muestres a suegra ni cuñada hasta que no esté acabada.

SUEÑOS

Norabuena vengáis, amigo; más os quiero que a mi marido; antes aquí que en la cama, que mientras voy a la cama se me quita la gana.
Conversación con el sueño.

Una hora duerme el gallo; dos, el caballo; tres, el santo; cuatro, el que no es tanto; cinco, el navegante; seis, el estudiante; siete, el caminante; ocho, el jornalero; nueve, el caballero; diez, el majadero; once, el muchacho, y doce, el borracho.

Quien duerme descansa y deja descansar.

Quien despierta a un dormido, pierde paz y busca ruido.

Cenar y rezar, mear y desatascar, quitar las cintas y desnudar, y alto acostar.

Mientras el gato duerme, ni roba, ni araña, ni muerde.

Hombre dormido, ni del todo muerto, ni del todo vivo.

Mozo que mucho vela, y viejo que mucho duerme, señal de muerte.

Quien tarde se levanta, todo el día trota.

Duerme quien duerme, y no quien penas tiene.

En cama extraña mal se juntan las pestañas.

No dormir mucho por haber bien sesteado no es mal de cuidado.

La madrugada del pellejero: que se levanta cuando le da el sol en el trasero.

Que venga Dios, que venga el diablo, yo los ojos no los abro.

Mientras más se duerme, más se quiere.

De casa en que amanece tarde, Dios nos guarde.

Quien duerme mucho, vive poco.

Andar a duerme vela, poco aprovecha.

El demasiado sueño es malo para el alma y para el cuerpo.

Ninguno ganó gran fama dándole las doce en la cama.

A quien presto se levanta, presto le anochece.

Quien duerme diez horas, a la vejez llora.

SUERTE

A quien Dios quiere bien, la perra le pare lechones.

A quien Dios quiere bien, el viento le junta la leña.

A quien Dios quiere para rico, hasta la mujer le pare hijos de otro.
Irónico.

Cuando el tiempo está de leche, hasta los machos la dan.

A los bobos se les aparece la Madre de Dios.

Al hombre osado, la fortuna le da la mano.

Contra la fortuna no vale arte alguna.

Mujer, viento y fortuna pronto se mudan.

Fortuna te de Dios, que el saber nada te vale.

La fortuna y la mujer dan mil pesares por un placer.

Cuando a Dios bien le parece, la masa en la artesa crece.

Dijo el saber a la fortuna: "Si yo no quiero, no acertarás ni una."

La buena suerte, durmiendo al hombre le viene.

Llegar y besar, suerte singular.

Llegar y besar al santo.

No fue mal acierto darte en el ojo tuerto; que si en el bueno te diera, ciego te hiciera.

La suerte no es para quien la busca, sino para quien la encuentra.

Quien no se aprovecha de su ventura cuando le viene, si se le pasa, que no se queje.

Más vale caer en gracia que ser gracioso.

Entra con pie derecho, si quieres hacer tu hecho.

A nadie le amarga un dulce.

La fortuna es madrina de los necios.

Si el merecimiento no da ventura, más quiero dicha, madre, que hermosura.

Rodar ventura, hasta la sepultura.

No puede templar cordura lo que destempla ventura.

SUPERIORIDAD

Quien tiene la cuesta y las piedras, trazas de vencer lleva.

Que vayas abajo que vayas arriba, aquí queda quien os trasquila.

El pez grande se come al chico.

Vence quien más puede no quien más razón tiene.

Bueno que seas tambor, con tal que sea el que toque mejor.

Cuando tres se juntan, uno de ellos manda la yunta.

Antes cabeza de ratón que cola de león.

Antes es Dios que todos los santos.

Primero es el altar mayor y luego los colaterales.

Capitán, aunque sea de ladrones.

Fuero vence.

En presencia del mayor, cesa el poder del menor.

En tanto que el mayor bebe, el menor espere.

Lo más tira de lo menos.

Uno contra cuatro, no doy por su vida un cuarto.

A muchos perros, liebre muerta.

Cuando se imponen los más, la justicia queda atrás.

Donde hay pocos cuerdos y muchos locos, no seas tú de los pocos.

A los pocos, Dios les ayuda; pero los más vencen.

Dos contra uno, le meten la paja en el culo.

Dos para uno, besadle en el culo; uno para dos, besadle vos.

Dos a uno, sácanle del mundo.

Entre muchos gatos arañan a un perro.

Dos perros a un can mal trato le dan.

Baza mayor, priva menor.

Quien se mete con menor, pierde el honor.

Más vale ser señor en cabaña que siervo en campaña.

SUPERSTICIONES

Ni pueblo sin brujas, ni hervor sin burbujas, ni cesta de brevas sin papandujas.

Bruja y hechicera, arda en la hoguera.

Creamos en Dios y no en vanas consejas, que son agüeros de putas viejas.

Sano es en el fuego mear; pero de escupir te has de guardar.

Rozarse con cura, desgracia segura.

Si quieres que el diablo no se presente, no lo mientes.

Si quieres que el diablo pase una semana mala, córtate las uñas el lunes por la mañana.

Si quieres que tu gallina buenos pollos saque, no le pongas trece huevos ni la eches en martes.

Quien encuentra una herradura, guárdela para su ventura.

Cuando cae la Pascua en marzo, se huelga el diablo.

Araña por la mañana, señal mala; pero si por la tarde la encuentras, señal buena.

De doce a una corre la mala fortuna.

Si se vierte el salero, faltará la sazón, pero no el agüero.

Verterse el vino es buen sino; derramarse la sal es mala señal.

La que se come un garbanzo negro y novio tiene, poco lo quiere.

Dame un trébol con cuatro hojas, y darte he a escoger entre mozas.

Si quieres que te cunda el tocino, mata en luna nueva tu cochino.

Si de mañana encuentras liebre o puta, cambia de ruta.

Mochuelo a principio de cazadero, mal agüero.

Hombre muerto, mal encuentro.

La casa compuesta, la muerte en la puerta.

A hora mala, perros no ladran.

Si quieres que te salga bueno un gato, has de robarlo.

Matar un gato, mal presagio.

TEMOR

Por temor, no pierdas el honor.

Miedo cobrado, duelo doblado.

Nadie se muere porque a otro le entierren.

Las cosas son más malas de pensar, que de pasar.

A olla que hierve, ninguna mosca se atreve.

Quien no teme, no es temido.

El corazón que sabe temer, sabe acometer.

A nadie tema, quien a sí se tema.

"Quien no conozca el miedo, que alce el dedo." Y todo el mundo se estuvo quedo.

No falta a los muertos de qué se duelan, ni a los vivos de qué teman.

Quien tiene trasero, tiene miedo.

De chicos es el temer, y de grandes el atrever.

El miedo, aunque es ente vano, nunca es enano.

El miedo es mal compañero.

El temor siempre sospecha lo peor.

El miedo tiene mucha imaginación y poco talento.

El miedo y el amor, todo lo hacen mayor.

El miedo es tan abultante, que hace de un mosquito un elefante.

Agranda el peligro al ser muy temido.

Hay quien se pone el barro antes que le pique el tobarro.

Si el cielo se cae, pararle con las manos.

Si se cayera el cielo y nos pillara debajo, ¡todos al carajo!

El hombre más valiente se espanta de su sombra fácilmente.

El miedo tiene malas entendederas.

Quien teme mal duerme.

Quien tiene miedo, corre ligero.

A una brasa ardiendo se agarra el que se está hundiendo.

Amar, a todos; temer, a Dios tan sólo.

Por temor, no pierdas honor.

Al hacer, temblar, y al comer, sudar.

Quien teme, cada día es condenado.

Del mal que el hombre teme, de ése muere.

Al que de miedo se muere, enterralle en mierda y hacelle de cagajones la huesa.

A quien de miedo se caga, en mierda le hacen la fosada.

Oculta tu miedo a tu enemigo, porque si lo nota, eres perdido.

A más miedo, más misericordia.

Para el miedo no hay remedio.

Honesto es el temer cuando se ve a otro padecer.

En viendo la oveja al lobo, se queda sin sebo el lomo.

En la seguridad hay miedo, y en miedo, seguridad.

Miedo guarda la viña, que no viñadero.

Más vale el miedo que me tienes que el pan que me comes.

Más quiero ser temido que amado ni tenido.

Teme al que teme.

El corazón que sabe temer, sabe acometer.

Más leve es padecer el daño que esperallo.

Una cosa es oír decir "Moros vienen", y otra verlos venir.

Ni temas mal incierto, ni confíes en bien cierto.

Enemigos de placer, temer y sospechar.

Peor es temerla que tenerla.

TENTACIONES

A veces, está la carne en el plato por falta de gato.

Vos contento y yo pagada, venid cuando quisiérades si este manjar os agrada.

¡Él que me lo decía, y yo que ganas tenía......!

Yo que la buscaba, y ella que no se quiso esconder, se juntó el hambre con las ganas de comer.

La mujer de tu amigo no esté a solas contigo.

Por ser bueno Pedro, saltóle la moza al cuello, y él, quedo, que quedo.

Si Dios no me quiere, el diablo me ruega.

A los santos y a los tontos, los tienta el diablo más pronto.

Puerta abierta, al santo tienta.

Líbrenos Dios Nuestro Señor del diablo predicador.

Buena de las mejores, por falta de seguidores.

El hombre es fuego; la mujer estopa; viene el diablo y sopla.

Un tizón no arde sin otro.

Dicen y decimos que es peligroso el trato entre primas y primos.

Donde hay mujer y varón, acecha la tentación.

Juntos los galanes y las doncellas, así pasan ellas.

Madre, que me toca Roque y no quiero que me toque. Anda tócame, Roque.

Echa por acá, santera, mientras el santero llega.

Cuando la mujer va cubierta, nunca falta quien la atienta.

Soltera de más de treinta, tres veces al día el diablo la tienta.

En dinero y en belleza es raro el que no tropieza.

Quien ve el arca abierta, con el pensamiento peca.

A quien peca y hace pecar, doble penitencia le darás.

¿A quién pasa por la fuente, que no bebe?

Entre santa y santo, pared de cal y canto.

Entre niño y niña crecedera, una vidriera, y por más seguro, un muro.

Ni estopa con tizones, ni la mujer con varones.

Malos pensamientos, todos los tenemos a cientos; el toque está en desecharlos, por lo mismo que son malos.

Sólo tienta Satanás a los que se dejan tentar.

El diablo sólo tienta a aquel con quien ya cuenta.

A puerta abierta llega el diablo y se entra; a puerta "cerrá", llega el diablo y se vuelve atrás.

La doncellez y el sexo, piérdense de una vez para *in aeternum.*

Juntóse el hambre con las ganas de comer.

Santa tú y santo yo, el diablo nos juntó.

Tú me lo ruegas y yo me lo quiero.

Tú que mo lo pides, y yo que me lo quiero, cayósenos el tocino en el puchero.

Yo que se lo proponía, ella que lo apetecía.

Tú que querías, y yo que tenía gana, sucedió lo que el diablo deseaba.

Cuando la hoja de la higuera hace pie de gallina, a la hembra te arrima; resistirte querrá, más no sabrá.

Mujer ataviada, ballesta armada.

A quien trabaja, sólo un demonio le tienta; pero al que no trabaja, cincuenta.

El oro se prueba en el toque, y la mujer en el hombre.

Tentación, padres, en casas de las comadres.

La puerta está entornada y en la plaza la criada; mi madre, en misa, y yo en camisa. ¡Nunca Dios lo aliña!

Hacer el juego de andar liviano: guíñame del ojo y dames pujes con la mano.

Mano blanca y gordezuela, puesta sobre el corazón, aumenta la palpitación.

La mala ocasión tiene una puerta. y el diablo la abre cuando Dios la cierra.

De alabar el fruto al diablo, vino Eva a probarlo.

TÉRMINO MEDIO

Busca el medio en todo, y tendrás buen acomodo.

Entre medios y extremos, prefiere los medios.

Todo extremo es vicioso; sólo el medio es virtuoso.

Las cosas agradan en buen medio y fastidian con exceso.

Malo es pasarse y malo no llegar: en un buen medio te debes quedar.

Lleva en todo un ten con ten, y todo te saldrá bien.

Ni tanto ni tan poco.

No te sobre que te quiten, ni te falte que mendigues.

Ni tanto que enfade, ni tan poco que no baste.

Echa ten con ten; que si echas mucho, te pego, y si echas poco, también.

Ni tan alto que llegue al cielo, ni tan bajo que arrastre por el suelo.

Ni tan vieja que amule, ni tan moza que retoce.

Ni blanco que admire, ni negro que tizne.

Ni calvo, ni con dos pelucas.

Ni tanto pelo que no te entre el sombrero, ni tan poco que se te vean los sesos.

Ni tan corto has de ser, que no se te entienda bien, ni tan largo, que te hagas pesado.

Ni tan corto que no alcance, ni tan largo que se pase.

Ni sopa de agua, ni vino de sopa.

Ni arre que trote, ni so que se pare.

Ni tan aprisa que des porrazo, ni tan despacio que apenas des paso.

Entre espuela y freno se logra el buen medio.

Entre correr y parar hay un paso regular.

Ni tan cerca que queme al santo, ni tan lejos que no le alumbre.

Entre lo salado y lo soso está el punto sabroso.

Cuerda de guitarra floja no suena, muy tirante salta.

TETAS

Más tiran tetas que sogas, ni guindaletas.

> *Mayor fuerza y más poder*
> *que un Roldán tiene la dama*
> *para tirar y atraer*
> *sin se poder deterner*
> *el que bien la quiere y ama.*
> *Así que no son burletas*
> *pues por todos han pasado*
> *decir que más tiran tetas*
> *que sogas ni guindaletas*
> *al que está de ellas picado.*   (Sebastian Horozco, 1599.)

Quien tiene tetas en seno no publique hado ajeno.

> *Cualquier persona que tiene*
> *hijos propios que criar*
> *de los demás no le pene*
> *que cuando no cata viene*
> *por su casa que llorar.*
> *Aunque el lugar esté lleno*
> *de nuevas de su vecino*
> *quien tiene tetas en seno*
> *no publique hado ajeno*
> *porque nadie es adivino.*   (Sebastian Horozco, 1599.)

Teta, la que en la meno quepa, y si no la cubre, no es teta, es ubre.

Tetas y culo, haber no ninguno.

Cada mametón de teta es un arrugón de jeta
Para las mujeres que amamantan a sus hijos.

Teta y sopa no caben en la boca.

Tetas, culo y cantar no componen ajuar.

La vaca, cuanto más se ordeña, más larga tiene la teta.

Igual me da leche que caldo de teta.

Esperando marido caballero, lléganme las tetas al braguero.

En octubre no le toques a tu mujer la ubre.

Gran chatedad, gran tetedad.

Vuelve a ser niño el viejo y le da la teta al vinatero.

Dios te guarde de tetas de viuda y de trasero de mula.

Ante la duda, la más tetuda.

¡Qué aire y qué fuerza lleva la Valentina!, que con una teta tiró una esquina.

No da lo mismo dos tazas de té que dos tetazas.

Lo que come el ama, por la teta le va al niño que mama.

Tetas de mujer tienen mucho poder.

Teta de novicia.
Se dice de lo que es exquisito.

Teta fina
Igual que lo anterior.

> *Tetas de mujer,*
> *frutas de loco,*
> *miránlas muchos,*
> *gózanlas pocos.*

El vino es la teta de los viejos.

TIEMPO

No hay plazo que no se cumpla, ni deuda que no se pague.

Vuela el tiempo como el viento.

Tiempo pasado, jamás tornado.

Pasará lo no llegado, como pasó lo pasado.

Todo lo que llega pasa, que el tiempo todo lo arrasa.

Tiempo, mujer y fortuna se cambian como la Luna.

El tiempo da gusto a todos, unas veces seca y otras hace lodos.

Dar tiempo al tiempo es un buen advertimiento.

Con el tiempo y una caña, serás el amo de España.

Con el tiempo y paciencia, se adquiere la ciencia.

El mejor maestro es el tiempo, y la mejor maestra, la experiencia.

Tiempo y sazón a todos dan razón.

El tiempo todo lo borra, es una lima sorda.

El tiempo es médico para el alma y para el cuerpo.

No hay bien ni mal que cien años dure.

No hay mal que tanto dure que el tiempo no lo cure.

No hay tal médico como el tiempo, para todos los males tiene remedio.

El tiempo todo lo cura, menos vejez y locura.

El tiempo hace llanos los cerros.

Se recobra el oro que se perdió, y el tiempo perdido, no.

Tiempo aprovechado, cada mes vale por un año; pero si desaprovechado es, cada año vale un mes.

El tiempo aclara las cosas, y el tiempo las oscurece.

El tiempo cura al enfermo, que no el ungüento.

El tiempo todo lo cubre y todo lo descubre.

El tiempo cura lo que en vano la razón procura.

Cuando hay tormenta, con Dios se hace cuenta; tormenta pasada, cuenta olvidada.

Lo pasado se borró, el presente vívelo y el futuro piénsalo.

No hay peor tiempo que aquel que viene a destiempo.

Heladas en enero, nieves en febrero, mollinas en marzo, lluvias en abril, aires de mayo, sacan hermoso el año.

Tres en el año, y tres en el mes, tres en el día, y en cada una tres. Tres en el año confesiones, tres en el mes accesiones a su mujer, tres en el día comidas, y en cada una de éstas beber tres.

Aconsejar a viejo, contender con hembra y espulgar a perro, todo es perder tiempo.

Cuando el tiempo se muda, la bestia estornuda.

Las albarcas del serrano duran un año: tres meses nuevas, tres rotas, tres compuestas y tres en los pies.

Quien habla con quien no le entiende tiempo y saliva pierde.

El tiempo pasado tuvo mucho de bueno y mucho de malo; el presente de todo tiene, y el que vendrá de todo tendrá, porque dicha cumplida, sólo en la otra vida.

Coge las flores del buen tiempo, que pronto llegará tu invierno.

No hay plazo que no llegue, ni mala maña que no se pegue.

Cuando no hace su tiempo, hace mal tiempo.

Más vale que llueva o nieve, que buen tiempo haga.

El tiempo es ropavejero: se lleva los días viejos, los aliña y nos lo vende por nuevos.

Harto es necio quien piesa que mata el tiempo, cuando, al cabo, él será muerto.

Ayer dejó ya de ser; hoy, ya perdiéndolo voy, y pues no llegó mañana, esta vida es cosa vana.

Quien tiempo tiene y tiempo espera, tiempo viene que desespera.

Si lo pasado es pasado, y mañana no ha llegado, y es un punto lo presente, quien dice que vive, miente.

El tiempo de antaño no fue mejor que el de hogaño.

Tras un tiempo viene otro.

TONTOS

Con pillos me junte Dios; con tontos, no

Con tontos ni a comer merengues.

El bobo todo lo sabe hacer, mientras no es menester.

Para ser tonto no es menester estudiar.

Ser tonto y mucho saber, bien puede junto ser.

No hay tonto, por tonto que sea, que tonto se crea.

Jesucristo curó a ciegos y leprosos, pero no a tontos.

Quien no sabe hacerse el tonto, de veras es tonto.

El bofetón de la tonta, que ni sobró mano, ni faltó cara.

Más vale tratar con el tonto, que con el medio tonto.

Cuando un tonto coge una linde, la linde se acaba y el tonto sigue.

Para un pronto te servirá un tonto, pero el pronto pasado dale de lado.

Cuando el listo tras mil afanes se desespera, llega el tonto, abre la boca y le cae la breva.

Cada día que amanece, el número de los tontos crece.

Quien tonto nace, tonto yace.

Si quieres vivir contento, hazte jumento.

Algo el sabio no tiene, si no sabe hacerse el tonto cuando conviene.

Quien no sabe hacerse el tonto, de veras es tonto.

Si soy lelo, méteme en la boca el dedo.

Bobo, bobillo; mas no para su bolsillo.

Lo que no quiero no entiendo.

Dámele bobo, dártele he sordo.

No hay hombre tan tonto para su provecho.

Con molde se hacen los tontos, y hay tantos, porque los hacen pronto.

TRABAJO

Trabajar con el sol; no hay candil más barato ni que alumbre mejor.

Quien fía o promete, en gran trabajo se mete.

Más trabajo es enmendar que de nuevo comenzar.

Cuando pudieres trabajar, no lo dejes, aunque no te den lo que mereces.

Cuesta arriba quiero mi mula, que cuestas abajo yo me las subo.

Trabajar es de gente de mal vivir, porque el día se ha hecho para descansar y la noche para dormir.

Hace mejor un trabajo uno que está ocupado, que un ocioso de brazos cruzados.

Quien con el trabajo se casa, se divorcia de su casa.

Trabajar:

Para el particular, paso regular.
Para el contratista, vista.
Para el Ayuntamiento, paso lento.
Para la Diputación, buena canción.
"P'a el Estao", "echao".

Si el trabajo fuera bueno, sería propiedad privada.

Si el trabajo fuera bueno, sólo lo tendrían los ricos, pero como es malo, lo tienen los altos, pobres y chicos.

Para un diestro, un presto.

De diestro a diestro, el más presto.

En esta tierra cuca, el que no trabaja no manduca.

Cuerpo descansado dinero vale.

Lo mismo es a cuestas, que al hombro.

Tú, que no puedes, llévame a cuestas.

Durmiendo me canso, ¿qué haré si trabajo?

Lo que otro suda, a mí poco me dura.

Para trabajar hemos venido al mundo.

Se arremangó mi nuera y volcó en el fuego la caldera.

No falta jamás piedra a la buena lavandera.

Mujer hacendosa vale más que mujer hacendada.

Haz la noche, noche, y el día, día; vivirás con alegría.

Para el carro y mearán los bueyes.

No hay mayor placer que descansar después de hacer.

El arco mucho tiempo armado peligra quedar flojo o ser quebrado.

El uso hace diestro, y la destreza, maestro.

En el pueblo de Cosme el que no trabaja no come.

> *Cada cual cuidado tome*
> *de trabajar, mientras pasa*
> *este año; que en esta casa*
> *quien no trabaja no come.*

(Tirso de Molina. *Tanto es lo demás como lo de menos.*)

Piedra movediza nunca moho la cobija.

Detenidos se corrompen
el agua y el aire vano.
El hierro, cobre y alquimia,
si no se ven con cuidado,
se cubren de tosco hollín; tan precioso es el trabajo.
(Valdivielso. El loco cuerdo.)

El burro que más trabaja más rota tiene la albarda.

Para que dure el trabajo, ha de ser moderado.

Los trabajos echan un cero a la edad de los hombres.

El trabajo es para los burros.

Con el trabajo se compra el descanso.

De la fortuna no esperes lo que de tu trabajo no pudieres.

La comida no cae del cielo: hay que buscarla en este miserable suelo.

Bendita sea la herramienta; que pesa, pero alimenta.

Como el comer es diario, trabajar diariamente es necesario.

A la puerta del que sabe trabajar, se asoma el hambre y no se atreve a entrar.

A Dios rogando y con el mazo dando.

El trabajar y el orar son a la par.

Manos ensortijadas, bien parecen; manos encallecidas, ennoblecen.

Premio de trabajo justo son honra, provecho y gusto.

UTILITARISMO

Vivir bien y beber bien, y a todo decir "amén".

Come mucho, ponte gordo, y cuando te llamen, hazte el sordo.

Abre tu bolsa, que yo abriré mi boca.

El pan comido, cada uno se va por donde ha venido.

Comida hecha, compañía deshecha.

De hombres avisados es hacer de un avío dos mandados.

Matar dos pájaros de un tiro.

Con una cabeza de lobo come un año el que no es bobo.

El que está cerca de la vaca, dos veces la mama.

Allí está mi Dios, donde me salga el sol.

El qué dirán pronto pasa y el dinero queda en casa.

Dame pan y llámame tonto.

Todo lo que no vale oro ni plata es patarata.

Bien que no me aprovecha y mal que no me daña no me importan una castaña.

Donde es más el daño que el provecho, da el trato por deshecho.

Hasta las aceitunas zapateras no falta quien las quiera.

En el agua lo meto, y si no cojo agua, lavo el cesto.

No estamos aquí por bien parecer, sino para ganar de comer.

Lo que redunda en mi bien me sabe a tortitas con miel, y lo que en mi mal, a acíbar y rejalgar.

Venga el bien, y venga por doquier.

A cencerros tapados, mete el vecino sus bueyes en tus sembrados.

Limpieza, y no en la bolsa; claridad, y no en el caldo.

No hay cosa tan provechosa que no pueda ser dañosa.

Cuando se mueve el alcalde, no se mueve en balde.

El agua, por donde pasa moja.

En toda oficina sólo hay uno que todo lo sabe, y es un escribiente de seis mil reales.

VALOR

Corazón valiente, sólo a Dios teme.

Hombre de pelo en pecho, hombre de dicho y hecho.

A mal viento, buen aliento.

Aunque estés con las tripas colgando, no vayas a casa llorando.
Les dicen a los chicos en la ribera de Navarra, a mí también me lo decía mi padre, y era castellano.

¡Dale cera, que es cofrade!

Acometer, a uno; esperar, a dos; no huir, de tres.

El noble y el fuerte aman la vida, pero afrontan la muerte.

Tan valiente es uno combatiendo, como huyendo.

Ni temas toro, ni acoses a vaca.

Hombre valiente y el buen vino se acaban de camino.

No son hombres todos lo que mean en pared, que los perros también.

A quien no teme, nada le espanta.

Ni teme a Dios, ni al mundo.

Gallo que es bueno, lo mismo canta en su corral que en el ajeno.

De hombre a hombre sólo va el tener o no tener bigotes.

Al peligro, con el peligro.

Mientras puedo, ¿quién dijo miedo?

El valiente, manos y lengua fría, y el corazón caliente.

Bátete con uno, combate con dos, defiéndete de tres, huye de cuatro, y no quedarás deshonrado.

El hombre bravo, primero muerto que esclavo.

El pobre y el fuerte aman la vida, pero afrontan la muerte.

Quien pudiendo herir no hiere, ése es valiente.

No habiendo enemigo enfrente, todo el mundo es valiente.

Buenos y mejores, por falta de seguidores.

VENGANZA

El que todo lo quiere vengar, presto lo quiere acabar.

Al mal, hacer y callar.

A secreto agravio, secreta venganza.

Quien vengarse quiere, calle y espere.

Lo que no pueda ser bien vengado, sea bien disimulado.

Siéntate y espera; que tu enemigo pasará por tu acera.

Quien calla y piedras apaña, tiempo vendrá en que las tirará.

Con astucia y no con fuerza, del rico el pobre se venga.

A quien te haga, se la pagas; si no puedes hoy, mañana.

Hacer el mal que te hagan no es pecado, sino paga.

No hay placer tan regalado como verse uno vengado.

Quien las da las toma, y callar es bueno.

Si me puso el cuerno, buena pedrada le di a su perro.

Hombre vengado, corazón apaciguado.

A quien mal hicieres, nunca le creas.

El mayor gusto, el vengar; la mayor gloria, el perdonar.

Mal por mal no se debe dar.

No te ensañes del castigo que te da tu enemigo.

Quien desprecia la injuria ya está vengado.

Venganzas justas no hay ninguna.

Donde no hay agravio, no viene bien la venganza.

Quien siembra odio, recoge venganza.

No será bueno vengarse, pero no es malo desquitarse.

Cuando el chico ve la suya, el grande huya.

De hombre reglado nunca te verás vengado.

A quien matares al padre, no le críes por hijo.

Mal con mal se mata mal, y fuego con estopa, otro que tal.

A quien mal hicieres, errarás si le creyeres.

VERDAD

Las verdades de Perogrullo, que a la mano cerrada llamaba puño.

La verdad en palacio anda muy despacio.

Para verdades el tiempo, y para justicias, Dios.

La verdad es madre del aborrecimiento.

La verdad es perseguida; pero al fin nunca vencida.

La verdad que daña es mejor que la mentira que halaga.

El que dice las verdades termina por perder las amistades.

A quien miente lo adoran, a quien la verdad dice lo ahorcan.

La verdad y la mocita, desnuditas.

La verdad aborrece la oscuridad.

La verdad a medias es mentira verdadera.

Se cree el ladrón que todos son de su condición.

El cuento, para que sea cuento, es preciso que venga a cuento.

Suspiro y bostezo, hambre del alma y hambre del cuerpo.

Niños y gente loca, la verdad en la boca; cuerdos y sabios, la mentira en los labios.

La verdad a Dios, pero a la justicia no.

La verdad tiene dos sabores: uno dulce, para el que lo dice, y otro amargo, para el que lo oye.

Mal me quieren mis comadres porque les digo las verdades; bien me quieren mis vecinas porque les digo las mentiras.

Si acusas con la verdad, con la mentira te acusarán.

Grandes verdades, grandes necedades.

Más verdades son para calladas que para habladas.

La verdad, como el aceite, queda encima siempre.

La verdad, a todo el mundo y al amigo, sin disimulo.

Jugandillo se sueltan las verdades a porrillo.

No hay peor burla que la verdad.

VERGÜENZA

La vergüenza y la honra, la mujer que las pierde nunca las cobra.

Más vale vergüenza en cara que mancilla en corazón.

Al que no tiene vergüenza, no hay quien le venza.

Donde no hay vergüenza, no hay virtud.

La vergüenza en la doncella, enfrena el fuego que arde en ella.

La vergüenza es empachosa: para nada sirve y para todo estorba.

Quien tiene vergüenza ni come, ni almuerza, ni yace con hembra buena.

Vergonzosa es mi hija, que se tapa la cara con la falda de la camisa.

¡Qué bonita es la vergüenza! Mucho vale y poco cuesta.

Entráis, padre, sin licencia: u os sobra favor, u os falta vergüenza.

Medias caídas, vergüenza perdida.

No engendra conciencia quien no tiene vergüenza.

Luz apagada, mujer encendida.

Ni en la cama ni en la mesa es útil la vergüenza.

Quien no tiene vergüenza, ventaja lleva.

Dos poquitos te pondrán en la opulencia: vergüenza poquita y poquita conciencia.

La vergüenza, la fe y la doncellez sólo se pierden una vez.

Vergüenza y virginidad, cuando se pierden, para toda la eternidad.

La vergüenza era verde y se la comió un burro.

La vergüenza donde sale una nunca más entra, y la sospecha nunca sale de donde entra.

Más vale ponerse una vez colorado que ciento amarillo.

Cuando Juan vergüenza tenía, ni almorzaba ni comía; desde que perdió la vsergüenza, bebe, fuma, come y almuerza.

Pues para eso me llamáis, en balde os avergonzáis.

VICIOS

Baco, Venus y tabaco ponen al hombre flaco.

Ofrecerse a Venus el viejo, es cumplir mal y arriesgar el pellejo.

Mujeres y vino, mas no de contino.

No es nada sano bromear con Venus en el verano.

En agosto, ni Venus, ni mosto.

En los meses que no traen erre, ni pescado, ni vino, ni mujeres.

Junio, julio y agosto, señora no soy vostro.

En julio juliado, echa la moza de tu lado.

Junio, julio y agosto, señora, no os conozco. Pero desde septiembre a mayo, ceñíos a este perigallo.

A ningún vicio le gusta vivir solo, y tira de otros.

El diablo abre la puerta, y el vicio la mantiene abierta.

Ningún perdido va a menos.

El vicio ama el bullicio; la virtud, el retiro.

El vicio saca la puerta de quicio.

A quien se envuelve con basura, puercos le hozan.

Cantando y bailando ninguno llegó a ser santo.

Tu vicio es tu enemigo y siempre va contigo.

Mantener un vicio cuesta más que criar dos hijos.

Hombre sin vicio ninguno, escondido tendrá alguno.

Ni hombre sin vicio, ni comida sin desperdicio.

De hombre sin vicio, no me fío.

El lodo, a los mozos da por la barba y a los viejos por la braga.

Quien en el vicio se enfrasca, o entre tunas, o en la tasca.

Contra los vicios, poco dinero.

Quien tiene un vicio, si no se mea en la puerta, se mea en el quicio.

Vicio que no se castiga, a más va cada día.

VIDA

Hasta morir, todo es vida.

La vida de la preñada es vida privilegiada.

Más vale perder lo servido que la vida por cobrarla.

Mientras vas y vienes, vida tienes.

Tras el carro de la vida, en un letrero se lee: ¡El que venga atrás, que arree!

La vida, larga o corta, que sea buena es lo que importa.

Bendita sea la madre que hijo bobo pare.

Cartas de ausentes, cédulas son de vida.

En la vida no me quisiste y en la muerte me plañiste.

> *Muchas veces acontece*
> *que en vida menos preciamos*
> *a aquel que nos favorece*
> *y después cuando fallece*
> *con razón menos lo echamos.*
> *Y si a esta vida triste*
> *volviese podría decir*
> *en vida no me quisiste*
> *y en la muerte me plañiste*
> *por demás es ya plañir.*   (Sebastián Horozco, 1.599.)

Quien mucho vive, mucho ha de ver y por mucho ha de pasar.

> *Vida honesta y arreglada,*
> *tomar muy pocos remedios*
> *y poner todos los medios,*
> *de no alterarse por nada.*
> *La comida moderada,*
> *ejercicio y distracción,*
> *no tener nunca aprensión,*
> *salir al campo algún rato,*
> *poco miedo y mucho trato,*
> *y como broche final*
> *de este consejo de amor,*
> *ser humilde y bonachón.*
> *¿Puede haber algo mejor?*

Si quieres que te vaya bien en la vida, ama, perdona y olvida.

Si a la pobreza le quitan la esperanza, a la juventud le quitan la alegría y al corazón le quitan el amor, ¿para qué quieres vivir?
Larra.

En esta vida arrastrada, nada es todo y todo es nada.

Goza de tu vivir, que la vida es un tris.

> *La vida es dulce o amarga,*
> *es corta o larga, ¿qué importa?*
> *El que goza la halla corta*
> *y el que sufre la halla larga.*   (Campoamor.)

Nada en la vida es verdad; rebaja la mitad de la mitad.

Salvarte en tu mano está; si tú no lo quieres, Dios te salvará.

El bueno y el malo, si no en esta vida, en la otra tendrán su pago.

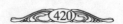

La mejor vida es aquella donde el fin comienza della.

Vida luenga, mucha cuenta.

A mucho vivir, muchos duelos y mucho de que arrepentir.

Los desdichados llegan a conocer a sus bisnietos.

Pides largo vivir, pides largo sufrir.

Quien más piensa en vivir, más pronto suele morir.

La vida y la flor sólo sombra son.

La vida es cosa prestada, que con la muerte está pagada.

La vida del hombre es un soplo.

Vida que vale tan poco, quien la estima es más que loco.

No hay ninguno tan viejo, que no piense vivir un año.

La vida cansa cuando es pesada; cuando es ligera, es bien llevada.

La vida de todos es apetecida.

Con la vida muchas cosas se remedian, y sin la vida, ni media.

Buscar la vida conviene; que la muerte ella se viene.

Vivir para ver y ver para saber.

Vivir para ver y pesquis para entender.

Vale más un novicio vivo que un obispo muerto.

Más vale oler vivo a mierda que muerto a incienso y cera.

Mil años en cadenas y no debajo de tierra.

Vivir en esta vid y no medrar no es de envidiar.

En esta vida, todo es verdad y todo es mentira.

VIEJOS

Vieja que baila, mucho polvo levanta.

Del viejo el consejo, y del rico, el remedio.

El viejo por no poder, y el mozo por no saber, quédase la moza sin lo que puedes entender.

Si el viejo pudiera, y el joven supiera, cuántas cosas se hicieran.

El viejo que casa con niña, uno cuida la cepa y otro la vendimia.

Viejo que con moza casó, o vive cabrito o muere cabrón.

Más quiero viejo que me regale, que mozo que me mande.

Cuando el viejo se mea en las botas, no es bueno para las mozas.

El viejo que no tiene, fortuna no espere.

El viejo y el pajar, malos de encender y peores de apagar.

¿Qué es la vejez? Estornudar, toser, gruñir y preguntar qué hora es.

A calzas viejas, bragueta nueva.

Al buey viejo, múdale el pesebre y dejará el pellejo.

Joven es quien está sano, aunque tenga ochenta años, y viejo el doliente aunque tenga veinte.

Dieta y mangueta y siete nudos en la bragueta.
Si se quiere llegar a viejo.

Más vieja que la iglesia.

La vejez empieza cuando los recuerdos pesan más que la esperanza.

Catarro, casamiento y cagalera llevan al viejo a la huesa.

No hacen viejos los años, sino otros daños.

No hay viejo que no haya sido valiente, ni vieja que no haya tenido sus veinte.

Burro viejo mal tira, pero bien guía.

Al llegar el hombre a la vejez, oye lo que no oye y ve lo que no ve.

Cuando yo era mozo meaba tieso; pero ahora, ¿dónde está eso?

De tres cosas no fíes: de salud de viejo, de alegría de jugador y de cielo estrellado.

Calvicie, canicie, muelas y dientes son accidentes; impotencia, arrugas y arrastre de pies, eso es vejez.

Catarro, casamiento, cagaleras y caídas son las cuatro ces que quitan al viejo la vida.

No hay caballo tan viejo, que no dé un relincho a tiempo.

Cuando la vieja se remoza, más liviana es que la moza.

Cuando la vieja se empica a los berros, luego no los deja ni verdes ni secos.

Viejo que boda hace, requiescat in pace.

La vieja, a estirar su piel, y el diablo, a que la ha de encoger.

Ni perlas ni diamantes hacen a una vieja elegante.

Los viejos, a la vejez, se tornan a la niñez.

Niños y viejos, todos son parejos.

Al viejo, amor y respeto.

Cuando ágil era, muchos había que me sirvieran; ahora que no me puedo valer, todo me lo tengo que hacer.

La vejez es deseada; pero cuando llega, odiada.

Viejo soy y viejo serás: cual me veo, tal te verás.

Vejez y belleza no andan juntas en una pieza.

Ayer lucía mi cara, y hoy está ahajada.

Vieja y fea, el demonio que la vea.

Vieja verde y caprichosa ni fue buena madre ni buena esposa.

Al viejo que se anda a retozar, como a un niño le deben azotar.

Mal se quiere al viejo que amores tiene.

Vejez enamorada, chochera declarada.

Si el viejo usa como viejo, huyen de él; si como mozo, burlan de él.

A la vejez, viruelas.

Viejo amador, invierno con flor.

Hombre entrado en días, las pasiones frías.

No hay vieja que, al pensar en el trote, no galope.

La sepultura, por vieja que sea, cuando la dicen responso bien se recrea.

Cuanto más vieja, más pelleja.

La vieja de dos cuarenta, sus mocedades cuenta y el alma se calienta.

Cuando la vieja se alegra, de su boda se acuerda.

Quien no la corrió de pollinejo, la corre de burro viejo.

Quien de joven no trotea, de viejo galopea.

Los pecados viejos, hechos en mocedad, nacen y rebotan de recio a la vejedad.

Cuando se es más viejo, más gusta el licor del pellejo.

El viejo verde sólo en la sepultura lo pierde.

Aún hay sol en los tejados.

Lo viejos son como los cuernos: duros, huecos y retorcidos.

A la vejez, se acorta el dormir y se alarga el gruñir.

A zorra vieja, gallina tierna.

Caballo viejo, poco forraje.

No hay vida más trabajosa que vejez menesterosa.

Dice al viejo el pan duro: "De tu navajita no hay nada seguro."

A los setenta, pocas bocas conservan su herramienta, y es regla general que desde los cincuenta ande mal.

Viejo el caldero, o abollado o con agujero.

No hay vieja sin queja.

Al viejo pelele todo le duele.

Para enfermedad de años no hay medicina.

Viejos y al par dichosos, pocos.

Dichoso el hogar a cuyas brasas se calienta un viejo.

El perro viejo, cuando ladra da consejo

Más vale cuidado de viejo que arrojo de mancebo.

VILLANOS

El villano es corto de razones y largo de malas intenciones.

Al villano no le hagas bien, que es perdido; ni mal, que es pecado.

No hagas bien a villano, no bebas agua de charco, no te cases con sarda (pecosa), ni con pitalgada (mellada).

Villano en pobreza, hará mil bajezas; pero si rico llega a ser, será más soberbio que Lucifer.

Villano en gobierno, o breve o eterno.

Hecho de villano, tirar la piedra y esconder la mano.

El requiebro del villano: buen pellizco y revolver con el palo.

El villano en tierra y el hidalgo dondequiera.

Solamente con el palo harás tu amigo al villano.

Al villano, con la vara de avellano.

El villano y el nogal, a palos dan lo que dan.

Cuando el villano está en el mulo, ni conoce a Dios ni al mundo.

Al villano, no ponerle vara en mano, que se ensoberbecerá, y con ella os dará.

Cuando el villano tiene camisa blanca, nadie lo aguanta.

El villano, mejor presta su mujer que su asno.

Al villano, dale la azada en la mano.

Fácilmente el villano pásase del pie a la mano.

Aunque al villano lo fundieran, la villanía se le conociera.

Al villano, aunque le llamen señoría, siempre se le conoce la villanía.

Quien hace servicio al villano, hácelo en vano.

El villano trata bien a quien lo maltrata y maltrata a quien bien lo trata.

Al villano, con el dinero en la mano.

Muy listo ha de andar quien al villano ha de engañar.

Al villano, sacarle el cañón y dejarlo.

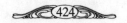

VINO

El que baja a la bodega y no bebe, por beber se lo cuentan.

No se acaba la vendimia hasta que no se lavan los cestos.

Al vino como rey, al agua como buey.

Ninguno se embriaga con el vino de casa.

La buena solera hace el vino de primera.

El vino alegra el ojo, limpia el diente y sana el vientre.

El vino comido, mejor que bebido.

El vino más bueno, para quien no sabe mearlo, veneno.

Vino truhán, buenas tajadas y mucho pan.

Beber buen vino no es desatino; lo malo es beber vino malo.

Si el agua es buena, es buena el agua, y, además, si es clara, es mejor el vino que el agua.

Bébolo negro y méolo blanco, ¿si será milagro?

Quien pregunta al tabernero si es bueno su vino, es gran desatino.

Quien del vino habla, sed tiene.

No es lo mismo vino blanco que vino tinto, los dos son vinos, pero distintos.

El vino tinto quiere estar apretado, y el blanco, holgado.

Yo te perdono el mal que me haces, por el bien que me sabes.

Más vale vino caliente que agua de la fuente.

Aunque veas a tu padre ahorcar, no dejes la bota sin cerrar.

El buen vino en cristal fino, y el peleón, en el jarro o en el porrón.

La uva tiene dos sabores divinos: como uva y como vino.

Dijo el mosquito a la rana: "Más vale morir en el vino que vivir en el agua."

No me echéis agua en el vino, que andan gusarapas en el río.

El vino por el color, el pan por el olor y todo por el sabor.

Donde no hay vino y sobra el agua, la salud falta.

> *Bendito sea Noé,*
> *que las viñas plantó*
> *para quitar la sed*
> *y alegrar el corazón.*

Del mejor vino se hace mejor vinagre.

> *La experiencia es buen testigo*
> *que "rompida" la amistad*
> *el mayor y más amigo*
> *se hace más enemigo*
> *con la nueva enemistad.*
> *Cuanto antes fue más dino*
> *tanto más después desplace*
> *así que de aquí provino*
> *decir que del mejor vino*
> *mejor vinagre se hace.*   (Sebastián Horozco, 1599.)

En el mejor vino hay heces.

El vino debe tener tres prendas de mujer hermosa: buen color, buena nariz y buena boca.

Vinillo de la hoja, algo me desenoja; vino de un año, ni provecho, ni daño; vino de años dos, dale más vida Dios; vino de años tres, ése mi vino es, por haz y por envés.

Contra las marzadas, más vino y tajadas, y si vuelve el rabo, con pimienta y clavo.

El vino cría sangre; la carne, carne; el pan, panza y ande la danza.

Sea bueno o sea peleón, sin vino no se hace la digestión.

Dijo Salomón: "Da vino a los que tienen amargo el corzón."

El buen vino alegra los cinco sentidos: la vista, por el color; el olfato, por el olor; el gusto, por el sabor; el tacto, por lo que agrada coger el vaso, y el oído, en el brindar, por el tintín de los vasos al chocar.

A la carne, vino, y si es jamón, con más razón.

Bebe el vino en cristal o en vidrio, y si el vino es generoso, en cristal precioso.

Beber hasta caer es desatino beber; beber hasta alegrarse, puede aprobarse.

Comiéndolo con vino, no hace daño ni lo más dañino.

Comer sin vino, o es miseria o desatino.

Con buen vino y padrenuestros, pasó de los cien años mi abuelo.

Cuando quieras nombrar un licor divino, di vino.

Dijo a doña Quejumbres, doña Dolores: ¿Cómo con tantos males, tan buenos colores? Y respondió doña Quejumbres: "Pues no son del vino, son de la lumbre."

El buen vino, para el catador fino, y la mujer bella, para el que sepa entenderse con ella.

La mujer bonita, sin pudor, es como el buen vino sin color.

Quien no sabe mearlo, no debe ni probarlo.

Vino de olor, color y sabor, suavísimo licor.

El vino que salte, el queso que llore y el pan que cante.

El vino que es bueno, no es menester pregonero.

Vino por su amo alabado, llama convidados.

Más querría estar tras un muerto que no me doliese, que tras un vino que no se vendiese.

Vino y amigo que se torcieron, sólo para vinagre fueron buenos.

Vino con agua, para la escobilla de mi fragua.

Es maldito el que echa agua al vino.

A quien le echa agua al vino, no debieron echársela en el bautizo

De los vinos, el viejo; de los amores, el nuevo.

Un traguito de lo añejo conforta el estómago y estira el pellejo.

Al vino llamamos vino, porque del cielo nos vino.

El vino enardece la virtud.

El mejor remedio, empinarse un medio.

Vino por fuera y vino por dentro, cura todos los males en un momento.

Al hombre flojo, bebida fuerte.

Abrigo es contra el frío estar bien bebido.

Al niño y al vino hay que criarlos con cariño.

Clases de vino sólo hay dos: el bueno y el mejor.

El vino y los aceros, en sus cueros.

Mercancía engañosa, vino, caballo y esposa.

VIRGO

El virgo y el duende nadie lo entiende.

¿Virgo lo llevas y con leche? Plegue Dios que te aproveche.

> *Andan por nuestros pecados*
> *los virgos ya tan someros*
> *que tan malo ver tocados*
> *brevemente son volados*
> *de sus nidos y agujeros.*
> *Cada cual mire y aceche*
> *no digan cuando la lleva*
> *virgo la llevas con leche*
> *plegue Dios que te aproveche*
> *procure tomarla a prueba.*   (Sebastián Horozco, 1.599.)

Virgo viejo, puta segura.

Quien el seso, la vergüenza o el virgo pierde, piérdelo para siempre.

A virgo perdido y a cabeza quebrada nunca faltan rogadores.

A virgo perdido, nunca le falta marido.

Fuiste virgo y vienes parida: ¡muchas querrían tal ida!

Mejor es servir a Dios con virginidad, que no casarse para ponerse en necesidad, más de la que con guardar virginidad tuvieron.
La segunda Celestina.

Si el coño tuviera llave, no tendría el hombre tal heredade.

Doncella manoseada, dala por desdoncellada.

Doncella, por su palabra has de creella.

¿Doncellas?, sábelo Dios y ellas.

¿Doncellas? Yo no juraré por ellas.

Doncellez y preñez, no pueden ser a la vez.

Doncella, como los agujeros de su gorguera.

¿Virgo la llevas y con ventura? Póngolo en duda.

Más tira coño que soga.

La doncellez y el seso piérdense de una vez para in aeternum.

Vergüenza y virginidad, cuando se pierden, para toda la eternidad.

¿La oveja entera y el lobo harto? ¡Gran milagro!

VIRTUD

La virtud y valentía, en los aprietos crecidas.

Hablar de virtud es poco; practicarla es el todo.

Virtud es nobleza, y todo lo demás simpleza.

Hombre sin virtud, moneda sin cuño.

Virtud hace casa, y vicio la arrasa.

Entre buenos, es fuero que la virtud valga más que el dinero.

Donde la virtud no falta, lo demás sobra.

Quien siembra virtud coge fama.

Virtudes son las que valen, que no pelo largo, pecho alto y alegres cantares.

La virtud es buena amiga de la salud.

Ni la virtud enfada, ni lo hermoso harta.

Buena es la costumbre en el bien.

Más hace la virtud que la multitud.

La virtud dura y vence; lo demás no permanece.

La gloria mejor es servir a Nuestro Señor.

La virtud es desdeñada cuanto la riqueza estimada.

Para la virtud, somos de piedra, y para el vicio, de cera.

Virtud e ingenio no se compran con dineros.

Virtud es hacer bien, y egoísmo también.

Virtud escondida, la de Dios preferida; virtud ostentada, ni es virtud ni es nada.

Virtud no premiada, virtud desmayada.

No llames virtud a lo que te hace perder la salud.

Atiende a lo que te digo: que tenga a Dios contigo, y no le hagas tu peor enemigo.

No ames a dos, que es contra Dios; ama a Dios, que vale por más de dos.

Quien virtud vende, en vicio la convierte.

Vivir bien, que Dios es Dios.

VIUDAS

Faltando su marido, veremos su tino.

Pulgas tiene la viuda, pero no tiene quien se las sacuda.

La viuda honrada, su puerta cerrada.

A la muerte de mi marido, poca cera y mucho pabilo.

Lágrimas de viuda poco duran.

La viuda llorando, novio va buscando.

Dolor de esposo, dolor de codo, duele mucho y dura poco.

Lo que no va en lágrimas va en suspiros.

No adoptes hijos que no has tenido, ni tomes mujer de otro marido.

Mujer de otro marido, olla de caldo añadido.

Ni chocolate recocido, ni mujer de otro marido.

Quien con viuda se llega a casar, siempre el que pudre oirá celebrar.

> *No te cases con viuda.*
> *No me casaré por cierto,*
> *por no ponerle la mano*
> *donde se la puso el muerto.*　　　(Copla)

A la primera gesto y palo, y a la segunda, mimo y regalo.

Viudas, cebollas y morcillas, milagro es que no repitan.

Viuda que no duerme, casarse quiere.

> *Con una viuda me caso,*
> *todos dicen que voy bien:*
> *por carretera trillada*
> *nadie se puede perder.*　　(Copla)

Viuda de tres días, hambre de tres semanas.

Para viuda y hambriento, no hay pan duro.

Del desconsuelo al consuelo, no va un pelo.

La viuda que se arrebola, por mi fe que no duerme sola.

Dios te guarde de persona que no habla, y de mujer dos veces casada.

A la viuda el diablo que la sacuda.

Cuando la viuda quiere carnero, matan al carnicero.

Dolor de viuda, breve, pero agudo.

La viuda joven, en su cama, al muerto llora y por un vivo clama.

Ni casamiento sin engaños, ni viuda sin apaños.

Viuda rica y morcilla, las dos repiten.

La esposa de un hombre indiferente es casi una viuda.

La viuda que sólo piensa en pasarlo bien, aunque viva, está ya muerta.

Viuda lozana, o casada, o sepultada.

La viuda llora y otros cantan en la boda.

Berza vuelta a calentar y mujer vuelta a casar, al diablo se le pueden dar.

Náufrago que vuelve a embarcarse, y viuda que reincide, castigo piden.

Marido muerto y viuda joven, otro al puesto, o público o secreto.

Lágrimas de viuda, el primer soplo de aire las enjuga.

Mujer moza y viuda, poco dura; dejárase comer de madura.

Viuda en venta pasajera, ni viuda, ni casada, ni soltera.

La casta Susana: que enterró a tres maridos y aún le quedó gana.

Viuda andariega, bien liga con el primero que llega.

Marido muerto, otro al puesto.

Viuda que duerme mal, del muerto se acuerda y en vivos tiene el pensar.

Viuda moza que mucho se apena, llora algo por lo que se fue y mucho por lo que no llega.

Llantos de viuda y aguaceros de abril, no llenarán barril.

Llora la viuda y el sacritán la saluda; ella dice: ¡Ay señores! Y él: Mujer no llores. Ella dice: ¡Ay, mi malogrado! Y él: Sed libera nos a malo.

El que se murió vaya bendito de Dios, y el que por aquí queda, en buena hora venga.

La viuda joven y el viudo trancón hacen buenas migas y buen migajón.

BIBLIOGRAFÍA

Baraibar Gordoqui, Ernesto. *Lo primero el refranero*. Ed. Alcarria. Guadalajara, 1977.

Bastús, Joaquín. *La sabiduría de las naciones o los evangelios abreviados*. Barcelona,, 1862.

Bergua, Juan. *Refranero español 8000 refranes*. E. Iberia. Madrid, 1936.

Bravo Morata, Federico. *Diccionario del amor*. Ed. Fenicia. Madrid, 1957.

Calvo Sotelo, Joaquín. *La bolsa de los refranes*. E. Grupo Libro 88.

Campanella, Tomás. *Aforismos políticos*. Itto. Estudios Políticos. Madrid, 1956.

Campos, Juana G. y Ana Barella. *Diccionario de refranes*. Madrid , 1975.

Candón Margarita y Bonnet, Elena. *A buen entendedor*. Ed. Anaya. Madrid, 1993.

Cardona Juncosa, M. *4499 refranes*. Ed. Irima.

Carduí-Hepalina. *Refranes populares e ideas sobre la salud y la belleza*. The Chatanooga. USA, sin fecha.

Caro y Cejudo, Jerónimo-Martín. *Refranes y modo de hablar castellanos*. Madrid, 1675.

Caudet, F., *11.225 Mejores refranes*. Mateos División.

Cobos López-Baños, Ignacio. *Refranes y dichos del campo*. Ed. Miján. Ávila

Coll y Vehí, José. *Los refranes del Quijote*. Barcelona, 1874.

Cornazzano, Antonio. *Proverbios eróticos*. Ed. Tabarín. Barcelona.

Correas, Gonzalo de. *Vocabulario de refranes y frases proverbiales y otras fórmulas comunes*. Madrid, 1906.

Cuesta Díaz, Juan. *Colección de frases y refranes en acción*. Ed. Bailly e Hijos, 1903.

Cueva, Manuel de la. *Pensamientos y máximas de Cervantes*. Madrid, 1929.

Diccionario aforismos, proverbios y refranes adaptados a las normas de la Real Academia Española. Año, 1991.

Díez Barrio, Germán. *Refranes de la sabiduría popular*. Colección Nueva Castilla.

Doval, Gregorio. *Refranero temático español*. Ed. del Prado. Madrid, 1997.

Duque Matthías. *Flores de dichos y hechos*. Ed. Antonio López. Valencia, 1917.

Equipo de Expertos *2.100. El libro de los refranes*. Ed. Vechi, 1991.

Esteban, José. *Refranero anticlerical*. Ed. Vosa. Madrid, 1994.

Esteban, José. *Sin comer ni beber no hay placer o refranero de la alimentación*. Noticias S.L. Madrid, 1997.

Fages Romá, Narciso. *Aforismos rurales*. Figueras, 1849.

Fernán Caballero. *Cuentos, adivinanzas y refranes populares*. Ed. Sáenz de Jubera Hnos.

Fernández, Mauro. *Refranero español*. Ed. Burdeos.

Fernández, Mauro. *Diccionario de refranes*. Madrid, 1994.

Garevar. *Refranes y cantares de curas, frailes, monjas y sacristanes*. Imp. Calleja. Madrid, 1907.

Gella Iturriaga, José. *Flor de refranes cervantinos*. Madrid, 1978.

Gómez Tabanera, José Manuel. *Refranero español*. Publi., 1954.

Gran Enciclopedia de frases célebres. Seleccionadas y ordenadas por José Luis Díaz y Vicente González. Ed. Giner.. Madrid, 1967.

Horozco, Sebastián. *Teatro universal de proverbios*. Univ. Salamanca, 1986.

Hoyos Sancho, Nieves. *Refranero agrícola español*. Ministerio Agricultura. Madrid, 1954.

Iglesias, Adela. *Del dicho al hecho...*. Ed. México, 1989.

Iribarren Rodríguez, José María. *El porqué de los dichos*.

Iribarren Rodríguez, José María. *Refranero Navarro.*, 1983.

Iribarren Rodríguez, José María. *Refranes y adagios, cantares y jotas*. Dichos y frases proverbiales. Pamplona, 1940.

Iscla Rovira, Luís. *Refranero de la vida humana*. Ed. Taurus. ITER. *4000 Refranes*. Ed. Sopena.

Jara Ortega, José María. *Más de 2.500 refranes relativos a la mujer*. Ed. Reus, 1953.

Jara Ortega, José María. *Más de 700 refranes de caza.*, 1.950.

Jiménez, Don Antonio. *Colección de refranes, adagios y locuciones proverbiales con explicación e interpretaciones*. Madrid, 1828.

Junceda, Luís. *Del dicho al hecho...* Ed. Obelisco, 1991.

León Murciego, Pablo. *Los refranes filosóficos castellanos sistematizados por disciplinas y conceptos*. Zaragoza, 1962.

Linaje, Alonso de. *Refranero popular, financiero y comercial*. Salamanca, 1977.

Llobera Paguet, Jorge. *Refranes españoles y máximas diversas*. Madrid, 1940.

López de Mendoza, Íñigo. *Refranes de las viejas*.

Luján, Néstor. *Cuento de cuentos I y II*. Barcelona.

Luján, Néstor. *Como piñones mondados*. Barcelona.

Maldonado, Felipe R.C. *Refranero clásicos españoles y otros dichos populares*. Ed. Taurus, 1979.

Martínez Kleiser, Luis. *Refranero de la casa*. Madrid, 1928.

Martínez Kleiser, Luis. *Refranero general ideológico español*.

Moneva y Pujol, Juan. *Paremias*. Imp. Berdejo. Zaragoza, 1933.

Musso y Fontes, José. *Diccionario de las metáforas y refranes de la lengua castellana*. Barcelona, 1876.

Núñez, Hernán. *Refranes y proverbios en romance*. Salamanca, 1585.

O'Kane, Eleanors. *Refranero*. Francisco Espinosa. Imp. Aguirre, 1968.

Osorio María y Francisco Serrano. *Dichos y refranes taurinos*. Madrid, 1.988.

Olmos Canalde, Elías. *Los refranes del Quijote*. Valencia, 1940.

Onieva, Antonio J. *Agudezas, sentencias y refranes de la picaresca española*. Madrid, 1974.

Orbaneja y Majada. *El saber del pueblo o ramillete*. Valladolid, 1890.

Palau y Dulcet, Antonio. *Refranes castellanos y sentencias de los santos padres*. Barcelona, 1928.

Ramírez, Tony. *Modismos, refranes y proverbios*. Edicomunicación S.A., 1990.

Refranero del Vino. Excelencias del vino, las mujeres, la amistad Vicálvaro, 1978.

Refranes de Sancho Panza. Ed. López del Arco. Madrid, 1950.

Refranes del vino y de la viña. Fiesta de la VIII vendimia jerezana, 1955.

Rodríguez Marín, Francisco. *Más de 21.000 refranes., 12.600 refranes más. Los, 10.200 refranes. Los 6.666 refranes de la última rebusca*.

Ruiz Crespo, Esperanza. *Lo que se ha dicho de las viudas*. Ed. Tartessos. Barcelona.

Sacristán, Fermín. *Doctrinal de Juan Español. II* tomos, 1907 y, 1911.

Sainz de Robles, Federico. *Refranero español*. Madrid, 1944.

Santos González, Carmen. *Citas y refranes célebres*. Barcelona, 1969.

Sbarbi, José María. *Refranero español, parte recopilado y parte compuesto*, 1874-1878.

Sbarbi, José María. *Florilegio o ramillete alfabético de refranes y modismos*, 1.893.

Sbarbi, José María. *Diccionario de refranes, adagios y proverbios*. Madrid, 1.922

Sbarbi, José María. *El libro de los refranes, colección alfabética*. Madrid, 1872.

Sintes Pros, Jorge. *Lo que se ha dicho sobre la paz y la guerra*. Barcelona, 1966.

Sorapán de Rieros, Juan. *Medicina española contenida en proverbios vulgares de nuestra lengua*, 1.975.

Sorapán de Rieros, Juan. *Medicina española muy provechosa para todos los estados*. Granada, 1616.

Suñé Benages, Juan. *Fraseología de Cervantes*. Barcelona, 1929.

Suñé Benages, Juan. *Refranero clásico, colección de más de 2000 refranes*. Barcelona, 1930.

Tavera, José María. *Refranero popular español*. Barcelona, 1958.

Ventué y Peralta, Benito. *Batiburrillo de paremiología, tratado, frases, etc*. Granada, 1889.

Villabrille, Francisco. *Los cien proverbios de la sabiduría de las naciones*. Madrid, 1874.

José Luis González Díaz

Abulense por familia, estudios, matrimonio, residencia y trabajo, pero especialmente por convicción, burgalés de nacimiento.

Funcionario desde hace más de treinta años del Ministerio de Economía y Hacienda.

Amante desde niño de las tradiciones, refranes, chascarrillos, etc., le ha llevado a recopilar todo lo referente a la historia popular heredada de nuestros mayores; incluso desde la infancia, anotada en un cuadernillo de espiral de alambre, los refranes que escuchaba, y que intentaba memorizar.

Coleccionista modesto de libro relacionados con los temas indicados anteriormente.

Autor de dos libros: Diccionario de dichos de antaño y hogaño, y Refranes, dichos y miscelánea abulense.

Esta recopilación de refranes, paremias, adagios, proverbios, sentencias, dichos, coplas, versos, tanto serios, como jocosos, irónicos, científicos, lingüísticos, caballerescos, etc., etc., fue terminada en primer término el día 2 de diciembre de 1.997, cuyo santoral es Santa Bibiana, San Hipólito, San Seguro, Santa Blanca de Castilla...

LAUS DEO